Misericórdia

Lídia Jorge

Misericórdia

1ª reimpressão

autêntica contemporânea

Copyright © 2022 Lídia Jorge
Copyright desta edição © 2024 Autêntica Contemporânea

Publicado mediante acordo com a Literarische Agentur
Mertin Inh. Nicole Witt e.K., Frankfurt am Main, Germany.

Todos os direitos reservados pela Autêntica Editora Ltda.
Nenhuma parte desta publicação poderá ser reproduzida,
seja por meios mecânicos, eletrônicos, seja via cópia
xerográfica, sem a autorização prévia da Editora.

Esta edição mantém a grafia do texto original e
não segue o Acordo Ortográfico da Língua Portuguesa
(Decreto Legislativo n. 54, de 1995).

EDITORAS RESPONSÁVEIS
Ana Elisa Ribeiro
Rafaela Lamas

REVISÃO
Clara Boléo
Deborah Dietrich
Marina Guedes
Sandra Mendes

CAPA
Diogo Droschi

ILUSTRAÇÃO DE CAPA
La lune et le jardin d'Erik
(2017), Marie-Pierre Autonne
autonne@icloud.com

DIAGRAMAÇÃO
Guilherme Fagundes

**Dados Internacionais de Catalogação na Publicação (CIP)
(Câmara Brasileira do Livro, SP, Brasil)**

Jorge, Lídia
  Misericórdia / Lídia Jorge. -- 1. ed. ; 1. reimp. -- Belo Horizonte : Autêntica
Contemporânea, 2024.

  ISBN 978-65-5928-435-1

  1. Ficção portuguesa I. Título.

24-210154   CDD-869.3

Índices para catálogo sistemático:
1. Ficção : Literatura portuguesa 869.3

Tábata Alves da Silva - Bibliotecária - CRB-8/9253

A **AUTÊNTICA CONTEMPORÂNEA** É UMA EDITORA DO **GRUPO AUTÊNTICA**

Belo Horizonte
Rua Carlos Turner, 420
Silveira . 31140-520
Belo Horizonte . MG
Tel.: (55 31) 3465 4500

São Paulo
Av. Paulista, 2.073 . Conjunto Nacional
Horsa I . Salas 404-406 . Bela Vista
01311-940 . São Paulo . SP
Tel.: (55 11) 3034 4468

www.grupoautentica.com.br
SAC: atendimentoleitor@grupoautentica.com.br

Visitante

Roga-se que espere pacientemente na porta até que alguém surja para abrir. Não toque duas vezes. Atenderemos assim que possível.

Aos Domingos e Dias Santos de Guarda, o visitante poderá vir meia hora mais cedo do que o estipulado no horário, para conforto do residente.

Mas exorta-se a que deixe sobre estes portais quaisquer sinais de melancolia ou tristeza – Cá dentro, o residente está à espera da sua alegria.

Aqui, todos juntos, somos uma família tranquila – Olhai as belas flores do nosso jardim, antes de entrar nesta casa. Esta residência é um formoso canteiro, e os residentes, as nossas pétalas mais queridas.

Mais se faz notar que em prol da sua dignidade a todos tratamos por dona *e* senhor. *Ajude-nos a manter a etiqueta que lhes é devida.*

A Direcção
Ana P. de Noronha
18.Nov.2018

Hotel Paraíso

Este é um lugar de lazer
Um lugar de aprender
Um lugar para estar
Um lugar de convívio
Um lugar de amizade
Um lugar de ternura
Um lugar de afeição
Um lugar de beijar
Um lugar de abraçar
Um lugar de bailar
Um lugar onde todos
Juntos somos irmãos.
Adoremos, cantemos
Persignemo-nos, então.

Definição poética composta pelos
Nossos Residentes.
25.Dez.2018

Arquivo 210-B

Os textos que se seguem correspondem à transcrição de um arquivo áudio com duração de 38 horas contendo os depoimentos de Maria Alberta Nunes Amado, gravados entre 18 de Abril de 2019 e o dia 19 do mesmo mês do ano seguinte, num Olympus Note Corder DP-20. À semelhança de casos idênticos, trata-se de uma transcrição infiel como não poderia deixar de ser. Assim, a ordenação, as pausas na página bem como os títulos não são da responsabilidade da própria. Do seu discurso também lhe foram retirados os bordões que sinalizam a oralidade. A marca dos seus risos e das suas lágrimas, igual. Mas as palavras, a respiração e o ritmo correspondem por inteiro ao original. De notar que a música que acompanha algumas destas páginas, como seja o popular *Miserere* cantado por Zucchero Fornaciari e Luciano Pavarotti, ou o *Miserere mei, Deus* de Gregorio Allegri, bem como outros trechos musicais, tais como antigos boleros, rumbas e *pasodobles*, foram omitidos. Importa ainda sublinhar que, para a ordenação deste livro, muito contribuíram as 38 notas escritas pelo punho da própria, todas elas arrumadas dentro de um envelope por Nina Nuñez Mercedes. A que alguém juntou um anel, uns brincos, um colar de pérolas e ainda um pequeno saco de pano. Dentro do saco, um bilhete manuscrito dobrado, um bloco de seis folhas em branco de tamanho A8 e um pequeno lápis aparado à faca, marca Viarco.

1
Atlas

Aqui onde me encontro, mesmo em tempo de Primavera, quando os dias costumam ser do tamanho das noites, a noite é sempre mais longa que o dia. Sabendo disso, é precisamente a meio da noite que a noite vem ter comigo, dirigindo-me perguntas inimagináveis como se fosse aquele gato pardo, muito antigo, que se chamava esfinge. Refiro-me à noite que sabe das minhas crenças mais fundas, das minhas glórias e das minhas derrotas, de todos os meus segredos escondidos, mesmo aqueles que nunca se contam a ninguém, sobretudo os que têm a ver com as doces lembranças do amor. Melhor dizendo, enquanto durmo, ela está tranquila, mas a certa altura acordo e a desafiadora já se encontra em meu redor, avança na direcção do meu corpo, poisa sobre a minha cama e interroga-me como se fosse uma professora da instrução primária que me quisesse surpreender em falta. Não é fácil.

A noite passada, a sua boca escura, confundida com o escuro mais escuro, começou por me dirigir uma pergunta a que era impossível responder – Quis saber quantas cidades tem o Mundo. Mas eu conheço as artimanhas da noite e por isso ela nunca me encontra completamente desprevenida. Perante semelhante questão, respondi-lhe que eu bem sabia que uma coisa é a Terra e outra é o Mundo. O Mundo é muito mais vasto do que a Terra, e até agora, segundo o meu genro, ainda não se encontrou nenhum outro planeta que tenha sido habitado quanto mais cidades situadas fora do espaço terrestre. Como poderia eu responder-lhe?

Assim, consegui levantar a cabeça da almofada e encarei a noite para lhe dizer – "Faz-me uma pergunta razoável se queres que te dê uma resposta coerente." Aí, a noite parece ter tomado consciência de que não estava a falar com uma ignorante em matéria de cidades e mudou de plano, quis apenas verificar se eu sabia quantas capitais tem a Terra. Eu imaginei o Globo Terrestre que usava na mesa-de-cabeceira, instrumento que deixei lá, na minha verdadeira casa, e achei que, de novo, era impossível enumerar todas as cidades capitais que existem. Mas ainda assim pus-me a contar pelos dedos, começando em primeiro lugar a percorrer a Europa, de Ocidente para Oriente. Mencionei Lisboa, Dublin, Londres, Madrid, Paris, Bruxelas, Amesterdão, Berlim, Roma, Viena, Belgrado, Bucareste, Kiev, e lá ia eu na direcção da Rússia quando comecei a baralhar a contagem, e a noite, percebendo que jamais eu chegaria ao fim, desistiu da tremenda façanha com que me tinha acometido. Esperta, pediu-me, então, que apenas mencionasse as cidades que a minha filha já teria visitado. Mas eu respondi-lhe – "Isso não. Não quero misturar o nome da minha filha com o pesadelo da noite, quero que ela fique associada às coisas belas da vida, as que se passam longe destas paredes nuas. Deixa-me tranquila…" Mas ainda assim a noite porfiou.

Porfiou, quis saber onde ficava uma tal cidade capital com o nome de Reiquiavique, julgando que eu não identificava a palavra pela sua estranheza, e que por isso poderia sentar-se sobre o meu coração, comprimi-lo e fazê-lo parar. Mas eu respondi-lhe de volta, triunfante, sem hesitar – "Reiquiavique fica na Islândia, uma ilha que tem um vulcão muito perigoso, que envia sopros de fumo para todo o Norte da Europa quando entra em actividade, tapando a luz do Sol e associando-se às nuvens. Por causa dessa fumarada, aqui há uns anos, a minha filha ficou presa durante vários dias numa cidade do Canadá…"

Perante esta resposta a noite ficou sem fala. Acaso poderia alguém ter-lhe dado melhor resposta do que eu? Ainda assim, a noite não desistia. A noite deslocou-se para o outro lado da Terra e quis saber onde ficava Carachi. Continuava a querer apanhar-me em falta. Mas não conseguiu porque eu respondi de imediato – "Ah! Sim, falas do Paquistão. Ah! Ah! Só que eu sei muito mais do que tu, triste noite escura. Pois Carachi já não é mais a capital desse país, a capital agora chama-se Islamabad. Aprendi no *Grande Atlas do Mundo* da Editora Civilização, antes de ficar estragado. Faz todas as perguntas que quiseres. Vence-me, noite, se és capaz…" Desafiei eu.

Estando nós nesse ponto, em vez de desistir, ela rodou em torno do meu corpo, agitou as asas escuras, escuras como a noite mais escura, e perguntou-me, respondendo com redobrado fervor ao meu desafio, se eu sabia de que país a cidade de Baku era a capital. "Como se escreve?" – perguntei. Disse-me que se escrevia com *kapa*. De imediato, eu vi a palavra Baku passar diante dos meus olhos como num filme, esse nome nítido, desenhado, recortado no território a sul poente da Ásia, encostado ao mar Cáspio, e eu ia pronunciar o nome do país, sem qualquer hesitação, quando, de repente, a palavra desapareceu da minha vista.

Como se uma vassoura gadanha se tivesse agitado sobre a minha memória, levando as letras para uma zona fora do meu alcance, sem saber como, o filme tinha desaparecido. Zás, zás. No lugar do nome preciso que eu iria pronunciar, ficou o vazio. Baku, escrito com *kapa*, balouçou no escuro do meu pensamento e em seu redor não restou país nenhum. A noite olhava para mim, fixava o seu olhar sem olhos nos meus próprios olhos, vencia-me. A minha ignorância, naquele momento, tornou-se insuportável. Como poderia eu continuar a enfrentar aquela noite tremenda que ria de mim na escuridão do quarto? Como? – Pensei, pensei, sem retirar os meus olhos dos olhos da noite, sustendo o seu avanço, mantendo-a à distância possível, e nesse momento encontrei uma saída.

Sem jamais desviar o olhar do inominável corpo da noite, consegui erguer um pouco a cabeça, retirei o telemóvel de baixo da almofada, abri-lhe a tampa, o *écran* iluminou-se, premi uma tecla e fiquei à escuta. Do lado de lá, percebi que aquele para quem eu ligava atendia mas não falava. Ainda esperei, e nada. Aí falei eu – "Ouça, tenho uma pergunta para lhe fazer. Sabe, por acaso, onde fica uma cidade chamada Baku?" Aquele que se encontrava do outro lado da linha permaneceu em silêncio, ouvia-lhe a respiração como se estivesse ali a meu lado, mas não pronunciava uma única palavra. Esperei, insisti – "Sim, Baku, por favor, escreve-se com *kapa*..."

Então a voz dele soou nítida, grossa, um bombo em acção junto aos meus ouvidos – "Você sabe que horas são, senhora? Sabe que são quatro horas da madrugada? O que lhe passa pela cabeça para me telefonar a uma hora destas para me perguntar por uma cidade chamada Baku?" Pedi-lhe desculpa, mas ele não me escutava, falava sobre as minhas palavras – "Ai, desta vez você não se escapa, a sua filha vai ficar a saber de tudo. Ai vai, vai. Espere pela pancada..."

Preparei-me. Pela entoação, percebi que iria continuar a reclamar no mesmo tom, nem mesmo previa como poderia aquela fala terminar, e então eu premi a tecla de desligar, premi o mais devagarinho possível, querendo aniquilar o som, querendo imaginar que teria sido um grande bem que não tivesse acontecido aquela chamada. Que não tivesse acontecido nunca. E assim fiquei com o telefone na mão, esperando que ele ligasse de volta, ou que ela mesma me chamasse passado algum tempo, lá do outro lado da Terra, o tempo de ele lhe ligar e ela por sua vez me interrogar a partir de muito longe, querendo saber por que motivo andava eu a telefonar para casa pelas quatro da madrugada.

Mas não aconteceu assim. A noite tinha recolhido ao seu lugar, sem ter havido entre nós duas uma vencida e uma vencedora, e eu não ouvi mais rumor algum, enquanto mantinha o telefone bem apertado na palma da minha mão, à espera do que pudesse acontecer. Até que um pássaro da Primavera passou cantando por perto. No rectângulo da janela, a madrugada cor-de-rosa apareceu e o tecto branco surgiu rosado por cima da minha cabeça anunciando um novo dia. E enquanto a palavra Baku não aparecia inscrita na folha verde-azul do mapa do país de que é capital, eu pensava na claridade que naquele momento estaria a iluminar a casa que lá ficou, com mesas, cadeiras, janelas, lençóis e cortinados, e a escrivaninha de alçado alto onde deixei os meus diários e o meu Atlas perdido.

19.Abril.2019

A chuva entrou por um buraco
fininho – Em menos de um relâmpago
inundou o Mundo.

2
Véspera

Mantive-me deitada à espera que as horas passassem e que a palavra que achei e logo perdi, durante o combate com a noite, surgisse naturalmente no meu pensamento, e ouvia os pássaros cucos lá fora, e o crocito dos melros, e alegrava-me com a ideia de que a Primavera tivesse chegado. E percorria em imaginação as páginas do meu Atlas antes de ter sido destruído, folheava-o na minha mente sem pressa alguma. Pois se o nome do país de que é capital Baku não surgisse ao longo da manhã, haveria de chegar no decorrer da tarde. Eu sou daquelas pessoas que não pensa que a esperança é a última a morrer. Eu penso que a esperança é simplesmente imortal. Aquele nome ausente, com o qual ficou interrompido o confronto com a noite, haveria de surgir quando menos esperasse. Confio por inteiro nas leis do pensamento. Elas me guiam e me dão paz.

Por isso, sabendo de antemão que a palavra que procurava haveria de aparecer por si própria, fiquei à escuta de como a manhã se manifestava cá dentro, à medida que os pássaros no exterior abandonavam as abas das casuarinas e os ruídos domésticos, oriundos do próprio serviço da casa, se cruzavam entre si. Por razões que desconheço, por vezes o meu travesseiro funciona como um altifalante. Muitos dos sons ao chegarem à almofada ampliam-se sob a minha cabeça. Assim, ainda cedo, percebi que a carrinha dos víveres se aproximava em rodado manso, depois parava e partia. O camião das águas roncou vergonhosamente junto ao portão de entrada, e o que me parecia ser uma bilha de gás rolou pelo pavimento com estrondo. Como não bateu na parede dos canteiros, alguém o terá impedido. Quem a terá segurado? A buzina de um carro apitou, um silvo agudo, por descuido, certamente. Uma rapariga bradou a partir de uma janela, o que não deveria acontecer, e algumas já foram despedidas por gritarem mais baixo. Os berros da rapariga de resposta ao som do cláxon foram tão agudos quanto ele. Quem teria sido ela? Se não me engano, era a voz de Lurdes Malato.

Seria?

Entretanto, aqui mesmo por baixo, no piso inferior, alguém começou a deslocar móveis pesados de um lado para o outro. Depois, alguém fez accionar as teclas do piano, e alguém gritou junto ao elevador no piso de cima para que o libertassem. Alguém respondeu que o engenho estava parado na cave, na zona da lavandaria. Uma discussão de que se escutavam os gritos mas não as palavras. O elevador acabou por chegar a este piso. Houve gargalhadas. Eu sabia o que se passava. São os movimentos da véspera, e a véspera sempre traz desconcertos. Pobres de nós, os residentes. Tanta energia pelos corredores fora, e em contrapartida nem vivalma no vão da porta para nos dar os bons-dias. Ainda pensei accionar a campainha para que alguma coisa acontecesse. E segurei na pêra para premi-la, mas fiquei parada, receando que aquela voz, que tinha ouvido gritar a uma janela, pertencesse de facto a Lurdes Malato, e ela mesma em pessoa, de mãos na cintura, entrasse pelo meu quatro reclamando da minha chamada. Mantive a pêra na mão por muito tempo, tanto tempo que o tempo deixou de importar. Assim foi – de tanto esperar, quando abri os olhos, encontrei no vão da porta a figura de Nina Mercedes.

Nina avançou na minha direcção, e eu fiquei à espera que se debruçasse sobre o meu rosto, e me agasalhasse como só ela sabe fazer. Mas tal não acontecia, pois à medida que se aproximava a rapariga porto-riquenha ia recolhendo objectos caídos que procurava repor no lugar. Como em muitas outras ocasiões, metade dos objectos que ficam amparando o meu descanso durante a noite haviam-se espalhado em redor da cama. A rapariga ia enumerando os destroços à medida que os levantava do chão – a garrafa de água, o relógio, a fotografia, o saco de pano, a esferográfica, as meias de dormir, primeiro uma e depois a outra. Até mesmo o telemóvel se encontrava caído no soalho. Nina recolheu-o. Aproximou o seu rosto do meu. Disse-me ao ouvido – "*Estuviste otra vez luchando con tu Atlas? Y a quién llamaste esta noche? Seguro que un día me vas a contar lo que se pasó a ese libro malvado.*"

Ela fala baixo, usa os mesmos sapatos de sola branda que as outras, mas caminha pelo corredor silenciosa como se andasse descalça. De entre todas é a que tem as mãos mais suaves, a palavra mais risonha. Por vezes pergunto-me se Nina é esta pessoa que tenho em mente, ou se sou eu que a engrandeço. A verdade é que todos desejam ser lavados e vestidos por Nina Mercedes. Todos a chamam e a querem por perto, e eu, numa manhã turbulenta como a de hoje, tive a sorte de me tocar a Nina. Uma recompensa por não ter tocado a campainha enquanto tantas outras soavam ao mesmo tempo pelo corredor. Nina perguntou – "*Qué es lo que pasó a tu Atlas? Cuéntamelo, niña…*" Eu respondi – "Um dia em que a Nina tenha tempo para se sentar aí na cama ao lado, logo conto."

Nina levantava-me, e era bom o seu levantar, mas eu nunca lhe hei-de contar como numa noite de Inverno uma chuva inesperada, de mistura com trovões, na casa que lá deixei, entrou pelo buraco da instalação do telefone, se infiltrou ao longo da parede, acumulou-se a um canto da sala e foi desaguar na cesta das revistas. Não vou contar a ninguém, nem sequer a Nina, os desaires que são só meus. Não lhe vou contar como nessa cesta eu havia abandonado, por acaso, *O Grande Atlas do Mundo*, quando o seu lugar era sobre o tampo da escrivaninha. Só que os objectos são como os seres humanos, procuram o lugar da perdição quando têm de se perder. Ora, nessa noite de tempestade, a água da chuva, seguindo o seu caminho imparável, ao infiltrar-se até chegar ao canto da sala, foi transformando tudo o que era papel acumulado na cesta de verga numa massa informe, sem eu dar por nada. Quando dei pelo material ensopado era demasiado tarde. À chuva e à trovoada seguiu-se o bom tempo, e ali estava o desastre. *O Grande Atlas* ainda era reconhecível mas estava perdido. Com esperança de recuperá-lo, cheguei a colocá-lo ao sol, ainda lhe apliquei o secador e o ferro de engomar. De nada serviu. Despeguei folha a folha, mas elas tinham-se colado, e à medida que as separava, grandes manchas brancas iam ocupando o espaço onde antes havia a representação de oceanos, mares, continentes, países, páginas bem assinaladas por onde eu estudava o mundo à minha maneira. Eu não ia preencher a vida de Nina com semelhantes episódios privados, eu apenas disse a Nina – "Muita agitação vai nesta casa. Haverá concerto amanhã?"

Ela respondeu – "*No va a haber, no, Alberti. Nos sigue faltando el señor Peralta, y sin él, no hay conciertos.*"

Nina lavou o meu rosto com algodão embebido em água-de-rosas, depois em água simples, perfumou-me, colocou-me o colar, o anel de pedra azul, pendurou-me os brincos de balanço e acomodou-me na cadeira a que chama charrete. Perguntou-me – "*Quieres ahora tu tabla de plástico, tu hojita de papel y tu lapicerito? O quieres esperar al caer la tarde? Si quieres te escribo las fechas para toda la semana, lo hago con mucho gusto. Así, tú, Alberti, reservas toda la fuerza de tus manos para escribir tus pensamientos. Quieres hacerlo ahora, o prefieres escribir por la noche?*"

Eu disse-lhe que era já tarde, que escreveria o meu apontamento quando a noite chegasse. Ela empurrou a charrete pelo corredor adiante. Nas minhas costas, ouvia-a dizer *buenos dias* à esquerda e à direita, à medida que nos íamos cruzando com aqueles que já vinham de volta. Dona Marcela, que caminhava desembaraçada, vinha anunciando que este era o Sábado de Aleluia. Ao passar por ela, acenei-lhe e perguntei se já recolhia ao seu quarto, o 214, e ela respondeu – "Não, não vou para o meu quarto. Mas que ideia é essa? Eu vou para o além…" Nina comentou – "*Qué lejos, qué lejos está ese sitio, doña Marcela…*"

Nina conduzia-me através do corredor na direcção do Salão Rosa. As imagens de casinhas nórdicas cobertas de neve expostas na parede olhavam-me, algumas delas pareciam rir, tal era o formato das portas e janelas pintadas. Depois de uma noite de luta, uma bela manhã de sábado tinha chegado, pensei. Fiz um grande esforço para reconstituir a página onde se encontraria Baku, mas faltava-me a representação do Atlas.

20.Abril.2019

Sábado de Aleluia! – Com a lembrança do meu Atlas
e um pouco de sorte – Até as minhas
esperanças escaparão
da morte.

3
A partilha

É a segunda vez que passo o Domingo de Páscoa nesta morada. Mesmo aqui, longe daquela que foi a minha casa, este é um grande dia. Sabendo de antemão que não me tocaria de novo a presença de Nina, pensei em Lilimunde, a garota brasileira que cheira a uma mistura de cedro e bergamota. De tal forma pensei que, ao acordar, senti os pulsos húmidos e tive a ilusão de que a minha pele rescendia ao perfume dessa água-de-colónia. Chamei alto – "Lilimunde, é você quem anda aí?" Mas não, infelizmente não era ela.

O ruído que eu sentia provinha de duas raparigas que tinham entrado e se puseram a deambular pelo meu quarto, muito apressadas, e enquanto removiam as minhas roupas falavam e riam muito alto. Fiquei em silêncio a ouvi-las, aguardando que se me dirigissem, mas elas não me diziam bom dia porque conversavam animadamente entre si sobre caminhadas que faziam durante a noite e aquilo que no escuro lhes acontecia. Mesmo assim insisti – "Quem está aí? Não me dizem nada?"

Não respondiam. Antes riam com gargalhadas mal contidas, inclinando a cabeça para trás como se quisessem partilhar o riso com o tecto do quarto. Eu ainda disse várias vezes, bom dia, hoje é Domingo de Páscoa. Mas elas vestiam-me a camiseta interior e a blusa, enfiavam-me as meias e as calças, e não me viam, os seus risos passavam ao lado do meu corpo e por cima da minha cabeça, levantando-me os braços como se lidassem com peças metálicas no meio de uma fábrica. Eu disse bem alto – "Bom dia, Jesus ressuscitou, dizem." Lurdes Malato, pois era ela mesma, tomou o telefone e falou para longe – "OK, pelas cinco da tarde, aí estou." A rapariga alta que a acompanhava comentou, vamos ter festa, pá. Sem terem chegado a dizer-me bom dia ou outra palavra de saudação, conduziram-me até à Sala Azul, onde iria decorrer o almoço de Páscoa.

Se o fizeram de propósito não me impressionaram – Eu sei que a felicidade é um bem muito escasso. Devemos guardá-la sobre o peito quando nos toca por perto, encher com ela todas as algibeiras da alma, para servir de escudo quando o seu oposto acontece, por isso não me incomodavam por aí além, estava preparada. As raparigas alojaram-me na mesa, empurraram-me a cadeira de modo a que o meu peito ficasse rente à toalha, partiram, não chegaram a dizer-me bom dia. Mas eu levantei os olhos e senti por perto uma boa fonte de felicidade – a sala estava repleta, pelas paredes havia enfeites de Páscoa e as minhas companheiras de mesa saudaram-me. Entreguei todo o meu contentamento a elas. E se não me lembro do almoço de Páscoa do ano passado, este não irei esquecer.

Na sala de jantar há doze mesas para setenta pessoas. Na nossa mesa somos seis e mais eu, e damo-nos bem. Entre as mesas, corriam raparigas com pressa e muita agitação. Como sempre tinham-me colocado de frente para a janela, e eu pude olhar para a fita do mar. Gosto de ficar desse lado pois mesmo longe, e não distinguindo a barra, sei como são as ondas. Alguns pontos escuros devem ser barcos, e se não forem, imagino que são. Por outro lado, a ementa do almoço foi vulgar, mas em contrapartida dona Rita de Lyon recebeu um presente de Páscoa do seu filho piloto aviador e repartiu-o com as companheiras de mesa. A mim tocou-me uma amêndoa fina, com licor de *amaretto*, *confiserie française*, disse dona Rita. Mas dona Ema, não. Dona Ema trouxe para a mesa um coelho de chocolate, e não repartiu com ninguém porque os seus familiares tinham-na avisado que o comesse só ela. Diante de nós, Ema retirou a prata, partiu aos bocadinhos e saboreou sozinha a sua prenda de Páscoa.

Dona Fátima perguntou se era bom, mas Ema não se comoveu, não lhe deu a provar nem um bocado caído. Luísa de Gusmão disse que compreendia perfeitamente que uma pessoa que recebe um coelhinho de chocolate no dia em que se celebra a Ressurreição o queira comer sozinha, mas que o faça então no seu quarto, em privado, o que manda a boa educação. Dona Luísa de Gusmão diz-se descendente de conde, ainda que não obrigue ninguém a chamar-lhe condessa. Comer um coelho de chocolate inteiro, a uma mesa onde se encontram sete pessoas, para dona Luísa, é a prova de que há gente que nunca poderia pertencer à nobreza. Não somos todos iguais. Por seu lado, dona Julieta verteu algumas lágrimas, pois gostaria que alguém no mundo lá fora se tivesse lembrado do seu almoço.

Dona Joaninha Amaral, pelo contrário, disse que não se importava de que ninguém se lembrasse da sua pessoa, que havia bem mais com que se entreter. Logo pela manhã, tinha ela andado pelo jardim da residência e vira como as rosas haviam desabrochado. Dona Joaninha descreveu as rosas que pareciam olhar para ela, dizendo-lhe, leva-nos contigo, leva-nos contigo, mulher. As pétalas estavam todas reviradas, querendo ser colhidas da haste cheia de espinhos e saltar para os seus braços. Mas ela não gosta de tocar no que não lhe pertence, até mesmo quando se trata de um bem comum como é o caso do jardim do Hotel Paraíso. Pois, porventura, aquelas rosas não serão de todas as pessoas que sustentam a residência? Dona Joaninha é filha de peixeiro, mas é educada, não havia tocado numa única rosa uma vez que não estava autorizada.

Entretanto, tinha chegado uma fatia de bolo para cada prato, e dona Fátima disse a dona Ema que não deveria tocar no bolo de Páscoa porque já tinha comido sozinha o seu coelho de prata. Dona Ema achou que uma fatia de bolo lhe era devida, estendeu o braço, retirou a fatia maior e comeu-a também. Eu senti muita pena de já não escrever o meu diário como escrevia para apontar a cena do almoço de Páscoa, com todos os pormenores, como tanto gostaria de fazer. Mas entretanto foi necessário mudar de assunto, pois no meio da discussão da partilha da comida irrompiam uns passos na sala. Acontecia atrás da minha pessoa, porque eu estava virada para o mar. Pensei que deveriam ser as quatro viúvas, e não me enganei. Reconheci-lhes a voz ainda antes de cantarem.

Uma delas perguntou muito alto como se se dirigisse a uma turma de crianças – "Alguém sabe o que significa *Aleluia*?" Fez-se um grande silêncio, ninguém disse nada, e eu sabia o que significava, mas como estava de costas resolvi permanecer calada a olhar para a fita do mar. Elas insistiam na pergunta. Quando eu ia dizer que significava *Louvemos o Senhor*, uma das viúvas disse por cima da minha voz – "Pois vamos interpretar *Aleluia, Aleluia*!" E começaram a cantar como se fosse uma ópera. Ainda bem que eu estava de costas, já que não sou muito afeiçoada àquelas quatro mulheres, mas da voz delas, gosto.

Mais do que gosto, aprecio verdadeiramente. Há vozes que deveriam surgir do céu, não deveriam precisar da figura do corpo humano. Nas minhas costas ouvia o canto, comovente, e no final todos bateram palmas, umas palmas fraquinhas para tão belas vozes. Uma rapariga lembrou-se de virar a minha cadeira e eu pude confirmar que eram elas, vestidas de branco e cor-de-rosa. Pareciam bombons.

No vale ou no monte, adorarei
Adorarei, adorarei.
Aleluia, aleluia!

Cantavam elas. Eu fechei os olhos, não gosto delas. Mas elas cantavam e não se dava pelo tempo passar. Se não cantam mais, vão, vão embora, pensei quando se calaram e tardavam em partir porque queriam palmas e mais palmas. As palmas já demoravam mais do que o canto e elas não partiam. E agora elas já lá iam saindo, abanando as alvadias roupas, as quatro viúvas enfeitadas. Custa a acreditar como aquelas pessoas contêm dentro de si semelhantes vozes, repito, agora que estou sozinha com os meus pensamentos. Depois do almoço, dona Joaninha Amaral disse, cantam muito bem estas mulheres, sempre nos distraem, e quis empurrar a minha charrete. Aprecio muito a bondade de dona Joaninha. O que teria sido do meu Domingo de Páscoa se não fosse ela? Enquanto empurrava a minha cadeira, corredor adiante, ela vinha dizendo – "Dona Alberti, vou deixá-la no seu quarto, muito bem acomodada, diante da janela toda aberta, a olhar para a Natureza. Custa a acreditar que, num dia destes, e a sua filha ande por lá…" Mas não chegámos ao fim do corredor.

Uma rapariga já reformada, com nome de Hermínia, em serviço voluntário, chamava-nos para que regressássemos ao salão. Regressámos. E aí, sim, alguma coisa acontecia. Fechei os meus olhos pois o que eu via era demasiado para a minha vista. Pedi mesmo à rapariga reformada que parasse a meio do trajecto. Eu queria refazer-me da surpresa, não queria que me vissem tomada pela perturbação que me assaltava. Se alguma vez eu imaginaria – Perto do piano, em pé, encontravam-se os vizinhos da Casa Branca, os da Quinta Ferrari e os da Vivenda Almanjar. Olhei de baixo para cima para todos eles e achei-os as criaturas mais belas do género humano com quem alguma vez me tivesse cruzado. Contei-os, ao todo eram oito vizinhos. Tinham vindo visitar-me. O canto das quatro viúvas, que já ali não estavam, rodeou os meus ouvidos e eu senti-me elevar acima do soalho. Aleluias saíam-me do coração, fazendo estremecer o meu pulso direito. Mas eu agarrei-me à cadeira, retirei um lenço de assoar de dentro do saco que sempre trago ao pescoço e perguntei-lhes, serenamente, como se os esperasse – "Que notícias me vêm trazer do nosso mundo? Por lá, continua tudo igual?"

Um dos meus vizinhos curvou-se na minha direcção e perguntou – "Sabe quem a está a visitar?"

Eu ofendi-me – "Pelo amor de Deus, senhor Frank, eu sou capaz de descrever as vossas casas, a quem pertenceram antes de as terem vindo habitar, em que anos isso aconteceu, e por que razão as compraram, sempre por muito mais dinheiro do que deviam ter pago. Sei o nome de todos os presentes e dos que faltam. A minha questão é outra – "Nas vossas casas, e naquela que foi a minha casa, por lá, está tudo bem? As relvas não estão castanhas, com toda esta seca?"

"Está tudo bem, dona Alberti, assim ainda venham uns pingos de chuva. Os jardins estão a precisar dela como o pão para a boca…" – disse a vizinha da Casa Branca. E eu respondi – "Ah! Os jardins e as árvores, também. Porque o jardim sempre é um enfeite, agora as árvores, para o clima, são o verdadeiro suporte. Se as grandes árvores não libertam oxigénio, não há humidade possível, e logo não haverá jardim. Há espécies vegetais que estão a desaparecer. Mas não é só a flora que está a mudar, meus amigos, como sabem, a fauna também. Consta que entre prédios e casarios recentes, do mais avançado que há, surgem javalis a fossar nos alegretes. Contou-me o enfermeiro Marlon que há dias encontraram uma raposa aqui perto a beber numa piscina e a rebolar-se na relva. O que significa que as espécies selvagens começam a coabitar com as domésticas e vêm avançando na direcção das famílias humanas. Somos todos criaturas, é bem verdade, mas convém separar as espécies. É o mundo a mudar. Não é assim?"

Todos responderam que sim, e baixaram-se na minha direcção, e falaram comigo, e escutaram-me, ao contrário do que se passa aqui dentro onde ninguém me escuta para além de duas palavras, só eu ouço os outros. Os meus vizinhos, pelo contrário, falaram comigo, e depois colocaram-me presentes nos joelhos e disseram que eu compreendia perfeitamente como o mundo está em transição. E eu, de encantada com o que me acontecia, não me fiquei por aí, eu disse – "Estou aqui dentro fechada mas sei de tudo o que se passa na Terra e não só. O que presenciei ao longo da minha vida foi o suficiente para poder imaginar o que se vai passar a seguir. E, se Deus quiser, apesar da Natureza estar desorientada, a vida vai melhorar. O futuro vai ser um esplendor…"

Os meus vizinhos estavam muito felizes, ao olharem para mim, a abrirem-me os presentes, ainda a conversarem comigo. E eu falei assim porque quis que percebessem que me mantenho à altura de receber serenamente as minhas visitas, no meio de um salão repleto de vozes, de crianças, de risos, alguns choros, alguns pequenos desastres de emoção, bolos, bombons, bananas e camisas de dormir, porque se trata do Domingo de Páscoa. Os meus vizinhos riam de felicidade por virem encontrar-me tal como abalei da minha casa, e fizeram uma roda à minha volta e era como se dançássemos. Dona Joaninha não se afastou, escutou atentamente, e até se intrometeu em vários assuntos. Não faz mal. Foi um dia grande, graças aos meus vizinhos, um dos dias melhores da minha vida. Quando fechei os olhos, dentro da minha cabeça, misturaram-se cenas de todas as cores.

4
O perfume

Aquela que tinha sido a funcionária mais antiga da casa, Hermínia, a que assistiu à transformação do Hotel Paraíso em estância residencial, aquela que guarda a memória viva de todos esses passos, tinha sido ela a acompanhar-me até ao salão, e quando as minhas visitas se despediram, coube-lhe trazer-me até ao quarto. Pessoa amarga, ainda tentou derrubar a minha alegria. Disse-me – "Não se iluda, dona Alberti, em dias destes, os carros fazem fila pela avenida afora, dão voltas e voltas pela praceta em frente. Mas é só nestes dias. Os familiares vêm descarregar as suas culpas com tagatés de toda a ordem. Eu chamo-lhes os dias de aliviar o saco. Não digo aliviar o remorso porque esse é um sentimento honroso. Este, não. O saco é o lugar onde cada um guarda o medo daquilo que os outros dizem sobre a sua pessoa. O que eles vêm aqui fazer é combater o medo. Uma vergonha. Foguetes para os outros verem. Estou aqui há demasiado tempo. Conheço-os à vista desarmada…" A funcionária antiga meteu o dedo num olho e abriu-o até mostrar o interior da pálpebra.

As paredes do corredor responderam? Assim respondi eu.

Agradeci-lhe apenas que me tivesse feito companhia. Agora já podia ir-se embora, a senhora Hermínia já tinha descarregado o seu fel e cumprido o seu dever. Eu tinha no colo, entre as minhas mãos cruzadas, o propósito de segurar bem firme a alegria trazida pelos meus vizinhos. E graças ao bom acaso, ela iria ser aumentada. Pois seriam umas seis da tarde quando senti rumor no corredor e era dona Joaninha quem avançava pelo quarto adiante, trazendo no braço um belo ramo de flores. Vinha exuberante.

Afinal também tinha tido visitas. Umas primas distantes, que ela julgava mortas, estavam vivas e tinham vindo vê-la, e haviam-lhe oferecido um enorme *bouquet*, que desejava repartir comigo. Rosas, malmequeres e ramagens de gipsofila que encheram a jarra da entrada. As rosas, verdadeiramente cor-de-rosa, rescendiam, era mesmo um pedaço de Primavera que entrava pelo meu quarto. Dona Joaninha Amaral disse que o aroma das rosas a punha louca. O canto dos pássaros, também. Dona Joaninha sentou-se na cama ao lado, que felizmente continua vazia, e começou a falar de flores de mistura com a sua vida passada. E os seus olhos sorriam a ponto de ficarem fechados. Disse ela – "Por esta altura do ano, muito me lembro dos meus amores…" E continuou sorrindo cada vez mais – "Os meus amores e as flores, são duas coisas que combinam." E então contou como na sua vida os amores tinham acontecido. Contou que sendo ainda muito moça, num dia de Primavera, tinha ido à praia com um namorado e havia regressado com outro. E como tinha sido feliz, depois, com os dois. Nunca havia sido capaz de escolher entre um e outro, nem tinha precisado de fazer tal escolha, mas só contava a história da sua vida, agora, porque já ambos tinham falecido. E relatou como procedia para que nunca se tivessem encontrado ao longo dos anos, vivendo na mesma localidade, e como a vida tinha sido boa assim, repartida. O sábado de manhã com um, a noite de domingo com outro. Para ser franca, estava segura de que os dois homens tinham acabado por saber um do outro, mas se o tinham sabido, não se haviam importado. Afinal, os três tinham sido felizes até ao fim. Três felizardos.

E enquanto o perfume das rosas se espalhava por todo o quarto, dona Joaninha recordou alguns dos seus passos duplos com uma alegria primaveril como havia muito tempo eu não ouvia de ninguém. Recordando esses seus tempos brilhantes, o rosto de dona Joaninha parecia a imagem de Nossa Senhora da Fé. Os seus olhos e as suas faces resplandeciam. E eu pensei – Bendito seja o efeito da Primavera, pois sob o seu vento benéfico, tudo luz, tudo se reproduz e multiplica, mesmo para aqueles para quem o amor é lembrança.

    E ela falou e falou, e eu perguntava e ela respondia, mas para dizer a verdade, o meu sentido era outro, pois ao mesmo tempo que pensava na vida exuberante de dona Joaninha, também pensava na minha. Como dona Joaninha se move com agilidade, antes que se despedisse, pedi-lhe que alcançasse o meu bloco de notas e com muita delicadeza fizesse o favor de despegar dele uma folha, e de a colocar sobre o acrílico. Ela entregou-me a folha separada imaculadamente pelo picotado e ainda me alcançou o lápis do bom deslize. Agradeci – "Muito obrigada, dona Joaninha, venha sempre." Depois deixei que a minha companheira de mesa partisse, que os seus passos desaparecessem no corredor para eu poder desenhar, a meio da folha branca, a palavra que andou no meu pensamento ao longo de todo o Domingo de Páscoa. Em letras maiúsculas, com a maior perfeição que a minha mão permite, desenhei – BAKU.

21. Abril.2019

Meu Deus – Tão pequenino é o cuco e a sua voz
tão alta. Tão espertalhão o seu ovo
e eu tão parva – Este ninho não será
assaltado.

5
A leitura

Seriam umas sete horas da manhã quando senti o telefone vibrar sob o meu travesseiro. Foi difícil alcançar o aparelho, a minha mão tinha dificuldade em retirá-lo do lugar onde se encontrava. Quando finalmente consegui atender, ouvi uma voz portuguesa que dizia, experimente agora, por favor. A voz da pessoa que assim falava passava a chamada a quem me iria falar. Era ela. Gritei tanto quanto a minha voz o permite – "Escuto, fala, fala que eu oiço!"
 Ela ia começar a falar. Escutei e a sua voz surgiu tão nítida que parecia nascer do interior da almofada. Eu ouvi a minha filha dizer – "É só para lhe desejar Boa Páscoa. Aqui onde me encontro a rede é muito má, ontem não consegui ligação, não sei o que se passa..." E eu já me preparava para agradecer e iniciar as minhas perguntas sobre a sua saúde, sobre os seus problemas, as suas roupas e a data do seu regresso, quando compreendi que a chamada tinha sido interrompida.
 Fiquei com o telefone entre as mãos durante muito tempo à espera, mas sem resultado algum. Para me consolar, pensei na proeza que é uma pessoa encontrar-se deitada numa cama em frente ao oceano Atlântico, e uma outra, do outro lado do mar, na ponta extrema de um outro continente, junto ao oceano Pacífico, poder dizer, *É só para lhe desejar Boa Páscoa*, e a pessoa do lado de cá ouvir e ficar reconfortada. Pois agora eu já sei que ela se encontra em território de fala espanhola, mas está acompanhada por alguém que fala a língua da sua pátria.

E então dormi descansada a última hora da manhã. Felizmente que há episódios assim, tranquilos, na vida de uma pessoa.

O segundo momento deste dia que muito gostaria de poder registar pelo meu próprio punho, para me lembrar dele para sempre, agora que já é noite cerrada, aconteceu depois do almoço. Dormitava eu, sentada no cadeirão, quando ouvi um rumor. Abri os olhos e vi um rapaz muito alto na minha frente. Estou habituada a este tipo de aparições, e logo imaginei que se tratava de um voluntário de uma certa associação de jovens de boa vontade que vêm entreter os residentes do Hotel Paraíso, durante uma hora, coordenados pelos serviços da animadora Bianca. O rapaz acomodou-se. Depois de sentado, reparei que era muito feio. Tinha umas sobrancelhas bastante espessas, e quando ria mostrava uns dentes brancos, demasiado brancos e poderosos. Muito feio. De dentro da mochila, retirou um jornal, mas eu pedi que não o lesse. "Porquê?" – perguntou ele. "Porque sim" – respondi e expliquei que ultimamente jornais e telejornais me deixam triste.

O rapaz insistiu em saber o motivo, e eu ainda hesitei responder, mas acabei por dizer a verdade. Disse-lhe que desde há um tempo a esta parte ficava nauseada com o relato de tanta tragédia, tanta vigarice, tanto assalto, tanta gente morta em barcos de borracha sem alcançar as margens, tanta guerra, tanta bomba, tanto funeral com caixões às costas por cima de multidões revoltadas. É o mundo em sua desordem contínua e esse descalabro nunca tem um fim, disse-lhe eu. Porque os jornais nunca revelam o fim das tragédias, limitam-se a anunciá-las e a descrevê-las nas suas cores mais tenebrosas, acrescentei. São o retrato permanente da desordem sem ordem à vista. Então eu resolvi, por mim mesma, pôr um fim ao descalabro, ignorando-o. Já que não posso combater as tristes realidades, renuncio a conhecê-las. Antes era diferente.

O rapaz da Associação da Boa Vontade pareceu ficar desiludido. "Uma desistência?" – perguntou. Sim, concordei com o rapaz. Antes eu costumava pedir que me lessem as notícias, mas agora já não quero mais. Na vida, naturalmente, ao mal sucede o bem, nos jornais, pelo contrário, é só juntar mal ao mal, disse eu. Disse-lhe, porém, que continuava a gostar muito de ouvir ler, agora que por mim mesma já não conseguia. Disse-lhe que ultrapassada a primeira linha, todas as outras se confundem e estremecem como se o papel produzisse pequenos relâmpagos que me cegam. O rapaz das sobrancelhas espessas, muito feio, começou a mexer na mochila e a retirar do seu interior uns macinhos de folhas separados por micas. "Tenho um conto para si" – disse ele, depois de ter avaliado o conteúdo das micas. Eu quis saber de que falava o conto que tencionava ler. O rapaz das sobrancelhas espessas respondeu – "Fala da vida de um professor chileno que deu origem a uma história muito bela." Mas eu desconfiei – "Muito bela e muito triste, não é verdade? Se for mais bela do que triste pode ser. De contrário, dispenso."

"Mais bela do que triste, asseguro-lhe" – respondeu ele, e começou a ler a história de um professor com o nome de Gálvez.

O rapaz lia bem, muito bem mesmo. Apesar de o conto só falar de misérias, de perseguições, deportações e tristezas, tal como eu tinha imaginado, a voz do rapaz conseguia ser mais bela do que as desgraças que lia. As sobrancelhas demasiado espessas, na tez muito escura, com os dentes demasiado brancos e poderosos, começaram a modificar-se diante dos meus olhos à medida que o rapaz lia frases surpreendentes, que eu não conseguia reter mas iluminavam a correnteza daquela fala. E depois da invocação das desgraças e das tristes viagens feitas entre continentes pela personagem, perseguida por um ditador assassino, o rapaz que eu antes tinha achado muito feio leu primorosamente o último passo da história desse professor com o nome de Gálvez. Tratava-se de um sonho, o sonho de Don

Gálvez, como o rapaz o tratava durante a leitura. O rapaz leu as breves linhas que referiam o sonho – Na sua vida passada, lá na sua pátria, esse professor de tal forma se havia entregado com dedicação à sua missão, que certa noite, pouco antes de morrer, exilado na Europa, tinha sonhado que havia regressado à escola da sua terra longínqua para ensinar os verbos regulares às crianças, e de tal forma o sonho havia sido intenso e real, que pela manhã havia acordado com os dedos cobertos de pó de giz. O rapaz que era feio arrumou as folhas dentro da mica e comentou – "Como vê, termina bem."

Eu não respondi nada.

Fiquei durante uns instantes a pensar no final da história, pois demorava a atingir o sentido daquele remate surpreendente. Para compreender o episódio na totalidade era preciso imaginar o sonho do regresso do professor à sua escola, imaginá-lo diante dos pequeninos, imaginar o sonho na penumbra do sono, ver o professor, no sonho, a desenhar letras brancas num quadro preto, depois imaginar o acordar do professor e a imagem dos seus dedos cobertos do pó de giz. Depois imaginar que fora a imaginação do professor, depois imaginar que ele teria desejado que a sua imaginação correspondesse à realidade, e depois ainda imaginar que ele fora um verdadeiro cidadão traído, e fiquei abismada pela forma como por tão pouca coisa se pode desencadear um sentimento de pena tão grande. Olhei para o rapaz que fora feio, e agora me parecia belo, e senti que estava a fraquejar, a deixar-me ir abaixo, como costuma acontecer com a minha filha, e não quis alimentar o sentimento de fraqueza que me humedecia os olhos.

Por fim, disse – "Oh! Sim, termina muito bem. Mas ainda assim não passa da história de um professor primário e do seu filho, um relato muito breve. E um relato muito breve, mesmo quando corresponde à verdade, sempre fica mais próximo da mentira. Quando eu lia, gostava de livros grossos, aqueles que se parecem com a vida de uma pessoa desenrolando-se ao longo do tempo. E gostava de ler livros sobre figuras que se destacam, e não sobre professores que morrem vencidos, sem fazer história." O rapaz consultou o relógio mas parecia não ter pressa. "Então de que livros gostava?" – perguntou.

Fiquei incrédula a olhar para o rapaz das sobrancelhas espessas.

Era o primeiro jovem da Associação da Boa Vontade que me fazia semelhante pergunta. A minha proximidade com aquele jovem alto e espigado começava a ser demasiada. Fui vaga, disse-lhe que gostava de livros que falassem das batalhas de Napoleão, e tinha lido dois. Da vida dos ingleses na Arábia, e tinha lido um. Da vida dos imperadores romanos, quando mandavam em tudo, e tinha lido alguns. Um desses imperadores era homossexual e amava um rapaz que depois morreu, com um nome semelhante a António, e o desgosto do imperador era tão grande que a mim própria me tinha dado vontade de chorar. E no entanto, fora muito difícil de ler, andei seis meses a tentar terminá-lo, saltando páginas quando o assunto fugia do meu entendimento, pois os nomes daquelas cidades e daqueles mares não eram os de hoje. Mas agora que eu não lia, por maiores que as letras fossem, agora que me sujeitava a quem pudesse ler por mim, tinha de me conformar com pequenos relatos sobre a vida simples das coisas, o que também era bom, mas não tão bom quanto os livros grandes, com muitas páginas, para que as histórias se parecessem com a verdadeira existência das pessoas.

E assim falámos durante mais de uma hora.

O jovem das sobrancelhas espessas quis, então, saber um pouco da minha vida, mas eu não lha iria contar. Nem eu quis que me contasse a sua. Sou muito velha, sei que o encantamento deve ser conservado em seu próprio vaso, de contrário transborda e desfaz-se em nada. Ficávamos assim, limitados à leitura de um conto, era quanto bastava para que o nosso encontro tivesse sido perfeito. Então eu pedi-lhe, para finalizar a sessão de entretenimento promovida pela Associação da Boa Vontade, que o voluntário voltasse a ler o mesmo conto. Ele leu. E na sua leitura sobre desgraças nada era desgraçado, porque todas as palavras se encaminhavam para aquele momento em que o professor acorda e tem os dedos cobertos de pó de giz. Quando terminou pela segunda vez a leitura da história do professor, reparei que debaixo das sobrancelhas do leitor existiam olhos profundos, o seu cabelo caía-lhe para o lado num desalinho formoso, e a sua silhueta demasiado magra, sentado que estava um pouco de lado, lembrava-me a fotografia de um espírito. Achei-o belo. Tão belo que me doíam os olhos de vê-lo. A meus olhos, agora ele era outro, era a voz preciosa de quem lê maravilhosamente um conto para uma mulher idosa escutar, e a sua voz tinha tido o poder de revelar a beleza escondida da figura do leitor. Dos seus lábios que me tinham parecido demasiado grossos e dos seus dentes demasiado brancos, tinha surgido um conto admiravelmente lido, na medida justa. A sua beleza, revelada depois da última palavra, era tão forte que se tornava insuportável encará-la. Desejei que o rapaz desaparecesse depressa.

Eu não deveria ser uma pessoa assim como sou, sempre à espera do belo, do grandioso, do poderoso. Talvez um pouco desajeitadamente, levantei a mão, despedi o rapaz. Disse-lhe – "Obrigada, você fez uma boa acção. Já se pode ir embora." E ele foi. Arrependi-me. Mas eu tenho este feitio, quero demais, mando demais, amo demais alguma coisa que não alcanço, e quando não a atinjo, procuro desesperadamente transformar o que existe de modo a aproximar o objecto defeituoso da realidade inalcançável. Não sei onde colocar os meus pensamentos que são demasiado amplos para o vaso da minha cabeça e para o volume do meu coração. Eram três horas da tarde. Foi então que me vieram buscar.

6
No Salão Rosa

As passadas do rapaz desapareceram no corredor. Não sabia o que fazer com o eco daquela leitura. Durante algum tempo fiquei imóvel a pensar no sentido das palavras do conto e no seu som, mas logo esse sentimento de encantamento parado se transformou em acção. Salomé, a rápida, passava pelo corredor, chamei e ela acudiu, eficiente e pronta como sempre. Pedi-lhe que me fizesse descer ao rés-do-chão. Sabia que mal transpusesse o limiar da grande sala onde constava que nos anos cinquenta tinha havido bailes e recepções, cortinados com cenas de caça, quadros nas paredes com paisagens inglesas, e agora estava ocupado por sete dezenas de cadeiras de braços, um televisor agarrado ao tecto e um piano no meio da passagem, o eco da voz do rapaz lendo maravilhosamente as infelicidades do professor chileno e o seu sonho de giz ajudaria a tomar a minha decisão. E assim foi. Concentrei-me no espaço que me cercava, na figura dos meus companheiros sentados, e antes que Salomé me destinasse um lugar qualquer, pedi que me deixasse em sítio onde pudesse falar com a directora Noronha.

Salomé fez-me a vontade. Colocou-me na passagem, entre a porta que abre para o Hall Maior e a que dá para o consultório e a capela, e nessa correnteza não estava sozinha. Depois de acomodada, percebi que a meu lado mais dois companheiros se encontravam na mesma situação, aguardando a passagem de Ana Noronha, a jovem que desde há uns meses manda no governo desta casa. Também reparei que a televisão não se encontrava ligada, facto raro num recinto onde o ruído dos canais da tarde mal permite que nos ouçamos uns aos outros. E eu pensei que os astros do acaso se conjugavam em nosso favor, já que o silêncio que ali reinava iria permitir que a jovem Ana Noronha, agora directora, nos escutasse. "Chamem-na à atenção, quando ela passar, mas chamem com educação" – recomendou Salomé como se receasse abusos da nossa parte. E logo a directora se aproximou da passagem, mas se nos olhou não nos viu. A directora passou adiante, muito apressada.

Ao perseguir os seus movimentos custava-me a acreditar que a directora Noronha, um ano antes, acudisse ao nome de Anita. Então era apenas uma estagiária que visitava os quartos dos residentes a partir das sete e meia da manhã. Vinha com os seus sapatinhos rasos bater com a ponta dos dedos a cada uma das portas, pedia licença para entrar e, quer dormíssemos quer estivéssemos acordados, ela aproximava-se das nossas camas e curvava-se. Olhava-nos então pausadamente nos olhos, o seu olhar percorria os nossos rostos, contemplando o que eles guardavam, vagarosa, como se tivesse tempo para visitar as nossas próprias almas. Conversava com cada um de nós. Por isso, dizem que de tal modo desempenhou o seu papel de estagiária que em poucos meses se tornou funcionária efectiva. E logo tinha sido promovida, uma ascensão surpreendente, tendo em conta que tudo acontecera apenas no espaço de um ano. Mas se isso significava que havia ganhado muito, do meu ponto de vista havia em tudo isso, em contrapartida, uma grande perda – ela tinha perdido o repouso do olhar.

Agora os olhos da antiga Anita passam rápido sobre todas as superfícies sem se deter em nenhuma delas, andam acossados de um lado para o outro, vidrados, febris, e eu penso que, por ter de mandar em tudo, agora já não possui nada daquilo que havia feito dela uma pessoa amada. Anita transformada em doutora Noronha perdeu a paz do olhar. No meu entender, não a promoveram, despromoveram-na. Na tarde do dia de hoje, quando me colocaram na passagem, marchava ela de um lado para o outro, parecendo não ver ninguém. Ocupada.

Tão ocupada que ora surgia do lado do Hall Maior, ora do lado do consultório, como se desse volta à casa, e não parava junto de nós embora os meus companheiros lhe pedissem atenção de forma ostensiva. Dona Santanita, sentada à minha esquerda, quando a doutora Ana Noronha passou, foi ao ponto de lhe puxar pela ponta da saia. Fê-lo com bastante ímpeto, mas a saia escapuliu-se-lhe da mão. Quando a directora voltou a passar, o senhor Mota, sentado à minha direita, ergueu-se e fez menção de lhe travar o passo com a bengala. A directora, que avançava com muita pressa e um molho de papéis nos braços, conseguiu caminhar em frente, deixando-nos para trás. Eu não perdia a esperança, eu sabia que se ela se baixasse para atendê-los, eu também teria a minha oportunidade. A televisão continuava muda, e apenas se elevavam falas para os lados do elevador, de entre as quais eu reconhecia a voz de dona Joaninha. Outros falavam alto, mas dona Joaninha gargalhava. Era nessa direcção que a directora se dirigia, como se houvesse por ali um especial centro de interesse. No salão, sem o ruído da televisão, as falas ao fundo, embora em tom de simples conversação, repercutiam-se pela divisão inteira. Mesmo assim, o senhor Mota não desistia. A directora Noronha, a quem ainda há pouco tempo chamávamos simplesmente por menina Anita, voltava a passar. Ele gritou – "Alto aí!"

Consta que o senhor Mota foi um bom carpinteiro, em tempos terá gerido uma grande oficina de onde saíam móveis cheios de gavetas e do tamanho de casas. Eu acredito. Fosse quem fosse o Mota, o seu grito funcionou. *"Alto aí!"* A directora baixou-se, os seus cabelos compridos ficaram à altura dos nossos rostos, e ela sorriu para os meus companheiros. "Digam lá…" – disse a doutora Noronha. Os seus olhos pousaram no chão por um momento. Escutou. Então dona Santanita falou-lhe ao ouvido, demoradamente, não parava de mover os lábios. Noronha desprendeu-se, respondeu-lhe em voz alta – "Dona Santanita, ninguém roubou o seu casaco de Primavera. Ele apenas desapareceu. Mas aqui, ultimamente, tudo o que desaparece aparece. Deve estar na lavandaria. Esteja descansada que eu mesma vou procurá-lo. Vai ver como amanhã já vai poder vesti-lo…"

Dona Santanita acreditou – "Ah! Que bom, ter de volta o meu casaquinho castanho." E então a directora dirigiu-se ao senhor Mota – "Diga lá." Um assunto muito simples. Afinal, o senhor Mota apenas queria pôr a bom recato uma nota de vinte euros e não sabia como proceder. Mas nesse caso ele tinha de ter paciência e entregar a nota na secretaria, que o Luís Cotovio trataria do assunto. A directora não tinha tempo de levar o senhor Mota até ao Cotovio, mas o Cotovio viria ter com ele. O senhor Mota não estava convencido. "E eu o que faço, entretanto, à minha nota?" – perguntou o carpinteiro com a voz cheia de angústia. "Feche-a bem na sua mão, senhor Mota, não a largue, aperte-a com força no fundo da algibeira, que o Luís já cá vem." E a directora Noronha ia para se levantar e partir, os seus cabelos chegaram mesmo a voar numa outra direcção, mas eu não deixei. Perguntei – "E eu não sou ninguém?"

Noronha colocou a mão no meu ombro – "Que ideia, dona Alberti. Diga também a senhora de que precisa." Aí, eu comecei a tremer, tinha as palavras todas atadas ao coração e elas não queriam soltar-se. Como a directora esperasse pacientemente pela minha fala, acabei por conseguir perguntar – "Doutora Ana Noronha, sabe por acaso onde fica uma cidade chamada Baku?"

"Baku?" – perguntou ela.

Tive de repetir a palavra várias vezes porque a jovem directora não fazia a menor ideia que houvesse uma cidade neste mundo com semelhante nome. E como não conseguia reconhecer a palavra, já ia partir outra vez, mas eu disse-lhe, com toda a energia da minha alma – "Menina Anita, peço-lhe que procure no seu telemóvel, peço-lhe por tudo, pois esqueci-me de onde fica situada essa cidade, num país junto ao mar Cáspio de que não me lembro do nome, e pensando nisso mal consigo dormir..." E como estava preparada, abri o saco que uso ao peito e estendi-lhe o papel com a palavra escrita.

    A doutora tomou o seu telemóvel escrevendo nele a palavra que copiava a partir do papel, e ao mesmo tempo olhava em volta. O silêncio inusitado que pairava no salão tornava todos os gestos e todas as falas em acontecimentos de relevo. Os risos de satisfação de dona Joaninha ao fundo estalavam no meio do silêncio, e outras vozes a acompanhavam. Entretanto, a doutora Noronha, muito jovem, muito bem vestida, muito bem calçada, procurava no telemóvel a palavra Baku, movendo os dedos ágeis, para diante e para trás. E eu, ainda impressionada pela leitura do rapaz das sobrancelhas espessas com que a vida me havia premiado, pensava que era muito triste que uma jovem rapariga, tão bem trajada, apenas com trinta anos de idade, não soubesse onde ficava uma cidade do Cáucaso, Ásia Meridional, Baku. Não nego que não sentisse despeito. Pois o que sabem certos doutores de agora? O que lêem, o que escrevem, que ninharias estudam em vez do que devem, para não saberem nem História nem Geografia? Raros sabem fazer uma leitura como o rapaz das sobrancelhas espessas. E estava eu nestes pensamentos, enquanto a jovem dedilhava sobre o teclado do telemóvel, quando se ouviu a voz de uma cuidadora bradar a partir do *hall* – "Por favor, vão à porta de entrada, que o senhor Paiva quer safar-se!"

    "Quem quer safar-se?"

    As vozes animadas que provinham do fundo do salão ficaram suspensas. Algumas cabeças viraram-se para a porta de entrada. Procurei fazer o mesmo. Encontrava-me distante do acontecimento, mas percebia que na zona da portaria deveria estar a desenrolar-se uma prova de força entre o senhor Paiva e alguma das cuidadoras. Naquele instante, já a directora havia fechado o telemóvel onde se encontravam escondidas a Europa e a Ásia, com todos os mares e rios, e entre eles a palavra Baku, e porque tinha de supervisionar ao mesmo tempo setenta pessoas sentadas, havia voado para a zona do *hall*. O confronto não durou muito. Foi uma refrega rápida. Um abanão de metal e um estilhaçar de vidros. Mas depois de alguns gritos, o senhor Paiva regressava ao interior do salão, aprisionado entre os braços de várias raparigas, e não só tinha magoado uma delas, muito magrinha, aquela com quem estivera lutando entre portas, como ele mesmo se havia ferido e sangrava. A própria Noronha ajudava a dominar o ímpeto do fugitivo, que apresentava um aparatoso lanho na testa como resultado da marrada contra o vidro. Finalmente sentaram o senhor Paiva, serenaram-no, deitaram-no e cobriram-no com um pano branco, enquanto não lhe faziam o curativo. A marquesa improvisada, armada no local da passagem, encontrava-se mesmo ao nosso lado. À minha esquerda a dona Santanita, à minha direita o senhor Mota. Então, nós três demos pelo acontecimento – Sob as cadeiras onde haviam conseguido estender o senhor Paiva, tinha começado a pingar um líquido que rapidamente desenhou no chão uma poça oval.

Nós três ficámos hipnotizados com o caso, enquanto a poça alargava, alargava. De olhos postos na poça, nem eu nem os meus companheiros falávamos. Não nos movíamos. Tinham vindo expor-nos o senhor Paiva, e estávamos a ver o que não queríamos. E desejávamos que ninguém mais testemunhasse semelhante cena, se acaso interpreto bem o que nós três experimentávamos. Porém, alguém apontou com o dedo na direcção do soalho para onde continuavam a cair pingos e a jovem directora mandou agir – "Salomé, Maria Lina, venham cá…"

Passaram, diante de nós, esfregonas e baldes, raparigas correndo para levarem consigo o senhor Paiva. Cinco minutos antes o senhor Paiva era um leão dando cabeçadas na porta. De um momento para o outro, tinha-se transformado num volumezinho humano, com um lanho na cabeça e o assento molhado, envolvido num pano branco. Três raparigas conduziam-no. Dona Santanita perguntou – "Viram o mesmo que eu vi?"

Eu não disse nada. Prefereria que o senhor Paiva tivesse partido a porta de vidro à cabeçada, e tivesse fugido, ainda que a cara ficasse rasgada. Dona Santanita também. O senhor Mota também. Estávamos nós nestas palavras e nestes pensamentos, quando dona Joaninha Amaral atravessou o salão, aproximou-se da minha cadeira e disse, muito sufocada – "Dona Alberti, que pouca-vergonha. Acontecer uma coisa destas num dia tão primoroso. Ninguém reparou que se encontrava uma pessoa especial nesta sala? Olhem naquela direcção." Mas nem sempre é possível olhar para onde nos indicam que é conveniente olhar. Eu apenas vi quatro pessoas desconhecidas, três homens e uma mulher a desaparecerem pela porta do *hall*, e depois de algum tempo ouvi a porta bater. Mais nada. Agora é noite, a minha mão direita ficou insegura, mal desenha sobre o papel uma nota de três linhas sobre este dia que não vou esquecer – A chamada da minha filha, a visita do rapaz leitor e a tentativa de fuga do senhor Paiva.

22.Abril.2019

Pequena batalha dos pássaros, o que eu
vejo da janela é um voo picado – Nas suas penas
espadas, feridas,
chagas.

7
Aparição

Finalmente o perfume de bergamota vinha à frente. Finalmente Lilimunde falava e ria atrás da porta, mostrava-se, escondia-se. Falava a partir do seu grande Samsung, um aparelho brilhante que ela usa na algibeira e que consulta sem parar, assim que tem as mãos livres. Ria por algumas palavras que lhe diziam do outro lado do telefone. Ria. Por vezes eu não a via, nem a ela nem ao Samsung, mas sabia que em breve ela e o aparelho entrariam no meu quarto. Antes dela, o aroma de bergamota viria à frente. Lilimunde aproximava-se com o seu poderoso Samsung. Esforcei-me, apoiei-me no anteparo da cama e consegui encostar-me. Esperei. Aguardei que se aproximasse e, enquanto não acontecia, pensei que poderia fazer-lhe quatro perguntas que tinha escalonado durante a noite.

Primeira, se o seu Samsung poderia avaliar qual a distância entre Portugal e o Chile.

Segunda, em função da distância, se poderia dizer-me quantas horas haveria de diferença entre um país e o outro.

Terceira, se as comunicações telefónicas entre os dois países costumam sofrer perturbações, mais do que entre outros quaisquer, ou não.

Quarta, a mais fácil de todas, se poderia dizer-me em que país ficava a cidade de Baku.

Finalmente.

Esperei, mantendo as quatro perguntas escritas na minha mente, enquanto junto da porta ela falava e ria, agarrada ao aparelho. Eu estava cheia de esperança, eu tinha a certeza de que ela responderia num abrir e fechar de olhos, bastaria tocar em certas teclas e as respostas surgiriam imediatamente no *écran* que brilhava nas suas mãos. Então Lilimunde entrou no meu quarto, enquanto arrecadava o aparelho no bolso. A rapariga possui aquele Samsung, um objecto dentro do qual consta que existe um relógio universal, um globo terrestre, um mapa das estrelas e até um mapa das passadas que se podem dar ao longo do dia. Além de poder tirar fotografias de paisagens, retratos de pessoas, dispor de um sítio para guardar tudo isso, e ainda albergar notícias de todo o mundo. Era o que eu pensava, enquanto Lilimunde, cheirosa, muito risonha, como se tivesse tido um telefonema repleto de boas notícias, me escolhia a roupa, me lavava, me penteava, me colocava os ornamentos no braço e no rosto, me ajeitava a *écharpe* de Primavera. Quando finalmente me sentou na cadeira, eu disse-lhe – "Menina Lilimunde, poderia ver, no seu telemóvel, quantos quilómetros distam daqui a Santiago do Chile?"

A rapariga prestou a maior atenção ao meu pedido. Muito franzina, quase criança, inclinou-se diante da minha cadeira e pediu desculpa, pois ela sabia muito bem que se tratava de uma grande cidade da América Latina, mas infelizmente não podia satisfazer a minha curiosidade – "Oh! Que pena, dona Alberti, não posso fazer nada. Tem de pedir a outra pessoa..."

Lilimunde é brasileira, veio do Pará, mais precisamente da cidade de Marabá. Muito jovem, tão jovem que consta que nem idade tem para trabalhar numa instituição como esta, sentia-se penalizada por não poder corresponder ao meu pedido. Sabia que o Samsung que lhe tinham oferecido continha dentro de si uma sabedoria ilimitada, talvez toda a sabedoria do mundo, todo o saber das pessoas desde Adão e Eva, todo o conhecimento da Terra se encontrava dentro daquela estreita placazinha tão fina quanto uma tablete de chocolate de leite, mas ela desconhecia como se desencadeava esse saber. Só sabia chamar, atender, telefonar com vídeo, tirar fotografias, enviar, receber, mais nada. Admirada, perguntei – "Nem sequer sabe ver quais as capitais que existem na Europa, ou na Ásia?" Lilimunde, de joelhos, mostrava-se desolada, pois não, nem sequer isso ela sabia.

Falávamos enquanto me ia compondo, até que a rapariga começou a empurrar a minha cadeira pelo corredor fora. O seu cheiro a água-de-colónia de peónia e bergamota recompensava a desilusão que me havia dado pela ineficácia de manejo do seu Samsung. Não importava. Quando chegámos ao salão e ela me depositou na ala do meio, compreendi que o ambiente que ali se vivia era inteiramente diferente do ambiente do dia anterior, e toda a minha atenção se virou para o entendimento dessa mudança. Havia um clima de alegria no ar. Sem compreender porquê, alguma coisa me dizia olá, olá! Até a rapariga pressentiu a alteração. "Virge Maria, dona Alberti, que sufoco…" – disse Lilimunde. O que se passava, afinal? Era preciso observar.

No alto da parede, a televisão continuava desligada mas por todo o salão havia um burburinho generalizado. As minhas companheiras de mesa, que haviam chegado atrasadas tal como eu, também se interrogavam. Eu desejava ver o que não se via. Percebia que uma onda invisível agitava o ambiente e animava os habitantes cheios de lentidão desta casa, mas não era capaz de lhe identificar a origem. A directora passava de cabeça levantada diante dos cadeirais sem se deter. Bianca, a animadora cultural, surgiu com um ramo de rosas dispostas num jarrão que colocou sobre o piano. A animadora disse para todos ouvirem – "Meninos e meninas, isto é Primavera, não tarda aí o mês de Maio…" As minhas companheiras de mesa, junto das quais me encontrava, falaram alto sobre o perfume que emanava da jarra, mas o sussurro provinha de uma outra fonte que eu não conseguia identificar. Notei que, naquele momento, toda a pessoa que ainda podia falar falava. Mas a causa não eram as rosas, nem o piano, nem a animadora cultural. Descobri, finalmente. A causa daquele murmúrio invulgar era uma pessoa elegante, que caminhava com uma bengala de quatro ganchorras que a seguravam ao chão. A figura tinha entrado na sala. Era um homem.

Era um homem elegante, com o peito saliente, muito mais saliente do que o ventre, ventre liso, como se não comesse nada, o cabelo quase branco, ainda com umas riscas cinzentas bem definidas, trajando um belo casaco de cabedal. Ah! Sim, a pessoa que entrava ainda podia com um casaco daqueles, talvez pele de búfalo, bem esticado nos ombros, e não se curvava. O problema dele deveria andar pelos membros inferiores, pensei. Coxeava um pouco e agarrava-se àquela bengala de quatro ganchorras. Tudo isto aconteceu esta manhã, mas ainda tenho a cena viva nos meus olhos como se estivesse a ter lugar agora, neste instante em que a estou a recordar. Pois naquele momento, no momento em que eu o olhava, percebi que a alegria que atravessava o salão tinha origem naquela figura que caminhava entre nós, de um lado para o outro, como se não encontrasse cadeira própria para si, ou não quisesse pertencer ao lugar onde tinha vindo parar. Pensei eu.

E reparei também que se muitos dos residentes do hotel olhavam para aquela pessoa, seguindo os seus movimentos, como se deles dependesse o arranjo do futuro, quem mais se movia na direcção daquela figura era dona Joaninha. Aliás, dona Joaninha falava alto, olhando para o cavalheiro recém-chegado, tendo esclarecido que a pessoa já ali havia estado duas semanas atrás acompanhado de seus familiares. Na altura exacta, ela tinha tido conhecimento da sua inscrição, e fora informada do dia em que aquele senhor iria regressar de uma vez por todas. Na segunda-feira passada, ele ali tinha estado de novo no momento em que o senhor Paiva se quisera safar. E, finalmente, desde o dia anterior, ali estava ele. Aquele homem tinha vindo para ficar. Dona Joaninha olhou para as rosas que se encontravam sobre o piano e bateu as palmas. Uma empregada, contagiada pela alegria, disse ao homem de peito saliente que percorria o salão em busca de lugar – "Senhor sargento João Almeida, o senhor não quererá sentar-se deste lado?"

O novo residente, que afinal era sargento, ou tinha sido sargento, sentou-se ao lado da cadeira de dona Joaninha. A cadeira de dona Joaninha fica perto da passagem onde por vezes me colocam por saberem que eu gosto de fazer perguntas à doutora Noronha, e ao lado da dona Joaninha sentam-se as restantes amigas, desde dona Luísa de Gusmão a dona Rita de Lyon. Elas ouviram o que eu mesma ouvi. Dona Joaninha perguntou muito alto – "O senhor de onde vem?"

Pela primeira vez ouvimos a voz daquele homem distinto. "Venho de Lisboa" – respondeu. Dona Joaninha pareceu ficar encantada e informou a vizinhança – "Este senhor chama-se sargento e veio de Lisboa." Uma das raparigas que nesse momento passava por perto, levando adiante de si um residente a caminho da enfermaria, corrigiu – "Este senhor não se chama sargento. Ele é sargento e chama-se João Almeida, o que é muito diferente." Dona Joaninha repetiu muito alto para todos ouvirem – "Chama-se João Almeida e é sargento."

Nesse momento, eu percebi que dona Joaninha se interessava de forma muito particular pelo recém-chegado. O relógio da igreja bateu doze badaladas, e eu pensei – Será que dona Joaninha abandona a nossa mesa e passa a tomar as refeições com o sargento? Mas não, o senhor João Almeida, sargento, sentou-se numa mesa em frente. Dona Joaninha, a nosso lado, de frente para ele. A proximidade da atenção que dona Joaninha dispensava ao sargento alvoroçou a nossa mesa. Neste momento, penso nestes factos, e como a noite se aproxima, revejo-os, e sinto-me maravilhada.

25.Abril.2019

Cuidado com o canto do melro.
O pássaro bicou os frutos vermelhos
– O sol amarelo mudou
de cor.

8
A figura

Sei que sei muito pouco, mas mesmo esse pouco que sei gostaria de deixar escrito. Como proceder? Se agora até os meus pensamentos mais curtos dificilmente consigo desenhá-los sobre o papel? A esferográfica, por mais deslizante que seja, parece ter pouca tinta, e a folha escorrega sob as minhas mãos como se em algum misterioso lugar a força de um azougue as puxasse para o chão. Desde há algum tempo que os meus pensamentos são muitos, mas as minhas letras são poucas. Sobre o papel, junto só as palavras essenciais como costumam fazer as crianças quando ainda não sabem construir frases e, no meu caso, daí resultam escritos a que dificilmente alguém, além de mim própria, poderá atribuir um sentido. Deixo escrito nestes papéis soltos imagens vergonhosas. Palavras que parecem versos rimados, sem que eu o deseje. Coisa tosca. Um dia escrevi numa pequena folha *– Alguma coisa de ruim vai acontecer na Terra. A televisão é um espelho dela e está em guerra.* O papel tinha voado para o chão, o meu genro veio visitar-me, apanhou-o, leu-o e pediu-me que não deixasse de escrever o que penso. Não se iniba que o seu pensamento, de um modo ou de outro, sempre acaba por me ensinar, disse ele.

Olhei bem para a sua cara, com receio de que pretendesse troçar da minha pessoa. Como ele se mantivesse sério a segurar no papel, eu acreditei no que disse. Guardou-o na algibeira. Mas o que estou a pensar, agora que é madrugada, que tenho a luz acesa, uma pequena folha à mão, e a insónia me pegou de vez, a ponto de me terem vindo sentar de encontro à cabeceira, agora sei por que razão o sargento João Almeida, com a sua figura direita, veio agitar uma assembleia de setenta pessoas paradas no meio do mundo. Setenta pessoas juntas que formam uma família, a caminhar para o final do seu tempo. Um rebanho tresmalhado, sem pastor nem dono. Agora sim, agora que vi o sargento, eu própria me esclareço e compreendo porque deixei cair o saco no chão quando entrei pela primeira vez no patamar do Hotel Paraíso e vislumbrei a sala repleta de pessoas da mesma idade, sentadas lado a lado, com as marcas do tempo gravadas no corpo como se estivessem diante de um relógio que lhes dissesse a cada segundo, menos um, menos um, menos um, aqui nos vamos muito rápido.

O saco soltou-se-me das mãos, e rebolaram pelo pavimento o meu espelho, o meu pente, o meu lenço, o meu telemóvel, a moldura com a fotografia da minha filha, e enquanto me apanhavam os objectos espalhados, desejei que descesse do tecto uma morrinha mansa, invisível, venenosa, sem ruído nem dor, que fechasse os olhos de todos os que se encontravam dentro do salão. Na verdade, eu não queria transpor este limiar, não queria entrar, e quando entrei, ainda pelo meu pé, desejei muito isso mesmo. Que uma grande onda invisível, alta como uma nuvem, nos levasse a todos, todos desconhecidos, mas irmãos, unidos na mesma desavença entre o corpo e o espírito. De mãos dadas, muito juntos, como se fôssemos saltar uma vaga que nos levasse para uma outra praia. Unidos, filhos paridos pelo mesmo tempo. Vindos e idos. Amiga morte, vem já, pedi. Mas há dois dias, quando vi pela primeira vez o sargento João Almeida a caminhar com elegância recinto afora, manejando tão bem a bengala das quatro ganchorras, o cabelo branco e cinza tão bem aparado, compreendi por que motivo o salão se agita quando ele aparece. Porque ele vem contrariar, com a sua bela figura, forte e desempenada, os nossos pensamentos tristes. Inimiga morte, detém-te aí, na porta de entrada, já que a imagem do sargento vem acenar com a vida. Todos vivos, unidos, vivamos. Dona Joaninha é uma sua ajudante. Pena que eu não possa mais escrever como dantes. Agora apenas desenho palavras que ninguém lê, desenho-as com um pequeno lápis, e depois de escritas nem eu mesma as sei decifrar. Um tumulto de vida agita o interior deste salão – Por hoje, é tudo o que eu sei dizer e mais nada.

9
L'Ange Gardien

Sim, um tumulto agita o interior desta casa.

Estou alerta. Hoje, depois do almoço, o sargento abalou salão fora na direcção do seu quarto e dona Joaninha empurrou a minha charrete. Um acto clandestino que aceito porque me poupa uma espera penosa na fila até que alguém se lembre de me conduzir ao destino. A directora Ana Noronha, que antes me visitava ao romper do dia, mantém a proibição de que alguma das minhas companheiras me possa conduzir a cadeira, sob o pretexto de falta de segurança, mas de vez em quando elas fintam a vigilância e empurram-na com gosto para poderem depois ficar a contar as suas vidas enquanto eu as escuto sem dizer quase nada. Hoje, assim foi. Dona Joaninha aguardou pelo momento exacto e começou a correr levando-me à sua frente. "Segure-se, dona Alberti, aqui vamos nós, trem-trem, antes que nos peguem e nos separem..." – disse ela, empurrando a charrete. Mas desta vez não vínhamos sós. Atrás de nós, também caminhava dona Rita de Lyon.

As duas arrumaram a minha cadeira e sentaram-se sobre a cama vaga. As duas queriam falar das suas vidas. Dona Joaninha, porventura, iria querer falar-me do sargento João Almeida, mas dona Rita foi mais persuasiva e disse – "Dona Joana Amaral, vá-se embora que eu quero ter uma fala muito particular com a senhora dona Maria Alberta..." E a minha amiga mais próxima, aquela que, tal como eu, sabia tratar de flores, levantou-se e partiu. Então dona Rita de Lyon, que se chama assim por ter vivido durante vinte anos nessa cidade de França, aproximou-se da minha cadeira, tomou as minhas mãos entre as suas e disse-me – "Dona Alberti, você sofre quando a sua filha não está só porque você quer. Vê-se que você gosta de se martirizar. Não se esqueça que o meu filho é piloto da Air France, vive permanentemente em risco, lá em cima, e eu durmo descansada porque acredito nos seres que nos protegem, acredito no poder do santo *Ange Gardien*."

Dona Rita de Lyon não esperou que eu dissesse uma palavra. Inclinou-se na minha direcção e falou-me ao ouvido para não ser escutada por mais ninguém. Olhava constantemente para a porta entreaberta – "Você não acredita, e por isso não tem um *Ange Gardien* a proteger a sua filha. Enquanto eu durmo descansada porque envio o meu *ange* a viajar ao lado do Clarence, o meu filho. É muito poderoso o meu *ange*. Tem mais ou menos o tamanho de um Airbus A380, voo de ida e de regresso, um *ange* grandioso, que se deita de braços abertos por baixo da fuselagem, e lá vai voando rente ao bojo, segurando o avião com as mãos e as asas. Acordo de noite e até rio, imaginando o meu filho a conduzir aquele *grand navire* no escuro, lá no espaço, com as luzes a acender e a apagar em segurança total. O *océan Atlantique* por baixo, um abismo, o céu por cima negro de breu, mas entre o avião do meu filho, a terra e o mar, vai aquela figura vestida de véus e rendas transparentes, aquela figura gigante, sustentando o piloto meu filho, a tripulação e os passageiros, que por vezes são uns quatrocentos e tal, e junto deles lá vai aquela figura celeste irradiando a sua luz brilhante. Ora isso não se passa consigo porque você não acredita no *ange*, e quem não acredita sofre muito porque aos incrédulos ele não assiste. *Vous êtes une non croyante...*" – disse dona Rita de Lyon. E acrescentou, manifestando muita pena de mim, já em voz alta, longe do meu ouvido – "Acho que você não acredita nem nos *anges*, muito menos em *la Sainte Vierge*, dona Alberti. É ou não é assim?"

 Como eu demorasse a responder, dona Rita concluiu – "Ah! Eu calculava, eu sabia. Você é daquelas pessoas que só acreditam no que vêem. A isso se chama falta de espiritualidade. Seja como for, *plaise à Dieu* que ela regresse bem…" Rita de Sousa Bisset, conhecida como dona Rita de Lyon, ainda esperou por mim, *alors, que me dites-vous? Hein?* Desesperou da minha demora em responder, levantou-se e partiu. Fiquei sozinha no quarto, sentada, nem acordada nem a dormir. Lembranças do meu jardim salvaram-me. Um a um, reconstituí os canteiros e as sebes. Fechei os olhos. Por esta altura, se acaso a seca o permitiu, estão as lantanas carregadas de flores vermelhas, os viburnos formam grinaldas brancas, a congossa azul escorrega pelo muro afora, as rosas são copos de perfume cor-de-rosa, eu sei.

27.Abril.2019

Ela trouxe os viburnozinhos da orla de um grande
lago. Cresceram – Agora regam, com murmúrios
de água, os dias longos da
sua ausência.

10
A visita da tarde

Que a noite que aí vem não permita que a noite penumbrosa se desprenda do seu lugar de trevas e se encaminhe na direcção do meu corpo, para retomar a contenda interrompida. Passaram estes dias e ainda não sei como se chama o país que tem por capital Baku. Estamos no meio de uma trégua, pois nem eu deixei de me interessar pela solução do problema nem a noite, por certo, desistiu de me perseguir, o que significa que entre nós se estabeleceu um salutar intervalo. Espero que essa recompensa me seja prolongada, mesmo sabendo que nada é linear nesta vida – Esta tarde, quando Nina Mercedes surgiu na porta a anunciar quem aí vinha, eu imaginei que me visitaria de novo o leitor da Associação da Boa Vontade, mas quando eu soube de quem se tratava preparei-me, pelo contrário, para uma hora amarga.

Previ tudo, e no entanto não tive tempo para preparar a minha defesa. Apenas imaginei o som do melro com que o meu genro costuma anunciar a sua chegada, e o assobio ali estava. Preparei-me para assistir à imediata aspersão do *spray*, e ali estava o cheiro enjoativo a jasmim com que ele sempre borrifa o ar antes de entrar, disfarçando a sua intenção, dizendo em voz alta como se fosse um Luís XV – "Aromatização, antes de entrar no palácio..." Como os pequenos gestos se sucediam tal como de um momento para o outro previra, preparei-me para enfrentar o tema do telefonema feito às quatro da madrugada, encaminhando o meu olhar para fora, para o cimo das folhas da palmeira, e aguardando com calma o sacrifício, mas não aconteceu o que eu esperava.

Pelo contrário, o meu genro abriu um dos sacos que trazia consigo, e do seu interior retirou um molho de jarros que foi colocar no cachepô da entrada. Disse ele – "Colhi-os de uma moita que está às abas da ameixieira. São para si." Descreveu outras moitas de flores que estão no jardim daquela que foi a minha casa, e não falava do telefonema das quatro da madrugada. Mesmo assim, à defesa, eu não retirava os olhos das folhas da palmeira que balouçavam no céu. Então ele quis saber onde guardava eu o pente.

Foi buscá-lo, puxou a minha cadeira para si e começou a pentear-me. Eu não dizia nada. Passou o pente por todo o meu cabelo, puxando-o para os olhos como os barbeiros procedem com os clientes, e depois dessa manobra não sabia como arrumar o penteado na minha cabeça. Como os homens procedem quando se põem a pentear uma mulher, andou às voltas com o meu cabelo até encontrar o lugar da marrafa, experimentou, penteou-me para trás e para o lado, depois calcou a mão sobre as minhas orelhas, pressionando o resto dos meus ondulados, e eu continuava calada. Quando terminou, o meu genro disse – "Agora vou tirar-lhe uma fotografia para enviar para ela assim que estiver num lugar com rede. Se não fosse o consulado de Espanha nem saberia onde ela pára…" Depois pediu que me endireitasse, que risse, tirou uma, duas, várias fotografias, e não falava do telefonema da madrugada. Mas o seu pensamento não deveria andar muito longe do assunto porque abriu um outro saco e dele retirou um livro enorme, um livro de tamanho brutal.

"Gosta?" – perguntou.

Exibiu a capa diante dos meus olhos. Pude ler. Era o *Grande Atlas Geográfico* da Planeta DeAgostini. Decididamente, o tema das quatro horas da madrugada estava entre nós.

Ele colocou o grande volume de tamanho brutal sobre uma cadeira e, aberto, as suas margens sobressaíam do tampo. Folheou ao acaso e saiu Ásia. Eu disse – "Não serve, não distingo as letras. Vejo os mapas mas as legendas não as leio." Ele respondeu – "Não há problema, aqui tem a solução, pensei no assunto." E retirou do interior do mesmo saco um estojo com uma enorme lupa de aro prateado. "Experimente" – disse ele. "Com esta lente pode ler tudo." Eu disse – "Desculpe, não posso. Veja os meus pulsos, veja como não consigo suportar o peso de um caderno. Mal posso levantar uma folha de três gramas, e vem você querer que eu maneje um livro de dez quilos…" Ele fechou o *Grande Atlas Geográfico* e arrumou-o no saco.

"E isto?" – perguntou ele, fazendo surgir de dentro de um terceiro saco o antigo Globo Terrestre que eu usava na mesa-de-cabeceira. E sem me perguntar nada, dirigiu-se para uma tomada e a luz azul transpareceu e iluminou a esfera.

Eu não queria manifestar o que sentia, mas comecei a tremer. Não podia aceitar, eu não poderia ter comigo, no meu quarto, um globo que me iluminasse durante a noite, eu não podia. Isso tinha sido na casa que lá deixei, pensava eu, enquanto ele ria julgando que me proporcionava um alívio. Mas não, não podia ser. O Globo fazia parte daquela que fora a minha casa, aquela que na hora exacta eu tinha querido abandonar por iniciativa própria para sempre. Que o Globo ficasse lá, no meio do universo de todos os meus objectos, peças móveis que pertenciam a uma realidade inteira em relação à qual nenhum deles se moveria sem que não perdesse o sentido. O Globo Terrestre não podia ser movido de um lado para o outro e continuar a ser o mesmo objecto. Deslocado do seu espaço, aquele globo que me fizera companhia transformava-se num pedaço de lata pintada. E além do mais, nunca neste local seria possível mantê-lo.

Não é possível dispor de um objecto secreto onde tudo é visto e revisto, pesquisado e inventariado pelos olhos dos outros, pois aqui onde me encontro nenhum canto é meu, nenhum objecto me pertence, até mesmo o meu corpo não é mais um recanto privado da minha alma como antes era. Só os meus pensamentos me pertencem, só esses não são vigiados, e ainda assim, há quem tente adivinhar os motivos por que falo ou por que estou calada. O meu Globo, aqui, no meio destas paredes que não me pertencem, nuas, lavadas com lixívia e objecto de saponária, seria um objecto de escárnio. "Desculpe, leve o Globo de volta para casa…" – pedi. E devo ter pedido com tanta veemência que o meu genro obedeceu. Também sem dizer uma palavra, desengatou a ficha da tomada e voltou a metê-lo no saco.

    Mas o meu genro ainda trazia mais uma proposta, embora não falasse do telefonema das quatro da madrugada. Sentou-se ao meu lado e mostrou-me o seu telemóvel. Abriu-o e demonstrou como seria simples eu satisfazer a minha curiosidade se aceitasse um aparelho semelhante. Bastava dois toques para aceder à informação. Mas o que eu o vi fazer foi percorrer vinte e tantas teclas, e outros tantos impulsos, até chegar onde pretendia, e eu disse – "Não, obrigada, eu não preciso de mais nada. O aparelho que tenho, muito simples, me basta."

    Naturalmente que eu gostaria de poder possuir na algibeira um objecto daqueles, um aparelho perfeito, instrutivo, creio que até de sabedoria universitária, como o Samsung de Lilimunde, mas tal não seria para mim. E não valia a pena explicar porquê. Eu disse-lhe – "Gosto do aparelho que tenho, chama e aceita chamadas. É quanto me basta…" Ele ficou parado, parecia desapontado, e começou a despedir-se. E eu, no meio daquele tumulto que me atacou a alma, não lhe perguntei onde ficava Baku. Teria sido tão simples, bastaria perguntar e ele teria respondido. Nem sequer perguntei se sabia quando ela regressaria. Foi ele, quando já ia no corredor, quem voltou para trás, para me dizer – "Ah! Ela vai regressar assim que a Avianca terminar a greve de modo a poder viajar entre Santiago e Caracas. Mais, por enquanto, não lhe posso dizer..." E assobiou como um pássaro.

O meu genro chegou com três sacos, de volta levava dois. Sobre a cómoda de entrada, ficaram os jarros. Olho para estas flores e parecem-me vestidos brancos. Não acredito em fantasmas, e no entanto, neste momento, imagino um anjo de asas abertas, de longos cabelos dourados, vestes de tule, voando por baixo do avião da Avianca, trazendo de volta aquela que eu amo.

Este foi um dia belo e um dia tremendo.

11
O informador

Mas hoje foi um dia simplesmente belo. Quando era jovem – isso foi há tanto tempo que o Churchill e o Hitler ainda viviam e faziam guerra – aprendi que uma alma que se eleva, eleva o mundo. Sei como é porque amassei o pão. Trata-se do princípio do fermento. A levedura azeda, misturada na massa, transforma-a e engrandece-a. Do mesmo modo uma pessoa formosa tem o condão de temperar de beleza a fealdade do mundo. Num outro plano, já aqui, no Hotel Paraíso, confirmei que basta uma simples cesta de frutos cor-de-rosa para transformar um espaço triste de paredes cor de cinza num recinto acolhedor. A isso se chama a boa levedura da cesta. Só que a beleza anda ligada a uma certa sabedoria na forma de colocar uns objectos em relação a outros. Porque nós não mandamos no conjunto das nossas feições, nascemos ou não nascemos harmoniosos, não mandamos em nós, mas na composição dos objectos, sim, podemos mandar.

Ora por aqui muitas raparigas desconhecem o que são linhas paralelas, tangentes ou secantes. Nem devem saber o que é uma circunferência. Por isso dispersam os talheres e os copos à volta dos pratos deixando cada espécie para seu lado, conseguindo desse modo que as peças de louça adquiram o estatuto das pias. Sei que estou a exagerar, mas este é um dos meus desgostos, ainda que nunca comente nem solte uma palavra. Assim que me sentam à mesa, começo a endireitar o garfo e a faca, a colocar a colher à direita, e alcanço o guardanapo que está bem longe do prato, na verdade nem se sabe a quem pertence cada guardanapo. E o copo, ah! O copo! Gosto que fique na beira do círculo do prato, mesmo a meio da linha a que eu chamava o arco da circunferência. Só depois levanto os olhos na direcção da janela. Ordenando o meu prato, fico com a ideia de que ordeno a terra, o mar e o mundo. Elevando a disposição de um prato, elevo a geometria inteira. Isto penso eu mas não digo. Em silêncio, cada um pensa no que pensa. Hoje apareceram sete maçãs *pink lady* na cesta e a beleza daqueles frutos potenciou a harmonia que soprava através da sala, em virtude da figura de um homem bem-feito que se senta numa das mesas.

Na verdade, o sargento encontrava-se na mesa ao lado. Sobre cada mesa havia uma cesta com fruta, e a dona Joaninha, como de costume, estava sentada na minha frente. Dona Joaninha não parava de olhar para a pessoa que desde há quatro dias eleva o estatuto de todos os ocupantes daquela sala com a sua distinta figura. A dado momento, dona Joaninha, que se move admiravelmente, tomou para si a cesta da fruta e começou a avaliar as maçãs, escolheu a mais bela, a mais rosada de todas, levantou-se e foi oferecê-la ao sargento João Almeida, que a rejeitou, mas o sinal estava dado. Joaninha disse para nós, suas seis companheiras de mesa – "Os homens são criaturas que precisam de mais alimento do que nós outras, mulheres. Precisam de mais sustento para alimentarem todos aqueles músculos." Nenhuma de nós proferiu palavra, mas todas compreendemos que o amor tinha definitivamente chegado, só ainda não sabíamos se era correspondido ou não.

Quando o almoço terminou, dona Joaninha quis empurrar a minha cadeira, mas eu estava a sentir-me bem, segurando a minha maçã na mão e ainda disse – "Não se incomode, dona Joaninha, vai a senhora empurrar-me até ao primeiro andar quando o seu quarto fica no rés-do-chão, e eu ainda não estou precisando." Mas a minha amiga estava decidida. Empurrou e disse – "Levo-a já, sem elas darem por isso. Estas raposas, depois do almoço, ficam pedradas e não querem fazer nada. Mas comigo, a sua charrete até voa…" Tomámos o elevador, atingimos o corredor que se dirige para o lado do mar, e quando já a dona Joaninha me ia conduzindo ao quarto, em sentido contrário, vinha caminhando o sargento João Almeida. Dona Joaninha exclamou – "O senhor sargento por aqui? Então onde é a sua habitação?" O sargento, de peito bem feito e bengala de quatro ganchorras, não respondeu mas levantou a bengala especial e indicou o corredor que fazia esquina com o meu quarto. Dona Joaninha tinha parado.

Dona Joana Amaral disse – "Passo muito por estes lados. Como ando muito bem, graças a Deus, venho levar esta minha amiga para ela descansar, e costumo ficar por aqui a conversar um bocado…" E nisto empurrou a minha cadeira e sentou-se na beira da cama vaga. Sentia-se feliz. O entendimento tinha chegado. Dona Joaninha disse-me – "É um homem bem-feito, com tudo no seu lugar." "Assim é" – respondi eu. "Deve ter muitos conhecimentos, saber muito de Geografia, deve conhecer todas as capitais" – continuei. Os olhos de dona Joaninha iluminaram-se. "Quer saber alguma coisa sobre alguma delas?" E eu respondi – "Quero sim. Quando falar com ele, entregue-lhe este papel, pergunte-lhe onde fica uma cidade, o nome dela está aí escrito, Baku. Tudo isto, dona Joaninha, porque eu sabia muito bem o nome do país, mas esqueci-me, e por mais voltas que dê ao juízo, o nome não me vem à cabeça. Como se a memória fizesse de propósito. Faça-me esse favor…"

Dona Joaninha pegou no papel, abriu-o, olhou as letras, e sim ela iria tentar, assim que pudesse iria alcançar o esclarecimento junto do senhor sargento. E eu pensava que esse esclarecimento, se acaso houvesse, só aconteceria daqui a dois ou três dias. Mas não, dona Joaninha desapareceu pela porta, levando a palavra escrita, e passadas duas horas voltou a entrar.

    Quando regressou, o seu cabelo resplandecia de acção, e ainda se penteava. Alisava a roupa junto ao corpo, sorria. Meteu a mão na bolsa esquerda do *soutien* e de lá retirou o papel. Estendeu-mo. Nele estava escrito *Baku*, tal como eu o tinha escrito. E por baixo, em letra regular, tombada para diante, *Capital do Azerbaijão*. Dona Joaninha pediu – "Leia." Eu li em voz alta. A minha amiga bateu as palmas. "Como vê, não precisa mais de pedir a essas moças que consultem o telemóvel. Dona Alberti, deveria ver, eu estendi-lhe o papel, e ele respondeu logo. Um papagaio perfeito."

    Os olhos de Joana Amaral estavam iluminados, o amor tinha chegado, e aquela alegria enchia este quarto de luz até ao corredor. Maria Lina, a rapariga que entrava pela porta trazendo as roupas lavadas também vinha cantando. Bastava o amor acontecer num canto da casa, mesmo que escuso, para contagiar todo o espaço. Um milagre. Agora sei, descubro. Todas as pessoas que se aproximam dos dois intervenientes, mesmo as que não enxergam bem, mesmo as que ouvem mal, mesmo as que não sabem verdadeiramente o que se está a passar, estão contagiadas. E eu apontei numa folha solta aquilo que eu sabia e tinha esquecido – "Capital do Azerbaijão." Como era possível ter-me esquecido de uma palavra tão sonora, tão compacta, tão cheia de distância? Fiquei com a palavra nos olhos como se fosse o retrato de uma pessoa. Azerbaijão, repeti várias vezes. Estava a tomar nota, escrevendo-a com a minha mão esquerda. Dona Joaninha continuava sentada na cama vaga e via-me tomar nota de três palavras.

    Atenta, perguntou – "Quantas palavras escreveu aí, dona Alberti?" Eu mostrei as três palavras, dona Joaninha ficou a olhar para o papel durante algum tempo, embevecida. O amor tinha chegado. "São mesmo três palavras?" – perguntou ainda.

Ela continuou a olhar.

30.Abril.2019

*Lá fora levantam-se três luas, a primeira
ilumina o verde, a segunda ilumina o
azul, a terceira, a cama desfeita
– Doçura da juventude*

12
O seu regresso

Ela regressou e eu não reconheci os seus passos.
Saudou-me ainda antes de surgir na porta e não reconheci a sua voz. Entrou no quarto, aproximou-se, trazia uma caixa que me colocou no colo e não percebi que eram as suas mãos. Fiquei muda, quieta, a olhar para ela como se não a tivesse criado. Ela dizia palavras soltas, dizia que só tinha estado ausente durante dezassete dias, e dezassete dias não eram nada na vida de uma pessoa, e outras palavras assim, e eu não sabia responder. Senti-me perdida no momento em que deveria sentir-me achada. Ela abriu a caixa, desembrulhou uma blusa com rendas, muito fina, para eu vestir em breve, quando vier o Verão, e eu não agradeci. Ela então quis aconchegar-me, massajar-me as mãos, dizendo que eu bem sabia que ela iria demorar alguns dias, que me tinha feito um calendário para que eu soubesse onde se encontrava e o que fazia, dia após dia, e que só tinha demorado mais tempo por causa da greve na Avianca, mas eu não me lembrava de nada.

Eu queria dizer que numa certa madrugada de sábado tinha telefonado para casa, depois de uma longa conversa com a noite escura, e não conseguia contar. Queria pedir-lhe desculpa pela preocupação que tinha causado, e não conseguia mover os lábios. Ela perguntava-me se agora já dormia melhor desde que me haviam começado a dar o relaxante, e eu apenas balbuciei que sim, que todas as noites as raparigas me davam uma pastilha, e consegui dizer os nomes de Nina e de Lilimunde.

Ela perguntou se eu estava a conseguir ler os contos que tinha fotocopiado para eu poder ler folha a folha, e eu disse que alguém me tinha vindo fazer uma bela leitura. Ela quis ver as folhas dos meus apontamentos, e eu apenas consegui dizer-lhe que abrisse a gaveta. Ela elogiou a minha letra e perguntou se todos os dias me faziam o exercício às mãos, e eu apenas abri e fechei os dedos para que ela visse que eu mesma tratava de mim. E ela curvou-os e estendeu-os entre as suas mãos, e eu lembrei-me de quando era pequena e a minha avó me dava uma pata da galinha, quando as matava, e eu puxava por uns tendões e os dedos da pata moviam-se, ora se abriam ora se fechavam, como se estivesse viva, e por isso, olhando para a semelhança dos movimentos da minha mão, comecei a rir. E a minha filha, em vez de se rir comigo, como não descobria a causa das minhas gargalhadas, ficou apreensiva, quis que eu explicasse porque ria e eu não conseguia explicar-lhe.

Naquele momento, como poderia eu evocar uma imagem que ficara perdida no tempo da minha infância? Se eu dissesse pata de galinha morta dada às crianças, ela iria pensar que eu tinha enlouquecido, e no entanto nunca eu me havia sentido tão lúcida quanto naquele momento em que a minha filha regressava. Ela tinha chegado com vários dias de atraso porque o avião da Avianca não a levava para Caracas, a partir de onde ela precisava de apanhar um avião da TAP. Finalmente a viagem tinha corrido bem, e agora, desde que dona Rita de Lyon me havia falado do anjo gigante, voando sob a aeronave, eu também passei a ver um Anjo da Guarda de asas abertas segurando o bojo dos aviões onde a minha filha viaja. Essa imagem nos últimos dias era tão nítida, e dera-me tal segurança, que eu consegui dizer-lhe – "Um anjo veio seguindo-te, agarrado à fuselagem." Ela olhou para mim, muito apreensiva. "Um anjo?" – perguntou. "Sim, um anjo do tamanho do teu avião, veio segurando-o por baixo das asas." Ela sentou-se, muito quieta, muito muda, a olhar para mim, e mudou de conversa, mas eu percebi o que pensava sobre o nível do meu juízo. Então sentou-se na cama que está vazia, ao lado da minha, cruzou as pernas e eu vi alguma coisa de que não gostei. O anjo desapareceu da minha lembrança e eu verifiquei que a sola do sapato da minha filha tinha um buraco.

Sim, a meio da sola, havia um buraco.

Eu apontei para o sapato e disse-lhe, muito surpreendida – "Já viste o estado do teu sapato?" E ela olhou para a sola, descruzou as pernas, pôs as duas solas no chão para escondê-las, e disse apenas que não tinha dado por isso.

Naquele momento, confesso, eu voltei a ter voz. Senti-me mãe, senti-me ofendida, e tive vontade de me zangar em altos gritos, como no tempo em que ela era pequena. Senti a minha voz regressar intacta, depois da emoção causada pela sua aparição, e perguntei – "Não tens vergonha de andar a viajar de avião, entre aeroporto e aeroporto, com os sapatos estragados, fazendo figura de pedinte? Assim, desmazelada?"

Ela, certamente para desfazer das minha palavras, sorriu. E ainda por cima disse – "Ora, também o Barack Obama, por vezes, tem um buraco nos sapatos, até quando estava na Casa Branca lhe aconteceu, e só deu por isso quando um jornalista lhe fotografou o pé. Era ele presidente dos Estados Unidos da América."

Percebi muito bem que ela estava a desvalorizar o assunto. Disse-lhe – "Pouco me importa a vida do presidente dos Estados Unidos, eu, como tua mãe, é que não posso admitir que a minha filha calce sapatos de sola esburacada." E ela, como não tinha argumentos, só ria, não me tomava a sério. Porque não me tomava a sério?

Então comecei a olhar com mais atenção para a minha filha, e reparei que o cabelo dela estava maltratado, ela mesma deveria ter-lhe dado umas tesouradas junto às orelhas, uma mecha mais acima, outra mais abaixo, e a roupa dela era exactamente, sem tirar nem pôr, a mesma que usava quando se tinha vindo despedir, como se não a tivesse mudado ao longo de vinte dias, e a alça da sua carteira tinha o verniz estalado. Quando se levantou, a saia estava mais comprida à frente do que atrás. Eu não conseguia esconder o meu desgosto. Disse-lhe – "Nunca mais me venhas ver assim, nesse estado. Prefiro que não venhas, confesso…" Ela estava perplexa, em pé, como se fosse partir, e eu não me importava. Ela disse-me – "Tinha saudades suas, vim directamente do aeroporto para vê-la, e recebe-me assim…" Aí, eu sei que deveria ter aberto a porta do meu coração às suas palavras, mas estava demasiado zangada, e havia muito tempo que não sentia tanto poder como naquele momento, precisava de o exercer. Precisava de mostrar como sou pessoa e como tenho o meu papel a desempenhar. Disse-lhe – "Pois deverias ter ido primeiro a casa, tomar banho, mudar de roupa e de calçado, e só depois deverias ter vindo ver a tua mãe. Não foi isto que te ensinei. Sabes como me desgostas. Não te agradeço a pressa, em vez da pressa, agradeço o teu aprumo."

"Ouves-me?" – acrescentei.

Os olhos dela ficaram duros, pareciam de vidro. Inclinou-se sobre o meu ombro, beijou-me, fechou a caixa com a blusa de Verão e partiu sem me dizer mais nenhuma palavra. Quando já ia no corredor, dei pelo que tinha acontecido, mas era tarde. Chamei, chamei. Os seus passos ecoaram pelo espaço fora. O Hotel Paraíso ficou na escuridão.

2.Maio.2019

E de súbito ela tinha dez anos. Contra a sua vontade, mondei-lhe as ervas bravas – A minha mão sangrava.

13
Os desenlaces

Passaram três dias desde a visita da minha filha, e eu penso que, para o bem e para o mal, ela não tem o meu génio.
Eu sabia que, naquele dia, mal havia entrado no carro e transposto o portão já me tinha perdoado. Também sabia que a minha repreensão iria surtir efeito, e assim foi, pois hoje apareceu à hora habitual e vinha arranjada. Percebi que tinha ido pentear-se num bom salão porque vinha composta e perfeita. Trazia uma roupa capaz, um outro saco e uns outros sapatos. Olhei para ela, e sim, parecia uma mulher. Senti orgulho no seu aspecto. Isso deveria ver-se nos meus olhos porque os dela sorriam. Claro, para o bem e para o mal, não tem o meu génio. Por isso, eu fico feliz por me ter perdoado, porque mostra bondade, mas fico decepcionada porque ao mesmo tempo mostra fraqueza. Sim, acho-a fraca, e só assim se compreende que perdoe tão facilmente. Pessoa forte dificilmente perdoa. Mas ela aqui estava de volta, tinha-me perdoado. E eu senti que tinha chegado a hora. Afinal, ela aceita os meus conselhos, segue os meus passos. Não podia tomar nota diante dela, ao mesmo tempo que falava, mas o meu pensamento desenhava letras para escrever mais tarde.

Mondei, mondei, e do meio das ervas
Ela surgiu, como eu sonhei.

Mas não lhe disse nada.

Só que a coragem tomou o meu corpo e o meu espírito encheu-se de urgência. Então perguntei-lhe – "Vamos conversar?" E ela, em vez de ainda se mostrar ressentida, como era seu dever, respondeu logo, vamos, vamos, como se fosse criança e obediente. Enchi-me de pensamentos, mas claro que não lhe iria dizer tudo o que estava a pensar, iria só mencionar o essencial, embora tivesse de começar por uma ponta distante, a fim de atingir o centro do assunto. Comecei por querer saber como ia a sua vida, como tinham sido os seus dias pela América Latina, se as pessoas por lá liam muito os seus livros, e ela respondeu que tudo tinha corrido bem, que tinha visitado cidades, falado com pessoas interessantes, passado por paisagens inesquecíveis, e em relação aos livros, que por certo havia lido muitos mais do que os seus próprios eram lidos.

Atingido esse ponto, eu pensei que havia chegado a hora de lhe ensinar alguma coisa.

Ela mantinha as minhas mãos nas suas, senti-as maiores do que as minhas, mas eu procurei a situação oposta, segurei as suas nas minhas, ajustei-as, apertei-as. Eram as suas mãos de seis anos, quando a levei pela primeira vez à escola, depois de eu mesma já lhe ter ensinado a ler e a escrever. Disse-lhe – "Escuta bem a tua mãe. Isto é muito importante, ninguém lê os teus livros porque eles têm um problema. Terminam mal. Devias pensar no assunto. O remate dos teus livros está completamente desajustado em relação à forma como os finais devem ser…" Ela ficou muito surpreendida. "Como assim?" – perguntou. Mas deixou as suas mãos entre as minhas.

"Ouve" – disse eu, calmamente, olhos nos olhos. "Tens um livro que termina com a história de um louco que fica com a rapariga mais bonita da aldeia. A última frase do livro é – *Ouçam aqui o dó*. Eu sei que a palavra dó quer dizer duas coisas, quer dizer pena e quer dizer som de música. Mas surgindo naquele lugar, a terminar um livro, e depois de o rapaz idiota arrebanhar a rapariga mais bela, quem pensa na música? Todos pensam na pena. Os leitores do teu livro fecham a última página e só podem imaginar a vida de uma rapariga infeliz para todo o sempre. Ao menos se tu acrescentasses uma nota que dissesse assim – 'É de notar que, mais tarde, ele veio a curar-se e ainda foram felizes por uns tempos.' Mas não. Depois do dó, a folha fica em branco. Uma pessoa que leia só lhe apetece chorar sobre aquele espaço vazio. Por que razão, ao menos, não acrescentas umas linhas para dares alguma esperança aos leitores?" – perguntei eu, esperando que ela pensasse um pouco, meditasse sobre o que lhe estava a ensinar. Mas em vez desse comportamento de reconsideração, disse-me rapidamente – "Calculo que sim, mas tudo isso foi escrito há muitos anos, já não posso mudar nada." Fiquei impaciente, respondi-lhe – "Por favor, estou a dizer como deves proceder quando escreveres o próximo livro." Ainda receei que ela retirasse as mãos de entre as minhas, mas não, manteve-as tranquilas. Na minha cabeça agigantava-se a coragem, diante dos meus olhos, palavras.

> *Durante a monda, a minha mão doía, doía*
> *mas ela foi surgindo*
> *tal como eu queria.*

Pensei em vários dos seus livros, todos com o mesmo defeito. Era só tomar um deles ao acaso. Escolhi aquele em que um médico, boa pessoa a ponto de usar no seu consultório um caderno para apontar os nomes dos pacientes, com uma dupla marcação – se a tinta, o cliente pagava, se a lápis, o cliente era grátis – e dias havia em que a coluna das marcações só estava escrita a lápis. Lembrei-lhe o título, o enredo. Perguntei-lhe – "Esse médico merecia, acaso, o final que lhe deste?" Ela ainda tentou balbuciar um mas, um mas meio sumido, eu, porém, não deixei que avançasse. Disse-lhe – "Lembro-me muito bem do final desse teu livro. Mataste-o. Colocaste uma pistola caída a seu lado, puseste-lhe um orifício mortal na têmpora direita, seis pedras suspeitas junto ao seu cadáver. Mais ainda, enterraste o homem num local não sagrado, e quando o cortejo caminhava atrás da urna, entre ciprestes altos, puseste uma rapariga a cantar umas canções antigas, com palavras que diziam o contrário do que se passava. E assim terminou a vida de um homem justo. Se achas que isto anima os leitores, eu não acho. Emprestei o livro à prima Silvina, quando ela o devolveu tinha os cantos da boca caídos, e disse – 'O problema é que os livros devem terminar bem, a sua filha não sabe terminar os livros.' O que ela disse eu assino. Li esse final com o coração aos saltos, com receio do que iria acontecer, e aconteceu mesmo. Achas isto normal?"

> *A monda nunca termina*
> *nunca termina –*
> *Filha adulta, menina.*

Como ela mantivesse os olhos nos meus e não dissesse palavra, eu senti que tinha de continuar. Aconselhei – "No teu lugar, não escreveria assim os finais dos livros, procuraria uma outra forma. E é por esse defeito que as pessoas não lêem os teus livros, nem aqui nem na Europa, nem na América do Sul nem na América do Norte. Muda, muda os teus finais…" E apertei-lhe as mãos. "Concordas?" Ela respondeu – "Não é bem assim, os finais não são o fim dos livros…"
Tive receio que ela quisesse começar a enrolar as palavras. Desafiei-a – "Então, não concordas?" E ela disse – "Não." Mas não retirou as mãos das minhas. E eu fiquei com muita esperança de que, tal como aconteceu com os cabelos, os

sapatos, com a mala esgarçada, com a saia ponta abaixo ponta acima, ela também irá alterar os seus livros para que sejam lidos na Europa, em África, na Ásia, na América do Sul e na América do Norte. Pensei para mim. Ela não retirava as mãos das minhas, eu tinha esperança na força da minha lição. Disse-lhe – "Sei que vais alterar o teu estilo de terminar livros, tenho a certeza disso…" E ela, sem retirar os olhos dos meus olhos, nem as mãos das minhas mãos, respondeu – "Sim, assim farei." E despediu-se com amor pela minha pessoa, antes de partir para o corredor. Uma luz iluminou o Hotel Paraíso. Tudo ficou em ordem, Reiquiavique fica na Islândia, Baku, no Azerbaijão, dona Joaninha ama o sargento João Almeida, a minha filha vai mudar o final dos seus livros. Palavras rondam a minha cabeça, delas só meia dúzia são escritas.

5.Maio.2019

Quando quero, a minha casa marcha como um soldado.
Na cozinha apita a chaleira.
Bela é a minha vida.
Ah! Ah! Oh! – Cuidado.

14
Os meus pensamentos

Agora que ela regressou, e que a noite parece ter ficado adormecida no seu amalho de escuridão, quero ordenar os meus pensamentos.

Primeiro

A tristeza é um ser concreto, mas a alegria também. Porém, mais concreta do que a alegria e a tristeza, é a dor. De concreta que é, não se pode descrever.

Segundo

Não quero pensar na tristeza e na dor, apenas na alegria, que sendo a mais frágil das três é aquela que me faz viver. Assim, ponho de lado o que pesa e tolhe, e penso na Primavera que trouxe a alegria consigo e com ela forrou as paredes do Hotel Paraíso de paz. Lá em baixo, as flores do jarrão da entrada não permanecem apenas arrumadas no interior do vidro, elas dançam pelo salão inteiro e deve ser por isso que o senhor Paiva já não quer fugir, fica só sentado diante da porta a olhar para a rua e a sua roupa não está molhada. Dona Santanita não recuperou o casaco mas a filha trouxe-lhe outro, e o senhor Mota, carpinteiro, ainda não gastou o dinheiro que mandou guardar. Não precisa. A máquina do café está demasiado alta. Dona Palmira fez excrementos no meio do salão, mas ninguém os viu, porque as raparigas fizeram uma roda em volta da senhora. Baldes e vassouras passaram diante da minha pessoa e das minhas companheiras de mesa, mas não comentámos. E também o *spray* com cheiro a flores do bosque soprou de canto a canto. Pelo meu lado, desde que a minha filha voltou, não preciso de tomar comprimidos para dormir.

Terceiro

O senhor Peralta voltou. Viva o senhor Peralta que chegou ao salão. A alegria é um ser concreto, digo eu, que se amplia ao longo das paredes. Pensarei mais adiante no senhor Peralta.

Quarto

O sargento João Almeida gosta muito de jogar às cartas e já criou um clube com o nome de *Os Seis Cavalheiros Dão Cartas*. Dona Joaninha veste-se de azul, a cor que lhe fica bem, atendendo à cor acaju dos seus cabelos. O amor pousou sobre eles. Sabe-se, fala-se, nestes dias luminosos de Primavera. À mesa, dona Rita de Lyon fez notar que o sargento tem os lábios demasiado roxos para o seu gosto. Dona Joaninha disse que sim, que são da cor das pétalas de um lírio, o que não tem problema algum. Dona Ema, a que comeu o coelhinho inteiro, corroborou o parecer de dona Rita, porque a roxidão não é sinal de boa saúde. Mas dona Joana Amaral riu imenso, pois pessoa com mais saúde do que o senhor sargento seria difícil de encontrar neste mundo. Lindos os lábios do sargento, a almoçar logo ali ao lado, lábios bem destacados na cor morena da pele. Dona Ema insistiu – "E você, dona Joaninha, bem pode comprovar, não é verdade?" – Dona Joaninha não respondeu nem sim nem não, mas passou a mão pelo colar do peito com duas voltas e meia. Lindas pérolas do rio.

Quinto

Dona Luísa de Gusmão é muito patriota mas, verdade seja dita, revelou-se um tanto ordinária. Em sua opinião, o que seria necessário era que o sargento não tivesse só roxidão nos lábios, que a tivesse em outras partes do corpo, e isso só dona Joaninha poderia testemunhar. E sorriu. Dona Joaninha ofendeu-se, vieram-lhe as lágrimas aos olhos e ameaçou abandonar a mesa das sete amigas para sempre, se acaso não a respeitassem. E logo a palavra ordinária surgia na boca de quem se dizia participar da nobreza de Portugal. E ah! E oh! E assim terminou a discussão sobre a cor dos lábios do senhor sargento que passava por perto, elegante, agarrado à bengala das quatro ganchorras. Marimbando-se em qualquer conversa de mulheres, tanto a conversa honesta quanto a ordinária.

Sexto

Sim, o senhor Peralta regressou ao Hotel Paraíso, no início do mês, dia um de Maio, e desde então o salão encheu-se de música. Antigamente o senhor Peralta, que fora guarda-livros, tocava apenas canções religiosas, porque muitas pessoas não acreditam em Deus mas acreditam na música, sendo a música a respiração de Deus, *Salve Regina* e *Divina Graça*, e muitas mais. Mas o antigo guarda-livros foi viver com o filho para o Canadá, lá muito ao norte, e não gostou de ver nevar. Voltou, arrumado a duas canadianas e ofereceu-se de novo para tocar, mas já não toca apenas música religiosa, a distância da pátria tornou-o patriota também no panorama musical, e agora toca fados e canções nacionais, muitas das quais melodias antigas que andam nos ouvidos da maior parte dos inquilinos do Hotel Paraíso. Muito bom, este seu regresso de Primavera. Alguém retira o som ao rio de violências que escorre do televisor, e sem som a violência assemelha-se a uma banda desenhada de mau gosto. A qualquer hora do dia, escorrem do televisor raparigas nuas, polícias, facadas. O senhor Peralta não trabalha com esse ruído, mas é-lhe indiferente a imagem. A música sai-lhe dos dedos, nota a nota, melodiosa, sons de prata, e vai ter aos ouvidos da pessoa, mesmo quando a pessoa está deitada no seu quarto. Como é o meu caso. Parece uma chuva de gotas gradas, não custa nada.

Sétimo

Hoje, o senhor Peralta mandou retirar as rosas de Maio de cima do tampo do piano, encostou as suas canadianas ao próprio, ficou com os pés imóveis colocados no chão, bem longe do pedal, e iniciou o canto *Que Perfeito Coração*. Não era canção para dançar, mas podiam mover-se os braços. A doutora Bianca, a animadora cultural, rente à parede, mostrou a todos como se procedia – "Braços para a direita, *Que perfeito coração*. Braços para a esquerda, *No meu peito bateria*. Braços para a direita, *Meu amor na tua mão, nessa mão onde cabia, perfeito o teu coração…*" Os braços já se tinham misturado, os da esquerda e os da direita. Agora já não era preciso dizer as palavras, era só seguir a música e imitar. Peralta e Bianca em uníssono, o salão despido está vestido de amor, de elevação, de subtileza, de alegria, e eu sinto vontade de agradecer tanta beleza que de vez em quando me cabe viver e tanta alegria a que me cabe assistir.

Oitavo

E, no entanto, sentada na charrete, eu não mexi os meus braços, alguma coisa me dizia que não o podia fazer. Sou franca, senti vergonha de eu mesma não poder dançar como dona Joaninha, que se deslocava em grandes meneios junto ao piano, como se o fado que se ouvia fosse uma valsa ou um tango. Pois eu, não. Se não me posso mover toda, não quero mover uma parte. Não há duas mulheres iguais.

Nono

Pelo fim da tarde, dona Joaninha entrou no meu quarto, risonha, vestida de azul-claro, sacudindo-se como se viesse da palha, arrumando a bandolete nos cabelos acaju. Ficou um pouco em silêncio, e depois os seus olhos encheram-se de lágrimas. Secou as lágrimas. O problema da minha amiga não tem solução. Como resumir o problema? Ela sabe tanta coisa, sente-se tão atraente, tão capaz, tão esperta, tão decidida como pessoa e como mulher, e não sabe ler. Gostava de saber. O senhor sargento lê muito bem. Não seria sargento se não soubesse. Dona Joaninha tem o coração repleto de sentimentos finíssimos, não os sabe descrever. Nunca treinou, nunca leu.

Pediu-me – "Não diga à sua filha que eu não sei ler."

7.Maio.2019

Oh! Alegria, leva-me pela rua torta – a morte está dormindo à porta. Enxoto-a com o teu pauzinho.

15
O turno da noite

Lilimunde nunca tinha feito o turno da noite. Esta é a sua primeira vez. Veio acompanhada quando trouxe a tisana de erva-cidreira, mas depois surgiu sozinha quando chegou a hora de apagar a luz. A esta hora da noite, já não cheira a bergamota. A rapariga do Pará cheira a desinfectante, e sob o desinfectante, antepõem-se em camadas as várias espécies de cheiros que o trabalho neste tipo de casa vai acumulando na roupa e no corpo ao longo do dia inteiro. Mas ela aproxima-se, e lá no fundo fundo de todos os cheiros, rescende o resto do aroma do citrino com que se perfuma de manhã cedo. Ela conhece a composição do aroma – cedro, tília e bergamota.

Então Lilimunde, antes de apagar a luz, perguntou – "Puxa vida, que mundo ruim, este. A dona Alberti é capaz de guardar um segredo só para si?" Claro que eu posso guardar não um, mas mil segredos. Ela respondeu que calculava que sim, que eu era capaz de guardar dez mil segredos. Lilimunde disse – "Dona Alberti, eu não tenho vinte e um anos, como consta do meu passaporte, eu só tenho dezassete. E tenho medo de dormir no quarto ao fundo. Eu não poderia ter viajado e procurado trabalho se não me tivessem alterado a data. Houve duas pessoas muito boas que o fizeram, mas como na verdade ainda só tenho dezassete anos, tenho medo do escuro e de dormir sozinha." Fiquei à espera do que me iria dizer. Ela perguntou – "Dona Alberti, esta noite, se eu sentir

medo, posso vir dormir aqui no seu quarto, posso me deitar na cama vazia? Dizem que pertence a alguém que há meses se encontra em repouso na Sala de Descanso. Será verdade?"
 Eu disse que era verdade, e que poderia vir deitar-se na cama vazia se sentisse medo do escuro. Claro que sim, que Lilimunde podia. Fiquei toda a noite à espera de a sentir entrar. Não entrou. A rapariga do Pará deve ter-se deixado adormecer e caiu, por certo, num sono pesado. O que quer dizer que ela só tem dezassete anos mas não tem medo de dormir num quarto vazio e escuro.
 Por outro lado, existe Salomé. Salomé é tão rápida e eficiente que lhe chamam Bosch como se fosse uma máquina de lavar alemã. A verdade é que é robusta, fala pouco, age com eficiência, não reclama e em termos de delicadeza não desmerece em relação às outras cuidadoras. Percebe de aparelhos e algo mais. Esta manhã, achou que se eu não ligo a televisão, então o trambolho não tem nada que ficar a ocupar a mesa dificultando o acesso à janela e interferindo com o gravador. Melhor seria guardá-la. Salomé perguntou – "O que lhe parece, dona Alberti?" Eu precisava de pensar sobre se desejaria ainda voltar a ligá-la ou se, pelo contrário, a dispensaria de uma vez por todas. Salomé decidiu, pegou no aparelho ao colo e enfiou-o no armário da roupa. Fechou a porta, satisfeita, como se tivesse eliminado uma peça de entulho do seu caminho. Quando pude dizer que sim, que seria melhor desembaraçar-me daquele óculo que me falava do destino do mundo como um aterro sanitário, já ela tinha decidido por mim. Obrigada, Bosch, aprecio pessoas assim. As fraquinhas podem chamar-se Indesit.

 Agora não quero falar da dor, nem do tormento, nem da tristeza, nem da escuridão, tão-pouco do fantasma da noite. Só quero falar de Nina Mercedes. A porto-riquenha alcançou a charrete, acomodou-me sobre o assento e empurrou o meu veículo ao longo do corredor. As casinhas nórdicas cobertas de neve com luzes nas janelas, expostas ao longo das paredes, oferecem uma imagem serena. Nina cantou em tom baixo – *La cucaracha, la cucaracha, ya no puede caminar...* Eu comecei a rir.

Ela disse – "*Cante con Nina Mercedes de Puerto Rico, doña Alberti – Porque no puede, porque no tiene, una patita para andar... Esta es una canción para ti que los poetas hicieron hace muchos años de propósito para usted, que no puede caminar.*"

Possuo três notas de vinte euros dentro do meu saco do peito. Uma é para Lilimunde, outra para Salomé, a primeira de todas elas é para Nina Mercedes.

16
A rapariga alta

Era impossível que não acontecesse – De novo a noite atravessou a parede, rodopiou pelo interior do meu quarto e ficou de pé, ao lado da minha cama. Nessa altura ainda ela tinha as asas e os braços caídos, mas o seu rosto já mostrava o desafio do costume, e eu pensei no esquecimento inexplicável que havia ocorrido em torno do país com nome de Azerbaijão, e comecei a ficar inquieta. Não queria que se repetisse. Perguntei-lhe, então, o que pretendia, receando que estivesse a subir a parada, pois quando a noite surge desta forma costuma colocar-me perante questões irresolúveis, como exigir que lhe diga qual a distância que vai entre a Terra e o Sol, ou quantos dias levaria um atleta a caminhar para chegar à Lua, o que eu julgo que seria um milhão de anos, ou outras impossibilidades de avaliação humana. Em situação semelhante, tudo pode acontecer.

Mas a noite não se movia.

Como da última batalha havia resultado um desfecho inconcluso, sem vencedora nem vencida, avancei com a questão que havia ficado em suspenso. Disse – "Baku é a capital do Azerbaijão, confronta com o mar Cáspio, uma mancha azul que no meu Atlas tinha o feitio de uma batata-doce alongada..." Aguardei. A noite mantinha-se em pé, junto à minha cama, e não me dizia nada. Comecei então a pensar que assim que lhe passasse o gozo da imobilidade, o vulto me iria atacar com perguntas sobre a abóbada celeste, noções que detesto, porque eu apenas pretendo ficar pela Terra, o resto do Espaço está lá, muito grande, muito redondo, cheio de estrelas incendiadas, e pedregulhos de toda a natureza, incluindo cometas, mas nada disso me diz respeito. Fico-me pelos rios, pelas montanhas, mares e oceanos do nosso planeta. A Terra é a minha habitação, o meu globo terrestre azul e verde, a Terra me chega e me sobeja, mapas cheios de riscos e letras. Mas ela não se movia e eu comecei a sentir faltar-me resistência suficiente para aturar semelhante vulto. Decidi atacar. "O que desejas tu, a olhar para mim, sem te moveres?" – perguntei.

Então a noite, desta vez, e pela primeira vez, avançou na minha direcção sem formular perguntas e sentou o seu corpo peludo e disforme sobre o meu corpo. Eu ainda lhe pedi – "Por favor, não é leal, estás a querer vencer-me sem me pôr à prova? Pergunta, pergunta lá, se és capaz…" Mas a noite que me visitou de novo, pela alta madrugada, desta vez vinha com más intenções. Compreendi perfeitamente pois, sem dizer uma palavra, colocou os braços e as asas em torno do meu pescoço, comprimiu a minha garganta, e não falava. Eu disse – "Fala! Fala, pelo amor de Deus!" Supliquei muito alto para que a noite compreendesse a injustiça que cometia. E tendo conseguido libertar o meu braço direito do peso das suas asas, fui devagarinho com a minha mão direita e premi a borla da campainha.

Eu sei que só se deve tocar uma vez, e depois largar a borla, para não incomodar as raparigas do turno. Mas uma pessoa que tem a noite debruçada sobre si, braços, asas, todo um remolhão de penas escuras como o breu a comprimir-lhe o peito, não pode retirar a mão da campainha. Tem de tocar continuamente, até que alguém acenda uma luz e enxote o abutre da noite. E de facto eu senti que alguém entrava no quarto, e o meu coração estremeceu porque era uma rapariga alta. Ela avançou, tal qual como eu previa.

Antevi o que ia acontecer. A rapariga aproximou-se e em vez de afugentar a noite retirou a campainha da minha mão e pendurou o fio na cabeceira da cama, fora do meu alcance. Fez tudo isso de manso, sem dizer uma única palavra. E foi-se embora. Eu fiquei sem a campainha, à mercê da brutalidade da noite. Então pedi – "Noite, não me mates ainda, eu tenho um recado para dar ao meu genro e à minha filha." E a noite, muito melhor pessoa do que a rapariga alta, fez-me a vontade. Recolheu os braços, as asas, o papo peludo, o albornoz de penas pretas e desapareceu na parede de onde havia surgido. E eu fiquei deitada, longo tempo, mergulhada no escuro, tentando chamar por alguém, mas a minha voz é baixa, e a campainha, mesmo por cima da minha cabeça, não estava ao meu alcance. Procurei o telefone, pensando que, em último caso, se amanhecesse e ninguém se aproximasse, eu poderia ligar para casa, mas o aparelho não se encontrava sob a minha almofada. Provavelmente, enquanto a noite me atormentara, eu tê-lo-ia deitado ao chão. À medida que clareava, podia vê-lo aberto, a dois metros das minhas mãos. Restava-me esperar. Até que duas raparigas surgiram no vão da porta.

Não era Salomé, nem Maria Lina, nem Nina, nem Lilimunde, era uma rapariga muito alta, a mesma que acompanhara Lurdes Malato, na manhã do Domingo de Páscoa, e uma outra, recém-chegada, de quem não tenho ainda opinião formada. A rapariga alta aproximou-se, de novo sem me dizer palavra, e desprendeu o fio da campainha, mas eu consegui erguer-me e iniciar uma acusação sem descanso nem pausa. Acusei com toda a força da minha alma, saindo do meu coração uma raiva que fazia com que o meu corpo se movesse e eu fosse capaz de me soerguer na cama. Gritei com uma voz que nascia de uma garganta desconhecida – "Foi você quem esta noite colocou a campainha fora do meu alcance.

Foi você, eu vi com os meus próprios olhos..." E ela, sem vergonha, respondeu – "Não fui."

"Foi, vi o seu corpo no escuro, era você mesma e vai pagar-mas."

"Você estava a dormir."

"Não estava."

"Você estava a tocar sem parar."

"Se estava a tocar sem parar é porque não estava a dormir."

"Então diga lá."

"Digo, para já, que não a quero aqui."

"Você vai morrer."

"E você também."

"Então, o que quer?"

"Que me ponha a campainha ao alcance da minha mão, tal como eu a tinha."

"Já aí vem a doutora Ana Noronha, a directora, e você vai ver."

"Já chegou ao meu quarto a menina Anita?" – perguntei.

"Sim, cheguei, sou eu."

"Então avance, por favor, para eu a ver bem, menina directora. Sou eu, Maria Alberta, quem toca à campainha sem parar."

"Diga, dona Alberti, diga o que sente."

"Digo que esta rapariga alta, nos dias do banho, é das que deixam os residentes desta casa nus, tremendo de frio, despidos sobre a cama, e só depois vai abrir as torneiras e os leva para o duche, sem roupa nenhuma em cima como os nazis faziam antes de lançarem as pessoas às torneiras de gás."

"É mentira."

"Diga, dona Alberti, diga o que sente."

"É verdade, quero que saiba – Quando ela regressa, deixa-nos molhados, mal embrulhados sobre a cama, e só depois nos veste, roupa seca sobre o corpo ainda húmido. É das que não entrega os óculos, atira-os. Empurra as cadeiras de rodas por detrás, e não se mostra, estamos a ser empurrados por fantasmas, que não falam. Colocam-nos nos quartos sem nos dizerem uma palavra, sem se mostrarem àqueles que não podem virar a cabeça. Esta é daquelas que não nos dizem bom dia nem boa tarde. Essa alta faz parte do grupo das que penduram a campainha em local que não se alcance. E ninguém diz nada porque não vale a pena, como ela mesma acabou de dizer há pouco, vamos morrer, e sobre esses já não importa nem a mentira nem a verdade. Morrer é isso mesmo, é a verdade e a mentira já serem coisas iguais. E aqui esse princípio pratica-se diariamente."

"Tudo isto é mentira" – disse a muito alta.

"É a pura verdade."

A doutora Noronha continuava calada. Entre as duas raparigas e a minha pessoa, a directora mantinha-se afundada, por incerteza ou por incapacidade, ainda que naquele momento, para ser franca, me tivesse parecido que se tratava de cobardia. Antes, quando nos visitava pela manhã, pedindo licença para entrar, não era assim, mas agora também passou a fazer parte daqueles que sabem que estamos aqui para dar o último passo que nos falta dar, o da entrega àquela praia distante, mais cedo ou mais tarde. Por isso, a função da doutora Noronha é apenas a de manter o equilíbrio entre versões opostas, vontades irreconciliáveis. Como se a verdade não fosse só uma e a vontade legítima não devesse prevalecer até ao fim da vida. Mas a Noronha consente, cala-se. A antiga menina Anita administra um leque espanhol que abana, continuamente, entre duas aragens. Uma para cá, outra para lá. Não lhe quero mal, quero-lhe bem. Ao menos é bela, e a beleza, venha de onde vier, quando não cura e não salva, ao menos ilude a alma. E assim permaneci deitada, agarrada ao fio da campainha, sem esperança. Mas passada uma hora a directora mandou vir até ao meu quarto uma rapariga boa chamada Gina. E ela mesma, a Noronha em pessoa, veio também e ajudou a vestir-me a blusa branca.

30.Maio.2019

Na minha mão esquerda, uma safira
a direita desliza sobre o papel. Duas palavras
escritas são as minhas jóias –
A minha fala.

17
Sob a história

O aroma de bergamota veio à frente. Depois entrou Lilimunde com o telemóvel e a alegria que sempre tem. Tratou do meu corpo com vagar e eu pedi-lhe que escolhesse a minha blusa mais leve, que substituísse os meus brincos de pendura pelos de pérola, que me pusesse ao pescoço o colar a condizer com os brincos, e na minha mão esquerda, o anel de pedra azul. Pedi que me colocasse a *écharpe* florida pelos ombros, e me penteasse como se tivesse bandós. Ela aceitou, fez tudo devagar, olhando de vez em quando para o Samsung, sorrindo sempre. Dentro do telemóvel de Lilimunde está a fonte da sua felicidade. A rapariga do Pará perguntou – "Virge Maria, tão bem aprontada, está a pensar passar pelo médico?" Eu respondi – "Não, não gosto de passar pelo médico. É que hoje vou ter um encontro muito importante com a minha filha."

Como a rapariga me conduzisse a cadeira de rodas na direcção do salão, e eu pudesse perdê-la de vista, pedi-lhe que passasse pelo meu quarto um pouco antes da hora a que a minha filha costuma chegar, para me compor e me pentear de novo. E assim aconteceu. Quando a minha filha surgiu, ouvi-lhe as passadas no corredor, eu estava sentada, bem composta, a olhar para a porta, à sua espera. Disse-lhe – "Felizmente que chegaste mais cedo, precisamos de conversar." Ela admirou-se da minha urgência, porque ignora a forma como sou visitada pela noite escura, e por tudo o que acontece depois. Ela não sabe que eu tenho um recado urgente para lhe dar.

"Senta-te aí" – disse-lhe eu.

Ela sentou-se e eu vi que os seus olhos apresentavam o brilho estranho que adquirem, como se ela chamasse um vidro para cobri-los, quando percebe que a vou repreender. Foi assim desde criança, quando entrava nas ervas com o vestido mais branco que tinha, ao domingo, e depois de a saia ficar verde e castanha, vinha mostrar-me o efeito. Como tinha medo das minhas mãos, enfrentava-me cobrindo os olhos com uma película fria para se defender. Não desviava a cabeça, enfrentava-me desse modo, com um vidro nos olhos. Não mudou. Agora ali estava ela, como sempre, quando entra em maré de defesa. Mas eu não me importo, a noite fez-me o aviso, eu tenho pressa, e não pretendo carinho, nem agradecimento, só procuro eficácia. Comecei por dizer – "Minha filha, tu sabes que na minha mesa há duas pessoas que costumam ler…"

A minha filha estava de facto preparada para a defesa, e eu para a investida. Ela disse – "Diga logo o que quer dizer." Tinha entrelaçado os dedos em forma de cesta, não estendia as suas mãos para as minhas, o que me era propício para não me enredar em fraquezas. Perfeito, estávamos frente a frente. Eu disse-lhe – "Creio que nesta casa só há duas pessoas que lêem livros e por acaso fazem parte da minha mesa. São dona Luísa de Gusmão e dona Julieta. Uma e outra podem erguer os livros à altura dos olhos, e vêem bem. Por vezes julgo que o fazem de propósito para me humilhar. Levantam os livros bem ao alto, perto dos óculos, segurando-os com as duas mãos, e andam com a cabeça de um lado a outro seguindo as linhas, e de vez em quando olham para mim e dizem, que bom é podermos ler. Elas sabem que me criam desgosto, pelo contraste, mas não se importam, as minhas amigas…" – eu ia falando, e a minha filha escutava-me, mas não se movia, à espera que eu chegasse ao ponto importante.

"Diga, então" – pediu a minha filha.

Eu respondi – "Andam sempre com livros grossos entre as mãos, belas capas, cores lindas. Nas capas, que elas levantam ao alto, estão mulheres trajadas de antigamente, vestidos de arrastar pelo chão, cavaleiros em cima de cavalos brancos, reis com coroas na cabeça, chapéus de pena, espadas. Dona Luísa de Gusmão, que se diz aristocrata, já leu um livro sobre dona Leonor Teles, um outro sobre o Marquês de Pombal, um outro sobre a Rainha Dona Amélia e muitos mais, incluindo a Rainha Isabel I de Inglaterra e um seu amante que era pirata, e outro sobre Maria Tudor, que ela diz terem sido primas, mas uma degolou a outra. Dona Julieta, essa, leu um livro sobre Cristóvão Colombo, outro sobre Gomes Freire de Andrade, tendo chorado por causa do enforcamento deste, numa noite de luar. Outro sobre António de Oliveira Salazar e a sua criada. Mas dona Luísa de Gusmão não quis ler sobre Salazar porque considera que esse homem só governou como governou, com mau gosto, porque era um representante da plebe mais ordinária. O livro que ambas leram e de que ambas gostaram foi sobre Vasco da Gama, que foi à Índia várias vezes, passando o Cabo das Tormentas, e agora os indianos dizem que não tinha nada que lá ir, que só foi roubar. Ambas leram o mesmo livro e comentaram-no à mesa, com dificuldade, porque dona Julieta lê bem, tem bons olhos, bons braços, mas muito mau ouvido. No entanto, concordou que Vasco da Gama foi notável..."

Eu precisava de dizer tudo isto para chegar ao ponto a atingir, mas os olhos da minha filha começaram a ficar mais duros, imóveis, cravados em mim, cobertos por película de vidro. Cada um dos seus olhos parecia disparar puas na minha direcção.

"Afinal, o que tem para me dizer?" – perguntou a minha filha.

A sua dureza, a dureza falsa que por vezes aparenta, só para me afrontar, fez-me ir ao ponto, mas não me amedrontou. Abreviei – "Tu sabes quantos leitores têm aqueles livros? Adivinhas? Milhares e milhares. Milhões. E sabes porquê?

Porque contam histórias inventadas mas sobre pessoas que existiram, e todas elas têm em comum o facto de terem sido importantes nos seus actos. Tu própria, quando eu lia bem, me trouxeste um livro sobre um imperador romano que existiu, ele e o seu amante, um outro sobre Napoleão quando foi à Rússia, outro sobre um inglês que andou pela Arábia e pela Turquia, e que existiu, era uma figura conhecida e admirada no seu tempo. Agora compara com o que se passa nos teus livros…"

Disse eu, e ela logo retorquiu – "Muito diferente, estamos a falar de objectos distintos, se assim se pode dizer."

Tal como eu imaginava, percebi que ela queria evitar a questão, mas eu disse-lhe de imediato – "Personagens importantes, gente honrada, figuras que, mal ou bem, lá onde colocavam os pés criavam factos relevantes, faziam história. Mas não é o teu caso. Os teus livros são o oposto. No conjunto, os teus livros são um vale escavado num deserto repleto de gente pobre. Rotos, descalços, abandonados, loucos, emigrados sem eira nem beira, imigrantes sem lugar onde cair mortos, raparigas feias que todos enjeitam, pelintras de todo o jeito, gente assassinada, gente que se atira à água para morrer, para o destino, em troca, lhes salvar os filhos, gente sem religião, sem abrigo, sem pátria, sem casa, sem modos nem figura. E eu só me pergunto porque te sentes atraída por esse tipo de criaturas. Figuras que não se levantam do chão. Miseráveis entre os miseráveis. Ora diz-me, quem gosta de lidar com a vida dos miseráveis? Os teus personagens parecem os esfarrapados que São Francisco de Assis visitava. Se ao menos escrevesses sobre São Francisco, mas não, tu escreves sobre os pobres de quem ninguém conhece o nome. Como tua mãe, pergunto-me porque escreves sobre esse tipo de figuras e não sobre as outras, as que vencem, as que ficam, as que toda a gente já conhece, os fortes, os bons, os heróis, os santos, os válidos…"

Eu dizia isso tudo, em voz baixa, mas rápida, só para ela ouvir, e quando Lilimunde quis vir entregar o chá para o lanche, eu fiz-lhe sinal de paragem com a mão, não quis que ninguém interrompesse a minha fala. A minha filha perguntou – "Então, o que me aconselha?"

    Tínhamos chegado ao ponto exacto. Não havia nada a perder. Aquela visita da noite quase fatal, em que a noite se tinha sentado com todo o seu peso gigantesco sobre o meu peito, aconselhava-me urgência. Ora aconselhar sempre foi a missão mais alta junto da minha filha. Naquele momento, sentia que não podia morrer sem lhe dar o seguinte conselho – "Filha, muda quanto antes, olha para os casos bem-sucedidos. Na segunda-feira a seguir à Páscoa, esteve aí sentado onde tu estás um rapaz que me leu um conto. Pareceu-me muito feio o rapaz, quando entrou, mas tão bem leu aquele conto, que ao sair por essa porta estava coberto de beleza. A leitura daquele texto fê-lo elevar-se a meus olhos até uma altura imensa. Mas o conto, infelizmente, falava de um professor chileno caído em desgraça, uma pessoa que nunca se recompôs, e eu ouvia aquelas palavras maravilhosas, saídas da boca do rapaz, e pensava que era uma pena que elas não se referissem a uma figura grandiosa, um sábio, um descobridor, um resistente importante como foi o Gandhi, por exemplo. Por isso nem perguntei como se chamava o autor, ou autora, imaginei apenas que fosse alguém que se parecesse contigo, alguém que anda à busca dos sofredores e miseráveis para encherem as páginas de lamentos que não o parecem ser, mas são. E eu pergunto, no teu caso, se tanto gostas dos desvalidos, porque não escolhes um desvalido notável? O maior de todos, por exemplo? Porque não escreves sobre a vida de Jesus Cristo? Não precisas de acreditar que ele tivesse sido Deus. Julgo que não seja preciso ser crente para escrever sobre Jesus. Segundo ouvi dizer, até não convém, quanto menos se crê melhor a história em torno dele se descreve porque a imaginação fica mais livre, como digo, julgo eu…"

A minha filha estava sentada na minha frente, imóvel toda ela como se fosse de vidro ou de gelo, mas eu não tinha nada a perder, estava preparada, conheço-a desde que me desafiava dizendo que iria fugir para uma floresta com lobos e nunca mais voltaria a casa. Não passava então de um fedelho de oito anos e queria enfrentar-me, fugir de noite pelo caminho adiante, mas quando eu a apanhava ela fundia-se em lágrimas e pedia perdão. Agora, ali estava eu em contenda, ela iria ouvir o meu conselho, antes que possa suceder que eu parta durante uma visita da noite e nunca mais a possa aconselhar. Fazendo-se de soberba, a minha filha disse – "Ah! Sim? E então o que mais me aconselha?"

Eu senti uma energia na fala como há muito tempo não experimentava. Respondi-lhe – "Sim, aconselho-te, se tanto gostas dos miseráveis, enfrenta a história do miserável que depois se tornou célebre em todo o mundo. Na minha ideia, são milhões os miseráveis, mas só vale a pena escrever sobre aqueles que ficaram célebres. Os outros viveram para nada mesmo que tenham feito alguma coisa na vida. Não achas? Repito que, na minha ideia, sempre acertam aqueles que escrevem sobre Jesus Cristo. Sobre Jesus Cristo e sobre Maria Madalena. Já muita gente escreveu sobre o assunto, tanto quanto me dou conta, mas esse tema nunca está escrito, e tu conseguirás, desde que queiras fazer melhor do que os outros fizeram. O que é preciso é ter essa ambição porque sem ela não se faz nada. Ou então escreve sobre a Virgem Maria, por exemplo, que, como muitos dizem, deve ter tido outros filhos. Escreverias um livro importante se descrevesses Jesus a subir ao céu, com a sua família, irmãos, tios, primos, mulher e filhos, a despedir-se dele. E ele a subir a montanha amarela que tu dizes ter visitado a caminho do mar Morto, e a acenar aos irmãos que ficavam na planície, no meio dos carneiros. Um livro assim…"

Os olhos da minha filha brilhavam, e eu não sabia se aquele vidro frio se iria fundir em lágrimas se lançar chamas. Mas não me importava, se acaso a ofendia contava sempre com o seu perdão, desde as noites em que queria fugir de casa que conheço a sua fraqueza. Era preciso encará-la de frente, transmitir-lhe a minha fortaleza. Mas, e daí, talvez eu estivesse a exigir dela aquilo que ela não tem para dar. A cada um a sua medida. E por instantes pensei que estaria porventura a desorientá-la em vez de lhe indicar um caminho. Então, calei-me por uns momentos, reflecti, juntei as minhas mãos e fiquei resignada. Para me ajustar à sua medida, decidi ser menos ambiciosa, falar-lhe de figuras mais próximas da nossa realidade.

"Filha, tenho uma outra sugestão. Escreve então sobre as figuras da história presente, ou muito próxima. Mas figuras célebres, reconhecidas por toda a gente. O Gandhi, de quem tanto se falava na minha juventude, o Churchill, que acabou com a guerra, Nelson Mandela, que viveu mais de vinte anos na prisão, e a mulher que o traiu, ou Madre Teresa de Calcutá, essa que viveu com os miseráveis, de quem tu gostas tanto. Aí tens umas sugestões. Todas elas são figuras que se celebrizaram, e tu, se te sentares entre elas, também podes ficar sentada na mesa da História. Aproxima-te da História, fala para a História, fica perto dessas figuras grandiosas, porque os leitores gostam de grandeza, gostam de gente que no dia-a-dia também tem uma vida comum, como é natural, mas que se senta à mesa da História para aí deixar o seu retrato pintado a óleo para sempre. Pelo que eu vejo agora, a História, sim a História é que entretém a leitura. O que me dizes tu? Queria dar-te este conselho antes de morrer..." – disse eu.

Mas a minha filha mantinha o vidro frio dos seus olhos, mais frio do que eu alguma vez tinha suposto, frio frio, não se fundia em lágrimas nem ardia, e começou a dizer palavras inimagináveis.

A minha filha disse – "Mãe, não posso responder positivamente às suas propostas. Sabe porquê? Porque eu não me sento à mesa daqueles que fazem a História, a cada um o seu lugar. Mesmo quando me aproximo dessa mesa, é para me sentar debaixo dela, encoberta pela toalha, sem que ninguém me veja, e fico entre os pés, ouvindo o que dizem e o que fazem os comensais. Registo sobretudo como caem no chão as suas migalhas, cheiro-as, avalio-as, trinco-as, como-as às vezes, para saber de que se alimentam os que participam do banquete, e como vivem de migalhas os outros, os que ficam às tenças dos seus actos e palavras. É aí que a sua filha se encontra, escondida, à escuta, debaixo da mesa. Uma espia da História, mais nada."

Comecei a ficar embaraçada, não sabia como responder. Percebi que tentava cumprir o meu dever mas os meus conselhos já não valiam de nada. Então perguntei, para ironizar – "Queres dizer que te sentas debaixo da mesa da História? Encoberta pela toalha, como o cão debaixo da mesa do seu dono?" Disse eu e fiquei à espera, mas em vez de a fazer cair em si mesma, levando-a a perceber de uma vez por todas como estava a ser insensata, provoquei o efeito contrário. Com os olhos cheios de vidro, ela respondeu-me – "Tal e qual, tirou-me as palavras da boca, eu sou um cão da História, vivo para farejar os seus movimentos, denunciá-la, mordê-la, traí-la. Não sou sua parente, sou sua adversária. Ouça bem isto que lhe digo."

Percebi que estava a perder o meu papel de mãe, que ela já não aceitava os meus conselhos nem se intimidava com os meus pressentimentos. Falávamos alto, Lilimunde ouviu as nossas falas, veio à porta. Eu pedi-lhe que entrasse e que me passasse um lenço de assoar, um de pano, bem grande, para poder recolher as minhas lágrimas. A minha filha disse – "Menina Lilimunde, saia, por favor, que eu estou a falar com a minha mãe."

Eu soluçava para dentro do lenço de pano, a minha filha não se apiedava de mim. Quando me acalmei disse – "Filha, que grande ofensa, chamares-te cão a ti mesma. Bem sabes que temos uma história muito amarga de cães na nossa família. Quando dizes que te sentes um cão da História, eu penso no nosso cão Rabilau, aquele que uivava junto da minha irmã, assim que ela tocava o banjo. Ela tocava e ele, estivesse onde estivesse, vinha ter com ela, sentava-se a seu lado, esticava a goela para o céu e punha-se a uivar. Eu corria a pôr o sapato do pé esquerdo de sola para cima, para anular o azar, mas ela morreu de parto, e a tua avó achou que o cão tinha sido o culpado. Mandou enforcar o cão nas abas de uma alfarrobeira. O pobre do cão não teve culpa nenhuma, mas confundiram aquele que anunciava a morte com o causador da morte. Ao dizeres-me que te sentes o cão da História, pensei no Rabilau. Tu, o Rabilau, tu, o culpado não culpado. Não me digas mais isso, peço-te, por favor…"

Mas ela estava sem um pouco de piedade por mim que fosse, sem um pouco de piedade por ela, e disse – "Mãe, eu sou então o Rabilau da História, não tenha pena de mim. Onde se encontra o baraço?"

Grande atrevida – Eu estava cheia de pena dela, da minha filha, mas ela, não sei o que pretendia. Eu ainda lhe disse – "Filha, ao menos escolhe outro cão para a tua imagem. Depois de tudo isso, nunca mais tivemos cães de jeito, a tua avó não queria cães grandes porque comiam muito, não queria cães de raça porque eram caros, tivemos cães ridículos, mas todos chegaram a velhos, nenhum deles teve o fim trágico do Rabilau. Não queiras ser o cão Rabilau, aquele que uivava ao ouvir o banjo tocado pela tua tia…" E como eu chorava muito alto, Lilimunde entrou, e a minha filha saiu. E assim terminou a conversa entre nós duas sobre o tema dos seus livros.

Eu soluçava tanto que não consegui ouvir os seus passos perdidos no corredor. Agora já passaram muitas horas e ainda tenho os olhos inchados, o coração doído.

18
Dolorosa

1.Junho.2019

*Tivemos um cãozinho chamado Fumaça.
Custou três tostões, não tinha* pedigree
nem raça.

*Tivemos um cãozinho chamado Poupança.
Tão económico que não tinha
pança.*

*A minha filha chama-se Ofensa.
Passam os anos, não sei o que sabe
nem o que pensa.*

19
Exílio

Este é o meu lugar de exílio. Aqui me depositaram a meu pedido e por minha livre vontade, vinda da casa dos meus pais, e onde não mais voltarei, também por minha livre determinação. A vida é um arco, tem o seu começo e o seu fim, inicia-se num berço, faz o seu voo ascendente, e a partir de certa altura a curva desce até nos entregarmos à terra, de novo dentro de uma caixa de madeira que em nada difere de um berço.

É nessa descida que me encontro, nada tenho que me queixar. Recuso o lamento, repudio a contemplação da doença e condeno o prolongamento da vida para além dos seus limites. O que não quer dizer que não sofra. Há muito que cheguei à conclusão de que faz parte da descida do arco da vida lidar com o sofrimento. Há anos que mal caminho, dando passos oscilantes, ou mesmo não caminhando de todo, como acontece a maior parte dos dias e das noites desde que aqui cheguei, paralisada, e a sensação que tenho, como acabei de dizer, é de exílio. Mas ainda assim recorro à memória para sair destes muros e triunfar sobre o meu estado de reclusa.

Melhor dizendo, o meu espírito, por mais confinado que seja o percurso do meu corpo, até agora, verdadeiramente, não conhece prisão. Esta é a minha casa, mas o mundo lá fora é o meu espaço real. A maior parte dos companheiros que se movem no interior desta residência há muito que se esqueceram do que ocorre na Natureza, vivem aqui encerrados como se tivessem regressado ao útero materno. Procedem do mundo completo, mas a pouco e pouco, aqui encerrados, perdem a noção dos dias da semana, não sabem em que mês se encontram, nem se apercebem da mudança das estações do ano. Mas eu não.

Até agora, mesmo cercada por estas paredes, sei como lá fora a Primavera se anuncia. Por vezes com rajadas de vento, por vezes com fortes esgarrões, que ora vêm ora vão, uns minutos de chuva arrebatada que desaba contra os vidros das janelas, intercalada com lampejos de sol brilhante. Aqui mesmo, diante das casuarinas, calculo o que se passa na praia e nos campos, mas como não assisto à mudança, a não ser por umas gotas que escorrem pelos vidros, ou pelo encurvamento da copa das palmeiras, a lembrança desses acontecimentos dá-me a dimensão da lonjura que vai entre a memória e os factos. No entanto não desisto.

Na ausência das visitas da minha filha, dia após dia, acompanho à distância as mudanças daquele que foi o meu jardim. Sei quando as árvores de folha caduca começam a ficar da cor da ferrugem, quando as copas se esfarrapam e a folhagem se desgrenha, sobretudo durante as noites ventosas. Vejo as amendoeiras, as figueiras, os pessegueiros do terreno em volta reduzirem-se a troncos, os ramos nus surgindo a cada manhã como arabescos desenhados no ar. Pelo chão, um espesso manto vegetal que se transforma em estrume. E o estrume traz-me de volta a imagem das plantas que mirram durante o Outono, amuam por completo ao longo do Inverno, e de súbito surgem cobertas de folhas no início da Primavera. Sei do que falo, sei como do estrume se fazem flores, e para tanto bastavam as minhas mãos. Minhas flores, minhas filhas. Neste momento estão elas no seu esplendor. Que saudade. É aí que o meu pensamento se encontra, não o meu corpo, este está estendido no escuro, sobre esta cama. Exílio, que apenas quero descrever para mim própria, mas não lamentar. Se estou a descrever aquilo que está distante, é só porque possuí esses bens que agora me faltam. Melhor tê-los perdido que nunca os ter tido. Preencho a minha alma com as visitas sem fim que faço ao mundo que lembro como se de novo possuísse a Natureza que está longe. A tudo isto, eu, Maria Alberta Nunes Amado, designo por minha vida. É possível que um dia, tal como muitos dos meus companheiros fechados no interior desta casa, acabe por ignorar o que se passa lá fora, enquanto as manhãs se parecerão todas umas com as outras e se confundirão com as tardes. Não quero viver essa condição. Estar viva é lembrar-me dos movimentos do tempo e do ritmo da floração.

Lembrar-me de que este é o tempo dos viburnos se cobrirem de grinaldas brancas, frascos de perfume entornados rente ao caminho por onde eu antes passava mal despontava a manhã. Se o clima não mudou tão furiosamente quanto contam os vizinhos que me vêm visitar, agora mesmo as roseiras devem estar em flor, as margaridas, os jarros esverdeados, também. Campânulas pendentes formam andores azuis, as congossas. Os malmequeres brancos, os ranúnculos cor-de-rosa. Os canteiros das violetas devem estar compostos, se acaso eles colheram as ervas como recomendei, e se cavaram a terra em redor, se afastaram as lesmas e os caracóis dos seus pés. Mas será que se deram a esse trabalho?

Será que o matagal não terá sufocado as violetas? A urtiga venenosa não terá tomado conta de todas essas plantas que lá deixei no chão? O rinchão não terá esmagado as corolas roxas quase invisíveis, de delicadas? A avenca que prosa na humidade, à beira do regato que ressuma junto à torneira, não se terá perdido com a seca que assola o terreno? Ter-se-ão eles lembrado de ligar o motor da rega, de mandar sachar a erva serralha? Ter-se-á a minha filha lembrado de podar as roseiras durante o mês de Janeiro? Uma pessoa que dá as respostas que dá à sua mãe, de que pode ela lembrar-se? Ela que diz viver debaixo de uma toalha de mesa?

Deixar, pois, andar o jardim, o cata-vento da varanda, as nuvens brancas do calor, os poentes vermelhos do Verão. Deixar andar. Deixar andar tudo lá longe, assim como ela, assim como ele. Bem gostava de os ajudar, mas eles não só não sabem como não aprendem. Ao menos, enquanto penso na Natureza não penso nela. Ela, que deixou de atender aos meus conselhos, a minha última prestação útil para inverter o seu destino.

Mas ela não entende o que lhe digo, embora todas as minhas palavras sejam proferidas bem claramente para seu bem. E como o meu próprio bem há muito só existe na medida em que provém do bem que lhe acontece, depois daquele confronto, fiquei mais triste do que nunca. Porque ela é a minha alegria e a minha esperança, agora diminuídas desde que me disse que não passava de um cão deitado no chão, debaixo de uma mesa. E, segundo fala, tomou semelhante papel a sério na sua vida. Meu Deus, quem o diria, quem o diria.

Preciso do meu lenço de pano, diluem-se nas minhas lágrimas os de papel. Maria Lina já me passou o lenço. Não sei como encarar de novo as perguntas que me irão ser feitas, quando daqui a pouco me levarem para o Salão Rosa e todos quiserem saber o que se passou neste quarto, prisão do corpo com que me deito. Mas eu, trespassada de desgosto, acerca do assunto não deixarei escorregar uma sílaba da minha boca.

Sem data

A minha mão direita mondou, mondou
mas a erva-cavalinha rente ao chão, com
a qual nasceu –
Ficou.

20
O meu segredo

Regresso de novo ao Salão Rosa, fico na passagem entre o piano e a porta que dá para o *hall*. Isto é, Salomé volta a deixar-me num bom lugar mas exposto à curiosidade de toda a gente. Desgosta-me.

O nosso desentendimento aconteceu há três dias, e desde então não houve quem não soubesse que entre a minha filha e eu mesma se desencadeou um conflito. Souberam das altas falas, dos meus soluços e das minhas lágrimas. Em virtude da coscuvilhice, convergiram sobre mim todas as atenções. Correm boatos sobre as razões por que a minha filha me fez sofrer. Mas eu fui parca nas explicações, a uns disse que se tratava de saudade de tempos passados, a outros, que não aceitaram essa explicação, tive de lhes dizer que entre pais e filhos sempre houve e haverá contendas. Hoje, ao terceiro dia, passou-se igual. Não estou arrependida.

Foi sobretudo muito importante, para manter o meu segredo, ter apresentado a versão das desinteligências naturais entre gerações às minhas companheiras de mesa, porque elas nem quiseram saber de que divergências se tratava, pouco dadas a escutar e muito mais inclinadas a dizer. Deixaram de imediato a minha vida em paz e rapidamente discorreram sobre os temas que as opõem aos filhos, sobretudo às filhas. E assim eu fiquei a ouvir narrar, durante estes três dias, episódios em torno de desavenças familiares, seus algozes e suas vítimas.

Dona Rita de Lyon queixou-se de que o seu filho Clarence não acredita no *Ange Gardien* e descreveu o modo como essa descrença a faz sofrer, pois em relação ao assunto o piloto aviador utiliza palavras heréticas do tempo de *La Révolution*. Mas a vida de dona Luísa de Gusmão, nesse domínio, é a mais rica de todas, pois além das discrepâncias vulgares entre pessoas de gerações diferentes, no seu caso, acontecem conflitos sobre a visão das linhagens, distinções de sangue em que crê piedosamente dona Luísa, ao contrário dos seus descendentes que casaram com plebeias e delas têm filhos e filhas. Um dos netos namora uma rapariga cor de café com leite e ela mostrou uma fotografia onde tinha furado os olhos da rapariga de pele escura com uma agulha, para a descendente dos nativos do Quénia desaparecer definitivamente da vida da sua família. E a propósito do meu desentendimento com a minha filha, ouvi dona Luísa de Gusmão dizer que não podia imaginar que, alguma vez, na sua vida, viesse a intrometer-se uma rapariga da raça da Nina Mercedes de Porto Rico, essa que andava sempre a cantar atrás das pessoas inválidas *La cucaracha, la cucaracha*.

Por seu lado, dona Julieta chorou ao lembrar-se da última vez que a tinham vindo ver o filho e a filha, pois ali mesmo na sua frente haviam-se desentendido e nunca mais a tinham visitado. Estava convencida, disse dona Julieta, que os filhos haviam discutido em combinação para terem o pretexto de se ausentarem de vez. E eu, calada. O que fiquei a saber sobre os sentimentos profundos das minhas companheiras, na sequência das lágrimas causadas no meu rosto pela teimosia da minha filha, não tem limites. Mas só Joana Amaral, que não sabe ler, se aproximou da causa verdadeira. Disse-me – "Cheira-me a que o desentendimento entre a dona Alberti e a sua filha aconteceu por causa de algum livro. Se calhar ela escreveu sobre algum problema que não devia…" Mas nem com a Joaninha eu deixei transparecer a verdadeira causa. De modo nenhum, o problema dos livros é lá com ela, disse eu. Dona Marcela, sempre a caminhar de um lado para o outro, parou na minha frente para me perguntar – "Já está na hora, vamos certinho, certinho para o além..." E quis levar-me consigo.

De tal modo tenho sido protagonista, ao longo destes três dias, de um acontecimento privado que se tornou público, que até o senhor Peralta se sentou ao piano e tocou uma canção que diz, *Tristeza vai-te embora do meu peito tão cansado, e manda para bem longe este meu fado...* Como os pés do senhor Peralta não se movem e a pedaleira não age, algumas notas saem um tanto amorfas. Mesmo assim, deu para levantar os braços para a esquerda e para a direita. Muitos andaram com os braços no ar, mas eu, não. Não me apanham a fazer gestos musicais que parecem obscenidades. Eu agradeci ao senhor Peralta batendo as palmas, mas acrescentei que já não estava triste. Nesta vida, tudo passa. E dona Joaninha, para me consolar, conduziu o sargento João Almeida até à minha cadeira – "Senhor sargento, olhe aqui a dona Alberti."

O homem formoso não falou, apenas se inclinou diante da minha pessoa, e eu tive a oportunidade de olhar de perto para as suas mãos bem-feitas. Uma ficou segurando a bengala especial, a outra, segurou na minha mão, que ele levou aos lábios num gesto de delicadeza. Beijou a sua própria mão, de lado. Foi um gesto simulado, muito lento, mas tão belo e majestoso que eu tive tempo de medir a distância que separava aquele cumprimento do último na minha vida que se lhe parecera. Havia tanto tempo, pensei eu.

Tanto, tanto, um beijo de respeito perto do verdadeiro beijo, mas não verdadeiro para mostrar respeito, como então se usava, um gesto tão do passado e no entanto, sem esperar, de súbito tornado presente. A minha mão, regressada ao meu colo, mal se moveu. Logo em seguida, o sargento dirigiu-se para a mesa do jogo, e começou a falar de viagens com os seus companheiros.

A fala passava-se nas minhas costas. Em voz alta, o sargento João Almeida relatava como eram os Alpes gelados vistos a partir de Turim, e a aspereza das suas montanhas quando escaladas. A neve, a branca neve, que parecia azul, contava ele, o perigo da queda a cada polegada para quem escalava a montanha, e por cima a atmosfera linda, gelada. Presa na minha cadeira, eu ouvia uma frase aqui outra ali, e pensava que o amante de dona Joaninha fora um viajante, conhecia o mundo, não pelo Atlas como é o meu caso, mas por pegadas reais e concretas na superfície da Terra. Grande diferença. Como ando muito triste por causa da discussão com a minha filha, o relato do senhor sargento desencadeou de novo as minhas lágrimas, mas eu sustinha-as, não as deixava correr. Nas minhas costas ouvia o sargento dizer – "Também estive nos Pirenéus e andei por lá com os cães São Bernardo em missão com os franceses. Oh! Que animais aqueles…" Depois ficaram em silêncio.

Eu olhei em volta e mesmo que não fosse verdade julguei que todos pensavam em mim, e alguns diriam, bem feito. O senhor Franco passou por mim e pôs os olhos em baixo.

Também o senhor Mota, que não participa de *Os Seis Cavalheiros Dão Cartas*, me perguntou pelo assunto. Eu disse-lhe que não se tinha passado nada, coisa de me sentir sozinha de vez em quando, e o antigo carpinteiro achou por bem dizer que compreendia, porque ele mesmo se sentia muito sozinho. Mas agora que a Inglaterra queria ficar separada da Europa para sempre, estando à beira de uma saída que se chamava Brexit, ele tinha a esperança de que o filho se sentisse muito mal na cidade de Londres e voltasse para Portugal para viver com ele, seu pai, até ao fim da existência. E o assunto morreu por ali.

Mas não morreu no meu coração.

Até quando manterá ela, a ofendida, os olhos cobertos pela dureza do vidro? Quando virá ela pedir-me perdão? É verdade que hoje o meu genro veio trazer-me o lanche, encheu-me o regaço de comidas que eu não posso comer, e disse-me que não levasse a sério o que se tinha passado. Que isso de uma pessoa se chamar a si mesma de cão da História não é problema, é apenas uma questão de linguagem. Que ela não queria dizer o que tinha dito, que era só uma imagem de poesia. E para que eu ficasse feliz, mostrou como as ameixieiras estão carregadas de frutos vermelhos. Fotografias que ele trazia no telemóvel. Antes de fechar o aparelho ainda repetiu – "É só uma questão de linguagem, sim. Acha que a sua filha uiva, a sua filha ladra?" Compreendo, no entanto, foi ela própria quem o disse, não eu.

Custa-me aceitar a ironia da vida. Em tempos eu tive uma criança que alimentei ao peito, e depois, para que não crescesse sem tomar leite, ia buscar um púcaro dele a cada manhã, a vários quilómetros de distância, tão cedo que ainda ia a horas de ver ordenhar a vaca. Eu lhe talhei a roupa, a ensinei a ler e a escrever, eu a levei às escolas por onde andou, até que se fez adulta e autónoma, e agora, depois de tudo isso, diz de si própria que se sente um cão. Um cão da História. Mesmo que as palavras sejam figuradas, a imagem ficou-me gravada na alma ao longo destes dias, e batalha comigo pela noite fora como se fosse uma outra versão da noite escura. Entretanto, os cães das redondezas, como se lhes cheirasse no ar o assunto, resolveram passar a noite a ladrar. Às vezes penso que o mundo se organiza através de coincidências extravagantes, como se as palavras e as coisas se atraíssem umas às outras por simpatia e semelhança, como se os animais e as vozes que os nomeiam se agrupassem em feixes inexplicáveis, uma espécie de igualdade invisível que a nossos olhos não passa de um mistério insondável. E, no entanto, deu-se um facto surpreendente – Como evocá-lo?

Os dias estão longos, anoitece tarde. Depois do jantar, Salomé, a quem chamam Bosch, abandonou-me no início do corredor para ir acudir a um chamamento qualquer. Fiquei sentada à espera que regressasse. Atrás de mim, uns passos irromperam provenientes do elevador. Era o sargento João Almeida. Inclinou-se na minha frente, fez o mesmo gesto de me beijar a mão sem beijar, tal como havia acontecido no salão. Parecia mentira, mas era verdade, as quatro ganchorras estavam perto dos meus pés, era mesmo ele, não havia dúvida. O sargento perguntou – "Deseja que a conduza ao seu quarto?" Eu respondi – "Oh! De mundo algum. Eu irei pelos meus próprios meios, muito obrigada." O sargento voltou a inclinar-se. "Minha senhora, os meus respeitos" – disse ele.

21
Lilimunde

Não tenho notícias de casa e esta noite Lilimunde veio por pouco tempo. Começou por se deitar na cama vaga e a certa altura perguntou – "Dona Alberti, porque continua triste? Ainda não fez as pazes com a sua filha? Virge Maria, se eu pudesse ajudar a senhora, ajudava de boa vontade. A senhora não é minha mãe, não é minha avó, não é minha tia nem minha madrinha, e também não é minha amiga. A senhora tem um outro parentesco comigo que eu não sei explicar. Virge Maria, quem é dona Alberti para mim?"

Ficámos as duas às escuras, neste quarto só iluminado pela luz dos candeeiros do jardim que entra pelas persianas, de tal modo que mal conseguia ver o seu vulto ao lado. Pensei um pouco, mas não lhe respondi porque também eu não compreendo o que se passa entre nós. A rapariga não é minha filha, nem minha neta, nem minha sobrinha, nem minha afilhada, nem minha amiga. Então o que é Lilimunde do Pará para mim? – Nina trata-me de forma perfeita, as mãos de Nina têm uma sabedoria natural como se tivessem sido criadas para consolar os débeis. A música das suas palavras espanholas quando canta atrás da minha cadeira, *La cucaracha, la cucaracha ya no puede caminar*, põe-me o coração tranquilo, a ponto de me imaginar a correr por uma estrada afora ladeada de montanhas azuis. Por outro lado, existe Salomé. Salomé transmite energia, com ela consigo dar passadas, apoiada no seu braço robusto, a olhar para ela faço a viagem entre a mesa-de-cabeceira e a porta do quarto de banho, praticamente sozinha. Salomé, a máquina Bosch, como lhe chamam, alimenta a força dos meus músculos e fornece vigor aos meus nervos, sempre que tem vagar para me dedicar, já que toda a gente requisita a máquina de lavar alemã, dizem, e ela não se incomoda que o digam. Maria Lina é fiel, nunca passa pelo corredor que não me venha perguntar se estou bem. E zela por que a campainha fique à altura da minha mão. Uma cuidadora inestimável. Mas com a rapariga de Marabá a função é outra e a companhia é diferente, só que ainda não tenho um nome para as classificar.

Lembro-me que na escola de Salazar dividíamos as palavras entre pronomes, substantivos, adjectivos e verbos. Estou a pensar que para Lilimunde se adequaria bem um verbo. Uma acção que se põe a caminho a cada manhã com cheiro a bergamota, tília, cedro e peónia. Um verbo perfumado. Foi ela quem explicou de que aromas resulta a sua água-de-colónia. Trouxe-me o frasco para eu ver e massajou os meus pulsos com ajuda de algumas gotas de perfume Bérgamo. Que nome para esta rapariga de dezassete anos que surgiu na minha vida? Um verbo, como rir, voar, correr, telefonar. Uma mistura de todos esses verbos num só. Então Lilimunde, na penumbra do quarto, falou de um propósito que me deixou surpreendida.

Disse que tenciona não conhecer homem, nem agora nem nunca, até ao fim da sua vida. Disse que tinha em mente o exemplo do seu pai, barqueiro no rio Tocatins, que tinha andado pelas margens, de povoado em povoado ribeirinho a fazer filhos. Que ela soubesse, teria feito pelo menos onze, cinco rapazes e seis raparigas, sendo ela a guria. Filha de mãe faxineira a quem couberam as últimas duas filhas do seu pai, Jeromel da Silva, que ainda lá andava no barco de levar e trazer seringueiros. Mas ela a ele não lhe devia nada, disse

Lilimunde. À sua mãe sim, fora graças à mãe que ela tinha entrado para uma igreja de gente muito boa que a tinha acolhido. Era muito generoso, o bispo da igreja, com nome de Romeu. Ela viajara para Portugal por conta da igreja, e a mulher do bispo tinha-lhe falsificado a certidão de nascimento, uma dívida para toda a vida, que ela haveria de pagar, pouco a pouco. Devia ao bispo e à sua mulher um terço do que fosse ganhar, e ela haveria de devolver com juros, mês a mês, com muita alegria, porque tinha sido salva da cobiça dos homens do Pará, ainda ela era uma menina. Nunca iria ter homem. Tinha viajado por conta do bispo, Deus sabia de tudo, logo sabia da viagem. Que há trafulhices que se fazem nesta vida para salvar pessoas que não são trafulhices, são milagres. Lilimunde falava baixo – "Dona Alberti, aqui estou, sã e salva, por milagre. Nenhum cafajeste há-de tocar no meu corpo, abrir as minhas pernas, pôr dentro de mim aquelas sementes…"

Eu respondi – "Sim, sim."

Estávamos ambas entregues à troca dos nossos pensamentos em voz baixa, no escuro do quarto, quando Lilimunde ouviu passos no corredor. Saltou da cama e disse muito alto – "Dona Alberti, o que precisa de mim?" Acendeu a luz, debruçou-se sobre a minha cama. A encarregada dos turnos da noite ficou à porta a vigiar. Eu disse – "Chamei porque precisava de um outro copo de água." A encarregada partiu corredor adiante, a rapariga também. Os cães das redondezas ladravam lá fora. Eu pensei que a minha filha não voltaria mais.

22
Noite de luar

Durante a noite passada, os cães das redondezas não me deixaram dormir. Ladravam e ladravam, era como se o Hotel Paraíso se encontrasse no meio de um canil. Os ladridos começaram mal a noite caiu. Seriam umas dez horas quando comecei a imaginar que lá fora poderia ser lua cheia e que por isso ladravam. Quando a rapariga da noite veio trazer a tisana, eu perguntei – "Será que esta noite há lua cheia?" Mas a rapariga disse até amanhã, como poderia ter dito outra coisa qualquer, e não me respondeu. Abalou sem me olhar. Eu não conseguia dormir. Pelo corredor passavam carrinhos e vozes, e eu gritei o mais alto que podia – "É você, Nina Mercedes? É você *La Cucaracha*?" Mas não deveria ser ela porque, se acaso fosse, a porto-riquenha ouvir-me-ia e viria saber o que se passava.

Esperei.

Desde o confronto com a rapariga alta, nunca mais me deixaram sem campainha. Eu tinha-a ali à mão, bastava apertar o botão da pêra, e alguém haveria de aparecer, mas eu pensava no que me diriam se uma das raparigas surgisse e eu lhe perguntasse pelos quartos de lua que andavam no céu. A tentação era muita. Premi a bolota da campainha, uma só vez, e aguardei. Um rosto desconhecido surgiu junto da minha cama. Perguntei – "É só para me satisfazerem uma curiosidade. Sabe a menina se lá fora está a fazer lua cheia?" A rapariga respondeu – "Um momento." E desapareceu. Passados alguns minutos, regressou a que tinha acorrido à minha chamada, acompanhada de uma outra rapariga desconhecida. A fraca luz e os uniformes tornavam-nas iguais. Perguntaram-me o que desejava eu. Lembrei-me de lhes perguntar pelo nome para as identificar. Uma delas, eu não descobria qual, começou a rir. A outra, com voz diferente, disse – "Ambas somos Marias. O que quer das Marias?" Eu encurtei o discurso – "Sabem dizer-me se lá fora faz lua cheia?"

Uma das raparigas respondeu, a rir – "Como vamos saber, se estamos cá dentro?" Compreendi que eram novas no serviço, pois se não fossem, não teriam tanta lentidão nas respostas. Eu insisti – "Muito simples, vão à janela e olhem para o céu." Resposta de uma delas – "A lua deve estar lá, mas não sabemos se é essa lua." Eu fiquei perplexa, deitada, a olhar para elas na penumbra. "Vão ver, se estiver redonda, completamente redonda, é lua cheia…" Uma delas foi à janela, levantou a persiana, olhou de um lado a outro e concluiu – "Está muita claridade no céu, mas daqui não se vê nenhuma lua."

Eu estive para gritar, vão a outra janela, a outro lado desta casa, vão ao pátio, vão ao jardim, por favor, olhem para o céu a partir de qualquer parte, mas não era possível, tinha de desistir. Disse-lhes – "Desculpem, vão lá à vossa vida, vão, vão…" E as Marias, se é que assim se chamavam, partiram a rir.

Os cães ladravam, era impossível não haver lua cheia. Mas como poderia eu dormir se não tinha a certeza? Sob a almofada estava o telemóvel. Bastaria premir uma tecla e ligar para a minha filha. Para a minha filha, não, ela estava maldisposta comigo, tínhamo-nos zangado, por certo que já me teria perdoado, mas não tinha a certeza, cada vez possuo menos certezas sobre ela. Então pensei nele, o meu genro. A lembrança da chamada da madrugada perseguia-me, mas mesmo assim ia tentar. Liguei, atendeu. Eu disse – "Desculpe, desta vez é só meia-noite, não é madrugada. Sabe dizer-me se faz lua cheia?" Ele respondeu – "Sim, um belo luar de Junho. Vimo-la nascer atrás das alfarrobeiras. Fotografei-a. Quando aí formos, vai vê-la..." Eu disse – "Obrigada, boa noite." E fiquei durante muito tempo com o telemóvel na mão. O meu passaporte para a informação. Sim, sim, sim, lá fora havia o luar da lua cheia.

Confirmava-se.

E aqui dentro também. Um sussurro de vozes provinha de algum lugar, passadas rápidas, como de gente descalça. Aguardei. Ao fundo, ora parecendo mais perto ora mais longe, um relato de futebol. Alguém levantou o volume e logo o baixou. Deveria ser o relato de uma partida que acontecia num país longínquo a ocidente, talvez o Brasil, ou a Argentina, para ter lugar àquela hora. Não durou muito tempo. Fez-se silêncio. O sono surgiu quando os cães se calaram. E no entanto havia uma música que provinha do corredor, talvez um bolero. Fiz um grande esforço para me lembrar que bolero seria. O som surgia baixo, mas mesmo assim ouvia nitidamente. Conhecia parte da letra de há muitos anos atrás. Tentei levantar a cabeça e distingui as palavras que me conduziam até lá – *Quizás, quizás, quizás...* Mas não me lembrava o que significavam, não me lembrava que canto cantava a canção. Também não importava.

Aliás, pareceu-me belo que alguém, no soturno Hotel Paraíso, a meio da noite, tivesse um rádio, ou um outro aparelho de música ligado para ouvir aquele bolero. Depois ouvi um pedido de silêncio, um *chiu!* prolongado, e de facto, definitivamente, chegou o silêncio. Nem cães, nem relato, nem bolero, nem *chiu!* – Pacífico, aqui, o silêncio, enquanto lá fora anda pelos ares a lua cheia, pensei. Silêncio. Cabeça pesada. Sono. Intervalo, escuro, noite de lua cheia, um bolero. Acordei com uma figura entrando no quarto, e não era uma rapariga, era dona Joana Amaral. "Dona Joaninha?" – chamei.

Percebi que era dona Joaninha porque trazia uma lanterna de bolso que accionou quando se aproximou da minha cama. Vinha em camisa de dormir, trazia a roupa dobrada debaixo do braço e os sapatos na mão. Aproximou a lanterna dos meus olhos e disse-me – "Está acordada? Seja minha amiga, deixe-me dormir aqui, na cama vaga." Colocou a mão nos lábios, pedindo o meu silêncio. Parecia um sonho, eu não percebia se estava a dormir se estava acordada. Disse-me junto à orelha – "Pela sua saúde, pela saúde dos seus..." Dona Joaninha abriu a cama vaga e meteu-se lá dentro. Nem eu nem ela dormíamos, mas ela tentava produzir o som de quem dorme descansadamente. A sua respiração era tão profunda que parecia não ser natural. Eu tinha dificuldade em pensar na situação. Teria decorrido uma hora, hora e meia, duas horas, talvez? Eu poderia abrir o telemóvel e verificar, mas não ousava mover-me. A respiração de dona Joaninha era um sonho por explicar. Sei que já surgia a madrugada porque os ramos das palmeiras se erguiam no ar como a cauda de um galo cobridor. Esperei ainda e ainda. Uma rapariga que não consegui identificar pela voz, disse, muito alto, perto da porta – "O senhor sargento está morto."

"Como assim?"

Eu respondi muito alto – "Não pode ser, ainda ao jantar ele estava vivo."

Não podia acreditar, e comecei a chamar por dona Joaninha.

Dona Joaninha estava envolvida no lençol e na manta branca, respirava alto demais, ali a meu lado, e não respondia. Ouvia-lhe a respiração, quando entrou pela porta dentro a directora Noronha acendendo a luz sobre os meus olhos. Chamou por mim muito alto – "Dona Alberti? Acorde, por favor."

Não vinha sozinha, pediu que me sentassem. Duas raparigas sentaram-me na cama. Não falavam com dona Joaninha, falavam comigo. A jovem directora do Hotel Paraíso perguntou, muito alto – "Porque está ela a dormir aqui?" Cabia-me testemunhar. Só havia uma saída – "Porque pediu." Sem se dirigir a dona Joaninha, que ali estava a respirar, a directora perguntou de seguida – "Quando pediu ela para dormir aqui?" Eu percebia que as minhas palavras rolavam sobre brasas – "Pediu ontem à noite." "E quando se veio deitar?" Fiz que não me lembrava, a inspiração levava-me até às palavras exactas, enquanto dona Joaninha fingia dormir, e tanto as raparigas quanto a directora fingiam não a ver. Respondi – "Não sei bem a hora, foi depois do chá da noite." Ana Noronha nem olhava para o corpo deitado de dona Joaninha, que parecia querer estar alheia ao que se passava. "Pense bem, dona Alberti. Quando a dona Alberti perguntou às raparigas se a noite era de lua cheia elas não viram nenhuma pessoa deitada aqui ao lado." Senti o perigo rondar em torno da minha pessoa e do meu quarto. Respondi – "Mas estava, sim, estava por certo, as raparigas é que não a viram, porque não acenderam a luz."

Eu sabia que dona Joaninha estava a ouvir o que se dizia, Ana Noronha também sabia. A sua figura crescia na minha direcção. "É a primeira vez que ela vem dormir nesta cama?" – perguntou. Dei por mim a responder – "Oh! Quantas vezes não tem vindo ela aqui passar a noite, a dona Joaninha. Como bem sabe, essa cama não é minha, está sem ninguém."

Antes de sair, seguida pelas duas raparigas, a directora disse muito alto – "Estamos perante um berbicacho muito delicado. A partir de agora, toda a gente tem de dizer a verdade…"

Passavam ruídos cruzados no corredor. Dona Joaninha saiu de debaixo do cobertor branco e sentou-se, vestiu-se, não me dizia palavra alguma, tinha os olhos muito mais abertos do que o habitual. Sofria a dona Joaninha. Por mais que eu fizesse, e mentisse, e fosse sua amiga, não poderia alterar um único facto ao que tinha acontecido. Camionetas brancas estacionavam lá fora. Levavam-no. Era horrível, completamente horrível, o homem belo tinha morrido. Estou com a minha mão sobre a folha pequena, o lápis Viarco entre os meus dedos. Mal os movo. Antes, eu teria preenchido duas páginas com estes acontecimentos coincidentes para não os esquecer jamais. Agora, atenho-me a um breve recado, duas linhas mal anotadas, pensando que a alegria é como um fruto maduro, quando começa a rescender o seu mais intenso perfume, é sinal de que vai apodrecer. Joana Amaral saiu do meu quarto seriam umas onze horas, mas eu fiquei por arranjar até ao meio-dia, de tal modo a morte do senhor sargento, acontecida atrás de uma porta que dá para este corredor, alterou o ritmo da vida no Hotel Paraíso. Alterou a minha. Isto não foi uma noite e um dia, foi um eclipse. Quero escrever sobre este papel duas linhas cínicas.

17.Junho.2019

Fujam da minha vista todos os
passarinhos – Como se a vida
fosse, ao mesmo tempo, seara
e foice

23
Acareação

Já passaram quatro dias desde a manhã em que a rapariga surgiu do corredor para anunciar – *O Senhor sargento está morto.* Aqui, no Hotel Paraíso, é raro o dia em que alguém não morre. Morre um, entra outro, somos sempre setenta. Mas com o sargento não era esperado. Qualquer outra pessoa poderia morrer menos aquela pessoa. A figura do sargento João Almeida iluminava as paredes sombrias, os móveis escuros, as escadas, as paisagens que se avistam a partir de cada janela, porque veio dar luz aos nossos olhos. Além de dona Joaninha, ninguém lhe queria tocar, ninguém o queria para si, ninguém o queria reter em privado nem capturá-lo em público, era apenas bom que existisse entre nós, jogando às cartas, escutando o piano do senhor Peralta, sentado com aquela beleza no meio do salão. Não fosse a bengala das quatro ganchorras e o sargento seria a perfeição. Ele era a beleza em forma humana. E partiu na noite de lua cheia. Tinha-se instalado entre nós a meio da Primavera e não chegou ao Verão. De um momento para o outro, toda a cadeia de cuidados ficou abalada.

Não tive conhecimento directo, mas as próprias cozinheiras devem ter chorado o seu morto porque há quatro dias que cozinham horrivelmente. As cuidadoras passaram a vir buscar-nos para o pequeno-almoço à hora do almoço, e a chamar para o lanche à hora do jantar. Praticamente, não tem havido jantar. Pelo menos, na nossa mesa, ninguém quer comer. No meu caso particular, que na noite da tragédia permaneci, inocente, deitada na minha cama, apenas fiquei a saber que os filhos do sargento, que vieram buscar o corpo para ser enterrado em Lisboa, exigiam uma averiguação, e um inquérito estava a decorrer. O Hotel Paraíso encarniçado para culpar dona Joaninha. Dona Joaninha, muda como um peixe, passou a ser vista como a responsável pelo falecimento do senhor sargento. Sabendo eu o que sei, nestes dias, passei a evitá-la, ainda que os olhos dela, quando passam pelos meus, me façam um aceno de cumplicidade. Eu sei o que ela bem sabe, ela sabe o que eu bem sei. O assunto segue caminho legal. Fui chamada ao gabinete da administração, nesta manhã de sexta-feira. Empurraram a minha cadeira até lá onde me esperavam duas pessoas, uma em pé, outra sentada. Disseram-me que eram advogadas representando os interesses do Hotel Paraíso, uma delas começou a perguntar e a outra a escrever.

Que escrevessem. Eu ia com a ideia de que já havia mentido o suficiente, e a partir de agora só iria dizer a verdade, mantendo, contudo, o que já tinha dito, mas aconteceu alguma coisa de importante que fez mudar a minha decisão. Quando a advogada sentada começou a escrever o meu nome naquele teclado, ouvi um ruído estranho como se ali dentro tocassem castanholas. Olhei em volta e reparei que eram as unhas de quem batia nas teclas. Inclinei-me e vi na minha frente umas unhas longas, verdes, e em cada unha estava desenhada uma flor. A advogada sentada batia os dados da minha identidade com aquelas unhas pintadas com elementos do prado, e eu senti uma raiva inexplicável, perguntando-me como era possível uma advogada usar aquelas garras para participar na averiguação de um óbito tão importante.

Olhei para a advogada que se mantinha em pé, e embora essa não exibisse qualquer particularidade que me chocasse, nada na sua figura me falava do seu mérito. Talvez eu não devesse ser uma pessoa assim, mas é assim que sou. A partir da minha cadeira baixa, de rodas, e do fundo das minhas dores de que nunca quero falar, olhei para elas e senti-me muito alta. Pensei na dona Joaninha, naquele fingimento de dormir estando acordada, mas ainda assim achei que ela era uma pessoa bem mais válida do que aquelas advogadas, e dentro de mim surgiu uma grande vontade de mentir. Mentir e mentir.

Mentir pela dona Joaninha e mentir pelo sargento João Almeida, mentir pelo amor deles, mentir para salvar a decência das suas vidas. Ninguém, nem filhos, nem noras, nem genros, nem netos, nem a directora Ana Noronha, nem tão-pouco eu mesma, tínhamos a ver com os seus amores. Ninguém tinha o direito de querer que no interior de uma casa como esta não se reproduzisse a vida que se vive no mundo das pessoas livres. Olhei para a advogada em pé, vestida com uma blusa qualquer enfeitada com uns laçarotes como se tivesse doze anos, olhei bem para as unhas da advogada sentada, e decidi que, se fosse necessário, estava pronta para mentir.

"Façam favor, meninas" – disse eu.

Para que a pessoa inquirida, que era eu, se colocasse no seu devido lugar, a que estava em pé começou por se apresentar de novo, mencionando que ambas eram advogadas, mas eu não comentei, esperei pelas perguntas. A advogada que estava em pé pediu-me – "Conte o que sabe sobre este assunto." A que estava sentada mantinha as duas mãos estendidas sobre o teclado, as mãos muito tensas como se não pudesse com o peso das unhas. Eu estava preparada para apenas dizer o que já tinha dito, que dona Joaninha tinha vindo dormir no meu quarto pela hora da tisana, e que julgava que ela dali não tivesse saído. Mas agora o assunto fiava mais fino e eu iria ficar por inteiro do lado de dona Joaninha.

A que estava em pé fez-me sentir o peso da responsabilidade – "Sabemos que a senhora dona Maria Alberta é uma pessoa que sempre diz a verdade." Eu respondi – "Ainda bem que sabe, outra coisa não seria de esperar de pessoa honrada. Posso desde já adiantar que a senhora dona Joana Amaral, por volta da hora da tisana, veio pedir para dormir na cama vaga e eu disse que sim, e ela passou a noite de dezasseis para dezassete de Junho a meu lado."

A advogada das unhas verdes e flores cor-de-rosa batia castanholas sobre o teclado. A advogada levantada contestou – "Dona Maria Alberta, vamos ver. Eram onze horas da noite quando duas raparigas entraram no seu quarto, porque a senhora as chamou por causa da lua cheia, e não viram nenhuma pessoa deitada na cama ao lado…"

O meu desejo de mentir era tão grande que as palavras surgiam-me como se uma outra pessoa mas colocasse na boca. Respondi imediatamente – "Sim, elas entraram, mas não viram a dona Joana deitada porque não acenderam a luz e foram à janela e não viram sequer que havia luar. Pessoas dessas não sabem o que vêem nem o que não vêem. Se fossem funcionárias competentes, teriam acendido a luz, teriam procurado virar-me, teriam falado comigo, ter-me-iam oferecido um copo de água, e teriam ido a uma janela de onde se visse a lua. Elas nem sabem que formato tem a lua cheia quanto mais quem está ou não está deitado numa cama, ou se acaso faz escuro ou claridade dentro de um quarto."

"Era a primeira vez que a dona Joana Amaral pedia para dormir no seu quarto?"

"Por favor, menina" – disse eu. "Toda a gente sabe que dona Joaninha não gosta de dormir sozinha. Desde que aquela cama ficou vaga que volta e meia ela dorme lá. Não sei precisar quantas vezes, mas asseguro que aí por umas dez, talvez." A advogada sentada fazia tac tac no teclado. As minhas mentiras sobre dona Joaninha casavam muito bem com o som daquela ruidosa marcha.

"Diga-nos, por favor, a dada altura da noite, não deu por que se ouviu um relato de futebol, e depois uma música sul-americana, tendo saído o som do quarto do falecido senhor sargento?"

"Não ouvi nada, ruído nenhum que proviesse do corredor. Só ouvi lá fora o ladrar dos cães. Nunca antes os tinha ouvido assim. Fechava os olhos e era como se o meu quarto estivesse no meio de um canil."

"Senhora dona Maria Alberta, isto é muito sério. Diga-nos – Quando a senhora dona Joana Amaral entrou no seu quarto para se deitar, vinha em camisa de dormir, trazendo a roupa dobrada debaixo do braço, ou ainda vinha vestida com a sua roupa diária?"

"Minha menina, vi muito bem, quando a senhora dona Joana entrou no meu quarto, depois da tisana, vinha vestida com a sua roupa normal, e trazia a camisa de dormir debaixo do braço, ao contrário do que andam por aí a dizer. Dona Joana despiu-se e vestiu-se diante de mim, no meio do meu quarto. A luz da mesa-de-cabeceira ainda estava ligada, vi nitidamente."

"Acha, então, que a dona Joana Amaral não dormiu naquela noite com o senhor sargento? Não esteve a ouvir um relato de futebol brasileiro pela noite fora, e não esteve a dançar em camisa de dormir ao som de boleros, diante do senhor sargento, que acabou por cair sucumbido com um ataque de coração? Senhora dona Maria Alberta, repare que o seu testemunho, neste processo, é fundamental."

As mãos das unhas verdes com flores tinham acompanhado as minhas declarações com aquele matraquear insuportável, e agora aguardavam para recomeçar a bater no teclado. Naquele momento, eu tinha muitas palavras para dizer às duas advogadas, sobre as suas indumentárias e as suas unhas, e sobre aquela averiguação mal amanhada, cheia de insinuações gostosas, perversas, mas achei que seria um desperdício. Limitei-me a afirmar, com a convicção absoluta que me dava a força de defesa de dona Joaninha – "Meninas, acabou-se, não tenho mais nada a dizer. Na noite de dezasseis para dezassete de Junho, dona Joana Amaral passou a noite inteira no meu quarto. Ressonou que se fartou. Se alguém ouviu relatos de futebol e dançou no quarto do senhor sargento, não foi a dona Joaninha. Tenho a certeza porque passei a noite acordada. E é tudo."

Como eram as minhas palavras finais, a advogada sentada demorou ainda um bocado a bater nas teclas e depois leu em voz alta o meu testemunho. Pedi que repetisse porque eu queria ter a certeza de que ali estavam as minhas verdadeiras falsas palavras, e embora eu percebesse que havia frases mal encadeadas e deduzisse que aquele meu depoimento estaria redigido com erros ortográficos, assinei com a minha mão direita. Ao contrário do que costuma acontecer, a minha mão, naquela hora, estava firme. Eu tinha a certeza de que a minha letra era melhor do que a delas. Saí dali triunfante, não me lembrava de alguma vez na minha vida, perante um assunto sério, ter mentido. De ter mentido com tanto êxito.

Depois empurraram-me até aqui, ao meu quarto, e durante duas horas julguei que havia atravessado um rio de lama. Não sabia onde a lama começava nem acabava, só sabia que tinha o seu sabor na minha boca e cuspi para o lenço várias vezes. Não me apetecia que ninguém me visse nem me chamasse. Quem me chamasse pelo telefone não iria obter resposta alguma. E desejei que dona Joaninha desaparecesse para sempre da minha vida, ainda que não soubesse dizer porquê. Apenas desejava isso.

24
Póstuma

Pelas cinco da tarde surgiu na porta do quarto dona Joana Amaral e eu não lhe disse para entrar. Ela encostou-se ao umbral durante muito tempo, ficou esperando por um aceno meu. Como eu não lhe enviasse qualquer sinal, começou a fazer menção de agradecimento com as mãos levantadas. Provavelmente já teria tido notícia do teor do meu testemunho. Como Joana Amaral não saísse do umbral, acabei por ceder. Entrou. Vinha chorosa. Mas o seu assunto já não era o agradecimento, era outro o assunto. Os filhos de João Almeida tinham vindo recolher o cadáver do pai e ela não tinha tido oportunidade de voltar a ver aquele lindo corpo. Chorou e chorou, a dona Joaninha. Então, a chorosa meteu a mão no *soutien* e retirou de lá um papel. Afagou o papel. Entregou-mo – "Leia, a dona Alberti bem sabe que não sei ler."

Desdobrei o papel que Joana Amaral trazia no *soutien* e li o que nele estava escrito. Reconheci de imediato a letra do sargento. O meu coração começou a bater no peito, desordenadamente, como um chocalho. A minha vista fez ondular as imagens. Era difícil mover os lábios. Quando me recompus, perguntei – "Por que razão você não me passou para as mãos este recado?"

Dona Joaninha continuava tão chorosa que mal se fazia entender. Respondeu – "Eu gostava de ficar com esse papel, dona Alberti. Sabia que não era para mim, mas dissesse o que dissesse, queria que fosse meu. O que diz ele?" O meu coração continuava a chocalhar dentro do peito. A vida é testemunha de como hesitei na leitura. Li uma, duas, três vezes. O que faria daquelas palavras que estavam escritas na mensagem? Os meus olhos continuavam toldados. Fixei os olhos nas letras e elas estremeciam sobre o papel. Chamei em meu socorro a força da imaginação. Acabei por dizer, como se lesse – "Faço saber, junto de dona Maria Alberta, que amarei para sempre a senhora dona Joaninha."

A minha mão caiu sobre os joelhos, e com ela o papel.

Dona Joaninha tinha os cantos dos lábios tombados, abriu muito os olhos, pediu-me que repetisse. Fechou os olhos para ouvir melhor – "Graças a Deus." Abriu-os, estavam iluminados. "Diz isso aí, nesse papel? Ele escreveu esse recado para si, falando de mim com essas palavras? Leia uma terceira vez, quero decorar essas linhas..."

Este dia, 24 de Junho, estava a ser o dia das maiores mentiras da minha vida. Menti pela segunda vez. No papel, surrado, decerto por ter andado no *soutien* de dona Joaninha, estava escrito um recado bem diferente, enviado, possivelmente depois do episódio do Azerbaijão. Dizia assim – "*Dona Maria Alberta, mande sempre. Tenho toda a informação de que precisa no meu telemóvel.*" Mas eu li em voz alta pela quarta vez – "Faço saber, junto de dona Maria Alberta, que amarei para sempre a senhora dona Joaninha."

A minha amiga estendeu a mão para o papel. Colocou-o sobre os joelhos. Dona Joaninha começou a esfregar os olhos com os dois punhos fechados, e a água corria pelo seu rosto. Quando diminuiu a expressão do seu desgosto, devolveu-me o papel. Para que o queria ela se não sabia ler? Muito louca havia sido por tê-lo querido guardar para si, em vez de o ter entregado à destinatária. Se o tivesse feito, teria sabido como o senhor sargento a amava. O pecado da avareza tramara-a.

Ah! Se não tivesse guardado para si aquilo que não lhe pertencia! Mas enquanto ela se lamentava, eu lia aquelas linhas – *Dona Maria Alberta, mande sempre. Tenho toda a informação de que precisa no meu telemóvel.*

    Uma tristeza terrível tinha entrado neste quarto. Sentou-se entre nós duas, a tristeza, com sua anca larga. A tristeza separava-nos e unia-nos. Um papelinho prendia-nos uma à outra como se fosse um baraço de prata. Tinha ficado guardado na minha mão. Agora, só penso que esta noite a noite pode vir buscar-me. A noite pode vir apontar uma bateria de perguntas impossíveis na direcção do meu coração, apenas como pretexto para me levar. Naquele momento, porém, dona Joaninha prolongava a sua estadia. A beleza tinha partido. Da beleza restava um papel com letras. Por generosidade, a dona Joaninha entregava-mo, ainda que na verdade, desde que fora escrito, me pertencesse por direito. Breve ou muito breve vai ser o futuro. Tudo isto fica guardado na minha mente. Como não escrevo, só falo, e palavras leva-as o vento, o que fica guardado na minha mente só durará o meu próprio tempo.

24.Junho.2019

Mente a rosa, mente o cravo
mente a Natureza inteira – vida falsa
verdadeira.

25
Relâmpago

Palmeiras de asas abertas, pássaros da Primavera, nuvens brancas a caminho do mar, tudo passa. Passam o noivo e a noiva, o camião carregado de pedra, o fumo deixado pelo avião a jacto. Tudo esquece, tudo passa – Aqui dentro, no Hotel Paraíso, já foi retirado o retrato do sargento João Almeida do *placard* da entrada, já foi substituído pela fotografia a cores de uma nova inquilina, Maria Paulina Zuzarte.

O meu coração bate fora do seu compasso. Como ousaram? – pergunto e não encontro resposta. Custa-me aceitar esta substituição a frio. É-me insuportável admitir que passado pouco mais de uma semana a vida continue por estes corredores como se nada tivesse acontecido.

Nos primeiros dias, o choque abalou as falas, as sombras e os horários no Hotel Paraíso. Pelos cantos, havia um rumor de perda. Mas de um momento para o outro, instalou-se o silêncio em torno da pessoa e dos factos e a morte deixou de existir. Não se fala mais da ausência do senhor sargento. Como é possível tão rapidamente desaparecer da memória uma pessoa que espalhou tamanho esplendor nesta casa?

Os homens que fazem parte do *Clube dos Seis Cavalheiros Dão Cartas* arrumaram de outra forma as cadeiras, agora mais chegadas à mesa, porque o seu fundador desapareceu, mas já se fala que será substituído por um recém-chegado e o jogo continuará. O que é a vida de uma pessoa comparada com o poder de um jogo? Mesmo que o jogo tenha sido introduzido pela pessoa que falta? No quarto onde o sargento escutou o relato de futebol e ouviu música pela última vez, já lá está a senhora Zuzarte, que não foi informada da qualidade da pessoa que acabava de habitar aquele lugar. Como se aquele espaço fosse virgem e nada se tivesse passado. Ou, então, serei eu que estou equivocada, talvez aquela figura de homem nem tenha sido tão perturbadora dentro desta casa quanto eu julguei. Talvez a alegria que eu via desencadear-se em seu redor fosse uma invenção do meu entendimento. Talvez tenham sido os meus olhos que o tenham visto dessa forma subida e admirável.

Ou por outras palavras, a sua visita relâmpago a este lugar de esquecimento foi hoje rematada por palavras definitivas. Pazadas de terra, ali à nossa mesa de sete. Dona Rita de Lyon disse para dona Joaninha – "Foi-se você enfeitiçar por um homem que trazia na cara o sinal da morte. Não viu você a cor dos seus lábios?" Dona Fátima acrescentou – "Nunca gostei de homens altos, o meu era baixo e serviu-me muito bem." As outras não disseram nada, apenas em conjunto todas riram com gosto do que era uma grande frase de dona Fátima, mas a frase de dona Joaninha, sem dizer nada, foi a que mais me doeu.

Joana Amaral soltou uma grande risada e começou a escolher a melhor peça de fruta e comeu-a, abrindo-a com o fio da faca que levava à boca para que não se desperdiçasse nada. Eu deveria estar louca. Mantinha o papel dobrado dentro da bolsa de pano sobre o peito. *Dona Maria Alberta, mande sempre…* Sim, eu deveria estar louca. Essa pequena mensagem, que aqui tenho, é uma carta de amor que ele endereçou ao mundo. Era um viajante, entretinha-se a percorrer certas regiões da Terra, e na algibeira do seu blusão de sargento tinha todas as informações de que uma pessoa necessitasse, a partir do seu telemóvel. Ele quis que eu soubesse da sua disponibilidade.

Hoje, à mesa, talvez eu estivesse a sofrer de uma malformação qualquer, estivesse a inverter os círculos em que se inscreve o mundo visível e o invisível, mas naquele instante eu tive a ideia de que possuía sobre o meu peito uma verdadeira carta de amor. Um amor enviado à condição humana, um recado deixado à vida que, por obra do acaso, depois de ter atravessado um mar de equívocos e mentiras, incluindo as minhas, vinha parar ao meu regaço. Um papelinho pequeno, com dez palavras inteiras e cinco de ligação. A forma mais económica de dizer um segredo, tão fino, tão frágil, tão precário, que nem havia palavras para traduzir esse objecto esgarçado que havia andado escondido no *soutien* de dona Joaninha. Eu deveria estar louca.

Agarrei na minha bolsa de pano, apertei-a contra o peito e, sem querer que acontecesse, senti as minhas lágrimas caírem no prato onde estava uma pequena posta de peixe que eu teria de comer com a mão esquerda e, longe do prato, um copo com água que mal conseguia alcançar. Antes, quando a minha pele era clara e moça, qualquer gota de lágrima que me saltasse dos olhos era visível à distância. Agora, a minha pele criou sinais, curvas e valados, de tal forma que desde que não soluce, ninguém nota que me escorrem lágrimas. Comi-as com o pão.

Não era verdade, mas vendo que tudo muda e que tudo se tinha acabado, ao menos havia ficado um troféu, um papel como uma carta de amor, guardado sobre o meu peito. Apalpei e ali estava. O mundo em volta ignorava-me, ignorava os meus pensamentos, ignorava a minha vida, eu era um corpo franzino, sentado numa cadeira, com um babeiro de criança colocado sobre uma bolsa, onde se encontrava dobrado um recado, o único objecto que me salvava e dava coerência, aquela carta de amor, *Mande sempre...* Estes foram os meus pensamentos. Como não os posso escrever penso-os e dito-os para conforto da minha alma.

27.Junho.2019

Posta de peixe comida com a mão –
Azeite, água, pequena batata
lágrimas
pão.

26
Da grandeza

Tudo esquece, tudo passa. Esta tarde, eles vieram visitar-me. Percebi que vinham os dois porque ouvi as suas passadas a avançar na direcção do meu quarto. Como ele me tinha prometido, acompanhava-a para fazermos as pazes. Passaram vinte e oito dias, o tempo que ela levou a perdoar-me, o que significa que não é tão fraca como às vezes penso que seja, pois quem demora mais de três semanas sem se vergar é porque tem dentro de si uma certa força de espírito.

É verdade que também agora me avalio e a mim mesma não me reconheço. O abalo que me tem dado o desaparecimento do sargento João Almeida veio pôr à prova a minha fortaleza. Sei que já não enfrento os desgostos como antes, mas creio que a minha fraqueza actual ainda mantém marcas da minha antiga coragem. Sempre gostei de gente com força de carácter, com orgulho, gente difícil de dobrar. Por isso, no meio dos últimos acontecimentos funestos ocorridos nesta casa, este sinal da resistência da minha filha foi-me dando alguma satisfação. Contei um a um, os dias. Pelo meu lado, desejava que viesse porque sentia saudade, e ao mesmo tempo desejava que demorasse para avaliar a sua determinação. Quatro semanas exactas. De momento ali vinha ela, ouvia os seus passos.

Ambos entraram, vinham carregados de sacos.

Mas ele, para grande surpresa minha, ainda mal tinha assobiado como um pássaro, em vez de acompanhar com recolhimento a nossa reconciliação, olhou para a mesa de apoio e ficou admirado por não ver a televisão no seu lugar. Como se o importante não fosse aproximar-nos, e escutar o que tínhamos para dizer uma à outra se assim o desejasse, em vez de desempenhar o bom papel do reconciliador, queria antes saber por que razão tinha eu feito desaparecer a televisão. Sem avaliar o momento que se iria seguir, o meu genro criava uma discussão por um assunto completamente marginal. Já aqui tinha estado várias vezes desde que a Salomé havia recolhido o aparelho, ele não notara, e agora que um momento tão decisivo havia chegado, introduzia um assunto mínimo a que dava uma importância inexplicável. Ficou embravecido, escancarou o armário onde desde há muitas semanas o aparelho se encontra, criando um banzé desnecessário, o que não me permitiu falar de imediato com a minha filha. Perguntei porque estava ele assim, tão alterado.

Impossível reconstituir a sua arenga despropositada. A razão era esta — Porque na sua ideia eu tinha deixado de ser quem era, porque já não ligava à política, já não troçava das promessas dos manda-chuvas, já não ligava o televisor para seguir os enredos de Portugal. Já não queria saber dos refugiados por quem antes chorava, nem das guerras na Síria, nem de outros lugares do Oriente e de África. Já não apontava em papéis frases como aquela que lhe tinha mostrado, a fala de uma rapariga que depois dos combates nos arredores de Alepo dizia aos repórteres, com os filhos nos braços — *Se a morte estivesse à venda eu comprava-a.* É verdade. Com dificuldade, eu tinha-a escrito alguns meses atrás, para nunca mais me esquecer, e tinha-lha mostrado. E havia chorado sobre essa frase sem compreender bem o alcance da tristeza que dela se desprendia. Mas agora eu não queria sofrer mais inutilmente, porque três meses atrás havia concluído em definitivo que os maus acontecimentos da televisão tinham sempre um mau princípio e nunca tinham um bom desenlace. Acumulando o mal sobre o mal sem nunca ter fim, tal como eu tinha explicado ao rapaz que lera a história de Don Gálvez. E agora ele parecia destemido, no meio do quarto, querendo ligar o televisor, a minha filha em pé, e eu a dizer que não o permitia.

Ele insistia que voltasse eu a ver os desmandos da Casa Branca, que voltasse eu a troçar daquelas mulheres que agora por lá andavam com três metros de altura e ninhos de vento debaixo das cabeleiras. Por que motivo eu já não dizia coisas dessas? Não as escrevia em papéis? Porque já não troçava do parlamento inglês, todos ao molho como se estivessem num bar? Berrando e esbracejando como se disputassem cavalos num mercado de gado? Ou porque não ligava o televisor para ver como os franceses, tão finórios, agora vestiam roupa amarela e iam pintar a manta para o centro das cidades? Porque não comentava as notícias nacionais, apontando em papelinhos o número dos milhões que os ladrões roubam ao Estado? O valor do ordenado mínimo, os anos de espera das operações nos hospitais? Por que razão a sua sogra já não chamava gatunos aos donos dos bancos, porque já não apontava a lista dos gatunos, e o nome dos juízes que os perdoavam? Os nomes daqueles que passavam pelo telejornal anunciando mentiras? O nome dos guarda-redes do campeonato, os golos do Benfica? Porquê? Porquê? Porque já não ligava eu a televisão? O que me tinha acontecido? – perguntava o meu genro em voz alta, bailando no meio do quarto. Havia acompanhado a minha filha para fazermos as pazes, mas chegara e tinha-se posto bravo, querendo ligar o aparelho sem a minha permissão.

Eu disse-lhe – "Não a ligue, se faz favor, os pensamentos que me vão na alma são agora os meus programas de televisão. A televisão dos meus pensamentos me basta." E levantei a mão direita o mais alto que me foi possível. Ele, então, disse que eu assim iria afundar-me, ficar enrolada sobre o meu próprio corpo, reduzindo dia após dia o meu espírito até me tornar numa lesma das couves, como ficam todos aqueles que se desligam do andamento do mundo só para atenderem às suas próprias chagas. Finalmente calou-se, fez-se silêncio no quarto. Porquê tudo isso? Agora, que passaram umas horas, creio que são despropósitos involuntários que acontecem como se fossem loucuras descomandadas, mas que no meio do seu desperdício acabam por ter alguma utilidade. Aquela arenga tinha acabado por representar uma peça de teatro preparatória. Uma forma de criar um espaço entre a discórdia e a reconciliação com a minha filha. Na verdade, quando terminou, o meu genro desapareceu como de costume assobiando como um pássaro. Eu e ela ficámos sós. Esperámos que se fizesse silêncio. Ela pegou-me nas mãos e beijou-as. A paz tinha descido sobre a Terra. Eu disse-lhe – "Tens-me feito muita falta."

O que se passou depois não tem explicação.

Eu estava contente não só porque ela mostrava ser muito mais resistente do que eu pensava, como por não precisarmos de regressar aos livros e suas questões pendentes. Começámos por falar daquilo que nos unia, as árvores do jardim, o cata-vento que necessitava de óleo para não guinchar sobre o telhado, a falta de chuva, a proximidade cada vez mais nítida do avanço da raposa e do javali, de como proteger o jardim, como mudar as espécies vegetais em face da seca. Mas ela sabia que esses assuntos apenas nos eram comuns de passagem, e a certa altura disse – "Pode dizer tudo o que lhe parecer bem dizer. Já passou…" Eu respondi que estivesse ela descansada que nunca mais falaria sobre os livros. Mas para surpresa minha ela respondeu – "Por favor, se achar bem, fale dos livros. Estamos aqui para nos entendermos e não para discutirmos."

Desconfiei, e voltei a perguntar pelos ranúnculos, depois, percebendo que os ranúnculos não lhe interessavam, e que ela parecia aberta às questões essenciais, eu, entusiasmada com essa sua fala, disse-lhe então que não voltaria mais a dar conselhos, pois quem sou eu para dar conselhos, mas ainda gostaria de lhe colocar uma pergunta a propósito do tema dos livros e, depois dessa, nunca mais faria nenhuma. Como ela mantivesse as suas mãos nas minhas, e me olhasse com semblante pacífico, eu senti coragem para lhe perguntar – "Desculpa então voltar ao assunto, mas, para que fique resolvido para sempre, há uma questão que te quero colocar. Minha filha, eu sei que um escritor é uma pessoa que publica livros célebres, a sua casa permanece como museu para ensinamento da sociedade inteira, a sua fotografia anda por toda a parte, um escritor é uma pessoa ilustre. E uma escritora?" O meu coração tremia, mas ela não se ofendeu, antes pelo contrário, parecia de facto estar em paz, sem reflexos de puas de vidro nos olhos. Disse-me – "Muito simples, uma escritora é uma mulher que faz amor com o Universo, e é tudo." Eu pedi que repetisse para entender. Ela repetiu as mesmas palavras. Eu respondi-lhe – "Compreendo, não precisa então de publicar livros importantes, não ganha muito dinheiro com eles, a sua fotografia não anda por toda a parte e a sua casa não fica para museu."

Ela disse – "Pois não, uma escritora é apenas uma mulher que usa palavras para fazer amor com o Universo inteiro. E isso lhe basta."

Eu pus-me a pensar e não sabia o que dizer. Perguntei – "E esse Universo o que lhe dá em troca?"

"Já disse, nada. No amor, não há nada em troca, é tudo oferecido" – respondeu ela, mas não se mostrava zangada.

Pus-me de novo a pensar. Se fosse numa outra ocasião, eu poderia imaginar que ela troçava da sua mãe, mas não, ela deveria estar a ser genuinamente sincera. A minha filha fazia, então, amor com o Universo, e mais nada. Fiquei a repetir a ideia, enquanto ela me massajava os pulsos. E assim a minha ilusão se afundava, mas sem mágoa nenhuma. Um dia talvez eu entendesse. Eu tinha uma frase escrita num papelinho, metido no saco de pano, sobre o peito, *Dona Maria Alberta, mande sempre*, e sentia que as coisas simples e muito pequenas me bastavam. Que até mesmo as frases ditas pela minha filha, sem sentido, como *fazer amor com o Universo*, me serviam de conforto, de tal forma ela própria parecia estar conformada com essa dimensão irreal das coisas, pobre filha, tão pobres nós as duas, uma com as mãos na outra. E ambas começámos a desviar a conversa numa outra direcção. A pequena cercania, a posição da cama, as roupas que teriam agora de ser finas, à medida que os dias ficavam mais quentes, as sapatilhas mais leves, a bolsa da charrete onde eu guardo a fruta que sobeja do jantar, e entre esses assuntos mínimos, ela olhou bem para o meu rosto e perguntou por que razão o meu cabelo estava tão comprido.

Eu disse-lhe que a cabeleireira tinha desistido de vir cortar o cabelo aos residentes do Hotel Paraíso porque ninguém mais ficava satisfeito com o corte. Ninguém quer aceitar que o cabelo que antes era forte e colorido, com a passagem do tempo, tenha ficado fino e fraco, que tenha perdido a cor bem como os jeitos que antes emolduravam o rosto. Todos querem que o cabeleireiro faça o milagre da ressurreição do cabelo antigo. A última pessoa contratada, uma cabeleireira atenciosa e gentil, havia já dois meses que se tinha despedido e não havia quem a substituísse. Então a minha filha foi buscar uma toalha, a tesoura, o pente e começou a cortar-me o cabelo.

Era muito bom sentir as suas mãos na minha cabeça, a tesoura em volta da minha nuca, das minhas orelhas, das minhas têmporas. E à medida que me ia sentindo mais leve, ia dizendo para mim mesma, ela diz que faz amor com o Universo, o que quererá dizer? Fará mesmo? E ela cortava, cortava, e penteava-me, e estava já a sacudir a toalha quando ele entrou. Vinha mais manso. Ele mesmo foi buscar uma vassoura à arrumação, que fica em frente, e varreu as madeixas do meu cabelo. Eu vi-as entrar na pá. Eram brancas. Eu senti que estava a descer ao lugar das coisas ínfimas, e pensei que a minha filha, ao afirmar que queria fazer amor com o Universo, quereria dizer isso mesmo, que a vida a levava apenas para junto das pequenas coisas. Falar do grandioso todo era por certo a sua forma de falar do pequeno mínimo, a sua vocação. Ele trouxe um espelho, onde me vi, eu era uma pequena coisa no espelho, e de súbito senti-me muito bem, muito confortada, perto da pequena filha, das pequenas madeixas de cabelo branco, das letras escritas pelo senhor sargento no meio de um pequeno papel. Senti-me no meu lugar. E ao genro pedi, por favor, que não ligasse a televisão. O meu programa era o das pequenas coisas que ninguém grava e não importam. Ele acabou por aceitar. E de tal modo fiquei confortada que escrevi numa folha meia dúzia de palavras. Com a minha mão esquerda, demorei algum tempo a desenhá-las.

28.Junho.2019

Seixos do mar sobre a minha cómoda.
Afago-os — Na minha mão, um oceano e seus
peixes.

27
Botas novas

Estou com as coisas pequenas, as simples, as que não fazem ruído nem ocupam espaço. São mais fiéis, agarro-as melhor e não fogem tão rápido. Por isso, sentada na minha charrete, entre dona Plínia, que em breve irá fazer cem anos, e o senhor Mota, o carpinteiro, olho para as minhas mãos pousadas sobre os joelhos, e para minha própria surpresa, sinto-me reconfortada. Ser amante do Universo, para a minha filha, é a sua tarefa máxima – Logo eu não sou nada, estou junto das coisas primitivas como as ervas e o algodão em rama, mas ainda assim vivo porque continuo a observar a mudança. Pois se eu mudo, do mesmo modo muda toda esta gente que me cerca. E a prova de que a realidade está permanentemente a mudar é que aqui mesmo, no Hotel Paraíso, a situação se altera de um dia para o outro, altera-se por vezes entre a manhã e a tarde. Neste caso, tendo chegado o Verão, as raparigas querem abandonar esta casa, desejam trabalhar em lugares festivos, à beira-mar, onde se canta e dança, e as pessoas despidas tomam banho nas ondas baixas. Fazem bem. Cada um só tem uma vida.

Envolvida com o mundo dos nadas, eu não procuro tomar conhecimento sobre o assunto, mas a informação anda por aqui à solta e vem ter comigo. As raparigas juntam-se para falar alto, perto do meu quarto, na curva do corredor, e então fiquei a saber que estão a preparar uma revolta. Sairão sob pretexto de justa causa, uma vez que dizem ter sido ofendidas na sua dignidade, e o pretexto tem a ver com a dona Joaninha. Tudo isto parece uma cena de fantasia, mas é real. Por vezes concluo que no interior desta casa, lugar de exílio, existe um circo Mariani. Malabarismos e palhaçadas, a vida em imitação, com encontros e desencontros como numa tramóia de farsa. Neste caso, tanto quanto sei, tudo começou com um roubo vergonhoso. Pois nos dias que se seguiram ao falecimento do senhor sargento, alguém terá feito desaparecer umas peças de *lingerie* das gavetas de dona Joaninha. Foi então que se deu um certo episódio que muito eu gostaria que ficasse gravado.

Em face do roubo, Joana Amaral culpou duas raparigas, entre elas Lilimunde do Pará, que negou alguma vez ter entrado naquele quarto com outra intenção que não fosse para limpá-lo das suas porcarias. E contudo uma surpresa nunca vem só, pois ontem as peças de *lingerie* de dona Joaninha foram encontradas num dos caixotes do lixo, quando já iam a caminho do contentor. Mas enquanto isso, ainda mal tinham sido recuperadas as peças de renda e *chiffon* do interior do caixote, sucedia outro facto inimaginável. Eu não procurei saber do assunto, mas agora que me deixam em qualquer lugar do salão, vejo o que não espero e ouço o que não preciso, e foi assim que soube do episódio seguinte.

Soube que o filho do senhor Sereno, um residente recente que faz parte do *Clube dos Seis Cavalheiros Dão Cartas*, comprou ao pai umas botas novas, muito finas, umas lindas botas de Verão. O quarto do senhor Sereno fica mesmo em frente do quarto que foi habitado durante um mês pelo sargento João Almeida, e o senhor Sereno foi o residente que testemunhou que, na noite de lua cheia, o par em questão tinha estado a rir e a folgar até de madrugada, testemunho que eu contrariei, faltando à verdade. Regressando às botas novas, o senhor Sereno usou-as durante uma tarde, e muita gente as viu, porque ele andou fazendo curvas junto ao piano, agora que o senhor Peralta passou a incluir no repertório mornas e coladeiras de que o senhor em causa é aficionado. Ao jantar também usava as botas, amarelas, de Verão, de pelica fina e tecido sintético. Consta que de noite, quando as raparigas passaram pelos quartos na hora da tisana, as botas estavam arrumadas, muito juntas, com as presilhas bem atacadas, as duas aos pés da cama do senhor Sereno. Mas, de manhã, pelas oito horas, as botas novas tinham desaparecido e em seu lugar, arrumadas, muito juntas, encontravam-se as botas velhas que o filho do senhor Sereno não tinha deitado fora.

Tudo isto aconteceu anteontem.

O Hotel Paraíso foi batido de cima a baixo, de ponta a ponta, por três elementos da GNR chamados ao local pela directora Noronha. As raparigas foram interrogadas, na medida em que a lei o permite, primeiro em conjunto, depois uma a uma, e no final sobejou um estado de aniquilamento total. O episódio do calçado do senhor Sereno parecia obra de uma sombra. Mas, esta manhã, as botas foram encontradas debaixo da cama de dona Joaninha.

Criou-se um enorme alvoroço. Falavam as evidências. Joana Amaral ter-se-ia vingado do testemunho do senhor Sereno. A acareação foi feita no meio do salão, pela directora e pela nova encarregada Martine Martins, com toda a gente a presenciar, empregados e utentes. Então dona Joaninha indignou-se, disse que as raparigas – e foi mencionando todos os nomes das suspeitas, uma a uma – é que teriam ido colocar as botas debaixo da sua cama para a comprometer. Tinham-lhe roubado a *lingerie* e agora envolviam-na no caso das botas novas. E para sublinhar a sua convicção pessoal, levantou a saia e disse que as raparigas viessem cheirar naquele orifício que ela tinha ali, na parte de trás do seu assento, e que se o quisessem ver, poderia mostrar para lhes facilitar a manobra. E sem que a doutora Ana Noronha pudesse detê-la, dona Joaninha rodopiou em todas as direcções, sob o impacto da sua raiva, desencadeada pela injustiça de que estava a ser alvo. No rodopio, de saia ao peito, mostrava as pernas roliças, muito robustas, muito alvas, evidenciada a brancura pela densidade da *lingerie* preta.

A cena desenrolou-se com tal vivacidade que mesmo quem já enxerga muito mal conseguiu descrever a prova da inocência que dona Joaninha fazia para todos acreditarem na sua palavra honrada. Dona Plínia perguntou-me, dona Alberti, o que eu estou a ver é verdade? E o senhor Tó, um recém-chegado conhecido por não ter querido tomar o lugar do sargento no *Clube dos Seis Cavalheiros Dão Cartas*, indignou-se com as raparigas que tinham provocado a descompostura física de dona Joaninha, uma mulher cheia de coragem. Pela sua actuação se via que ela era vítima de uma falsidade, mas que se defendia com dignidade. Ele nem tinha imaginado que dona Joaninha debaixo da saia guardasse tanta beleza.

Disse em voz alta, e com isso conseguiu arrancar algumas gargalhadas. Até Ana Noronha, que não tinha conseguido evitar os acontecimentos, não pôde esconder o riso. Um golpe de comédia bem-vindo porque animou a residência. Um circo. Quem não riu na altura por não ouvir bem, riu depois, quando lhes foi contado ao ouvido. Eu assisti à cena e não pude deixar de rir também, um circo. Mas nem todos encontraram no episódio da dança de pernas nuas a mesma graça. Foi na sequência dessa cena que as raparigas, vexadas, se juntaram para preparar uma revolta. É bem de ver.

Estamos à beira do Verão, lá em frente, onde o mar banha a areia branca, ao longo de três meses, ganha-se bom dinheiro, elas bem o sabem. Estiveram hoje encostadas à ombreira da porta, aqui em frente, onde se arrumam as vassouras e empilham roupas lavadas, falando em voz alta. Afinal, nesta casa, todas elas se sentem vilipendiadas, indiciadas como criminosas, perseguidas, o Hotel Paraíso transformado num campo de concentração como o de Auschwitz. Trabalha-se de manhã à noite, ganha-se quase nada, e a matéria com que têm de tratar é desprezível. Sentem-se cheias de razão. Ali estiveram elas, de Maria Rosa a Esvendrina, passando por Lurdes Malato e Fanny, todas muito ofendidas, zangadas, combinando que, no dia seguinte, não andarão mais do que aquilo que as suas pernas permitem, e os residentes ficarão na cama até ao meio-dia, o almoço será servido a meio da tarde, e depois irão embora todas as que ali se encontravam. O caso das botas do senhor Sereno foi a gota de água no copo a transbordar. O caso das botas e a cena de Joana Amaral irão dar-lhes o motivo para partirem do Hotel Paraíso alegando justa causa.

Soube de todos estes factos sem perguntar, sem me intrometer, sem pedir notícias a quem quer que fosse. As notícias vieram ter comigo como foram ter com muita gente. Mas são factos soltos, resvalam pela minha vista e pelos meus ouvidos, só que não entram no meu coração. A minha vida encontra-se agora entregue a objectos menores, ao meu papel dobrado, à lembrança das minhas plantas, ao portão de entrada daquela que foi a minha casa, à afirmação da minha filha que se apresenta, diante da sua mãe, como aquela que faz amor com o Universo, uma forma de dizer que o seu trabalho não serve para nada. Pensamentos secretos, só meus, que têm a ver com uma espécie de cofre lacrado sobre o meu peito. As raparigas falam. Nina Mercedes também foi atingida com o episódio das botas e também quer partir. Ainda assim, massajo a minha mão, abro-a e fecho-a como se fosse a pata de galinha que a minha avó nos dava para nos divertirmos, muito antigamente, quando os seus netos eram crianças. Mesmo assim, devo confessar de passagem que me encontro

entre o pequeno, o singelo, os nadas, mas no fundo desejo o
alto, o grande, o largo. Não o deveria confessar.

30.Junho.2019

Sei do que falo – Osso de galinha, imaginei
um galo – Pu-lo a cantar num poleiro
e a correr num
prado.

28
Na fila

Consta que as raparigas que ameaçavam sair afinal irão ser despedidas com invocação de justa causa. Foi descoberto que tinham assinado contrato por três meses para limpezas nas casas das praias, um contrato com uma firma de assistência domiciliária, e não tinham comunicado. O último dia das suas prestações foi este. Por coincidência, ou não, o doutor Longino, que surgiu depois de várias semanas de ausência, estava à disposição de quem quisesse ser observado. Eu não quis.

Não quis, mas quando soube tinham-me colocado numa fila de cadeiras, viradas todas para o mesmo lado, pelo que não se conseguia conversar, e eu estava no meio delas. Disse à encarregada Martine que não pretendia ser vista por médico nenhum. Quando ela passou por mim, fui muito clara, pedi-lhe – "Por favor, tire-me daqui!" Ela inclinou-se sobre a minha cadeira e disse que se eu não queria ser observada pelo médico, já me retirariam da fila. Mas quem vinha empurrando as cadeiras era uma jovem angolana, chamada Maria José das Lundas, que não me prestava atenção alguma, e em vez de me retirar da fila disse – "Calma que o doutor Longino já a vai examinar…" E continuava a empurrar a cadeira e a arrumar-me na fila.

Eu não sabia nem quem estava atrás de mim nem quem ia na minha frente. Além dos passos das raparigas não se ouvia nada. Passos rápidos de quem corria de um lado para o outro, porque várias iriam ser despedidas. Mas quando chegou a minha vez, e o enfermeiro Joaquim se aproximou, eu disse-lhe que me encontrava na fila contra a minha vontade e que não pretendia ser consultada. Ele admirou-se muito – "Então não lhe doem as pernas, nem os braços, nem a cabeça, nem tem insónias?" Eu disse em definitivo – "O que eu tenho ou não tenho não lhe importa. Só aqui vim uma vez, já tenho os comprimidos de que preciso, o meu mal não se cura com medicamentos, e não quero ser consultada."

O enfermeiro empurrou-me para o lado, fiquei de rosto virado contra a parede. Sentia os meus companheiros de fila avançarem nas minhas costas, mas eu não os podia enxergar. Até que a Maria José das Lundas me virou, empurrou a cadeira com muita pressa e colocou-me no meio de um outro corredor. Vi o médico sair do consultório, levava uma mala que deslizava sobre rodas, e a bata debaixo do braço. Ainda olhou na minha direcção, mas não me disse palavra, foi andando. Ouvia-se o tinir de pratos e talheres proveniente da sala de jantar. Eu pensei – "Vão almoçar e esqueceram-se de mim." Mas não me importei. O esforço que fazia para enfrentar a situação alimentava-me. Não tinha querido ser consultada e não tinha sido. Fiz muito bem porque não tenho nada para contar a quem nada pode fazer por mim. O que o médico podia fazer por mim, já fez. Prescreveu comprimidos, escrevendo muito rápido no computador, e acho que foi para sempre. Não quero fingimentos médicos, todos sabem o que se passa, não quero participar no teatro do faz-de-conta de que com este unguento a salvarei, minha senhora, tenha esperança, a senhora vai melhorar, e outras frases vazias de sentido. Iludam quem deseja ser iludido, não iludam a Maria Alberta Amado. E foi então que passou por mim, vinda de algum lugar, a Ana Noronha.

A directora passou e não me olhou.

Eu também não lhe iria dizer uma única palavra que fosse. Que passasse. Continuava a ouvir o ruído dos talheres e dos pratos na sala de jantar, e eu não diria nada. Eu não tinha pena de mim. Não tinha pena de nada nem de ninguém, possuía sobre o peito um recado escrito num papel, e sabia que eu mesma era mortal. Que fosse, não me importava. Eu não diria nada. De súbito surgiu de novo, vinda de outro lado, a Noronha, e então reparou na minha pessoa. Baixou-se até os cabelos compridos roçarem a minha cadeira. Perguntou – "Esteve no médico, dona Alberti? Tudo bem?" Respondi-lhe – "Não estive no médico." Ela perguntou – "Então porque está aqui?" Disse-lhe a verdade – "Porque outros assim o querem, que não eu."

A directora chamou pela encarregada Martine, pela Maria José das Lundas, por uma outra funcionária que passava apressadamente e todas se aproximaram. Eu não diria nada. Sentia uma grande vontade de chorar, mas não chorava. Sabia que era mortal e fazia o ensaio de como seria o estado final da mortalidade. Levaram-me para o almoço, sob a fala muito alta de Ana Noronha, bastante indignada – "Esqueceram-se da dona Alberti. Aqui ninguém se pode esquecer de ninguém e está visto que dona Alberti ficou esquecida…"

Sentaram-me, alimentaram-me.

Durante meia hora, estive a almoçar sozinha, na sala de jantar, servida pelo cozinheiro José, que reaqueceu comida de propósito para o meu prato, e a encarregada que a distribuiu cuidadosamente, colocando a alface separada dos outros alimentos, como há muito não acontece. O copo de água no seu lugar, e a fatia de pão à minha direita, fizeram-me voltar a crer que eu estava viva, como se acaso tivesse estado morta. Mas eu não me importava. Não dizia nada. Pensava nas pequenas coisas. E as pequenas coisas eram muito grandes. Espinha de peixe, casca de laranja, flores campestres, as mais miudinhas de todas, cor-de-rosa, abrem de manhã, fecham de tarde. Dia mau, dia bom, tudo igual. Escrevi primeiro no meu coração, depois, com a mão esquerda, na folha do meu diário.

1.Julho.2019

Bem-amado, teu recado.
Sepultado.

Teu recado, sepultado.
Bem-amado.

29
Verão

Felizmente que existe Lilimunde – A rapariga de Marabá parece não ter consciência da sua situação precária, e ao não se desgastar com o embate do ressentimento, consegue proezas não imagináveis, apenas com dezassete anos de idade.

Ela tem o meu respeito.

Depois de trabalhar ao longo do dia nesta residência, sempre que a escala da noite o permite, consegue servir num bar e assim dispõe de banho diário e lugar seguro onde dormir. A igreja de Marabá, através dos braços longos que atravessam mares e ilhas e se estendem até ao último canto de Valmares, cobra-lhe não apenas um terço mas metade do seu salário enquanto sua protegida. Cobra-lhe o imposto pela manobra de alteração no registo civil e sobretudo o imposto sobre o acto de bondade que essa alteração implicou, segundo lhe foi explicado. Mas agora Lilimunde começou a ficar mais aliviada. Contou-me que de momento não paga renda de quarto porque dorme num divã, que ela mesma monta de noite e recolhe pela manhã, arrumado a um canto entre os lavabos e a despensa do Bar Justino. Deita-se e levanta-se no meio das vassouras e dos panos de limpeza de flanela amarela. E diz que não está mal. E se a igreja lhe tira metade do ordenado ganho no Hotel Paraíso, naquele que ela ganhará no bar não podem as sentinelas do bispo Romeu tocar nele, não. Esse será só seu.

Eu escuto.

Sentada na cama vaga ao lado, ela descreve a situação nocturna que testemunha no bar. Ao balcão, ela serve copo atrás de copo a homens e mulheres que nasceram com a garganta a arder, e nenhum líquido parece conseguir apagar esse tipo de secura. Todos os que lá vão têm a mesma sede. Quando o patrão fecha a porta e ela se prepara para recolher ao divã, sobre os bancos defronte do bar deitam-se bêbados que cantam. Alguns, imigrantes recentes, diz ela que choram de recordações, não cantam, mas outros riem e tartamudeiam frases soltas em línguas que se falam em Bucareste, Bratislava, Kiev, Casablanca, Dakar, Cidade da Praia, Luanda, Cuíto, Bangladesh, Baía de Todos os Santos. Nem todas essas cidades ela sabe onde ficam, e eu poderia explicar recordando o meu Altas. Para ela, porém, é tudo um pouco igual, é gente de todo o mundo e é quanto basta. Porque Lilimunde tem outro género de classificações. Para ela, há a espécie dos advogados, a dos canalizadores, a dos trolhas, a dos estudantes, *motards*, motoristas e engenheiros, homens, sobretudo homens, algumas mulheres, mas é tudo igual, pessoas sedentas, gente que se senta nos bancos do Bar Justino como se fosse a sua verdadeira casa e o balcão corrido fosse a sua mais recente mesa de família. Ela tem medo de gente com tamanha sede, mas a sua alegria é mais forte do que o medo e diverte-se com a variedade humana, troçando sobretudo dos que facilmente ficam toldados. Ela conta e eu fico a saber, como se eu mesma andasse por lá, tão vivo é o conto da rapariga oriunda de Marabá. Ela conta tudo isso pela manhã, bastante cedo, quando o seu turno se inicia às oito e trinta. De propósito para contar, a rapariga passa pelo meu quarto e deita-se por uns instantes na cama livre.

Esta manhã, Lilimunde recebeu um telefonema, ela olhou a rir para o *écran* e desligou. O telefone voltou a tocar, ela deixou tocar, sempre a rir como se estivesse a troçar de alguém à grande e à francesa. Quando terminou o sinal, voltou a dizer – "Dona Alberti, nunca na minha vida vou dormir com um sujeitinho destes. Compreende o que eu estou a dizer? Nunca, nunca, porque eles bebem, falam alto, puxam por facas e fazem filhos por toda a parte. São como o pólen das árvores. Afinal porque querem os homens dormir com as mulheres? O que ganhamos nós com isso? Se são da mesma espécie, que durmam uns com os outros. O que acha, dona Alberti?"

Sobre esse assunto, nada tenho a dizer. Ninguém tem nada a dizer a ninguém, julgo eu. Eu digo só, está bem.

Mas noto que Lilimunde não cheira mais a bergamota. Desde que faz noites no Bar Justino, cheira a alguma coisa indefinida, talvez sândalo diluído em aroma de fenos, nada de tília, nada de peónia. Além disso, devem-lhe ter caído nas roupas por descuido umas boas gotas de álcool. Mas quem sou eu para poder dizer a que cheira a rapariga de Marabá? Pergunto-me eu. Lilimunde, quase a ser surpreendida pela encarregada Martine, levanta-se da cama ao lado com a destreza de uma trapezista, e diz muito alto – "Dona Alberti, vamos levantar. Já o Sol vai alto! Vamos lá, vamos lá…"

Ou talvez o cheiro de Lilimunde se tenha alterado pela força do calor que cai sobre Valmares quando chega o tempo do Estio. Lembro-me da página do meu Atlas com o desenho de todo o Sul da Europa. Conheço as capitais de cor, as ondas de calor de onde sopram os ventos provenientes dos desertos do Norte de África e os riscos de incêndio à beira do Mediterrâneo. Desde que falei com a minha filha sobre os seus fundamentos, estou apenas junto das coisas pequenas, as que não pesam, as que não valem, as que têm os dias contados, mas sei que a Terra, nesta altura do ano, deste lado, se inclina diante do Sol, e o hemisfério norte aquece e ilumina-se durante dezasseis horas sem parar em cada dia, enquanto o lado oposto permanece às escuras. Depois trocam luz e sombra, à medida que a Terra vai girando, dia após dia, até o nosso planeta se afastar o mais possível da grande fogueira do Sol e o céu ficar mais pálido. Aprendi há muitos anos na escola do Salazar, mas fui reforçando estes conhecimentos com a experiência da vida.

Parece que estou a ver – Lá, naquela que foi a minha casa, por esta altura, o sol, vindo de Espanha, sobe por cima da cordilheira a noroeste, para só desaparecer no Atlântico depois de fazer arder a planície a sul durante o dia inteiro. Por esta altura, o solo, as pedras, as estradas, as casas, tudo fica seco e quente. É a altura em que a água falta nos reservatórios e nas torneiras. O Norte de África fica logo ali. Esta noite, o calor veio ter à minha cama. O meu corpo está quente como se tivesse febre, os lençóis estão molhados de suor, o ar pesado. Sobre as minhas mãos passaram formigas, diz Lilimunde. Ela encontra algumas esmagadas sob o meu corpo, embora eu não tenha dado por isso. A rapariga de Marabá espera que os passos da encarregada Martine desapareçam ao fundo do corredor, para abrir a bata e mostrar-me o corpo – "Dona Alberti, com este calor, Virge Maria, uma pessoa só lhe apetece andar nua..." Mostra-se de frente, de trás, o seu corpo tem as linhas de um corpo de criança. Diz ela que lá, em Marabá, passou fome e sede, aos domingos comia pão de açaí, o seu pai andava na barcaça pelas margens do Tocantins e só de vez em quando Joromel da Silva entrava na casa da sua mãe. Isso da fome fome foi antes, depois nunca mais, graças à igreja de Marabá. Está-lhe muito reconhecida. Agora Lilimunde mata formigas, encontra várias na minha cama a passearem de um lado para o outro, atarantadas.

Ter-me-ão mordido? Não dei por nada.

Lilimunde diz que lá, em Marabá, aprendeu a afugentá-las. Elas fogem do sal, da canela, do sumo de limão, do pó de talco, da hortelã-pimenta, tudo coisas de cozinha, mas nada presta. Ela passará em breve para trazer uma geleia que colocará nos quatro pés da minha cama. E besuntará também os quatro cantos do quarto, como procede lá no bar do Justino. E ela despe-me, veste-me, enfeita-me, colar e brincos, anel de pedra rosa. Água completamente fria na minha testa, e roupa leve, a mais leve que está pendurada no armário. Ela diz – "Se visse como aqueles homens bebem, dona Alberti. E como falam. Prefiro os que não falam português porque aquilo que dizem, como não entendo, é muito mais bonito. Para lhe dizer a verdade, não lhes quero mal, mas detesto todos eles. Pela meia-noite têm os olhos vidrados, pelas duas horas da madrugada têm os olhos mortos, alguns quando saem do bar caminham pela avenida às apalpadelas com as pálpebras fechadas."

Martine Martins surgiu à porta e achou que Lilimunde não se desembaraçava. Agora que tantas raparigas estão a ir-se embora, umas por vontade própria, outras despedidas, é preciso uma eficácia no trabalho que ela não atingiu. A encarregada chama por Nina Mercedes. Trocam de serviço. Lilimunde desce à lavandaria com a roupa num braçado, e é Nina quem empurra a minha charrete. São as mãos da porto-riquenha que conduzem o meu percurso – "*Porque no puede, porque no tiene, una patita para andar…*" Cantarola e assobia, a rapariga Nina, a das mãos suaves.

Tudo isto pela manhã, e agora já a noite voltou.

Ou por outras palavras, a noite volta sempre, aconteça o que acontecer. É a única certeza que resulta da consulta do *Grande Atlas do Mundo*. Por vezes, a outra noite vem dentro da noite, outras vezes vem directamente da experiência da vida. De resto, tudo muda, tudo passa, tudo se transforma. Não tenho dúvidas, nas páginas do meu Atlas as cidades eram bolas pretas. Devem continuar a ser nos atlas que não foram destruídos pela água da chuva. Na realidade, as cidades são aglomerados de habitações que explodem, explodem, um dia ainda vão cobrir a Terra inteira. Não haverá solo arável. Será tudo uma bola preta.

Sem data

Nasce o Sol atrás da manhã, rosa-malva.
Verão – O tempo fugiu com o zénite
mas as cores vermelhas
não.

30
À sombra

Em dia de sábado de Verão tudo acontece mais tarde. Enquanto esperava, consegui reunir no meu pensamento os nomes das funcionárias que partiram para trabalhar à beira-mar, mas não foi fácil. Por vezes, quando já os tinha quase todos contados, havia nomes que se apagavam no fundo de buracos escoadores, num processo muito semelhante ao que aconteceu com o eclipse da palavra Azerbaijão na minha contenda com a noite. Depois de alguma batalha com a memória, consegui reuni-los. Foram embora Maria Rosa, Esvendrina, Lurdes Malato, Lila Mendes, Quina, Julinha, Maria Adelaide, Fanny e Jamira. De entre as que ficaram contam-se, para meu grande consolo, Nina Mercedes, Maria Lina, Lilimunde e Salomé, a máquina alemã. Elas aí andam.

Mas vejo-as menos, pois agora correm pelo corredor como se fossem atletas. Espero que corram mas não caiam. De entre as que ficaram, Gina escorregou de costas no pavimento molhado do terceiro piso e sentiu-se mal, eram dez da manhã. Ouviu-se a ambulância que a veio buscar. Ainda essa ambulância não teria chegado ao seu destino, ouviu-se o som de uma outra. Uma funcionária da cozinha, Samanta, despistou-se nas escadas, e acabou por cair no patamar agarrada a uma bandeja. Foi levada numa padiola até à viatura, sempre agarrada à bandeja, prova da sua dedicação, tão rara nos dias que passam, contaram. Os urros dessa segunda ambulância eram altos demais. Chamam à ambulância o carocha dos idos porque leva sempre muito mais do que traz. Tudo isso foi contado à hora tardia do almoço. Só depois veio a psicóloga Débora e nós fomos conduzidos para o jardim, facto raro, sobretudo inesperado, nas circunstâncias que passam.

O transporte entre o Salão Rosa e a relva demorou muito, e só essa manobra já era um acontecimento. Sentaram-nos à sombra das casuarinas e distribuíram-nos chapéus de palha. Era impossível que a psicóloga, diante de tanta gente, falasse para todos, ali, ao ar livre, mas nós, as últimas a sermos acomodadas, fomos integradas no semicírculo da frente. A rapariga dirigiu-se-nos com bons modos. Disse – "Olá! Está boa a tarde. Como sabem, eu chamo-me Débora, e estou aqui para falarmos de alegria…" Eu senti-me triste, sem ter razão de quê. A psicóloga continuou – "Quem estiver alegre levante a mão." Ninguém levantou. "Quem estiver triste levante a mão." Várias mãos se levantaram. A psicóloga cantou – "Xô, xô, tristeza! Vamos bater as palmas para afugentar a tristeza. Bora lá?"

Então Débora, muito risonha, contou alguma coisa, muito breve, riu, mas julgo que ninguém compreendeu o que tinha sido contado. A psicóloga pareceu não dar por isso. Perguntou – "Quem quer contar alguma coisa alegre, a mais alegre de que se lembre para passarmos aqui uma tarde divertida?" Só João Tendinha, a partir do pequeno grupo de *Os Seis Cavalheiros Dão Cartas*, respondeu – "Uma alegria? Um copo de vinho, menina. Dois, três copos de vinho, do bom, do Dão…" A doutora Débora comentou – "Muito, muito bem. Um copo de vinho é um grande motivo de alegria. E mais, e mais?" Olhou em volta.

Dona Rita de Lyon disse alguma coisa, com muita distinção – "Um motivo de alegria da minha vida é o meu filho Clarence atravessar os céus de *l'océan Atlantique* num avião da Air France e até agora ter regressado sempre bem…" Sabendo o que sei sobre as travessias do seu filho piloto, penso que dona Rita de Lyon quereria contar um pouco mais, falar talvez do *Ange Gardien*, mas a psicóloga olhou de novo para o semicírculo e enumerou – "Um copo de vinho, um aviador regressando sempre ao seu destino – Muito bem, muito bem. E que mais?" E a psicóloga passou o olhar risonho pelo rosto de cada um de nós, soltando sinais de satisfação, e no entanto ninguém respondia àquele sorriso franco. Até mesmo dona Joaninha, sempre pronta a dar opinião, se mantinha calada. Eu sentia-me triste sem saber porquê. Talvez por isso mesmo, ainda estive para falar das minhas plantas que lá deixei, zínias, azáleas, begónias, violetas, margaridas de várias cores, florindo à vez ao longo do ano, mas antecipei a minha voz só para mim própria e senti que faria parte de um ridículo tremendo se falasse. Imaginei a doutora Débora a dizer, um copo de vinho, o regresso do piloto-aviador, as flores do jardim, grandes motivos de alegria. E que mais, e que mais? Imaginei o sinal da minha vida no meio daquele rosário, e confirmei que todos nos tornávamos insignificantes, ainda que aquela jovem chamada Débora nos tivesse sentado à sua volta, por certo, para obter o efeito contrário.

No meio do silêncio que se instalou diante da psicóloga, dona Maria Paulina Zuzarte revelou-se. Quem diria? Uma pessoa com um nome tão volumoso, dirigiu-se rudemente à psicóloga. Disse – "Olha lá, porque não perguntas tu, antes, pelas nossas dores? De dores é que queremos falar para ver se aliviamos o sofrimento, e não dessas tretas de que tu falas. Porque não estás calada?"

Fez-se um silêncio abissal no canto do jardim onde nos encontrávamos. As finas folhas das casuarinas, sob o efeito da calmaria, não se mexiam. Era como se escutassem. Eu sentia-me uma daquelas agulhitas verdes do arvoredo. Alguém já teria dado conta do génio da senhora Zuzarte?

A senhora Zuzarte ocupa uma mesa ao fundo na sala de jantar, e talvez por essa localização nenhuma das nossas companheiras se lhe tenha aproximado. Eu desconhecia de todo o seu talento. "Porque não estás calada?" – repetia ela. Mas a psicóloga deve ter discursos estudados para enfrentar pacientes de todas as qualidades, e até pareceu ter gostado daquela fala surpreendente. Respondeu, satisfeita – "Diz muito bem. Como se chama a senhora? Ah! Zuzarte! Falou muito adequadamente, senhora Zuzarte. Falou de dores e de sofrimento. Sabe que se trata de realidades diferentes? Doer é sentir o corpo em estado de desconforto. Por exemplo, quando se faz uma operação, passada a anestesia, sente-se dor. Já o sofrimento, esse, acontece com o desaparecimento de uma pessoa querida, um filho, uma filha. Isso, sim, é sofrimento. Realidades diferentes, tratam-se com terapias diferentes. Para as dores há medicamentos, para os sofrimentos, há formas de conversação. Vários métodos, falar das alegrias para combater o sofrimento, por exemplo, é uma delas. Senhora Zuzarte, poderia referir um episódio de alegria da sua vida?"

Perguntou mas não obteve resposta.

A doutora Débora, sempre a sorrir, um sorriso que abarcava muito para além do semicírculo, onde se encontravam as minhas seis companheiras de mesa caladas, tinha encontrado a quem se dirigir, mas só João Tendinha e os da mesa dos jogadores pareciam divertidos. Dona Luísa de Gusmão olhava em frente como se fosse uma dos Távoras a ser supliciada a mando do Marquês de Pombal. O seu pescoço estava comprido de dignidade. Eu imaginava o que ela não pensaria de uma rapariga plebeia a querer entreter a população do Hotel Paraíso com semelhantes palavras. Dona Joaninha, virada na direcção da senhora Zuzarte, olhava embevecida de escândalo para a ocupante do quarto do sargento Almeida, cheia de *tus* e de *tretas*, divertida, como se Zuzarte fosse um espectáculo.

Eu tinha a ideia de que deveria dizer alguma coisa, como por exemplo, que a dor serve para o espírito dizer ao corpo que ele é mortal, ao contrário do espírito que tanto pode ser ou não, ainda não se sabe. Mas concordava que uma coisa era a dor e outra o sofrimento, que a dor que reveste todo o meu corpo, como se fosse um fato de vergastadas, é diferente dos desgostos que nos dão as pessoas de família. No entanto, ao ver todos os meus companheiros calados, eu também não falei. A psicóloga não iria contar comigo para essa disputa sobre a dor, o sofrimento, a alegria, eu tinha vontade, mas não me sentia capaz. A senhora Zuzarte, pelo contrário, sentia-se.

A jovem psicóloga insistiu – "Então, o que acham, não é verdade que a dor é uma coisa e o sofrimento, uma outra? E que nós podemos combater o sofrimento, pensando na alegria?" Insistia, por certo desorientada com a falta de colaboração da nossa parte, gente que ela tomava por pacientes e quereria curar durante uma tarde. E o seu empenho em que colaborássemos era tanto que eu imaginei que tivesse sido enviada pela Associação da Boa Vontade. A senhora Zuzarte, porém, preencheu o vazio, tomou a palavra e não a largou enquanto não contou como tudo lhe tinha acontecido. Sem se importar com a agenda da psicóloga, a quem tratava por tu, sem qualquer tipo de cerimónia, contou como anos atrás tinha escorregado no pavimento molhado da sua rua, como caíra de borco e, para evitar bater de rosto sobre as pedras da calçada, se havia protegido com as palmas das mãos e assim havia quebrado os pulsos – "Foi assim…"

Zuzarte levantou os dois braços despidos pelo calor e mostrou os pulsos. Quando dona Zuzarte contou que o pulso esquerdo ainda tinha sarado em conformidade com as expectativas do cirurgião, mas não o direito, eu pensei nas semelhanças com o meu caso, e fiquei calada a ouvir. Aquele testemunho interessava-me. Dona Joaninha, porém, não se conteve – "Dona Paulina, essa sua história é verdadeira? O que você está a dizer parece roubado à dona Maria Alberta. Aqui à minha amiga é que lhe aconteceu o que você está a contar…" Mas dona Zuzarte continuou o seu relato como se ninguém tivesse dito uma palavra. Com os pulsos levantados no ar, contou como, em consequência do acidente mal tratado, por mais que tentasse usar a mão esquerda, a que mais ou menos ainda se salvara do desastre, não conseguia. Disse que não era capaz de manejar uma agulha, a colher, a torneira, o pente, e à medida que falava, no meio do semicírculo, fazia menção dos gestos que não era capaz de executar.

De facto o que Maria Paulina contava, ali, à sombra das casuarinas, sem que nunca antes tivéssemos tido contacto, era demasiado semelhante ao que me havia acontecido três anos atrás, quando caí junto da porta de entrada e lá estive várias horas deitada de bruços, até que o vizinho da Villa Sol me foi levantar do chão. Pensando bem, dona Joaninha tinha razão, havia uma coincidência perturbadora, sobretudo quando Zuzarte contou que tinha sido como se os pulsos feridos tivessem aberto a decadência de todo o seu corpo. Duas portas por onde a derrocada se infiltrara sem regresso, dizia ela. Os pés, como se falassem com os pulsos, tinham começado a perder a mobilidade, depois as pernas, depois a cintura, depois a decadência entrara nos olhos de dona Zuzarte, depois o cabelo, depois as unhas, depois a alma. – "Já não quero nada, já não gosto de nada" – disse Maria Paulina Zuzarte, na roda feita pelas cadeiras da frente. Eu estava pasmada. A sua história era a minha.

Fiquei a olhar admirada para a pessoa que vivia agora no quarto que fora do sargento, e o meu corpo via-se ao espelho. O que estava a acontecer, esta tarde, à sombra das casuarinas, era tão surpreendente que ainda agora não sei dizer se era agradável se desagradável, se um sonho mesmo se uma invenção da minha pessoa. De tal forma estava impressionada que não me lembro de como se desarmou o semicírculo, nem que palavras disse a psicóloga Débora. Só me lembro de que a senhora Zuzarte ainda contou que na noite anterior tinha sido assaltada por formigas e que nem tinha conseguido matá-las por causa dos seus pulsos partidos. Até hoje, eu pensava que cada um era cada um, e cada vida, irrepetível. Mas agora concordo que preciso de pensar mais a sério sobre o assunto. Seremos mesmo irrepetíveis? Para mim foi um choque ouvir a minha história na boca de uma outra pessoa.

Se eu por acaso alguma vez tivesse querido contar a razão por que me encontrava no Hotel Paraíso, talvez outros ouvissem as suas histórias contadas pela minha boca. E esse pensamento de que não era única, mas que faço parte de um grupo em que porventura todos somos parecidos, ou mesmo iguais, empurrava-me de novo para o lugar das coisas pequenas, as ínfimas, as mais ínfimas de todas, que são aquelas entre as quais já não somos nada. Curioso, uma espécie de morte que se parece com um nascimento, e cuja razão não o sei explicar. Pois a história dela e a minha, tão semelhantes, sendo que da sua pessoa eu só conheço o nome e o facto de ocupar o quarto que foi do sargento Almeida, me fez sair do semicírculo com a ideia de que não me encontrava mais neste mundo. As últimas palavras que me lembro de ouvir da parte de Débora foram estas – "Xô, xô, tristeza, vai embora. Digam todos comigo, batendo palmas – Vá lá!" E Débora, de mãos no ar – "Digam todos ao mesmo tempo – Aqui, não há dor, não há tristeza, xô, xô, vai embora, tristeza, vai embora, xô, xô, xô…" E palmas, palminhas. Eu ouvi dizer palminhas quando já vinha de costas, conduzida por Lilimunde na direcção do meu quarto.

31
Ao espelho

É noite, a janela está aberta, as horas passaram mas a minha alma ainda se encontra sentada na cadeira de regresso ao quarto. A meio do percurso pelo corredor, a encarregada emergiu da sombra. Veio ao nosso encontro com braços comandadores. Martine Martins exigiu que Lilimunde andasse mais depressa, porque havia pouco quem fizesse, e demasiado por fazer. Sempre que se gasta um minuto a mais com alguém, alguém está a precisar desse minuto que falta, disse a encarregada – "Corra, menina, corra!" Corremos pelo corredor adiante. Não caímos.

Quando entrámos no quarto, Lilimunde meteu a mão na algibeira e de lá retirou um frasco com uma mistela que me deu a cheirar, mas eu continuava no meio do semicírculo a ouvir a voz da senhora Zuzarte a contar a sua história que era a minha própria história. A rapariga, porém, pensava em formigas e punha o frasco à distância. "Puro veneno, este remédio, viu?" – dizia Lilimunde. E depois explicou que iria colocar a mistela em volta dos pés da minha cama. E recomendou-me que não deixasse rojar as pontas do lençol pelo soalho para as formigas não treparem. Só que nem era preciso todos esses cuidados. Com aquele remédio, se elas entrassem no quarto, iriam morrer antes de escalarem a colcha, ou talvez nem se aproximassem da porta, já que esses bichos daninhos farejam o cheiro à distância.

Lilimunde tinha trazido aquela porção de veneno do bar do Justino. "Lá, elas andam louquinhas, correndo pelos armários. Aqui, ainda só apareceram algumas. Encontrei várias nas suas roupas..." – disse a rapariga. Eu, porém, não me lembrava de nada, porque enquanto ela untava os pés da cama, ainda eu estava sentada no semicírculo à sombra das árvores do jardim, a escutar a história do meu corpo narrada pela boca da ocupante do quarto de João Almeida, e sentia os meus pulsos como duas criaturas feridas, que tivessem vindo de longe alojar-se na minha alma. E Lilimunde foi-se.

Agora já é noite, noite quente de Julho.

Estou com os meus pensamentos desencontrados. A minha cama está assente em quatro pés rodeados de uma mistela acastanhada. Estou sobre a mistela. Um cheiro a químico pestilento que tresanda a ácido. Pergunto-me mesmo se acaso Lilimunde ainda cheira, um pouco que seja, a casca de bergamota e flor de tília. Não, já não cheira a esse perfume suave. Agora ela cheira a madeira, feno, ervas, uma gota de *brandy*, um cálice de *whisky*, três copos de vinho entornados, e a mim não me engana. Ela não toma, ela apenas serve, mas ela dorme num divã que de noite abre e de manhã fecha, ela não se safa. Ainda estou no meio do semicírculo da psicóloga Débora e a sua forma original de afastar a tristeza. Compreendo, aqui cheira a insecticida e foi sobre esse assunto que falámos, como afastar formigas, mas se bem entendo, não vai demorar muito que Lilimunde não me diga, dona Alberti, eu já dormi com um homem e cheiro a mosto. Retomo a sombra das casuarinas.

Esta tarde, o relato de Zuzarte foi um sonho dentro de um sonho, e ambos casados revelaram-me a realidade. Vendo bem, agora já posso confirmar que não há duas histórias de vida. A história de todos nós é só uma, ainda que dispersa aos bocados e com algumas passagens distintas. Só essa distinção nos faz pessoas baptizadas com diversos nomes. De resto, tudo semelhante, tudo paralelo, e logo tudo previsível. Tudo previsível porque somos só um, ou só uma. No meu tempo, passava eu na estrada a caminho da festa de anos de uma das Monteiro, caminhava com um chapéu de palha com flor na fita e a prenda de aniversário debaixo do braço, afagando o meu segredo, quando uns pedreiros, que trabalhavam na montagem de um telhado, lá do alto me cantaram uma indecência – *Linda cabritinha malhada, ainda de leite, ah!, ah!, ah!, já foste papada...*

No momento eu tinha parado no meio do macadame, nem para a frente nem para trás.

Mas à medida que eu avançava pela estrada, o som daquelas palavras ia subindo de tom. As minhas pernas começaram a tremer. Para ter chegado ao conhecimento daqueles homens encarrapitados nas traves do telhado era porque as árvores, as nuvens, a campina coberta de trigais, a igreja, a estrada e a mercearia conheciam a minha história. Continuei o meu caminho, mas não conseguia encontrar a casa das Monteiro. Ela estava na minha frente e eu não a via. O portão abriu-se, os cães das Monteiro vieram ao meu encontro de dentes arrilhados como se me quisessem morder, mas um deles lambeu a minha mão. Eu pensei, vou vencer – Foi assim o primeiro dia da minha segunda vida.

7.Julho.2019

*Debaixo do círculo me deitei, debaixo dele
me levantei. Oh! Eu sei – A vida é princesa mas
o tempo é rei.*

32
O senhor Tó

Dias longos sem a minha filha. Por onde andará?
Em vez dela vem o meu genro. Reconheço-lhe os passos. Antes de entrar pela porta já assobia como o pássaro, e logo toma o *spray* e borrifa o ar, e eu não digo nada porque estou junto das coisas pequenas, as que não têm nome nem identidade. Estou assim desde que eu e ela tivemos o último embate e ela falou do caso com o Universo. E a seguir veio o testemunho de Maria Paulina Zuzarte. Por tudo isso, agora até o meu genro pode impor tudo o que quiser, apenas na televisão não tocará, não a trará de novo para cima da mesa de apoio onde se encontram aparelhos que não ofendem a minha esperança, antes alimentam a minha vida, como seja o caso do gravador Olympus. Ele já sabe, vem rápido, deixa fruta e água, e parte, assobiando como o pássaro. E então foi assim – Esta tarde, depois de o meu genro sair, entrou dona Joaninha.
Desde que Maria Paulina Zuzarte teve aquela prestação à sombra das casuarinas, dona Joaninha reaproximou-se. Disse-me que tudo aquilo que a Zuzarte conta não é verdade, que ela ouviu contar a minha história e que a fez sua, e embora a inquilina do quarto que foi do sargento João Almeida também não maneje a colher com a mão direita, e dificilmente o faça com a esquerda, Joana Amaral continua a não acreditar naquele testemunho. Há dias, dona Joaninha sentou-se a meu lado no Salão Rosa, pediu as minhas mãos e

começou a massajar os meus pulsos com óleo de alecrim, e a sua massagem suave fez-me bem. O facto de termos voltado a fazer as pazes deu-me alegria, embora eu não desculpe a forma como se esqueceu do seu amante e, passado tão pouco tempo, comeu a maçã entre risos e gargalhadas, como se entre ambos não se tivesse passado nada. Sem me referir ao facto, não evito fazer-lho lembrar. Então, hoje, ela entrou, massajou os meus pulsos e depois sentou-se na cama ao lado. Queria falar. E como eu já supunha, falou do senhor Tó.

Perguntou-me se eu já tinha reparado que o senhor Tó tem um pé boto. Explicou-me que veio assim de nascença. Depois disse que admira muito o ânimo daquele homem porque tendo um pé boto é uma pessoa que não se conforma. Entrou há pouco tempo no Hotel Paraíso mas está preparado para fazer uma denúncia. Acha que aqui dentro maltratam as pessoas, e ele está a fim de escrever num jornal tudo o que lhe vai na alma. O senhor Tó terá sido uma pessoa que possuiu uma tabacaria, vendia cigarros, pilhas e jornais, por isso sabe do que fala. Dona Joaninha pronunciou tantas vezes a palavra Tó que daria para fazer uma música moderna, daquelas que repetem sem parar o mesmo som. Mas não era preciso falar mais. Percebi que dona Joaninha está de novo enamorada, que esqueceu o sargento João Almeida, esqueceu o relato de futebol, esqueceu o bolero *Quizás, Quizás*, esqueceu a noite da lua cheia. Só não esqueceu o ladrar dos cães, porque continuam a fazer barulho pela noite fora. Também nesse caso há alguma coisa a ter em conta. O senhor Tó tenciona fazer uma queixa contra os cães e vai conseguir fazê-los calar. Se não for a bem será a mal. O seu pé torto dá-lhe força para querer endireitar o mundo. Dona Joaninha falou, falou. Eu nunca respondi uma palavra. A certa altura deu por isso e perguntou – "Não diz nada?"

Respondeu a parede? Assim respondi eu.

Ela ainda falou e falou, tudo sobre o senhor Tó, mas foi como se se dirigisse ao mobiliário, e a cómoda que lhe respondesse. Encontro-me profundamente ofendida, em nome do sargento João Almeida, que já cá não está. E tinha eu lido a esta mulher uma mensagem que inventei e que dizia assim – *Faço saber, junto de dona Maria Alberta, que amarei para sempre a senhora dona Joaninha.* Mentira. Inventei a frase para lhe dar alegria, para celebrar um amor que tomei por verdadeiro. Tudo mentira, ou pelo menos tudo tão passageiro que o resultado equivale não só à mentira como à própria falsidade. Afinal, uma ofensa que eu fiz ao senhor sargento. Eu nunca deveria ter inventado semelhante frase. Joana Amaral esqueceu o senhor sargento. Agora ela ama o senhor Tó. Ela compreendeu que eu não respondia ao assunto do senhor Tó e recomeçou a falar sobre a semelhança entre a história dos meus pulsos partidos e os pulsos de Maria Paulina Zuzarte. Do interior da carteira retirou de novo o frasco do óleo. Dona Joaninha repetiu a massagem. Aceitei. Sobre o meu peito, a bolsinha.

9.Julho.2019

Triste de tristeza
contra a tua porta fechada,
a beleza – O belo foi-se embora, não
ficou nada.

33
Revisitação da noite

A meu pedido deixaram a janela aberta, mas lá fora deveria fazer lua nova porque não fazia nem um pouco de claridade. Os cães, calados, os corredores silenciosos, o escuro, escuro. A certa altura, numa hora imprecisa, a noite desprendeu-se da escuridão, saiu das paredes e acercou-se da minha cama.

Senti-lhe o cheiro ácido, ouvi-lhe o sorriso cínico que por vezes deixa de ser humano para se aproximar do regougar da raposa, outras vezes do crocitar do abutre. Mas não, nesta noite, a noite vinha de facto rindo como se fosse de satisfação. Conhecendo as suas manobras, pensei – "É agora." Senti força para me manter calma. Esperei que regougasse. Não regougava, era riso de pessoa. Avançou na direcção da minha cama, com pés de silêncio, e se eu não a conhecesse pelo cheiro e pela voz, poderia pensar que se tratava da presença de uma boa amiga que me viesse visitar a horas estranhas. A noite sentou-se na beira da minha cama, com os braços cruzados, as asas desarmadas e perguntou-me – "Sabes o que é o Universo?"

Esperava por tudo, menos por semelhante questão. Desconfiei, então, dos seus propósitos. A noite estava a querer envolver na discussão uma determinada pessoa, cujo nome eu não iria sequer pronunciar em mente para não incitar a investida, porque a noite desta vez não me iria enganar. Não permitirei que a noite envolva a pessoa, que não nomeio, na sua estratégia maldosa, nem agora nem nunca, pensei. Eu respondi-lhe – "O que é o Universo? Sei, sim, é uma realidade que não tem fim. Começa onde estamos e acaba em nenhum lugar porque está sempre em expansão." A noite ficou muito admirada com a minha resposta e perguntou – "Pois onde foste buscar essa ideia?" Era a minha vez de rir, e o meu riso pelo timbre que saía do meu peito também não devia deixar de ser cínico. Eu respondi à noite – "Aprendi lendo passagens de um livro que tinha na capa um homem de cabelo eriçado e uma língua de fora, muito comprida. Era um sábio muito inteligente mas parecia um palhaço."

A noite pareceu ficar a pensar – "É muito estranho o que dizes sobre esse homem. O que mais sabes?" De facto, eu sabia muito pouco. Não tinha lido o livro todo, e falava de assuntos que eu não compreendia. Mas sabia que o homem tinha sido uma pessoa muito boa que tinha criado um engenho pavoroso, uma bomba que havia feito evaporar, por força de calor, duas grandes cidades nas ilhas do Japão, só que não sabia mais nada. Falávamos rápido. Na verdade, ela fingia perguntar, eu fingia responder. Eu bem sabia onde ela queria chegar. Bandarilhávamo-nos uma à outra. Por isso a noite continuava sentada na minha cama, queria à viva força que eu mencionasse o nome de semelhante sábio, queria que eu lhe dissesse o que ele fazia na vida diária. Eu não me lembrava do nome, além do que já tinha explicado, sabia ainda que era alemão, que tinha emigrado para os Estados Unidos da América por causa do Hitler, e que tinha descoberto as leis do Universo, que, segundo ele, se expandia infinitamente. Agora mesmo, enquanto falávamos, estava ele a expandir-se na direcção do fim do Mundo, isto é, alguma coisa sem fim, o que se torna uma realidade incompreensível para os seres humanos. O Universo. A noite chegou-se mais perto do meu corpo, muito cínica, e perguntou – "Achas belo ou horrível, o Universo?" Eu respondi – "Só gosto da Terra, acho esses espaços onde não existe nada a não ser metais e fogo, que se movem continuamente, e não terminam nem acabam, uma realidade terrível." Fiquei à espera, não sabia o que mais acrescentar. E então a noite disse alguma coisa de certa forma já esperada, mas de modo surpreendente – "Concordo com o que dizes. Uma realidade terrível. E, mesmo assim, há quem queira fazer amor com essa realidade terrível. Diz-me – Quem quer fazer amor com o Universo? Diz, quero saber quem tem desejo de tamanha brutalidade. Diz a verdade."

Comecei a transpirar e a tremer.

A minha filha pode dizer coisas raras, mas é a criatura mais importante que existe à face da Terra, o ser mais precioso de todo o Universo. Se eu tivesse de escolher entre o Universo com a Terra no centro, e todos os habitantes que sobre ela existem, e ela, apenas ela como pessoa, eu escolheria a minha filha. Eu não permitirei que a minha filha se aproxime, sequer, do perímetro da boca desta noite. Imunda noite. Uma morcega que se desprendeu das árvores. Mil vezes eu mesma ser tragada pela noite do que misturar aquela pessoa amada com a imundície desta figura que vem das trevas para me tentar. Se fosse necessário nascer e morrer mil vezes, mil vezes eu nasceria e morreria para lhe salvar a vida. Assim, achei melhor nada responder à noite. Não valia a pena dizer-lhe que era mentira quando ela bem sabia que era verdade. A noite, afinal, nunca se vai embora. Esconde-se na luz do dia como os ladrões se escondem no escuro da noite. Se eu falasse, ela responderia, e o que eu pretendia era que ela se afastasse, que ela nunca ouvisse, nem visse, nem tacteasse o corpo da minha filha. Que nunca lhe tocasse com as suas mãos peludas, nunca lhe roçasse o rosto com as penas das sua asas largas, que nem de longe a avistasse com as suas íris imundas. Morcega, dentes de rato em boca escura.

Pensei, mas não disse. Sabia que se respondesse ao seu desafio, a nossa disputa não iria ter fim, e não ter fim é o pior dos acontecimentos. As horas são a melhor manobra que se inventou de modo a desafiar a ausência de fim. Invenção humana para retalhar o tempo e dar-lhe o sentido que porventura não tem. Eu precisava de ver as horas. Para isso, teria de consultar o aparelho que as está sempre a contar, debaixo da minha cabeça. Quis retirá-lo para poder pôr um fim àquela fala que ameaçava ser interminável, mas a noite segurava o meu travesseiro com ambas as mãos, impedindo-me de o levantar. Tinha posto as asas sobre a minha cara, impedindo-me de me mover. A minha mão procurava o aparelho, a noite afastava-o, a noite fazia pressão sobre o meu braço, impedindo que a minha mão avançasse na direcção do objecto. Duas forças opondo-se. Lutávamos. Até que eu consegui retirar o telemóvel de sob o travesseiro, alcançando-o com o meu indicador e o meu polegar. O meu corpo transpirava, mas ali se encontrava o objecto, finalmente, na minha mão. O meu corpo estava inundado de água como se tivesse salvo o telemóvel a nado. Abri a protecção, o *écran* iluminou-se, premi uma tecla, esperei alguns instantes, não ouvia nada do lado de lá, e então perguntei – "Filha, estás viva?"

A voz dela respondeu – "Mas que ideia, calculo que sim. Devem ser quatro da madrugada. O que se passa consigo?"

"Era só para saber se estás viva."

34
A invasão

A noite tinha vindo ao meu encontro para tomar como refém a minha filha, mas depois que a ouvi falar, e de ter confirmado que estava viva, devo ter-me deixado dormir sem dar por nada. Quando acordei, a luz da manhã reflectia-se ao nível superior da parede, uma faixa iluminada junto ao tecto, criando paralelas na penumbra do quarto. Fiquei intrigada com as horas. Nestes dias de Verão, quando os raios de sol incidem àquela altura, costuma ser perto do meio-dia. Estava eu a pensar nas informações que me poderiam dar aqueles reflexos de luz, quando reparei que em torno da minha pessoa se moviam três rostos.

O que se debruçava sobre a minha cama era o da rapariga alta, cujo nome conheço desde que pela primeira vez entrou no meu quarto mas que me recuso a pronunciar. Para mim, é apenas um ser alto, não baptizado. A alta destapava-me, examinava as minhas roupas, expondo o meu corpo sem vergonha. Era o esperado. O rosto que ia na direcção da janela e a abria era de Maria José das Lundas, e o rosto que segurava a bacia e a toalha, esse nunca antes o tinha visto. Moviam-se em silêncio, as três pareciam indispostas entre si, e eu perguntei – "O que se passa?" Maria José, a quem eu me dirigia, não respondeu. Colocou os dois braços atrás da minha cabeça e ergueu-me, muito firme, muito calada, movendo-se com muita energia. Eu insisti – "Que horas são? Porque não dizem nada?" A rapariga das Lundas retirou-me a camisa de noite, a rapariga desconhecida aproximou a bacia do meu rosto e começou a lavar-me a cara com a mão enluvada. Eu não sabia o que pensar. Como estavam a limpar o meu rosto com a compressa molhada, eu não conseguia falar. "Tratam o meu corpo e não falam comigo? Nem sei se é manhã se é tarde?" – Não responderam. Nas suas mãos, o meu corpo era uma peça mal articulada que elas manipulavam com nervosismo. Passaram-me rapidamente o creme pela cara. Eu disse – "Custa a crer que me tratem desta maneira. Só falta colocarem-me um capuz pela cabeça e puxarem de um facalhão curvo, como faziam na guerra do Iraque…"

Mas as três mantinham-se silenciosas como se tudo o que tivessem a fazer fosse, de forma muito rápida, arrumarem a minha pessoa tal como se procede com um velho manequim de plástico. Então eu quis certificar-me das horas, mas a roupa passava-me por cima dos olhos e não conseguia consultar os números. A rapariga que eu nunca tinha visto acabou por dizer – "É meio-dia e meia hora, senhora." A alta disse, bora bora. A desconhecida tomou a iniciativa de adiantar alguns detalhes truncados – "Oh! Oh! Não se queixe que não tem de quê. Passei várias vezes aqui pelo seu quarto esta madrugada e a senhora esteve sempre a dormir, muito descansada. Vigiei a sua cara com a lanterna de bolso e a sua boca até ria."

Começava a sentir-me perdida. Então uma pessoa de quem eu desconhecia o nome pegava numa lâmpada de algibeira e espiava a minha cara durante o sono, e eu não tomava conhecimento? A rapariga alta, como se falasse de uma ausente, resmungou por cima da minha cabeça – "Os ruins têm sempre sorte. Até agora só esta mulher foi poupada. Ruim, ruim. Coitadinhos dos outros, pobres coitados. O senhor Paiva, todo mordido, e não soltou o mais pequeno queixume…"

Eu queria reclamar, mas não tinha oportunidade. Rapidamente, elas calçavam-me as meias e os sapatos, as três coordenadas como se estivessem numa linha de montagem. Percebia que não me iriam pôr o colar, nem os brincos, nem o anel, iria passar o domingo sem enfeites. Mas não ousava lembrar, nem queria contrariar a pressa com que me tratavam. A bolsa de pano que eu trago sempre comigo ao pescoço, essa ficava pendurada no varal da cama. Pedi-lhes – "A minha bolsa, quero a minha bolsa!" Dentro dela, como se sabe, eu guardo as notas de dez euros dobradas em oito pregas, o lenço, o espelho e, mais importante que tudo, a mensagem escrita pelo punho de João Almeida. Não queria que ficasse para trás.

Maria José das Lundas enfiou-me a alça da bolsa de pano pela cabeça, deixou-a torta e, no meio dos gestos de arrumo, fez um lamento – "Droga, que é demais! Chamaram-nos eram cinco da manhã, e desde então não fazemos mais nada do que enxotar bicharada..." E enquanto me calçavam os sapatos, ia dizendo que elas – sublinhava o *elas* – tinham esperado pela noite para saírem dos canos aos batalhões, que tinham formado rios negros pelo chão e assaltado todos os residentes. Disse – "Até agora, só você foi poupada." Aí eu compreendi o que se passava. Não era, por certo, a primeira vez que acontecia. Desde que tinha entrado no Hotel Paraíso que me falavam deste tipo de assaltos. Agora repetia-se, as formigas em peso tinham voltado.

Mas seria caso para semelhante agitação?

Levaram-me até ao corredor. A rapariga alta e Maria José das Lundas desapareceram, dizendo que ainda havia aqueles que não conseguiam levantar-se e nem se queixavam, e elas, elas, repetiam, não paravam de sair dos buracos invisíveis a caminho das camas dos residentes. As duas raparigas, uma atrás da outra, correndo, partiram na direcção da escada. Eu fiquei sozinha com a rapariga que nunca antes tinha visto. Disse chamar-se Olga Maria, aquela que tinha vigiado o meu sono enquanto eu dormia, e foi ela quem esclareceu a situação. Parou a minha cadeira junto a uma janela para me contar que desde as cinco e meia da manhã que despiam pessoas, lavavam-nas, mudavam roupas, e no entanto não conseguiam eliminá-las. "Elas aí andam pela casa toda. São grandes, pretas e castanhas, velozes como um raio. São formigas-ladra..." E enquanto me conduzia pelo corredor adiante na direcção do elevador, Olga Maria disse estar convencida de que aqueles bichos deviam viver em cavernas debaixo da terra a toda a largura da residência. Longas e rápidas, tinham vindo às centenas, aos milhares, atacar e sorver tudo quanto podiam alcançar. Em seu entender, tinham subido pelos canos, tinham vindo à procura de água e de doçura, mas a água encontraram-na engarrafada, e os doces que existem estavam no frigorífico, aferrolhados, e as velhacas, com este tempo seco, desde há muito sem humidade, lembraram-se dos corpos dos seres humanos. Cheirou-lhes bem, cheirou-lhes aos líquidos doces dos idosos e tinham querido sugá-los. Uma batalha desde as cinco horas da manhã. Nas camas de alguns residentes, os lençóis negrejavam. E ainda por cima, uma mulher chamada Zuzarte, que mal conseguia mover as mãos, havia conseguido fósforos e tinha tido a ideia de fazer afugentar a praga lançando fogo aos cortinados. Já as chamas andavam nas sanefas quando tinha sido apagado.

A vigilante do meu sono rolava a minha cadeira. Olga Maria era tão recente nesta casa que não sabia quem era Maria Paulina Zuzarte, nem nunca ouvira falar na pessoa que antes habitara o seu quarto. Nem de como desaparecera, nem do relato de futebol, nem do bolero. Nada de nada. Já tudo se tinha apagado. Falando do fogo posto pela pessoa que mal conseguia mover as mãos, Olga Maria conduzia-me até à mesa, onde já se encontravam as minhas companheiras, e eu fiquei confortada quando me sentaram entre elas. Mas as minhas amigas estavam transfiguradas.

Meio vestidas, meio embrulhadas em roupas e toalhas, com os cabelos molhados, assemelhavam-se às imagens dos náufragos antigos quando não havia fatos de plástico. Mal cobertas, não falavam, ninguém falava na sala. As formigas tinham-nas calado. Só dona Ema, a nossa companheira que comeu sozinha o coelhinho de Páscoa, conseguia almoçar. As outras minhas amigas trocavam olhares oblíquos e falas baixas sobre o assunto da invasão, e não conseguiam comer. Uma sala de cerca de setenta pessoas vencidas por uns seres tão minúsculos, ridículo. Não era preciso falar para dizermos, a consciência do significado do momento estava pintada na nossa cara. Ainda que de modo diferente, por certo todos pensávamos que a situação demonstrava a dimensão da nossa dependência, a revelação da nossa fragilidade. Éramos seres ao deus-dará que os cuidados da residência iludiam. Vivíamos uma espécie de hora da verdade. A decrepitude de cada um ampliava-se em face da decadência de todos e resultava em vergonha. À mesa, as minhas amigas sentiam-se incapazes e eu também, embora eu tivesse sido poupada.

A sala estava silenciosa, os pratos voltavam para a cozinha intactos. O silêncio de Salomé, recolhendo os talheres, era o mesmo que manifestavam todas as outras raparigas. Ninguém falava. Nina Mercedes estava ausente, Lilimunde também. Por instantes, tive receio de que todas elas partissem na direcção do mar, deixando-nos entregues a nós próprios. A encarregada Martine deslocava-se com tal rapidez entre as dez mesas, que parecia rodar sobre patins. Receei que escorregasse e caísse. O que seria de nós? A própria Ana Noronha tinha enrolado o longo cabelo num tufo preso por um prego de plástico, servia às mesas e dirigia-se aqui e ali aos residentes, mas ninguém lhe respondia. A invasão das formigas era alguma coisa esperada, mas não deixava de ser um sinal perturbador pela forma súbita como tinha acontecido. Um sinal triste, uma ameaça, uma prova de que o poder de seres insignificantes consegue apoquentar os seres humanos a ponto de lhes fazer vacilar a segurança da vida e levar pessoas mais desnorteadas a incendiarem cortinados. Ninguém falava.

Mas dona Julieta, que nem tocou no pão, acabou por dizer que havia uma outra espécie de formigas tão pequeninas que quase não se viam, e lembrou como essa espécie atingia as tigelas da manteiga quando ainda não havia frigoríficos. Lembrava-se de a sua mãe as retirar, uma a uma, com a ponta de um canivete. Para concluir que surgirem formigas nas habitações, a meio do Verão, era normal. No entanto, também ela não conseguia comer, sentia a roupa a secar no corpo, uma sensação muito desagradável. Dona Rita de Lyon, pelo contrário, disse que não se lembrava de haver formigas em França, procurando associar o aparecimento destes insectos nojentos à falta de limpeza dos espaços interiores.

Não, na cidade de Lyon onde havia passado mais de trinta anos da sua vida, não se lembrava de ter visto uma única formiga. Havia bichos-da-seda mas não formigas – Como assim? Será que não há formigas no Sul de França? Pelo menos em Lyon, não. Silenciosas, meio despidas, nenhuma de nós lhe respondeu. Mesmo Joana Amaral não comentou. Continuou a olhar para o que tinha no prato sem lhe tocar. As ladras tinham-lhe atacado sobretudo o cabelo. Na sua cabeça erguia-se um turbante feito de uma toalha molhada. Só a meio da refeição silenciosa, como nunca havia acontecido desde que eu habito esta casa, o senhor Tó, sentado a meio da sala, começou a falar alto. O que quereria o senhor Tó?

O senhor Tó levantou-se, como se estivesse na Assembleia da República, e começou a discursar. Disse algo assim – "Meus amigos, a verdade é só uma, estamos todos a encobrir o que aqui se passa..."

E com bastante aparato, olhando para a esquerda e para a direita, e dando um pequeno salto sobre o pé boto, perguntou a toda a assembleia muda se por acaso alguém era capaz de explicar por que razão, tendo todos sido assaltados pela formiga, estávamos proibidos de falar uns com os outros sobre o assunto. Por que razão não queriam que se soubesse que havia pessoas, que ali estavam sentadas, que tinham tragado formigas queimosas até às onze horas da manhã, só porque não havia quem as enxotasse? Era tudo muito suspeito, segundo o senhor Tó. O senhor Tó parecia um tribuno. "A resposta é esta" – disse o senhor Tó de braços abertos. "Toda a responsabilidade recai sobre quem aqui manda. E como em relação a tudo o mais, a culpa é dos mandantes. Não há pessoal à altura nesta casa. Então ninguém fala porque o segredo é a alma do negócio." E foi mais longe, o senhor Tó, falando desassombradamente – "Alguém aqui dentro vai ganhar com o caos instalado. Pergunto alto e bom som, quem ganha? Como ganha? Quanto ganhará?"

O senhor Tó olhava à volta, mas por certo que nem todos o viam e nem todos o escutavam. Ninguém respondia. Mudando de tom, o senhor Tó pegou num guardanapo e, dando grandes socos na mesa, gritou – "Olhem aqui uma, e aqui outra..." Muitos de nós começámos a inspeccionar as toalhas. Ouviam-se socos tímidos, mas ainda assim socos, aqui e ali. As formigas não tinham partido, bem pelo contrário, continuavam a levantar-se do fundo da terra, saíam por orifícios invisíveis, palmilhavam o chão com uma velocidade diabólica e subiam aos móveis, cheirando o que havia para cheirar. E ali estavam, passeando, desvairadas, sobre as mesas. Uma sombra gigantesca em forma de formiga tinha descido sobre nós todos e ocupava a sala. Eu não podia dizer nada porque tinha sido poupada. Havia sido poupada certamente pela solução que Lilimunde havia colocado nos pés da minha cama. Não havia outra explicação. Entretanto, nenhum de nós podia regressar aos quartos.

Passámos o domingo sem receber visitas. Mal vestidos, amontoados, embrulhados em toalhas. O rumor da vida, esse, jorrava do televisor. Sem som, as imagens de jovens gordas dançando não paravam de balouçar na nossa frente, como única companhia. Era impossível não associar aquele saracoteio de carne nua ao imenso labor das formigas. Se eu tivesse um papelinho à mão, mínimo que fosse, tomaria nota – A vida é movimento, quem mais se agita mais vive. A vida é fome, sobrevive quem mais come. A vida é bruta, vence quem mais luta. Pensei para mim, calada, ao lado das minhas amigas.

Silêncio no Salão Rosa.

Éramos cerca de setenta pessoas, sentadas lado a lado, e ninguém falava, ninguém comia, ninguém se movia. Estávamos adormecidos, dentro de um navio, esperávamos que largasse para o alto-mar. Digo mar para não pronunciar a verdadeira palavra. Mas pelas cinco da tarde, entraram pela porta elementos da Protecção Civil cobertos de branco da cabeça aos pés, sem se perceber se eram homens ou mulheres. Dona Joaninha, quando viu o aparato desinfectador passar, achou que se pareciam com astronautas. Levantou-se em palmas. Houve quem a acompanhasse. Não, não estávamos sós, minhas amigas, lembrei-me de dizer. Iríamos ser salvas por aquelas três pessoas. E as seis concordaram. Mas não iríamos tão cedo regressar normalmente aos quartos.

35
Lanternas

Entre domingo e terça-feira, bebemos pouco, comemos quase nada e ninguém reclamou porque a situação se tornou por demais embaraçosa. Não está a ser famoso – A residência foi fumigada de alto a baixo, mas as formigas continuam a andar entre os móveis e a subir pelas canelas das pernas até às partes húmidas. A questão é complexa. O plano de combate implica que não se exterminem por completo as obreiras que se encontram à superfície. Entretanto, a Berenice apareceu com o carrinho de distribuição de medicamentos. Levantou as duas mãos, em cada uma sua prenda de 0,25 miligramas e um copo de água. Sorvi a água, mantive o meu comprimido colado à bochecha e quando a rapariga e o carro saíram para o corredor, cuspi-o. Em semelhante situação, prefiro ficar acordada.

Junto à almofada, ao alcance da mão, mantenho o telemóvel bem carregado, acciono uma tecla e o *écran* emite uma radiação luminosa suficiente para eu poder espiar o que se passa na dobra do lençol e até um pouco do soalho. Sei que assim me arrisco a que entre o sono e a vigília me visite a noite assombrosa, mas de outra forma as formigas poderão subir pela cama acima sem que eu as veja. Pois quero estar vigilante, quero compreender se foi pelo unguento que a Lilimunde aplicou nos pés da cama que elas não me tomaram de assalto naquela noite, ou se simplesmente este espaço tem alguma disposição natural que as afugenta. Estou à escuta e à espera.

O meu quarto foi poupado de sábado para domingo, mas nada me garante que não seja assaltado de terça para quarta. Ainda que me pareça que tenha havido um exagero na avaliação deste caso, não há dúvida que o esforço de vigilância está a alterar a vida de toda a gente.

Contudo, não terá sido por causa do formiguedo, certamente, que os três enfermos da Sala de Descanso ao lado da Capela já lá não estão, ainda que dona Rita de Lyon afirme que na noite de domingo ficaram esquecidos, e durante todo o dia também, referindo detalhes desonrosos para o comando desta residência. Tinham nomes, chamavam-se Etelvina, Nuno e Fernandes, ainda que deste último eu não me lembre do rosto. Partiram. Lá ainda ficaram mais duas residentes, uma delas a pessoa a quem pertence a cama que permanece vaga, aqui no meu quarto. Pelo meu lado, considero que em todo este clima de sobressalto existe um exagero, e recuso-me a interpretar que todo o desarranjo que está a acontecer neste lugar tenha origem no assalto das formigas-ladra.

Pensando no assunto, e com o telemóvel apertado na mão, ontem à noite, já me vencia o cansaço, quando me apercebi de que um vulto entrava no quarto. Iluminei o telemóvel, uma, duas vezes, e era dona Marcela em camisa de dormir quem avançava, segurando diante do peito uma trouxa esbranquiçada. Se eu me pudesse levantar sozinha teria feito dona Marcela voltar para o seu quarto. Assim, limitei-me a dar por que se sentava na cama ao lado, como se lhe pertencesse. Perguntei – "Dona Marcela, o que faz você a estas horas, aqui, no meu quarto? Não tem o seu?" Mas a minha vizinha de corredor explicou por que razão tinha vindo acolher-se sobre a cama vaga do 210 – Porque dias muito estranhos tinham chegado em que não se podia mais confiar em ninguém.

"Dias muito perigosos, estes, dona Alberti, em que toda a gente rouba."

Dona Marcela receava que as raparigas lhe assaltassem os bens e por isso, à cautela, havia preparado um pacote muito especial que iria tentar salvar transportando-o consigo até ao além. Se antes as raparigas já tinham esse costume, agora era por demais – Elas abriam-lhe as gavetas, vasculhavam-lhe os sapatos, revistavam-lhe as algibeiras. Havia três dias que não faziam outra coisa, com a desculpa de que procuravam formigas, queixava-se. Eu não distinguia bem o vulto da minha vizinha de corredor, apenas o pano alvadio da trouxa surgia no meio do quarto como uma bola clara. Vou contar, disse a minha vizinha, e explicou que se tratava de uma toalha de banho de pontas atadas, um nó muito bem apertado, de modo a segurar os seus objectos mais caros. Dona Marcela deveria estar a desembrulhá-los um a um porque do seu vulto partia um ramalhar contínuo que enchia a penumbra do quarto. Apontei o resplendor do telemóvel na direcção dos joelhos de dona Marcela, e sobre eles elevava-se um molho do que me parecia ser uma mistura de papéis e panos. Perguntei – "Anda a acarretar de um lado para o outro uma trouxa cheia de papéis, dona Marcela?" Não, os papéis e os panos apenas serviam de esconderijo para o que de mais precioso possuía e pretendia ir esconder no além, respondeu.

Eu não conseguia distinguir os objectos preciosos, mas dona Marcela enumerava-os um a um – Uma moldura com o retrato da sua família, um gancho de cabelo, um postal de Boas-Festas com um rinoceronte pintado que lhe haviam enviado da Rodésia, um frasco de verniz para unhas, uma tigela de pequeno-almoço, um garfo, uma colher, uma carta do seu marido, a sua cédula de nascimento e ainda três meias, uma de vidro, duas de lã. Dona Marcela embrulhava tudo muito bem embrulhado, colocando uma coisa dentro de outra coisa, de modo a que ninguém desse pelo valor das peças pois alguém poderia roubar-lhas antes de atingirem o local seguro. Tinha-as desembrulhado, agora embrulhava-as de novo. Uma ramalhada contínua. A sua ideia era depositar os objectos nesse lugar chamado além e regressar ao Hotel Paraíso, definitivamente vencedora sobre as raparigas que lhe chafurdavam tudo.

Estava dona Marcela nessa tarefa de esconder os seus pertences mais amados dentro da toalha de que atava as pontas, quando um foco de luz amarelo surgiu da porta, lambeu as paredes e veio pousar sobre a trouxa de dona Marcela. O dono da lanterna falou – "Eu bem calculei que você estivesse aqui amalhada, eu bem calculei, dona Marcela. Francamente…"

Era a voz do senhor Tó.

Por sua iniciativa, desde domingo que o senhor Tó andava a controlar os vagueantes nocturnos, a conduzi-los às suas camas, a acalmá-los para que pudessem descansar, embora a directora não lho tivesse pedido. Tó tomou dona Marcela pelos braços – "Você tem confiança em mim ou não tem? Vá lá, agarre bem essa fortuna com as suas duas mãos, levante-se e vamos para o 214 descansar. Vamos embora…"

Dona Marcela apertou ao peito a trouxa e começou a levantar-se apoiada no braço do senhor Tó. Nesse momento, o foco de uma segunda lanterna surgiu na parede e percorreu-a de ponta a ponta. Era a lanterna de dona Joaninha – "Tó, despacha-te que o senhor Paiva quer fugir outra vez. Está lá em baixo às cabeçadas com a porta de vidro…" Os três saíram. Segui-os com a luz do meu telemóvel. Por certo que entravam no 214, depois caminhavam pelo corredor afora. Ouvia-se Joana Amaral apressar o senhor Tó, que não é lesto a andar.

Dona Joaninha falava alto – "Despacha-te, Tó, que ainda o senhor Paiva parte a porta e sai para a rua. Com o escuro que faz lá fora, ninguém mais o apanha…"

Durante toda a noite ambos vaguearam pelos corredores. As luzes das suas lanternas só se apagaram de madrugada.

36
O segundo caso

Dias surpreendentes os que se continuam a viver no Hotel Paraíso. Mas agora que chegou a quinta-feira, o que parecia ser uma catástrofe no domingo, começa a ser encarado como um acidente comum, sem efeitos por aí além. Na verdade, fazendo um balanço sério, apenas três acamados da Sala de Descanso foram levados do Hotel Paraíso, logo na segunda-feira, e não voltaram, mas ninguém poderá associar essa coincidência com a invasão que havia acontecido de véspera. Pelo meu lado, talvez por ter sido poupada, a imagem do que aconteceu aos outros vai-se-me aligeirando na avaliação que faço dos estragos sobre o humor de cada um. Sempre se pode falar em desastre, mas não me parece que se esteja muito longe da tragédia normal.

Ao fim e ao cabo, é natural que de vez em quando, pela ocasião dos grandes calores, sobretudo em tempo de seca, as formigas entrem nas habitações, e ninguém morre por isso. Também é natural que nesta casa tivesse havido alguma confusão na noite de sábado para domingo, dado que de entre as vinte e oito raparigas activas, já treze delas partiram para trabalhos à beira-mar. É natural, de igual modo, que sendo Verão pleno, algumas funcionárias tivessem direito a férias e não estivessem de momento ao serviço.

Com a falta de pessoal, é natural que ao longo das últimas semanas a limpeza se tenha ressentido, apesar da correria que a directora Ana Noronha a todos impõe. É natural que nos amontoem no Salão Rosa, uma vez que, estando reunidos, se torna mais fácil assistir a um maior número de residentes com o menor dispêndio de cuidadores. E também é natural que algum dos residentes se tenha tornado perigosamente radical, como terá sido o caso da senhora Zuzarte, ou se revolte e decida agir, como é o caso do senhor Tó. É natural que surja uma ou outra pessoa fora do comum que tome para si a missão de assistir os outros, e será este o caso. Assim como é natural que tivéssemos de aguardar que decorressem cinco dias até que a situação se normalizasse, uma vez que de nada valia colocar *sprays* e unguentos de efeito rápido sobre os carris da formiga-ladra. No fundo dos labirintos, as rainhas poedeiras cheiram o extermínio que acontece à superfície por via da dizimação química e por vingança, lá no seu celeiro, multiplicam-se em ovos para refazerem o seu exército infinito. É a natureza a trabalhar. Quanto maior o extermínio, maior a reprodução. E, assim, é preciso colocar nos carris produtos de efeito lento, para que as formigas obreiras, as que marcham endoidecidas pelo pavimento e sobem até ao topo dos armários, de regresso levem o produto até aos ninhos de modo a envenenarem as criadeiras rainhas. As que andam por ali, visíveis, formando os carris movediços, serão as mensageiras da dizimação, e isso sim é um método eficaz. Anteontem o método foi explicado a todos os que se encontravam no Salão Rosa com o auxílio da projecção de um vídeo.

 Estava muito bem feito, o vídeo.

 Representava um corte vertical no solo como se faz ao pão, visto de lado, mostrando os labirintos sinuosos, as rainhas, os machos, o voo nupcial, as formigas militares, as formigas quando ainda são apenas uma espécie de larvas designadas por pupas. Toda uma organização invejável que nos levava até a experimentar alguma admiração pela formiga-ladra. Dona Luísa de Gusmão, sentada em bom lugar para seguir o vídeo, teve de dizer que a sociedade formigueira deveria servir de modelo à sociedade humana, pois ali, tal como nas colmeias, cada um ocupa devidamente o seu lugar sem nenhuma delas querer ser o que não é. Todas as tarefas bem distribuídas, desde as operárias até às rainhas. Ora também nós não somos iguais, disse a condessa. Ninguém respondeu mas percebia-se que, depois do incidente, cada um voltava a ser quem era. Para entrarmos na normalidade, dona Joaninha disse que só faltava o senhor Peralta estar melhor de espírito para nos animar, mas o músico ainda não havia recuperado da situação que ocorrera na madrugada de domingo. O pianista não tinha conseguido alcançar as canadianas para poder sair do quarto, e como não se movia do leito sozinho, tinha matado formigas à sua volta durante três horas e meia com o auxílio de uma folha de jornal. Desde então ficou doente da alma. Ofendido, humilhado, pela lembrança das costas cobertas de formigas sem as poder alcançar, o pianista. "Vamos ver se o próprio senhor Peralta se anima" – disse a directora Ana Noronha, quando passou junto ao piano.

Agora, como disse, já é quinta-feira. Ontem fomos de novo amontoados no Salão Rosa para se proceder à desinfestação dos últimos quartos e, pela tarde, ainda ali nos encontrávamos. O ar condicionado era bom, mas o que refrescava para uns, a outros constipava. Tinha-se optado, então, pela temperatura ao natural. Nós sete encontrávamo-nos sentadas muito próximo umas das outras, e ao nosso lado, muito perto um do outro, a senhora Santanita e o carpinteiro Mota, entre os quais eu havia tomado assento no dia da tentativa de fuga do senhor Paiva. E eu mirava a senhora Zuzarte, sentada na fila oposta, a pessoa que durante a sessão com a psicóloga falara dos seus pulsos partidos, tal como os meus, e apesar de algumas diferenças, pelos pulsos éramos iguais.

Mas se a vida de algum modo nos iguala, ao mesmo tempo nos distingue, pois na madrugada de domingo passado, enquanto eu dormia, e segundo Olga Maria até estaria bem-disposta, a senhora Zuzarte pegava fogo aos cortinados. Além disso, ao contrário dos meus companheiros, eu não me sentia mal, antes pelo contrário, pois embora não o alardeasse, não tinha notícia de mais ninguém que tivesse sido poupado. Depois do vídeo e da explicação dada pelo membro da Protecção Civil, para tornar compreensível o assunto da infestação, fez-se silêncio no salão.

Confortada, lembrei-me de dizer que certa vez tinha lido que havia mais de dez mil espécies de formigas. Quem estava em meu redor não respondeu. Acrescentei ainda que elas tinham uns dentes que se chamavam mandíbulas, tão fortes que se as puxássemos enquanto mordiam, as formigas prefeririam desligar a cabeça do corpo a largar a coisa mordida, e ninguém respondeu. Disse que eram tão espertas que conseguiam atravessar rios, passando umas por cima do corpo das outras, como se fossem jangadas, e ninguém respondeu. Eu achei natural. Os residentes do Hotel Paraíso estavam tristes. Tinham visto o vídeo mas uma coisa era conhecer a explicação do porquê e outra era sofrer a acção directa durante uma noite e vários dias. Então a dona Maria Paulina Zuzarte foi trazida para junto de nós para apanhar um pouco mais de ar. Sentaram-na numa cadeira.

Aconteceu ontem.

O senhor Mota sentado ao lado de dona Santanita olhava persistentemente para a senhora Zuzarte, sentada em frente. Eu disse que me tinham dito, ou que havia lido, pouco tempo antes de deixar de ler, que as formigas vivas, todas reunidas, pesavam mais ou menos o mesmo que toda a humanidade vivente. Ninguém respondeu e eu achei natural. Porque me responderiam? Cada uma das informações que eu passava deveria parecer uma mentira. Quatro mentiras, cinco mentiras. Era-me igual. Pensassem o que quisessem, eu tinha lido, três anos atrás, numa página de um magazine.

Sorri só para mim, não podia partilhar com ninguém, pois afinal eu tinha sido poupada, e esse facto, que não parecia ter acontecido com mais nenhum residente, enchia a minha alma de excepção, e por isso, mesmo que não me respondessem, não importava. Então o senhor Mota levantou a bengala, apontou-a para quem estava na sua frente e comentou – "Olhem para aquela mulher!" Segui o trajecto da bengala. Estava apontada para o rosto de Maria Paulina Zuzarte, a dos pulsos espelho dos meus. Sentada em frente, Zuzarte deixou cair o leque que tinha no colo, escorregou da cadeira e tombou de rosto no pavimento. Ouviu-se o estoiro da sua queda como se fosse um jarro de água quebrado.

Alguém disse – "Não se apressem, não vale a pena, essa já não se levanta da terra."

Era o senhor Mota quem falava – "É sempre a andar, meus amigos. Hoje já é o segundo caso nesta casa. Será que ainda haverá mais algum?" Ficámos em silêncio a olhar para o vulto da senhora Zuzarte, o segundo caso.

O carpinteiro esclareceu – "O primeiro caso foi o Paiva, aquele que passou a morar ao meu lado, depois de ter começado a querer safar-se por aquela porta de vidro. Acabou por se safar, sim, faleceu esta madrugada. Foi a Judite quem o encontrou, muito tranquilo, deitado na cama como se estivesse a dormir."

Judite é o nome da rapariga alta.

Senti muito desgosto que o senhor Paiva tenha sido encontrado pela rapariga alta a quem recuso dar o nome. Sendo tão combativo, aquele homem bem que merecia melhor sorte no fim da sua vida. Merecia ter sido encontrado por Nina Mercedes. *Que la paz eterna te acompañe para siempre,* costumava ela dizer. Ninguém aparecia para levantar Maria Paulina Zuzarte do meio do chão. Os seus pulsos iguais aos meus sobressaíam de uma camiseta florida. E o leque caído permanecia aberto como se esperasse a mão. Foi ontem de tarde que aconteceu tudo isto.

37
A figura de papel

De dia para dia o pessoal escasseia, e era impossível que assim não fosse, pois as raparigas começaram a ficar doentes de tanto trabalhar. O doutor Cláudio, o intendente, tem estado a ajudar na cozinha, e o Luís Cotovio da portaria abandonou os telefones para recolher e tratar dos víveres. Mas hoje, sexta-feira, surgiram vários voluntários, três homens e três mulheres, para ajudar na limpeza do espaço e cuidados pessoais. Vieram de longe. Estavam instruídos e vinham animados de grande bondade. Resolveram enfeitar as mesas com figuras de animais como se fôssemos seres humanos da primeira infância. Na nossa mesa surgiu um galo feito de papel plissado e levava ao pescoço uma quadra que quase rimava – *Eu sou o galo, Cocorócocó, Meninos e meninas, Nunca estamos sós*. No centro da mesa ao lado havia um leão, e na seguinte outro animal, uma gazela, e depois um mocho, assim ao todo dez bichos em papel plissado e dez quadras.

Não sou alguém que possa falar pelos outros, mas ainda assim não posso deixar de dizer que os residentes do Hotel Paraíso não se sentissem reconfortados com esse pequeno aparato. Alguém tinha pensado em nós e nós precisávamos disso. O que tinha acontecido, mesmo sendo natural, havia sido muito forte e de certa forma ainda continuava a acontecer. Depois de domingo já tinham passado vários dias, mas a imagem muito viva da nossa debilidade, como povo sem defesa, continuava presente por mais que falássemos alto para nos animarmos. Na nossa mesa não valia a pena colocar muita comida no prato, só dona Joaninha ainda comia razoavelmente e dona Ema anormalmente bem. Ema comia com dificuldade, entornando metade entre o prato e os lábios, mas ainda assim queria mais, repetia, e olhava para os nossos restos como se os invejasse. Dona Ema comeu, comeu e quando surgiu a fruta pediu que a levassem ao quarto porque se sentia maldisposta. Um dos voluntários preparava-se para a levar para fora da sala, quando dona Ema, a companheira que tinha comido o coelhinho de Páscoa sozinha, uma figura franzina, desde há um tempo tão cheia de fome, curvou a cabeça sobre o prato e fechou os olhos. À mesa, sem falar, sem se queixar, fechou-os. Diante de nós. Aconteceu nesta sexta-feira a seguir à invasão das formigas. Agora elas já escasseiam, praticamente já não passeiam pelos quartos, e no entanto parece ser sob o impacto da sua visita que as pessoas desfalecem. Porque será?

O caso de dona Ema foi muito chocante.

Os voluntários decidiram que teríamos de abandonar a sala. Assim, ao sairmos, todos e cada um olhávamos para o vulto de dona Ema com o rosto mergulhado no prato da fruta ainda não servido. De um lado do seu rosto, a faca, do outro lado, o garfo, muito direitos porque, neste dia, os talheres haviam sido colocados geometricamente pelos voluntários. Diante dos cabelos cinzentos de dona Ema, o galo e a quadra. Saímos um a um. Os voluntários eram seis, mas não estavam habituados ao espaço do Hotel Paraíso, e por isso demoraram muito a levar para os quartos os residentes que não podem caminhar. Porque todos nós, ao mesmo tempo, queríamos recolher às camas.

Mas não era possível conduzir tanta gente de um momento para o outro aos seus dormitórios. A arrumação dos residentes neste dia em que faleceu dona Ema não foi fácil.

Ao fim da tarde, muitos de nós não quiseram descer à Sala Azul. Lilimunde, a rapariga do Pará, lá onde existem formigas-fogo como em Valmares formigas-ladra, passou pelo meu quarto e fez-me descer para a sala de jantar. Não jantei. Ninguém quis jantar. Os voluntários ficaram tristes. Estavam preparados para muito mas não para tudo. Só o senhor Tó parecia triunfante de sabedoria.

Entre portas, disse que nos deveríamos preparar, porque o que estávamos a viver era apenas um ensaio geral em pequeníssima escala. Segundo ele, no estado em que a Terra se encontra, iria haver muito mais. Que nos preparássemos. O senhor Tó é um homem relacionado com os jornais. Além disso, tem permissão para sair do Hotel Paraíso e ir ao café e às compras. É uma pessoa que continua ligada ao espaço envolvente e à mudança do mundo. Não nego que tenho alguma simpatia pelas interpretações do senhor Tó.

Para não falar de quanto aprecio o seu gesto de passar as noites acordado para amparar aqueles que o serviço desfalcado do Hotel Paraíso acaba por deixar entregues a si próprios. Só pelas seis da manhã o senhor Tó recolhe ao quarto do terceiro piso, levando ainda consigo a lanterna acesa. O falecimento de dona Ema provocou um choque até mesmo no senhor Tó. Devemos preparar-nos, disse o senhor Tó entre as portas do Salão Rosa e da Sala Azul.

38
O livro de Job

Entretanto Ana Noronha fez tudo para desacamar aqueles a quem chamam agora os acamados mentais. Há vinte e quatro residentes que, apesar do calor que atravessa as persianas semi-descidas, sentem frio e não querem sair dos quartos. Não há justificação para tal, o frio que sentem só é explicável porque provém da alma. Ora o mal da alma trata-se com a reacção da própria alma, não há volta a dar. A directora e a encarregada Martine chamaram ao serviço todas as raparigas a troco de uma recompensa, mantiveram todos os voluntários, e neste domingo realizaram um *Deo Gratias* festivo no Hotel Paraíso. Os mortos, se tinham morrido de tristeza, iriam alegrar-se um pouco sabendo que, em memória de dona Ema, dona Zuzarte e do senhor Paiva, a residência promovia uma cerimónia de alegria pelas suas almas, disse Ana Noronha. Mas nós percebíamos muito bem que a directora pensava nos vivos.

O Hotel Paraíso não se situa nas nuvens, e a invasão das formigas, com as três mortes quase em simultâneo, além do incidente com os doentes da Sala de Descanso, e por último os acamados em massa por desânimo, fizeram soar alarmes fora destas portas e destes jardins. Puseram a correr boatos. A directora seria demasiado jovem, diz-se. Não estaria a dar conta do recado no navio problemático em que se transformou a residência sénior que ocupa o edifício que antes foi o maior hotel de Valmares. Então, neste domingo, pela manhã, anunciou-se o espectáculo sagrado. O senhor Peralta saiu da cama, foi-lhe dado um banho revigorante, perfumaram-no, entregaram-lhe as canadianas e ele dirigiu-se ao piano.

Sobre o piano vertical havia rosas. Junto das rosas encontrava-se a doutora Bianca, e tomando registo áudio, o doutor Cláudio. Foram retiradas as rosas e nós fomos dispostos em torno do piano, colocado no centro do Salão Rosa. Depois de sentado, o senhor Peralta entregou as canadianas, e as quatro viúvas, em vestidos de alças e *écharpes* vaporosas entraram. Esperaram por palmas. Nós não nos movíamos, mas os funcionários todos juntos, incluindo os dois enfermeiros e o próprio médico, o doutor Longino, aplaudiram. O senhor Peralta, ressuscitado, tocava, deixando notas bambas no ar por falta da acção da pedaleira, o que não importava. Importava sim que era belo o que acontecia. Eu não percebia o que cantavam, porque era em latim, mas sei que cantavam bem, e no meio desse canto deu-me uma saudade terrível do sargento João Almeida.

Se ele fosse vivo, se estivesse ali connosco, como seria bem mais fácil encarar a realidade. O que teria ele dito perante o caso da invasão das formigas? Estaria ele de acordo com o discurso do senhor Tó? No caso de o sargento ter continuado vivo e amante, seria que dona Joaninha teria sido indiferente ao admirador do pé boto? Manteria ela os dois amores? E eu, qual teria sido o meu lugar entre dona Joaninha e o senhor sargento? – *Dona Maria Alberta, mande sempre. Tenho toda a informação de que precisa no meu telemóvel.* Era a primeira vez na vida que eu, Maria Alberta Nunes Amado, durante a minha longa existência, era infiel a Edgar de Paula. E um homem não era o outro, confundidos num só, como cheguei a pensar. Bem pelo contrário, perante mim mesma, assumia a minha infidelidade. Pela primeira vez, estava disposta a colocar alguém no medalhão do amor, onde antes havia guardado no seu fundo oval a imagem única do sedutor Edgar.

Quanto à infidelidade, lembrava-me muito bem como tinha acontecido o grande estremecimento tardio do meu coração. Agora mesmo, enquanto decorria o *Deo Gratias* festivo, encontrava-me eu sentada na minha charrete, num lugar muito próximo daquele onde o senhor sargento se havia curvado sobre a minha mão e tinha feito a menção de a beijar. Beijar o homem a mão da mulher, como era hábito, entre gente distinta, muito, muito antigamente. E essa lembrança maravilhosa, impelida pela música comovente que se ouvia, proveniente das vozes das quatro mulheres viúvas, falando em latim, acompanhadas pelas notas do senhor Peralta, estando eu ali em companhia das minhas amigas e de toda aquela moldura humana constituída pelo pessoal da residência, mais os voluntários presentes, o imenso salão completamente cheio, tanta gente sentada e tanta gente em pé, tudo aquilo embalava de sonhos a minha vida. Eu estava ao mesmo tempo maravilhosamente sozinha com a minha própria vida e maravilhosamente acompanhada pela vida das outras criaturas. Estava com a vida dos vivos e a memória presentíssima dos mortos que continuavam vivos. E pensei para mim mesma – Isto é a felicidade. E isto, sendo uma pequena coisa, tem uma dimensão imensa. O pouco e o pequeno podem ser irmãos da maravilha da vida. Foi então que as quatro viúvas fizeram uma pausa. Uma delas, a que tinha a *écharpe* cor-de-rosa muito rosa, dona Mariline, disse, enquanto dava uma volta em torno do piano – "E agora, como não poderia deixar de ser, vamos falar-vos do Livro de Job! Acompanha-nos como sempre o senhor Peralta." Nisto, o senhor Peralta começou a dedilhar umas notas suaves, como se não formassem música mas sim um correr de vento, ou de água, e as viúvas contaram, falando à vez, e por vezes em coro, a história de Job.

Abriram papéis como se fossem pautas e contaram.

Contaram que era uma vez um homem muito rico, e isso eu já sabia, que depois ficou muito pobre, e miserável, e desgraçado, e doente, e repelente, e tinha perdido tudo, por completo, mas nunca tinha renegado a Deus. E isso era o que eu sabia e voltava a ser dito pela boca das quatro viúvas. Só que elas contavam com muito gosto, embevecidas pelo elevado número dos bens usurpados a Job. Contavam como o rico e justo tinha perdido os filhos e as filhas, além de milhares de ovelhas, milhares de camelos, centenas de juntas de bois, centenas de jumentos e muitíssimos escravos. Falaram da forma como o seu corpo coberto de lepra se tinha desfigurado, como ele raspava os tumores com cacos de telha, como se sentava sobre a cinza cheio de dores e sempre aceitara sofrer com paciência. E assim demoraram algum tempo a descrever o descalabro do pobre rico homem para avaliarmos o seu bom comportamento. E tudo isso eu conhecia. Depois falaram dos quatro amigos que julgavam que Job, para sofrer tanto, algum mal teria feito na sua vida, tomando o sofrimento por castigo. E contaram como Job, injustiçado, tinha querido falar directamente com Deus, para lhe mostrar o seu ressentimento, mas sem renegar o Senhor com quem desejava argumentar cara a cara. A viúva Mariline perguntou, entre os pingos da música – "Deve o sofrimento levar-nos a renegar o Senhor?" As três viúvas responderam – "Nunca! Louvemos a Deus pois que o merecemos."

Entre os pingos da música.

Sou franca, do aspecto das discussões entre Job e os amigos eu não me lembrava ou dele talvez nunca tivesse tido conhecimento. E também não me lembrava muito bem do final da história de Job. Na verdade, eu nunca tinha lido a Bíblia, ainda que já a tivesse aberto algumas vezes, porque existia uma bem grossa na casa que lá deixei. E havia lido umas passagens, mas fora há muitos anos. E assim, o remate da história da vida de Job tinha-me passado por completo da memória, por certo, também, por não admirar os contos que contam demasiadas desgraças. Mas as quatro viúvas, muito despidas por causa do calor, muito vaporosas e diria quase belas, sublinharam que afinal Job só tinha padecido aqueles tormentos por causa de uma aposta entre Deus e o Diabo, e dessa aposta também eu não me lembrava. Então fiquei muito atenta ao final, porque eu sou sensível à forma como as histórias terminam. Não tardou nada. As quatro viúvas contaram que Deus ganhou a aposta porque o seu servo, transformado num miserável entre os miseráveis, tinha querido confrontar-se com Deus, por causa da injustiça, mas nunca o renegara. Então Deus, ganha a aposta, tinha recompensado Job restituindo-lhe todas as perdas iniciais, duplicando-as. Job terá recebido do céu o dobro das ovelhas perdidas, o dobro dos camelos, das juntas de bois e dos jumentos, mais sete filhos e três filhas, e não havia raparigas mais formosas do que elas, naquelas regiões onde antigamente Deus convivia com os homens.

As quatro mulheres liam o que elas mesmas ou alguém por elas tinha escrito, e olhando para nós, sentados de frente para o piano, os que se encontravam perto e os que estavam longe, concluíam ao som da música de vento e água, tocada pelos dedos ágeis do senhor Peralta, que assim deveríamos nós viver a nossa vida, com paciência e amor infinito por Deus, amando sempre, confiando sempre, acreditando que Deus guardava para nós grandes riquezas finais, tal como acontecera a Job. Que sofrêssemos com paciência pois, sobre a vida de cada um de nós, o Diabo desafia Deus a fazer uma aposta. Que pensássemos nisso, dizia a narração das viúvas. Quereríamos nós, pela conduta da nossa vida, dar razão ao Demónio? Quereríamos que o inimigo ganhasse a aposta que nos cabia em sorte? Paciência, muita paciência. Se não fosse nesta vida seria na outra que teríamos a recompensa necessária. E eu, nesse passo, não fui uma pessoa sensata e comecei a rir. Foi mais forte do que eu.

Não deveria ter rido, pois chamei a atenção para os meus pensamentos, imprudentemente, e alguns residentes em volta viraram-se. Acresce que dona Ema já cá não está, a nossa mesa encontra-se de luto. As minhas cinco amigas restantes fixaram-me, surpreendidas. Rindo de quê, dona Alberti? Dona Julieta que não ouve bem, até ela me olhou com incredulidade. Felizmente tinha sido tudo muito rápido, acreditei mesmo que as recitadoras nem teriam dado por tal. Lideradas pela viúva Mariline, elas disseram, alegrem-se, alegrem-se, pois tal como a vida de Job, a existência de cada um de nós tem um sentido. E pediram que disséssemos em coro, acompanhando as suas palavas – "*Sairemos mais fortes, e recompensados.* Quem repete connosco?" – perguntaram.

Alguns de nós, poucos, disseram essas palavras ao mesmo tempo que elas. Para terminar, os voluntários trouxeram refrescos em copos de plástico, e fatias de bolo de bolacha, e já não havia mais formigas a passear pelo chão da sala. Mas mesmo com a música, as canções de louvor e a história narrada pelas quatro viúvas, quando tudo isso terminou, e nos pusemos a tomar o nosso lanche, era domingo e a tristeza não saía da sala. A melancolia definitiva tinha entrado com a formiga-ladra e não saía. Não era bem o que me acontecia. Pensamentos reconfortantes preenchiam a minha alma.

11.Agosto.2019

No meio da escuridão, a minha mão desenhou
um filamento e um vidro – Alvorada.
Minha lampadazinha acesa
poupada.

39
O riso

Não demorou um dia – Ontem, pelas quatro horas da tarde, senti uns passos abafados, um tropel silencioso e umas vozes mansas que me chamavam pelo nome. Não me enganei, eram elas. Entraram-me pela porta dentro as quatro mulheres viúvas. Eu sabia que elas andavam de quarto em quarto levando consolação aos acamados mentais, mas eu sinto-me bastante bem, sei que a invasão foi um episódio que se repete, naturalmente, e sinto-me tranquila o suficiente para as dispensar. Depois das fumigações, e das instruções fornecidas pelo pessoal da Protecção Civil, cheguei à conclusão de que a excepção que aconteceu comigo foi obra do clordano de que se compõe o veneno untado por Lilimunde. Agora, ali vinham elas, as viúvas.

Delicadas, permaneceram junto da porta e eu não as convidava a entrar. Mas elas entraram mesmo assim e sentaram-se em fila na cama ao lado. Quatro pombas pousadas sobre a colcha, muito sorridentes, para me animar. Dona Mariline, a líder do grupo, abriu a mala, retirou um rosário e preparava-se para rezá-lo. Mas eu não gosto de orações repetitivas, acho que os santos se aborrecem de ouvir tantas vezes as mesmas palavras, tal como eu, e o mesmo já acontecia com Maria Albertina, a minha mãe, que se recusava a rezar ladainhas. As viúvas, no entanto, preparavam-se para rezar um mistério. Eu pedi-lhes que, em vez do mistério, cantassem uma canção. Elas consultaram-se e puseram-se a cantar. Cantavam triste mas maravilhosamente palavras como estas, *Senhor meu Deus, misericórdia, apaga as minhas transgressões, por tua grande compaixão...* Cantavam aqui, neste quarto, as quatro viúvas cantavam. Entre estas quatro paredes, louvavam ao Senhor, e pediam-lhe perdão, e era belo, belíssimo, o seu canto triste. Eu fechei os olhos e acreditei em Deus. A voz delas contida entre estas paredes, tão próximas da minha pessoa, dirigindo-se tão directamente à altura do meu peito, fez-me acreditar que os seres humanos, todos eles, agora e sempre, são animais racionais filhos de um Criador que lhes quer bem. Senão, porque lhes teria dado o dom da voz? Quando elas pararam, e pareceu-me muito breve a canção cantada, eu disse – "Obrigada, minhas senhoras, Deus está entre nós." Elas disseram ámen. Julguei que se iriam embora, deixando-me no quarto um eco de harmonia que me fazia esquecer que, durante a noite, há noites em que a noite vem. Mas enganava-me porque elas voltaram ao assunto do livro de Job, e falaram outra vez das recompensas das catorze mil ovelhas e das quinhentas juntas de bois.

Como se não tivesse havido intervalo entre o domingo e a segunda-feira, as viúvas falavam da paciência de Job, e eu ouvi-as pacientemente e esperava que se fossem embora depois da enumeração dos bens, mas a intervenção das quatro mulheres, afinal, ameaçava prolongar-se. Então eu disse-lhes que estava muito bem o conto de Job, e que achava perfeito que o martirizado tivesse sido recompensado tão generosamente, mas se o conto resolvia o problema de Job não explicava por que razão havia sofrimento no mundo sem justificação alguma, nem por que razão tantos sofredores faleciam sem recompensa.

Dona Mariline explicou – "Quem é paciente, e entrega a sua dor ao Senhor, se não for recompensado nesta vida será na outra." Eu então respondi que o conto estava mal rematado, porque Job, para ser um exemplo acabado, deveria ter sido recompensado só na outra vida, e não nesta, para se aproximar de todos nós. E disse mais, encarei as viúvas e assegurei-lhes que eu, tal como Job, o que queria era falar directamente com Deus, e perguntar-lhe por que razão Ele permitia que Satanás fizesse apostas sobre os seres humanos. Com que direito, sobre a nossa cabeça, tão frágil, tão singela, tão próxima do crânio dos pobres animais irracionais, Deus se permite fazer apostas a propósito de cada um de nós? Acaso somos filhos de Deus ou apenas escravos do amor que lhe devemos? – perguntei, enfrentando os oito olhos que me miravam, muito surpreendidos. Uma delas, não a líder, disse – "Tenho os meus braços em pele de galinha porque você está a dizer heresias." A líder acrescentou – "Aí está que ontem, quando estávamos a terminar a nossa actuação, você se pôs a rir." Nesse momento, eu percebi que estava a ofendê-las, e como não era essa a minha intenção, antes pretendia trazer paz à contenda, pedi que me desculpassem. E acrescentei – "Desculpem, não o fiz por mal, mas estou habituada a discutir os finais dos livros com a minha filha."

Palavras não eram ditas e foi como se tivesse chegado lume ao álcool. As quatro agitaram-se na cama que se mantém vaga, e uma delas gritou – "Como é possível? Você quer comparar a Bíblia com os livros da sua filha? A Bíblia foi ditada por Deus e todas as palavras escritas pelos profetas e pelos evangelistas foram sopradas pela sua divina sabedoria, e escritas com o sentimento da bondade de Deus, e para nosso bem e arrependimento. Mas a sua filha é apenas uma mulher qualquer, ela escreve o que lhe vem à cabeça, e fá-lo por vaidade e por comércio, porque ela não sabe nada sobre os mistérios profundos da existência. O que ela escreve é vento e ar, e será cinza, comparado com a palavra divina..."

As quatro levantaram-se. Eu senti o sangue a correr-me com velocidade no pescoço e atrás das orelhas. Pensei que iria

dar-me um ataque, mas antes que isso acontecesse, disse-lhes
– "Pois fiquem a saber que todas as palavras que a minha filha
escreve também são ditadas por Deus. Ela senta-se à mesa,
olha para cima, para as alturas, e Deus dita-lhe o que ela
deve escrever. Os livros da minha filha também são sagrados,
também são ditados pelo Criador. Quem pensam vocês que
ela é?" Mas, infelizmente, não sei se o final do meu discurso
já foi escutado por todas as viúvas.

Pela líder foi de certeza, pois na pressa de abalarem deixaram pousados sobre a cama uns sacos de plástico e os leques, e ela voltou atrás para recuperá-los e desviou do meu rosto o seu olhar, como se eu tivesse a lepra do Job. Eu fiquei, durante muito tempo, na cadeira, imóvel, à espera que me desse uma coisa má, sentindo a circulação sanguínea processar-se em redor da minha cabeça com batimentos de tambor. Mas não, o fluxo foi acalmando, desaparecendo o tantã, voltando o meu coração aos batimentos normais dentro do corpo. Quando abri os olhos passei a ver melhor. Pensei que o dia tinha terminado sob o efeito de uma contenda. Esperei, sossegada, sentada na minha charrete, até que me senti envolta em paz. E, felizmente, quem chegava para me levar até à Sala Azul era Lilimunde. Eu só queria serenidade.

Chamei – "É a Lilimunde quem está aí?"

Era ela mesma. Antes cheirava a bergamota e flor-de-tília. Lilimunde aproximou-se, ajoelhou-se diante da minha cadeira, colocou a cabeça nas minhas mãos – "Dona Alberti, eu já dormi com um homem." Não levantava a cabeça. Eu disse-lhe – "Olha para mim." A sua cabeça demorava a sair das minhas mãos. Ela estaria a sorrir ou a chorar? Lilimunde estava a sorrir. Disse – "Virge Maria, estou maravilhada."

40
A chamada

Hoje atendi o telefone e era ela. Percebi pelo som das palavras que continuava longe. Chame de onde chamar, é sempre um consolo ouvir a sua voz. Esteja onde estiver, ela nunca se esquece de mim. Eu disse-lhe que me fazia muita falta, e esperava que me respondesse que estava de regresso, mas do lado de lá ela apenas quis saber da minha saúde, e eu pensei que afinal não regressaria hoje. Perguntou – "Como tem suportado o calor destes últimos dias? Tem tomado o comprimido, tomado banho, comido fruta? Bebido água?" Eu gostaria de lhe contar o episódio das quatro viúvas que ainda tinha entalado na garganta, mas achei melhor guardar para lhe falar do assunto em presença, quando regressasse. Pelas minhas contas ela já deveria estar de volta. Respondi rápido – "Comigo está tudo a correr normalmente. Só não há pessoal por causa das raparigas que abalaram para a beira-mar, como bem sabes, mas tudo se tem consertado."

"Consertado como?" – perguntou ela. "Com paciência" – respondi.

Como ela aguardava por uma resposta longa eu pensei que pelo menos ainda ficaria por lá durante mais dois ou três dias. Então contei-lhe – "Coisas que acontecem. Ontem de manhã, por exemplo, pensava eu que ninguém mais viria levantar-me. Ouvia passar gente a correr pelo corredor, mas ninguém surgia na porta. Sabendo a causa, não iria pôr-me a tocar a campainha. Seriam umas dez horas, já eu dormitava outra vez, quando ouvi chamar pelo meu nome, abri os olhos e junto da minha cama encontrava-se a própria directora. Fiquei muito admirada. Ana Noronha estava envolvida num avental de plástico e preparava-se para me dar o banho." Fiz uma pausa. Aí a minha filha perguntou – "E aceitou?"

Eu respondi – "Recusei. Fui firme, pedi à directora que não me despisse nem me lavasse, porque eu sempre a vi como directora, e ela sempre me viu como residente, e essa distância deveria ser mantida. Não quis que me despisse, que me molhasse, me ensaboasse, que visse o meu corpo sem roupas. Como ela se sentasse a meu lado, eu comentei, já chegámos a este ponto? Então todas fugiram? Estamos abandonados? Ana Noronha respondeu que não, que era só um momento difícil. No entanto compreendeu a minha posição e foi-se embora coberta pelo plástico. Só perto do meio-dia surgiu a Maria Lina para me dar o banho de sábado…" E para terminar acrescentei – "Mas não te apoquentes, minha filha, tudo muda, tudo passa, tudo volta a recompor-se."

Esperei que ela me dissesse que dentro de dois ou três dias iríamos falar face a face. Pelo contrário. Como se se preparasse para ficar por lá ainda cinco ou seis, perguntou – "Isso quer dizer que continua tudo muito difícil? Não melhorou nada? Ainda não desapareceram de todo as formigas no Hotel Paraíso?"

Antigamente, eu ter-lhe-ia dado a resposta devida, ter-lhe-ia dito, minha filha, com uma pergunta tão longa, isso quer dizer que vais ficar por aí, a andar de rua em rua, de praça em praça, de pintor em pintor, a ver o Coliseu, a ver o Tibre correr. Tu distraída e o tempo traidor, a mover-se, fingindo-se imóvel, e a ver-te parada, a rir-se de ti, que não aproveitas a tua circunstância para construíres a tua vida. Mas eu não podia responder desse jeito. A dizer semelhantes palavras teria de ser rosto a rosto, e não à distância. Estava visto que ela iria prolongar a estadia por mais uma semana ou duas. Como eu demorasse a responder, ela insistiu – "Por favor, explique-me o que se tem passado."

Então eu contei a verdade, porque ela iria demorar muito tempo, tanto tempo que ao regressar, porventura, já o assunto não lhe interessaria mais. Disse-lhe – "Tem-se passado tanta coisa. Tem sido assim, minha filha, nos primeiros sete dias faleceram seis pessoas. Poderá ter sido apenas uma coincidência, mas por aqui insistem em relacionar estes falecimentos com a invasão das formigas-ladra. Na verdade, agora que decorreram doze dias, já lá vão nove. Só no meu grupo, faleceram duas, dona Ema à mesa, dona Julieta no Salão Rosa, esta manhã mesmo. Muito chocante, ainda não me recompus. Era boa companheira, uma pessoa que lia livros. Estava sentada, sentiu-se mal e tombou para o lado. Ao mesmo tempo caíram-lhe os óculos e a bengala. Antes de dona Julieta, como te contei, foi a senhora Zuzarte. Outros faleceram nas suas camas, ou nas ambulâncias, uma mulher e dois homens. Ao todo nove. E muita gente passou a dormir tempos sem fim, no fundo dos quartos, como se estivesse morta. No entanto, o pior é a falta de pessoal. Os voluntários já se foram embora, estamos quase entregues a nós próprios. A Noronha e a Martine, muito magrinhas, não têm mãos a medir. Até o intendente, o doutor Cláudio, emagreceu. De resto, o senhor Tó, amante de dona Joaninha, diz que estes acontecimentos são apenas um ensaio geral para alguma coisa tenebrosa que pode acontecer…"

Calei-me. Do lado de lá, ela ficou à espera. "O que diz mais esse senhor Tó?"

Eu continuei – "Diz que desta vez foram as formigas, mas em breve serão larvas insignificantes, e depois serão fungos, depois bactérias, depois vírus, seres cada vez mais pequenos, e quanto mais pequenos mais ofensivos. Diz ele que as bestas do Apocalipse, um livro terrível que descreve as desgraças do fim do mundo antes do resgate final, não são animais corpulentos como cavalos, ursos ou baleias, mas sim micróbios, seres minúsculos e invisíveis. Tão minúsculos, tão invisíveis e tão numerosos que não existirá escala para os combatermos. E essa é que será a grande tragédia da Humanidade, diz o senhor Tó. Para ele, o que tem acontecido por aqui não passa de uma brincadeira insignificante. Mas tu não te preocupes comigo, pois eu não acredito nas pragas do senhor Tó e, como sabes, pelo menos desta vez, fui poupada como mais ninguém. De tal forma que até sinto remorsos." A minha filha acudiu do lado de lá – "Por favor, calhou a si, aproveite essa felicidade, seja forte, muito forte, cada vez mais forte, pois foi poupada."

Eu pensei para mim, com esta conversa, nem daqui a dois meses ela regressa. Deve andar a tirar fotografias a estátuas partidas, metades de cabeças, um pedaço de busto, um ombro, um pé, enfim. Como eu continuasse calada, ela disse-me – "Afinal a mãe foi poupada e isso para si só pode ser motivo de grande alegria." Eu respondi, pois é.

Ela então pediu que não me sentisse culpada, porque tinha sido um milagre do mal. Disse-me que em princípio, quando o mal desce sobre uma comunidade, não há excepções. Que o mal atinge por atacado. Por isso, quando existe uma excepção, é preciso apreciá-la, guardá-la, fechá-la na mão como prova de que de vez em quando o mal fecha os olhos e poupa um ou outro. Um milagre. O milagre do mal. Desta vez, a mãe foi poupada. Entregue-se à felicidade de ter sido poupada, minha mãe.

Eu não sabia o que dizer à minha filha.

Era evidente que ela desejava prolongar o telefonema para ter desculpa de prolongar a sua ausência em pleno Verão, deixando ao abandono a sua casa e o seu trabalho. Como eu não respondesse, pois mantinha o telefone junto ao ouvido mas não dizia nada, só pensava, do lado de lá ela continuou a falar no milagre do mal, no significado da salvação improvável, a dizer que se o acaso me tinha premiado eu deveria ficar alegre, voltar a ser uma muralha, a ter crença na minha força. Então eu senti-me um pedaço de muralha e perguntei-lhe, corajosamente – "Quer dizer que vais passar aí o Verão todo, não é verdade?" A minha filha disse-me – "Não vou, não. Regresso ainda esta tarde."

Eu não queria, mas a minha voz deve ter manifestado a surpresa que me tomava. A minha filha disse-me ainda – "Acaso não lhe deixei um papel com as datas? Vá lá ver se o encontra."

Encontrei, consegui ler. Era verdade. Aqui está a data. Ela regressa esta noite. E a memória trouxe-me de volta as suas palavras exactas na despedida – "Volto no dia quinze e depois vamos ficar tranquilamente todo o resto do mês de Agosto e todo o Setembro em paz."

Quando se aproxima a noite, eu falo, falo, mas palavras ditas não têm morada. Que pena eu só poder escrever duas simples linhas.

15.Agosto.2019

Pelo movimento das palmeiras
sei como se move o loureiro – Afinal o meu jardim
é perfeito. E as suas melhores
bagas.

41
Tripulação

Antes, por esta altura, caíam as primeiras águas de Setembro. Agora Agosto é mais quente do que Julho, e Setembro mais quente do que Agosto. Um Verão que se prolonga pelo Outono e pelo Inverno adiante. Lilimunde diz que o calor é bom para o bar do Justino por onde passam bebedores provenientes de mais de trinta países. Ela enumera-os, mencionando os nomes daqueles que os representam sentados ao balcão, e eu penso no Atlas e procuro atribuir a cada espécie uma cidade ou duas e com ela dou a volta ao meu Globo Terrestre. Agora, em qualquer lugar, junta-se gente de toda a parte. Mas ela, que veio do Pará, escolheu um europeu, um húngaro, um estudante dez anos mais velho do que ela, que se chama Edu Horvat.

Ela conta, debruçada sobre a minha cama, enquanto não sente os passos de Martine Martins rompendo no corredor. Esta manhã a encarregada entrou e gritou com Lilimunde, ameaçando expulsá-la porque Berenice, a distribuidora dos comprimidos, a encontrou a dormitar numa cama que se encontra vaga desde a invasão da formiga-ladra. Estava estendida a dormir na cama que fora do senhor Paiva. Uma sem-vergonha, uma afronta à alma do senhor Paiva. Lilimunde encolheu os ombros, não se importou. Entra-lhe por um ouvido, sai-lhe pelo outro. Quando a encarregada terminou os seus altos berros, a rapariga, enquanto procurava a minha roupa, disse-me que anda cheia de sono porque passa a noite deitada com o Edu. É um relacionamento nocturno com muito charme. O rapaz senta-se pelas onze horas da noite ao balcão do Bar Justino para guardá-la e só se levanta do balcão quando são três horas ou mais. Ela já não dorme no divã, ele dispõe de uma motoreta e leva-a para o seu próprio quarto. Com a voz cheia de sonhos, ela diz – "Ele me ama mais do que tudo no mundo, eu sinto, dona Alberti. Ele e eu somos um, nem precisamos falar, nunca mais vamos deslargar-nos, ouça o que eu digo, pode escrever numa pedra..." Eu perguntei que língua falavam, ela respondeu a rir – "Não é preciso." Como não é preciso? Ela diz – "Dona Alberti, *food, drink, love, walk, morning, evening, night*, estou a aprender. Para quê mais? Ele diz que a sua língua é impossível de aprender, só mesmo nascendo lá, e por outro lado ele não tem tempo para aprender português. Ele já não é um estudante, ele é muito mais do que isso, ele não tem tempo, ele estuda uma alga castanha que existe nas águas entre os rios e os mares..."

Lilimunde cheira a lavanda de homem, ervas secas, tabaco, mosto e madeiras, pasto. A rapariga enamorada lava-me e veste-me apressadamente, com a cabeça no ar, entretanto fez dezoito anos, mas pela certidão tem vinte e dois. Conduz a minha cadeira com pressa, por vezes as rodas dão encontrões nos móveis por onde se passa. Eu compreendo tudo, o mundo pode trazer as desgraças que trouxer que existe em Valmares um amor cheio de brilhos e foguetes, o amor de Lilimunde por esse Edu Horvat, cujo apelido ela soletra para que eu pronuncie como deve ser. Ela mostrou a fotografia de Edu, e antes de a guardar na algibeira da bata, beija o aparelho onde a imagem fica alojada. Lilimunde disse que não se importa que a expulsem da residência. Agora que ama e dorme com Edu, saberá encontrar uma boa alternativa, um serviço qualquer bem perto do quarto dele. Mais do que isso, precisa de se libertar da sombra do bispo Romeu que lhe manda a conta a partir do escritório sediado no Pará. E ela entende que se a encarregada do Hotel Paraíso lhe grita tão alto, e ameaça despedi-la, é só porque vão receber uma frota de funcionários alugados a uma empresa empregadora. Vem aí gente de toda a parte, disse Lilimunde.

    Eu não acreditei, mas era verdade. Aconteceu esta tarde. Estava eu a dormitar na cadeira almofadada quando senti um rumor de tropel. Abri os olhos e num primeiro momento não vi coisa nenhuma. Mas ouvi a voz de Ana Noronha perguntar se podia entrar. Eu não respondi de interrogativa que me encontrava, mas ela entrou trazendo atrás de si vários homens. Atrás dos homens vinham três mulheres. O meu coração começou a bater descontrolado como por vezes acontece com a visita da noite, durante a noite. Mas agora era apenas tarde, eu estava acordada, ainda que aquilo que acontecia parecesse um sonho de dormir. A directora aproximou-se distribuindo aquela multidão em meu redor e disse – "Dona Maria Alberta, venho apresentar os novos funcionários. Alguns deles ainda não falam português, mas vão falar, e entretanto, com boa vontade, todos nos entenderemos."

    Cinco rapazes e três raparigas enchiam o quarto, e o meu coração continuava descontrolado pelo efeito da surpresa. Eu disse – "Estou a ver, cinco rapazes, três raparigas, bem-vindos sejam." Aqueles que se encontravam mais próximo da minha cadeira, riram-se muito. Pareciam simpáticos. A directora foi rápida – "Este é Habib, este é Ali, e são marroquinos. Este chama-se Jordão, é brasileiro. Igor é ucraniano e já cá está em Portugal há dois anos. Ivan é moldavo, mas vem de Cuba, fala como a Nina Mercedes, entende-se tudo muito bem. Mas aqui a Svetlana vem da Ucrânia e acaba de chegar. Só sabe dizer obrigada, bom dia, como está. A Gabriela e a Francine vêm da Roménia e também pouco falam, mas entendem o mais necessário, como levantar, deitar, comer, beber, limpar, lençol, toalha…" Eu perguntei se estariam com muita pressa. "Alguma, dona Alberti, alguma. Andamos a visitar todos os residentes e ainda não chegámos a metade. Isto é um grande barco, temos passado mal, mas agora nós queremos que os residentes tenham confiança na nossa tripulação…" Então eu respondi – "É pena, eu gostava de falar com eles."

Os magrebinos voltaram a rir. Eu ri para eles – "Gostava de saber de onde são." Ana Noronha pareceu ficar entusiasmada – "Pois pergunte, dona Alberti, vai ver que eles respondem." Olhei para os marroquinos e quis saber de que cidades eram. Um deles respondeu, sempre a rir e arrastando os erres – "De Marraquexe. Alguma vez a senhora foi a Marraquexe, quando era nova?" Não, respondi, mas sei que Marraquexe, Fez, Casablanca, Agadir e Rabat, a capital, são cidades de Marrocos. E há outro país, um pouco mais para lá, a Líbia, que tem a capital em Trípoli. Só guerra. Países árabes, muita bomba, Alá muito mau. Um dos marroquinos disse – "Não, não, Alá muito bom. Tem muitos versículos só sobre o amor." Eu insisti dizendo que são países de muito conflito, sabia pelos telejornais quando via televisão, o que é uma pena porque são países muito belos, com areias e palmeiras, desertos amarelos, lindas filas de camelos. Mas só conheço pelo Atlas. Então olhei para Igor e perguntei – "E o Igor, de onde é? Ah! A Ucrânia tem capital em Kiev. A Ucrânia está rodeada pela Hungria e pela Rússia, capitais Budapeste e Moscovo, eu sei pelo Atlas." Todos se riram, reconhecendo os nomes geográficos. Igor baixou-se e disse – "Senhora parecida com minha mãe. Podia ser a mãe ou a irmã dela. Tudo da mesma família. Senhora, vai tudo correr bem, todos com todos, muito boa companhia." Jordão, muito avantajado de corpo, estava calado, com o rosto fechado lá no alto do seu corpanzil. Eu perguntei – "Rio de Janeiro?" Ele sorriu – "Bahia, minha tia, Bahia. Foi alguma vez à Bahia?"

Eu disse que só uma vez na vida tinha andado de avião para ir a um país da África Oriental. Tinha sido há tantos anos que ainda serviam refeições a bordo com toalha e guardanapo. Agora, constava-me que só serviam sementes e sanduíches, e tudo pago pelo próprio no momento. Dizem que é uma tal balbúrdia que ninguém consegue dormir. Tudo mudou, tudo mudou. Todos a rir, as raparigas a rir. Eu encarei Francine – "Francine é romena, mas tem nome de alguém que esteve em França, Paris. Será assim?" A rapariga deve ter entendido mas não conseguia falar, só ria, todos a rir, e eu pensei que estaria a ser ridícula, uma palhaça do Atlas, e fiquei séria. Achei que era hora de terminar. Disse – "Pois sejam bem-vindos e que fiquem muito tempo nesta casa…" Muito satisfeitos, homens e mulheres, começaram a dirigir-se para a porta. Um dos marroquinos fez cair uma moldura e voltou atrás, sempre a sorrir, a pedir desculpa. Ele disse – "Sou Ali Abdul." E assim se foram embora. Senti que entravam no quarto de dona Marcela mas não demoraram. A minha vizinha de corredor deve estar sedada porque continua rebolando a trouxa que quer esconder no além. Senti que iam percorrendo o corredor. Entravam nos quartos e logo saíam. Eu estava contente. Comigo deveriam ter ficado durante uns cinco minutos. E de súbito fiquei triste.

Porque não os tinha retido?

Porque eu mesma havia terminado a conversa e quebrado o riso? Porque os tinha mandado embora? Tão jovens, tão belos, com os dentes tão brancos, eles, tão altos, tão homens, elas tão elegantes, a ucraniana tão loira, as romenas tão morenas, todas de cintura tão fina? A rir para mim. Eles iriam espalhar-se pelo Hotel Paraíso, uns aqui outros ali, por certo que alguns deles iriam entrar no meu quarto, mas nunca mais, assim juntos, a rir ao mesmo tempo, nunca mais, nunca mais os veria. E depois pensei, Maria Alberta, quem és tu que nunca estás em paz? Nunca estás no meio? Estar em paz é aceitar estar sentado ao meio. Mas eu nunca estou no meio, vou ao fundo e fico nada, mal me dão esperança, vou acima e fico tudo. Estava tão feliz e tive receio de ser ridícula. Quebrei os risos e sinto que destruí a minha felicidade. Alberti, Alberti, senta-te no meio, aguarda. Quem diria? O Outono trouxe-te uma energia inesperada.

25.Setembro.2019

Árvores, minhas amadas, esta noite
sinto-me um homem e durmo
com todas vocês – Muitos dos
vossos frutos hão-te ter o meu
rosto.

42
Revolução

Sangue novo entrou no Hotel Paraíso e isso sente-se no ar, uma nova alegria, um novo rumor de passos, uma nova arrumação na sala, mais braços, mais rostos, mais atenção. Pelo que me diz respeito, sem eu pedir nada fosse a quem fosse, a romena Francine debruçou-se sobre o meu ombro e partiu-me a carne aos bocadinhos, tão miúdos e tão finos, que posso dizer com verdade que, passado todo este tempo, finalmente, comi carne. Foi grande a minha felicidade. Bebi muita água sem entornar. Percebendo isso, até as minhas companheiras se alegraram. É verdade que, da invasão das formigas no mês de Agosto, restam lugares vazios como sucede na nossa mesa, sem a Ema e sem a Julieta, mas de resto sente-se a vida aqui dentro a tomar novas figuras. Grandes mudanças, rápidas mudanças.

Ainda que nem tudo seja fácil.

O serviço voluntário do senhor Tó, que decorria sobretudo durante a noite, foi anulado porque o brasileiro Jordão passou a ser oficialmente o vigilante nocturno. O senhor Tó agora já pode descansar, que bem precisa, mas não acatou a notícia dessa nomeação com boa cara, e passou a demonstrar como toda a nova equipa iria ganhar o que não devia só porque metade do montante cabe à empresa exploradora que os intermedeia. Uma injustiça galopante que na sua ideia engrossa o anúncio do Apocalipse que está para vir desde há mais de cem anos, mas que se aproxima agora do horizonte como nunca antes, e a prova disso é o caso do que se passa agora na residência Hotel Paraíso. Pois enquanto as novas raparigas andam de esfregona na mão, o patrão dorme a sesta no sofá, repimpado em sua casa, ganhando, sem mover uma pestana, o fruto do suor que escorre pelo rosto das escravas. E o senhor Tó disse que, depois da invasão das formigas que anunciam alguma coisa de muito dramático, é preciso um movimento regenerador de uma revolução social no horizonte. Pelo seu lado, ele mesmo encetou aqui dentro aquilo a que chama o princípio de uma alteração radical. Por exemplo, desde há oito dias que o senhor Tó fala alto, na Sala Azul, porque no dia em que servem salsichas não distribuem a cada residente um ovo estrelado.

Em seu entender, as raparigas da copa põem no prato o arroz, a couve e a salsicha, mas não o ovo. O senhor Tó entrou na cozinha e exigiu examinar as frigideiras. Encontrou uma grande e uma outra muito grande. Calculou a dimensão de cada ovo e disse que era possível, de uma só vez, usando a muito grande, estrelar seis ovos e assim contemplar todos. O senhor Tó fez as contas e chegou a essa conclusão pois entretanto, com o decréscimo que ocorreu desde a invasão da formiga-ladra, actualmente, mesmo com os que já entraram, apenas se encontram cinquenta e nove residentes vivos no Hotel Paraíso. O senhor Tó fez os cálculos de cabeça e disse que bastaria usar dez vezes a frigideira grande para se distribuir um ovo a cada utente. Mas o novo cozinheiro, o moldavo Ivan, gritou em espanhol tão alto quanto o senhor Tó em português, e ameaçou, também ele, recém-chegado, abalar pela porta fora e nunca mais voltar a esta casa. Então o senhor Tó disse que Ivan se fosse embora, que ele mesmo vestiria um avental, colocaria uma touca na cabeça e iria em pessoa estrelar os ovos. O pessoal da cozinha revoltou-se, era um residente a querer tomar de assalto as responsabilidades dos funcionários. O senhor Tó foi expulso da cozinha por Martine Martins, mas ao regressar à Sala Azul fez um discurso, e foi então que falou na necessidade de uma revolução.

Foi um discurso inflamado, a olhar para a esquerda e para a direita, e ele começou a bater na borda do prato com o garfo, incitando todos os companheiros e as companheiras das dez mesas a fazerem idêntico ruído. Aqui e ali soaram umas quantas batidas de pratos, mas na nossa mesa os talheres permaneceram imóveis. Só dona Joaninha se levantou, colocou o seu prato à altura do peito e bateu com energia na borda.

A energia de dona Joaninha e do senhor Tó, unidas, conseguiram tocar-me a alma, e eu ainda quis bater com a minha colher no prato, mas tinha-a na mão direita. Enquanto passava da direita para a esquerda, no que demorei algum tempo, cessou a batida dos pratos. Dona Joaninha sentou-se, eufórica, e a sua acção parecia contaminar também as outras três companheiras, dona Rita de Lyon, dona Luísa de Gusmão e dona Fátima. Se a batida tivesse durado mais uns segundos, talvez elas batessem nos pratos também. Mas fez-se um intervalo entre o final da batida e o fim da fala do senhor Tó ameaçando descrever nos jornais a deficiente gestão da Residência Hotel Paraíso.

Durante esse breve intervalo, dona Luísa de Gusmão tomou consciência do acto e reconsiderou. Ela jamais bateria na borda do prato. Explicou – "Quando ouço a palavra revolução fico com os cabelos em pé. Foi assim que a sociedade se deteriorou, há cento e nove anos, com o movimento destruidor do 5 de Outubro. Nunca mais Portugal voltou a ser o que era antes."

Dona Joaninha reagiu dizendo que tinha ouvido contar que antes era uma roubalheira, que havia um rei muito gordo que comia caça todos os dias enquanto o povo muito magrinho morria tísico. Dona Luísa exigiu que Joana Amaral se calasse pois nem sequer sabia ler quanto mais interpretar o que se tinha passado tantos anos antes. A minha mão tremia diante de semelhantes ofensas. Dona Joaninha disse, viva a revolução, viva o senhor Tó, o senhor Tó e o senhor Tó, e começou de novo a bater com o garfo na borda do prato. Passado um pouco, fizeram as pazes, como costuma acontecer. Dentro do exílio, um circo. Então, hoje de tarde, eu relatei esta situação em abreviado ao meu genro.

A minha pergunta era esta – O senhor Tó ameaçava prosseguir com a revolução dos ovos estrelados, batendo no prato até parti-lo, se nos dias da couve-arroz-salsicha não servissem ovo estrelado, para já não falar de batata frita, que nunca havia nem haverá. E eu, como devo proceder? – O meu genro ponderou. A palavra revolução parecia trazer-lhe lembranças perturbadoras. Cheguei a dizer-lhe que esquecesse o que lhe estava a pedir. O que eu estava a contar-lhe deveria parecer-lhe uma história de teatro de humor perante os actos tão dignos que haviam decorrido em Portugal. Pensei que sofria e queria pedir-lhe desculpa. Eu estava amarrada na minha cadeira e tentei equilibrar-me para dar uma passada mas não consegui. Disse-lhe, está bem, desculpe, eu não bato no prato nem com o garfo nem com a colher. Nem com a faca. Julguei que estas pàlavras o deixariam satisfeito. No entanto, ele disse o contrário do que eu esperava – "Dona Alberti, tenha calma. A senhora, quando chegar o próximo dia da couve-arroz-salsicha, coloque logo o seu garfo na mão esquerda, e bata, bata, bata enquanto puder. Bata até lhe doer a mão esquerda e depois a mão direita, bata até não poder com o garfo..."

E eu assim farei, mais que não seja para honrar a ideia do meu genro, mas estou convencida de que esse prato será retirado da ementa e assim nunca haverá um ovo estrelado. E tampouco terei ocasião de bater com o garfo na borda do prato.

43
O sono

Só agora compreendo o que se passa em relação ao sono – Enquanto na vida lá fora concebemos a noite como uma forma de preparar o dia, aqui dentro passamos o dia a preparar a noite. Passar a noite bem é o grande objectivo. As raparigas interessam-se mais pelo nosso descanso da noite do que pela actividade do dia. Salomé, duas vezes mais enérgica do que qualquer outra, a sólida máquina Bosch, entrou no meu quarto bem cedo, e não vinha só. Vinha acompanhada por duas principiantes que eu nunca tinha visto. Antes de iniciarem a tarefa, Salomé perguntou – "Aqui estão duas jovens que entraram ontem para se juntar à nova equipa. Quer saber o nome delas?" Eu tive a tentação de dizer, não quero, porque entraram ontem e já vão abalar amanhã e nunca mais voltam, estou cansada de fixar nomes que surgem e logo desaparecem, rostos que se vão embora sem deixar rasto. Mas como estou cheia de esperança desde que entrou a nova tripulação, e não quero ofender, fiquei calada.

Salomé avançou na minha direcção e as duas raparigas permaneceram perto da porta a observar. A Bosch começou a levantar os meus objectos do chão. Depois deu por que eu tinha a camisa rasgada e disse – "Ah! Isto é que foi uma noite. Você não me engana, você não toma o comprimido, você prefere ficar acordada, e tantas voltas dá na cama que um dia ainda a encontramos morta, despida."

As raparigas mantinham-se ao fundo, silenciosas. Salomé continuou – "Esta é a Giovana e aqui esta, a Bruna, duas cuidadoras competentes. Elas vão tomar nota de que a dona Alberti precisa de tomar dois comprimidos quando à noite recolher ao quarto. Tomem bem nota, meninas, de que dona Alberti precisa de ser vigiada porque ela não engole os comprimidos, deixa-os escondidos no interior da bochecha." A Bosh saiu e fiquei na mão das duas raparigas que demoraram horas para encontrar os meus objectos e as minhas roupas, para distinguirem qual dos cremes deveriam espalhar pela minha cara. Quando me levaram para o corredor, veio Berenice, a distribuidora de comprimidos, e falou com as recém-chegadas. Percebi que estavam a duplicar a minha dose. Mas pelas nove e meia da noite, quem surgiu foi Nina Mercedes e vinha munida dos comprimidos.

Tomou um entre os dedos e disse – "*Tu perla, Alberti. Pero esta noche, dos perlas, cariño…*" Eu recusei. "Porquê *dos*?" – perguntei. Então preferi contar a verdade. Na noite anterior eu não tinha tomado nenhum. "*Escupiste?*" Sim, disse, guardei na bochecha, deixei derreter e cuspi. "*Porque no te gusta dormir con serenidad, cucaracha?*" Tive de lhe dizer que prefiro não dormir a mergulhar num sono imposto por comprimidos, mas não lhe disse que uma pastilha que faça efeito me dá a sensação de que visito o território sombrio onde as suas mãos são rainhas. Prefiro ficar vigilante para saber o que se passa em meu redor. "Querida Nina, não quero as tuas pérolas" – disse, mas a porto-riquenha sentou-se a meu lado e eu tomei uma. Ela esperou o tempo suficiente para ter a certeza de que eu a tinha engolido, vigiando a minha boca como as mães procedem com as crianças. Vi as suas mãos finas e longas puxarem o lençol junto ao meu queixo. Mas não me deixei adormecer.

Tendo tomado a pérola, conforme a designação da Nina, todo o meu corpo ficou alerta aos efeitos do comprimido. Dei pelo ruído de várias campainhas retinindo no corredor, dei pelas passadas do brasileiro Jordão na sua missão recente de ajudar os deambuladores da noite. Dei por que o vigilante tentava que dona Marcela, a ocupante do 214, regressasse ao quarto com a trouxa, cada vez mais volumosa, dei por que Jordão se aproximava da minha porta e partia. Um novo movimento no Hotel Paraíso. De tal modo gostaria de ficar acordada que não me importaria de ter outro embate com a noite, tomasse ela a forma que entendesse, nem me importava de acabar com a camisa rasgada. O Outono faz-me atenta e curiosa, talvez por ter sido poupada no episódio das formigas. A verdade é que a certa altura senti o comprimido começar a fazer efeito sobre as pálpebras e entrei num sono mitigado.

Um sono pesado e ao mesmo tempo leve.

Pesado porque imóvel, sentindo a pérola de Nina a desfazer-se lentamente, a transformar-se numa paralisia do corpo, mas leve porque deixava os cinco sentidos vigilantes. Tudo a acontecer no presente. Pensava, se eu quiser falar não falo, se quiser mover-me não me movo, mas sinto alguma coisa em redor como se alguém me tivesse preparado um filme em que eu não entro mas vejo. E, por isso, a certa altura, ouço falar à porta do quarto e consigo pensar que me vêm visitar e eu não sei quem será. Vêm ver se estou a dormir. E trazem lanterna, pensava. Talvez se trate de Olga Maria, a rapariga que na noite da invasão veio vigiar o meu rosto. Como Olga Maria já cá não está, será outra pessoa que vem. Parece que nessa noite Olga Maria veio sozinha, e neste caso são duas pessoas. Uma fica à porta, a outra avança. A pessoa que avança não traz lanterna. Com o halo de luz que passa através das persianas, percebo que se trata de alguém que não se aproxima da cama, apenas fica junto à cadeira. Percebo que tacteia a cadeira, que toma a minha bolsa, que a abre, que procura. O que estará a fazer?

Mesmo a dormir, sei que tenho lá dentro três notas de dez euros dobradas em oito partes. Estão no fole interior, entre o fole do pente e o fole do lápis. O fole onde estão os trinta euros fecha com um éclair. O fecho costuma correr com dificuldade. Ouço o leve arranhar do metal contra o metal. Num outro fole, lateral, que fecha com uma mola, encontra-se a mensagem do senhor sargento. Desejo do fundo do meu coração imóvel que encontrem rapidamente as notas dobradas para não precisarem de abrir as outras divisões, não precisarem de atingir o pequeno fole com mola onde se encontra a mensagem. Que levem o dinheiro, como já tantas vezes levaram, mas não toquem nas palavras de João Almeida e que se vão rápido. O vulto junta-se ao outro vulto. Somem.

Se eu estivesse acordada talvez dissesse muito alto, socorro, roubaram-me. Ou talvez gritasse como a minha avó Alberta gritava, socorro, aqui-d'el-rei, ladrões em casa! Mas não. Eu estou imóvel e tenho a língua parada, semiquerendo gritar, semiquerendo alcançar a bolsa de pano. Estou entre querer e não poder, importar-me e não me importar, desejar mover-me e não conseguir. Porque entre desejar e fazer levanta-se a imobilidade própria de uma almofada. Uma eternidade do tamanho do mar. A profunda escuridão de um sonho. Um rosto debruçou-se sobre o meu corpo e era o de Ana Noronha em pessoa. A luz que entrava pelas frinchas mostrava que eram dez horas da manhã.

O que faz Ana Noronha a olhar para mim?

A directora tem o rosto inclinado sobre o meu. Os seus olhos claros têm raios vermelhos, traços de cansaço. Ela pergunta por que razão eu gritei tantas vezes "aqui-d'el-rei". Eu pedi à directora que me passasse a minha bolsa de pano. Abri-a, o dinheiro tinha desaparecido, mas a mensagem estava guardada no folezinho de mola intacto. Confirmei que de facto roubaram os meus trinta euros. Os olhos da directora ficaram mais vermelhos – "Dona Maria Alberta, viu quem foi? Consegue identificar?" Não, não sei quem foi. "Era mulher?

Era alta, era baixa? Corpulenta, magra?" Mas eu não posso precisar. Também não desejaria precisar. No fundo fundo da minha alma, estou grata por que tenham encontrado as três notas com facilidade sem precisarem de remexer nas outras divisões. "Diga o que precisa" – perguntou a directora.

Mas eu preciso de alguma coisa que a Noronha não me pode dar. Um lugar seguro, inalcançável, inviolável, onde possa guardar o papel com a mensagem. Só que não há gaveta, não há bolso, não há bolsa, não há travesseiro, nem colchão, nem fundo de bainha nem sola de sapato a que só eu, sozinha, tenha acesso. E essa é a dificuldade de me encontrar a viver no Hotel Paraíso. Exílio. Não há mais nada que seja só meu, nem o meu corpo, nem o meu espírito.

10.Outubro.2019

No alto das nuvens, no fundo do mar
debaixo da terra, haverá
um lugar – Meu segredo mantido
escondido.

44
Definição do amor

Agora confirmo que, apesar de tudo, a minha filha conhece alguma coisa da vida. Ela bem me disse que o facto de eu ter sido beneficiada por um milagre do mal me iria fazer muito bem, e assim tem sido. Desde há algum tempo que enfrento os desafios da noite com outro alento, e se não posso dizer que a venço, pelo menos não saio vencida. Mas esta noite foi diferente e eu pude confirmar o que há muito suspeito, que a noite mora aqui no meu próprio quarto e sabe de tudo o que se passa comigo.

Foi muito claro – Desta vez, a noite surgiu grandiosa, proveniente das quatro paredes, as asas maiores do que o quarto, talvez maiores do que o Hotel Paraíso, maiores do que as do anjo aéreo de dona Rita de Lyon. Mas não veio escura como costuma vir, surgiu castanho-fulvo, cor de raposa, voluptuosa, ainda que eu saiba que sob essas formas se encontra sempre alguém ou alguma coisa inexplicável, que não se mostra por inteiro, e que tem a intenção de derrubar a minha pessoa. Por certo, esta noite, debaixo das asas cor de fogo, mantinha os braços preparados para tomar nas suas mãos a minha vida. Veio vermelha, as pálpebras ruivas descidas, dentes todos eles caninos, compondo um sorriso cínico. Aproximou-se, senti-lhe o fedor a fojo, mistura de ranço de cão e lobo, e fez-me uma pergunta assassina – "Ouve, mulher, vamos a provas finais. Sabes dizer-me o que é o amor?"

Aí, eu confirmei tudo.

Confirmei que ela existe dentro destas paredes. Desde que elas foram levantadas nos anos cinquenta que a noite se instalou no interior dos tijolos, e aqui ficou à minha espera. Afinal, a noite desprende-se do seu interior, avança, batalha por batalha, eu levo-a de vencida, ela finge que se vai embora, mas não vai. Ela regressa aos tijolos e fica a presenciar o que se passa, fixa todos os meus passos, as minhas falas, as falas das minhas amigas, como se fosse uma máquina policial, mas permanece tão invisível e silenciosa que eu me esqueço da sua presença, e quando menos espero, ela surge a altas horas da noite e ataca. Desta vez atacou-me insistindo com a pergunta para a qual não tenho argumentos de demonstração. Fingiu querer saber – "Tu, que já viveste tantas décadas, experimenta definir o amor, vê lá se és capaz…"

Eis a prova do que penso, ela fixou os meus pensamentos sobre Lilimunde, ouviu o que a rapariga me contou sobre o seu amante nocturno, fixou a descrição que a rapariga fez do perfume que agora usa, oferecido pelo estudante húngaro que dorme com ela. A noite sabe de tudo, guardou na sua memória a minha opinião sobre esse amor de divã, acontecido pela primeira vez na passagem entre as arrumações e a copa do bar do Justino. Agora tenho uma certeza, tão certa que posso dizer científica, de que a noite conhece todos os pormenores não só da minha vida como também do meu pensamento.

Ela testemunha os meus telefonemas, os diálogos que mantenho com a minha filha, quando ela chega, se senta, e nós ficamos de mãos dadas, e sem dizermos nada nos perdoamos mutuamente, e eu pergunto como é o rio Tibre, se é azul como o Tejo ou se ruivo como o Zambeze, e como é o Coliseu onde os leões comeram os cristãos, e se alguma coisa que lá está ainda tem a memória dos seus gritos, pergunto e ela responde, sem falarmos do essencial, e a noite tudo escuta e tudo fixa dessa fala com a minha filha. Por isso a noite sabe que o meu desejo seria emendá-la, instruí-la, obrigá-la a ter um horário capaz, uma organização decente, corrigi-la. A noite, sempre à espreita, conhece a diferença que existe entre o que eu desejo dizer e o que eu agora, na realidade, lhe digo. Porque esta noite conhece as minhas dores da alma assim como conhece as minhas dores do físico.

Sabe como por vezes solto gemidos sem querer, conhece todas as misérias do meu corpo, conhece a forma das minhas pústulas e o som dos meus líquidos caindo nas pias. Afinal, nunca estou sozinha. A noite, de quem eu acabo por me esquecer que existe, vê-me cuspir os comprimidos que não me interessam, e também assiste à minha dúvida sobre se hei-de ou não dividir as bananas que vou acumulando com receio de precisar de alguma, até que fiquem pretas e apodreçam. Ela conhece essas minhas dúvidas mesquinhas. E conhece os meus rasgos de generosidade, em que eu digo, dona Fátima, dona Joaninha, levem todas as minhas bananas antes que fiquem pretas. Ela, a noite, quando invisível e muda, espreitando pela superfície das paredes, viu por certo como a jovem directora Ana Noronha e a encarregada Martine, ambas cobertas de plásticos, apesar dos meus protestos, acabaram no mês de Setembro por me dar banho pelas suas próprias mãos, em face da escassez de profissionais. Ela assistiu à forma como a Noronha me vestiu e penteou ela mesma, no mês passado, e depois nem mais aconteceu só porque se distribuíram por todos os residentes. Como eu. Ela sabe que as raparigas correm pelos corredores e por vezes caem. E mais, a noite, às vezes branca e viscosa como um fantasma, às vezes penugenta e escura como breu, a fedorenta, a repelente, feita de vários animais acoplados, esse bicho tremendo, infelizmente, sabe onde guardo a mensagem do senhor sargento – *Dona Maria Alberta, mande sempre. Tenho toda a informação de que precisa no meu telemóvel.* Ah! Mande sempre!

Por isso, se a noite quisesse, mesmo ganhando eu a batalha, ela poderia meter a mão na minha bolsa de pano, ler a mensagem do sargento e rasgá-la. Ela sabe como, pela primeira vez, sou infiel ao sedutor Edgar de Paula, o pai da minha filha, de quem ela herdou o carácter. A noite sabe e por isso vem de língua vermelha, pendida, de fora, a perguntar pela quinta vez – "Sabes tu o que é o amor? Então como queres partir desta vida em paz contigo mesma, se não és capaz de definir o que faz mover o vivente? Das plantas aos animais, e até dos mármores aos planetas? Diz lá…" Regougou ela, a raposa, junto aos meus ouvidos. A sua saliva era pegajosa. E eu disse – "Não te aproximes demais. Não sei definir, mas sei contar." Então a noite, a perversa, desafiou-me, tomando por inteiro o meu corpo – "Conta lá."

 Eu hesitei, porque são segredos únicos, que devemos levar connosco para o outro mundo. Ainda pensei negar-me e aceitar a alternativa definitiva que a noite me oferecia entre as suas unhas de caça. Mas eu tinha sido poupada da invasão das formigas-ladra, e agora que falava tão de mansinho com a minha filha, aceitando tudo o que ela tem para me dizer, sem a contrariar, e ela a olhar para mim sem me contrapor, e agora também que o meu genro me conta que os automóveis irão mover-se pelas estradas sem ruído algum, como se fossem feitos não de metal mas de vento, e igual os barcos e os aviões, agora que Lilimunde me conta a sua história tão bela, o seu amor com o estudante húngaro, o único cliente do bar que não se embebeda, segundo ela, agora que eu quero tanto ver o que vai acontecer no futuro próximo, poderia eu deixar este mundo? Não podia.

 Ainda tentei enganar a noite, ainda lhe disse – "Ora essa, o amor é uma caninha verde que até no deserto se dá…" Mas ela, implacável, avançou, colocou o seu corpo mórbido sobre o meu peito, tapou a minha boca com a sua boca vermelha, respirou a minha respiração, e disse – "Acabou, acabou."

 Eu roguei-lhe que não me sufocasse, disse-lhe que era demasiado cedo para mim, que em face da situação eu estava na disposição de negociar. E ela largou os meus lábios, aliviou o meu peito e disse – "Então conta lá." E eu contei tudo, e ao contar tudo desde o princípio, era bom.

45
O fotógrafo

Abençoada seja, pois, a juventude com sua beleza, sua inocência e sua roupa escassa, seus braços à mostra e suas pernas despidas, sem frio e sem calor, sem queixume e sem dor nenhuma. Depois daqueles cinco rapazes e três raparigas, a nova equipa foi ainda reforçada com a chegada de uma Margarida e uma Duriel, e a tunisina Maha, e todos em conjunto produzem alguma coisa de tal modo preciosa, que tudo mudou no Hotel Paraíso. Falo com as minhas três companheiras de mesa e elas sentem isso mesmo, que as paredes parecem mais lavadas, e no entanto sempre alguém as lavou com o mesmo *Fabuloso Aroma do Bosque*. E também o chão e as portas brilham com mais intensidade, mas toda a gente sabe que o motivo desta mudança reside no sorriso destas grandes crianças, mulheres e homens, que aqui chegaram e a quem apetece chamar netos e netas, filhos e filhas. Trazem o futuro com eles, e assim, à nossa volta, tudo recomeça, nada termina. Nada termina, diz a juventude. Um passarinho azul canta em cima da cabeça de cada um deles. Trinados. Alegria. Abençoados sejam estes jovens por nos trazerem consolação. Eu esperava por este momento, e ele chegou a tempo. Arrependo-me das minhas horas mesquinhas em que me deixei arrastar pela tristeza. Não tenho motivos. A alegria de ter estes jovens a passear pelos corredores desta casa deu-me uma força que eu julgava já não possuir, de tal modo que ontem consegui caminhar por mim só, entre a cama e a cómoda.

Agarrada ao tampo, fiquei durante uns instantes diante do espelho, em pé, e para espanto meu, vi o desenho da minha alma reproduzido nele. Já não são os meus traços nem os meus cabelos, mas é o meu carácter, alguma coisa que se desenha entre a risca dos lábios e o arco onde antes os olhos brilhavam. De azul. Disse para a minha imagem – Olá, ainda aí estás, Alberti? E apesar de me achar feia, ainda gostei de mim. Congratulei-me por existir. E mantive esse sentimento, quando ontem nos levaram até ao jardim na parte que olha para a barra do mar. Por cima do Hotel Paraíso, nuvens brancas como se fosse Agosto, nem um rasto de água.

Como se diz na mesa de *Os Seis Cavalheiros Dão Cartas*, as nuvens trazidas pelo vento de Outubro não trazem chuva, são machas. Com o sol desmaiado, nem frio nem calor, e as zínias e as altamias floridas, abriram-se as portas do Salão Rosa, e ficámos meio dentro, meio fora de casa. Os cinco rapazes que aqui entraram trouxeram uma força muscular que se transmite a todo o Hotel Paraíso. Em menos de dez minutos, dois deles alinharam-nos como se fosse para ver um filme. A animadora cultural veio dizer-nos – "Preparem-se, vai haver uma surpresa pelas dez e meia da manhã. Está quase, quase. O que será? O que será?"

O que seria chegou na hora certa e era um fotógrafo. Trazia nas mãos uma máquina fotográfica, sacos ao ombro que depositou no chão e dois guarda-sóis que foram colocados junto à parede. Vinha atarefado. A princípio as minhas companheiras de mesa disseram que nunca tinham visto aquele fotógrafo, mas eu sim, recordava-me muito bem dele. Depois pensámos em conjunto e Rita de Lyon lembrou-se que o homem se chamava Casals, que nos tinha tirado fotografias na sala de jantar, mas não se lembrava de nada mais em especial. Eu lembrava-me.

É verdade que me esqueço de muita coisa, palavras do Atlas que desaparecem e só voltam mais tarde, quando voltam, mas do episódio da visita daquela pessoa lembrava-me bem. Ele tinha aqui estado dois anos antes, em Dezembro de 2017, e na altura eu havia tomado a sua visita como uma promessa de Boas Festas. Mas também me lembrava do resultado que tinha chegado em Fevereiro, e não havia sido famoso. No mês de Dezembro tínhamos sorrido quando aquele fotógrafo o havia pedido, tínhamos levantado os braços tanto quanto podíamos, batido palmas, cantado e rido diante da sua máquina. O álbum que nos fora prometido haveria de se chamar *O Hotel Paraíso em Festa de Natal,* mas a espécie de livro que havia chegado, bem como as fotografias soltas, já emolduradas, para serem vendidas aos interessados, não prestavam.

Era preciso fazer um grande esforço para se ver em cada fotografia sinais dignos do verdadeiro original da pessoa. Não compreendia como as minhas companheiras não se lembravam do episódio que nos tinha envolvido a todas. Agora ali estava ele de novo, vinha armado com a mesma aparelhagem a que juntava outros instrumentos como os guarda-sóis e os sacos compridos, de onde fazia sair tripezinhos de hastes pretas. Sob o seu comando, o ucraniano Igor segurava uma cadeira espantosa e rojava-a no chão. O fotógrafo, comandava o pessoal à sua volta como se fosse um capitão no campo de batalha. Mas eu não estava esquecida.

Nas fotografias de Dezembro, ele tinha aumentado as nossas rugas, aumentado a nossa solidão, as nossas sardas, as manchas castanhas das nossas mãos, as nossas borbulhas vermelhas e os nossos cabelos brancos. Falo sobretudo pelas mulheres. Em vez de nos ter fotografado enquanto estávamos em repouso, sentadas em paz, tinha-nos captado para dentro da máquina enquanto abríamos a boca para rir, para falar ou estendíamos os lábios para um copo de água. Ele tinha-nos posto tortas, vesgas, babadas. Havia companheiras a quem eu não tinha dado por problemas dentários, e através daquelas fotografias era visível que faltavam incisivos e caninos em muitas bocas. O que ao natural andava disfarçado pela pequena dimensão do rosto, na fotografia fora expandido e revelado por uma lente de aumentar. Folheei, examinei, não gostei. Era Fevereiro, pus de lado. Não ia falar de mim, mas na altura o fotógrafo, que se chamava Casals, passou por perto e eu queixei-me dizendo-lhe que as minhas amigas pareciam lontras, e que a nossa pele sobre o buço, fotografada daquela forma, assemelhava-se ao focinho da foca do *Nacional Geográfique*, com os poros abertos e os pêlos lustrosos saídos dos orifícios, como se a máquina fotográfica tivesse usado uma lupa gigantesca para nos inspeccionar de perto. Nesse dia, muito cheio de si, aquele mesmo fotógrafo que ali estava a abrir e a fechar sombrinhas tinha dito, com muita sobrance-ria – "Não vê, minha senhora, que são fotografias artísticas?"

"Fotografias artísticas?" – admirei-me eu e, como nessa altura ainda falava com desembaraço, tinha-lhe respondido – "Pois então a sua arte não presta, porque o senhor, em vez de pôr beleza nas coisas como os verdadeiros artistas fazem, o senhor desfeia-nos…" Só porque não queria ofender é que não lhe tinha dito o que me apetecia dizer – Olhe, senhor, não só não quero saber do álbum como a minha filha não comprará esta fotografia nem eu a quero ver mais. Arranque a minha página desse livro. Mas não disse.

As minhas amigas, agora, já não se lembravam se tinham comprado as suas ou não, mas eu, com muita determinação, sei que tinha posto o livro e a fotografia emoldurada no chão do Salão Rosa. Que as comprasse quem quisesse ver a imagem do seu rosto com rugas e manchas como a pele do sapo. Eu não queria. Se aumentar a feiura é arte, então uma parte do Mundo já é uma obra de arte e não precisamos de mais artistas. E se as minhas amigas se reviam naqueles retratos, que pedissem aos seus familiares que os comprassem e os pendurassem a meio da sala de estar. Eu ainda era recente no Hotel Paraíso, ainda falava tão alto que se podia ouvir no Salão Rosa inteiro. Mantive a minha honra. Repudiei o fotógrafo e as fotografias em nome próprio, e da indecência geral de como havia tratado a imagem daqueles que andam neste mundo há mais tempo. E agora, quase dois anos depois, ali vinha o traidor de novo, com o seu aparato, até com dois guarda-sóis cor de prata, e abria-os enquanto ligava luzes, criando um espaço de encandeamento, e no meio de tudo isso, uma cadeira de espaldar com veludos e torcidos onde nos foi dito que cada um de nós, à vez, se deveria sentar. Os estofos resplandeciam de vermelho, e não era só o assento e o espaldar que assim brilhavam, os próprios braços da cadeira, almofadados, luziam sob o esplendor dos guarda-sóis que ora abriam ora fechavam. Dona Luísa de Gusmão agora já se lembrava do álbum, que ela também não tinha encomendado – "Lembro-me, sim" – disse. "Mas desta vez não vai acontecer porque o rapaz traz uma cadeira distinta e muito boa iluminação. As sombrinhas parecem de prata…"

Podia ser que sim.

Éramos uma multidão, todos dispostos no jardim para tirar o retrato. As minhas companheiras enalteciam a configuração da cadeira, diziam que bastava uma pessoa sentar-se naquele móvel para a fisionomia ficar valorizada. Eu mesma cheguei a imaginar-me sentada, bem encostada ao espaldar, os meus braços estendidos ao longo dos braços almofadados, as mãos sobre as mãozinhas de veludo, os meus dedos alongados com o anel de pedra azul bem expostos, e tive vontade de dar uma segunda hipótese ao fotógrafo. A luz prateada a resplendecer na pele do rosto, uma cadeira de realeza, e deixei que me empurrassem na direcção daquele aparato. Preparei-me para observar.

    O senhor Peralta foi o primeiro a sentar-se. Comovi-me. Se fotografassem o pianista ao nível do tronco, daria um belo retrato, as pernas bambas não entrariam, e ele é um homem bem-parecido, tem o cabelo forte e quando actua uma madeixa cai-lhe sobre a testa e até se move ao som da música. Como disse, comovi-me. Mas, de súbito, o fotógrafo Casals deu um salto, olhou em redor, reparou nas canadianas, pegou nelas e entregou-as ao senhor Peralta – "Segure as canadianas com as duas mãos, por favor, baixe um pouco o rosto e ria sobre elas…" O senhor Peralta assim fez. Eu perguntei – "Porque não lhe põem uma partitura nas mãos, já que é uma pessoa que toca piano?" Mas dona Rita de Lyon aconselhou-me a calar-me – "Por favor, aí está você a complicar…" Mas não, eu não estava a complicar, tinha para mim que estava a descobrir como o fotógrafo concretizava a sua intenção. Atrás do rosto sobre canadianas, brilhava o espaldar da cadeira de arabescos e pináculos. Nós, em silêncio.

    Seguiu-se o senhor Sereno caminhando muito bem pelos seus próprios pés. Quando se aproximou da cadeira percebi que estava em meias. Reparei também que nas mãos trazia as botas, uma em cada mão. Porquê as botas nas mãos? Nesse momento eu compreendi em definitivo que o fotógrafo pretendia criar imagens ridículas ou mesmo chocantes para ensinar aos jovens o que é a velhice. Horrível, pobres de nós, rainhas mortas, reis destronados. Assaltou-me uma grande vontade de chorar. Mas isso foi num primeiro instante. Depois, calculando que cada um de nós arrastaria consigo um emblema ridículo para ser fotografado, senti raiva. No entanto, também a raiva eu não a queria mostrar. Era agora a vez de dona Aurora, sentada com babeiro e talher nas mãos, ser fotografada. "Vamos, vamos, sorria, ria, dona Aurora!" – pediu o fotógrafo Casals.

Destronados, humilhados, disse eu para as minhas companheiras. Dona Luísa de Gusmão respondeu – "Você de facto é mesmo complicadinha." Então eu desejei que ninguém me olhasse nem me visse, para ficar invisível, sem rasto da minha presença. Mas não é fácil passar do estado de visível a invisível. Eu tinha as mãos sobre o rosto e quando Maria Lina se me dirigiu, eu disse muito mais alto do que quereria ter dito – "Não, não!" No meio do silêncio, a minha voz tinha-se feito ouvir.

"Não o quê?" – perguntou o fotógrafo Casals, prestando-me atenção. Respondi, sempre com os olhos tapados pelas minhas próprias mãos – "Não!" Eu sentia raiva pelo que tinha acontecido ao senhor Peralta e ao senhor Sereno, e a dona Aurora, e agora seguia-se alguém de quem não conhecia o nome, a quem iria acontecer por certo também alguma coisa de terrível. Como consentiam? Como não davam por isso as minhas amigas, dona Rita de Lyon e dona Luísa de Gusmão? Continuando confortáveis, à espera de se sentarem na cadeira de rainhas? Como não? Porque ninguém denunciava aquela traição? Porquê? Não sei como, antecipadamente, tinha chegado a minha vez.

Chegou a minha vez e eu coloquei as mãos na cara e não as retirei. Percebi que o fotógrafo se baixava diante da minha pessoa e me perguntava por que razão eu não retirava as mãos do rosto. Eu só dizia não e não, não pretendia dar explicações nenhumas. Ouvi a voz do doutor Cláudio dizer – "Tire-lhe o retrato com as mãos na cara." E de repente eu imaginei as minhas mãos envelhecidas, com nódoas escuras e veias salientes como regatos azuis, as minhas mãos de que apenas se aproveita o anel de safira, fotografadas por cima do meu rosto e gritei – "Não e não!"

Ana Noronha aproximou-se – "Porque não quer ser fotografada como todas as outras residentes, dona Maria Alberta? Porquê se toda a gente quer? A isso chama-se preconceito, orgulho, muito feio, muita soberba da sua parte..." Do interior da minha cara coberta pelas minhas mãos, gritei – "Porque não quero, e porque não quero." E com o esforço que fiz na garganta, a minha voz saiu silvada como um assobio através de uma fresta.

Eu tinha os olhos cobertos, mas a minha alma via tudo. Todos calados à minha volta abandonavam-me com o seu silêncio e a sua expectativa. Ninguém vinha em meu socorro. O intendente dizia, ela não tem querer nem meio querer, sentem-na além naquela cadeira. Tu, ó marroquino, leva esta mulher ao colo e coloca-a no lugar. Aguardei e ninguém me pegou ao colo.

Como eu mantivesse as minhas mãos sobre o rosto, não via o que se passava. Mas senti que alguém conduzia a minha cadeira e pelo impulso que imprimia no manípulo, teria de ser a alta. Eu ia dizendo em voz baixa, não, não quero, enquanto quem me conduzia o fazia com violência, levando-me pelo corredor afora à sua frente. Eu já tinha retirado as mãos do rosto quando me empurraram para dentro do quarto, a pessoa abandonou-me. Fiquei no limiar da porta. A pessoa desapareceu atrás de mim sem se identificar. Ouvia-lhe os passos afastando-se rápidos. Era ela, a alta Judite, não podia ser outra. Fechei a boca, preparei-me para tudo. Os meus pulsos são tão fracos que não consigo manejar a charrete. Fiquei durante muito tempo entre portas.

No afã de me levarem para participar da surpresa que nos aguardava no Salão Rosa, não tinha levado comigo o telemóvel, não podia telefonar a ninguém. E encontrava-me longe da cama para onde pende a campainha. Entretanto, residentes e pessoal encontravam-se entretidos na sessão dos retratos, no piso térreo de onde eu tinha vindo por me ter negado a participar do carnaval que aquele fotógrafo instala em torno de pessoas que nasceram há muitos anos.

Já deveriam estar a almoçar e não passava ninguém no corredor. Assim estive durante muito tempo sentada, e ainda poderia tentar chamar o mais alto que pudesse, mas recusei-me – Alberti, ainda és a mesma, não te rebaixes, não lhes dês essa felicidade. Só que alguém avançou pelo corredor, entrou pelo limiar da porta ocupada com a minha pessoa, inclinou-se na minha frente e era Ali Abdul. Ali dirigiu-se-me – "Porque não quis tirar o retrato, senhora? Senhora tão *jolie*…"

Aguardei que me colocasse na cadeira almofadada, deixei passar o tempo. Recompus-me. Depois respondi – "Porque o fotógrafo Casals não faz as pessoas *jolie*, ele faz pessoas *terrible*. Para ele, pessoa idosa é pessoa *terrible*. Pessoa nova, se tem um olho vazio, fotografa o olho perfeito. Em pessoa idosa, se só tem um olho perfeito, procura fotografar o vazio. *Terrible*…"

Ali compreendeu alguma coisa do que eu dizia e para me consolar repetia, senhora tão *jolie*. Mas o jovem Ali tinha alguma coisa mais para me dizer – "Dona Alberti, as amigas da sua mesa também não tiraram o retrato. E outras também não. Dona Joaninha *aussi*. O senhor Tó *aussi*, outras pessoas *aussi*. Só que a senhora foi *la première*. *La première*, dona Alberti, *la première*. Muito *strong*, dona Alberti…" Ali ouviu um ruído no corredor, Ali saiu do meu quarto a correr como se fosse um ladrão. Eu sei o que significa *strong*, é uma palavra estrangeira muito bonita. Repeti-a várias vezes quando fiquei sozinha.

15.Outubro.2019

Eu sou como o mar, tanto hei-de bater
que os hei-de quebrar – Falésias altas, escarpas
rochedos – Oh! mar.

46
O banho do magrebino

Agora sempre que avisto Ali digo *strong*, e ele assim que me vê diz *strong* também. Podemos não falar, basta um aceno para significar a palavra, quer nos encontremos nos corredores, no *hall*, na sala ou no Salão Rosa. Já muita gente percebeu que temos uma palavra em comum mas ninguém sabe qual é. O que quer dizer que está a fazer-me muito bem este Outono. Há dias a Noronha veio do lado dos banhos trazendo atrás de si Igor Maguliy para me dizer – "Dona Maria Alberta, ainda estou zangada consigo pelo triste espectáculo que fez diante do fotógrafo Casals, arrastando consigo outras pessoas..."

Eu aguardei, sem responder.

"Mas agora tenho esperança de que queira colaborar connosco sem complicar, venho pedir-lhe que não tenha receio de ser cuidada por rapazes. Os homens são como nós, somos todos feitos do mesmo barro. Eles têm a vantagem de ser mais possantes. Pegam nos residentes sem esforço como se fossem gruas que vos levantam no ar. A senhora aceita ser tratada por eles?"

Eu não me acho complicada, olhei para Igor e não senti receio algum. Uns dias Nina, uns dias Salomé, outros dias Igor. "Sim, aceito" – respondi. "E Habib, e Ali?" Sim, não me importava, somos todos feitos do mesmo barro. A directora agradeceu. Havia quem não aceitasse. Eu disse que era bom viver para assistir a esta revolução. Mas agora que já passaram alguns dias, posso dizer que aquele que melhor me lava é Ali, e no entanto, por vezes sinto vergonha diante dele, ainda que não confesse.

Esta manhã Ali despiu-me, observou o meu corpo e disse que eu estava a ficar mais redonda. Pedi-lhe que não me olhasse assim, apesar de ser muito velha. Ele respondeu-me – "Não tenha problema, eu não gosto de *femme*, não gosto de mulher." Fiquei muito admirada e perguntei – "Não gosta de mulher porquê?" Embrulhando-me muito bem na toalha, disse-me alguma coisa que eu já conhecia de ter lido ou ouvido dizer em algum lugar. Compreendi que não gostava de mulher porque sentia repulsa por corpos cobertos por almofadas, corpos que escorrem sangue a cada vinte e oito dias, e produzem leite quando nascem as crianças. Ali disse que compreendia que assim tinha de ser para a população continuar a existir mas que ele se coloca fora do plano da reprodução. *Je n'aime pas.* Disse ele, e eu fixei. Para me certificar de que tinha compreendido, resumi – "*Ali n'aime pas.* Mas então o que *aime* Ali?" Ali, colocava-me na cadeira do banho. Respondeu – "Ali gosta de outras pessoas. Gosta de muita gente." Mas não quis explicar.

Disse que gostava de mim, que gostava de todos os residentes do Hotel Paraíso, que gostava de todos os portugueses, muito respeitadores, muito bons, *très aimables*. Nunca tinha tido um problema em Portugal. Em Inglaterra sim, em França muito, em Espanha sim, em Suécia pouco, mas em Portugal nenhum problema. *Pas de problèmes*, disse ele. Empurrou-me a cadeira na direcção da casa dos banhos. Eu respondi-lhe que julgava que Alá não gostava de homens que não gostassem de mulheres. Ali respondeu que ele cria em Alá mas à maneira de certos magrebinos, e abriu o chuveiro sobre a minha cabeça e pediu que eu fechasse os olhos e lavou-me sem falar.

Temperou a água como só acontece com Nina, massajou as minhas costas, perguntou onde doía, afagou os meus pulsos, passou o duche forte sobre as minhas pernas, escovou os meus dedos, embrulhou-me entre a toalha como se fosse meu pai. Só retomou a fala quando me fez recolher ao quarto. Vestiu-me, calçou-me, penteou-me, colocou os brincos de pendente azul, o colar a condizer, tudo a condizer como eu gosto. Depois disse – "No caminho entre Marraquexe e Zagorá há uma parede cor de areia onde, naquele dia, nada estava escrito. Quando eu e os meus dois amigos ingleses, o Bob e o David, passámos para lá, a parede não tinha dizeres nenhuns. Quando regressámos de Zagorá havia um *graffiti* que dizia assim – A mulher é para *marier*, o rapaz é para *aimer*, a cabra é para o *plaisir*."

Ali teve de repetir várias vezes para eu compreender. Perguntei então se tinha sido escrito em francês. Ele disse que tinha sido escrito em árabe, a tinta preta sobre a parede cor de areia. Ali fez um sinal de boca fechada, unindo os lábios e apertando-os entre o indicador e o polegar. Eu compreendi e fiz um gesto idêntico. Depois ele contou, misturando o português com outras línguas, que tinha traduzido o sentido do *graffiti* para os ingleses, que o Bob tinha fotografado a parede com os dizeres e mais nada. Mas antes de entrarem em Marraquexe, um carro abalroou a viatura em que ele e os amigos seguiam, desse carro saíram quatro rapazes, e ele tinha pensado *voleurs*. Não eram *voleurs*. Fizeram-nos saltar para a berma da estrada e espancaram-nos. Ali exprimia-se misturando as línguas.

Foi à porta espreitar o corredor. Regressou, puxou a camisola até à cabeça e mostrou as costas. Surpreendente – Ali tinha uma cicatriz que lhe ia do flanco esquerdo até ao alto da espádua. Uma risca branca como se fosse o pedaço de uma circunferência, regular, sedosa. Ele baixou-se e eu pude passar o meu dedo indicador sobre o sinal da sua antiga ferida. Pressupus que o corte tivesse sido mais superficial do que profundo, de outra forma ele não teria sobrevivido. Ali cobriu-se, e mostrou os punhos. *Coup de poing* para os ingleses, *couteau* só para mim. *Jamais de ma vie, jamais*, dona Alberti. *Jamais oublier.* Mas tudo isso já foi passado, agora Ali vai ficar por aqui, por este lugar do mundo tão precioso onde fica situado o Hotel Paraíso. Tudo tão calmo, tão respeitoso, tão digno. *Très digne*, dona Alberti. *Silence, please.* O elevador parou no segundo piso, ouviu-se a porta bater, Ali escutou, olhou para o relógio e de novo fugiu do meu quarto como se fosse um ladrão. Salomé veio recolher-me. Eu fiquei com o pensamento em Ali Abdul.

47
Os pensamentos de Outono

Outono bom, bem movimentado. Quando chega a noite, não sei onde pôr os meus pensamentos. A minha vida tornou-se rica porque vivo a riqueza dos que se aproximam, ainda que por vezes a vida deles também seja triste. Mas a riqueza e a tristeza por vezes até combinam. Pelo meu lado, estou entretida com a vida deles e é como se as lesse num livro. Depois, pela noite vêm os pensamentos. Tenho de os colocar por ordem como se fossem páginas, lado a lado. Página a página, os meus pensamentos de hoje. Primeiro pensamento, sobre Ali, *strong*. Segundo pensamento sobre Lilimunde, Edu. Terceiro pensamento, sobre o senhor Tó e os cães da vizinhança. Vou por partes, um a um.

Primeiro

A confissão de Ali deixou-me aturdida. Só de dois em dois dias, conforme os turnos, ele passa pelo meu quarto. Eu não tenho nada para lhe oferecer a não ser a banana que sobeja e em vez de a levar na bolsa da charrete para a dar a alguma das minhas amigas, agora dou-a a Ali. Não encontro outra forma de lhe mostrar a minha pena pela forma como o maltrataram. Por vezes ele quer contar um pouco mais, mas eu vejo que mistura as línguas, e a sua fala torna-se-me incompreensível. Começa em português, depois passa para francês com a mistura do que julgo ser inglês, mas não demora a usar uma outra língua, mais rouca e raspada, o que suponho que seja a sua língua materna, e à medida que reconstitui o regresso de Zagorá, mais fica enredado nela. *Strong, strong*. E pessoas más como em todo o mundo, mas Alá muito bom, diz ele.

Hoje, eu falei de Ali à mesa. Está levantada a polémica a propósito dos cuidadores homens que tratam da intimidade das mulheres. Eu disse que não me importo que os rapazes me lavem, que não me roubam a pele nem me tragam, pois tal como os médicos que nos observam o corpo, desde as vísceras aos ossos, também os rapazes são feitos como nós do mesmo barro. Mas agora que o senhor Gomes, um reformado dos correios, veio ocupar o lugar de dona Julieta à nossa mesa, ouvi alguma coisa que não me agradou por aí além. O senhor Gomes, que nos distribui a água pelos copos, muito educadamente, e ouve muito mal, mas fala muito bem, quando se levantou com o jarro na mão, bamboleou-se pela cintura e disse muito alto – "Ai Jesus, como não estarão os meus passarinhos!"

Naquele momento, Ali passava junto da nossa mesa.

Olhei para as minhas companheiras e vi que dona Rita de Lyon e dona Luísa de Gusmão ficaram com as colheres suspensas no ar. Dona Fátima não ouviu e continuou a comer o arroz. Joana Amaral comentou – "Ó senhor Gomes, eu não acredito..." Eu pensei na quantidade de países por onde Ali já passou e tive a ideia de que o marroquino estava enganado sobre o paraíso que ele julgava ter encontrado numa terra onde existe uma residência de anciãos com o nome de Hotel Paraíso.

O jovem Ali andava a distribuir o arroz, passava junto da nossa mesa, oferecia, sorria, distribuía, muito rápido e ligeiro, levantando a travessa acima dos ombros como nos restaurantes que antes apareciam nos filmes franceses. Quando passava, parecia dançar com a travessa no ar. Quando se baixava para distribuir o arroz, todo o seu corpo se vergava, oferecia, agradecia. Desconhecia o que significavam os olhares que saíam da nossa mesa. Guardei a banana e a maçã para Ali. Embrulhei-as no meu guardanapo, pedi a uma rapariga que mas guardasse na algibeira da minha charrete.

Segundo

Lilimunde não precisa de falar. Chega pelas oito horas da manhã cheia de sono. Espreita o corredor, volta a entrar no quarto e atira-se para cima da cama vazia. Percebo o que se está a passar. Uma campainha começou a tocar, ela levantou-se e antes de sair para o corredor entrou no quarto de banho e foi vomitar. Eu não lhe direi nada, ela que me diga se assim o entender. Não tenho o direito de a surpreender com a minha experiência de pessoa que viu muito do mundo rolar. Ela, porém, quando regressou do quarto de banho, em vez de se mostrar cambaleante e combalida, mostrou-se animada. Enquanto ela me lavava à pressa, me enfiava as mangas ao contrário e tinha de repetir a manobra difícil de me fazer assentar a roupa escorreita sobre os braços, agora que começou a fazer um pouco de frio, e ela diz vamos, vamos, dona Alberti, que eu estou atrasada, eu penso em palavras que não digo, mas que os pedreiros disseram do alto do telhado quando eu tinha dezoito anos e ia a passar na estrada, o rosto protegido sob o meu chapéu de palha. Eu ia ao aniversário das irmãs Monteiro e perdi-me. Ainda foi no tempo da guerra do Hitler. Mas não lhe digo, não a quero ofender. No meu caso, os pedreiros cantaram o que já se sabe, e agora faço meu.

Linda cabritinha malhada,
ainda de leite

ah! ah! ah! –
Já foste papada.

Terceiro

Salomé conduzia-me ao Salão Rosa quando foi chamada de urgência ao quarto 203. Colocou-me junto à janela e desapareceu. Enquanto eu esperava, surgiu Joana Amaral. Baixou-se até ao meu ouvido – "Ainda bem que a encontro aqui. Tenho alguma coisa para lhe perguntar. Diga-me, dona Alberti, desde quando os cães andam calados?" Eu não entendia de que estava a falar a antiga amante do sargento João Almeida, apaixonada agora pelo senhor Tó. Dona Joaninha foi mais explícita. Debruçou-se toda sobre a minha cadeira – "Ultimamente, de noite, tem ouvido aquela serenata horrível da canzoada?"

Eu tinha de pensar.

Ultimamente a Nina e a Salomé sentam-se à minha beira e não me deixam travar a pérola contra a bochecha e o céu da boca. Salomé, a máquina Bosch, à pérola chama granada – "Com esta granada, a dona Alberti nem sonha…" Agora a dose da pérola-granada tem gramagem dupla, o sono fecha-me as pálpebras e eu não ouço nem vejo durante sete horas. Não, ultimamente, não me lembrava de ouvir ladrar os cães. Dona Joaninha foi então definitivamente clara – "Pois eles já não andam com as suas quatro patas aqui pelos arredores, foram dar uma voltinha à praia. Aquele senhor Tó é cá uma máquina…"

Dona Joaninha olhou em redor. As casinhas cobertas de neve representadas nos quadros da parede, ali colocadas para dar paz a quem passa, até riam. A amante do senhor Tó inspeccionou o fundo do corredor, não se aproximava ninguém. Baixou a voz – "Só ele e eu, e agora a dona Alberti, sabemos.

Ontem esteve aí a Judiciária porque andam desconfiados, mas foram-se embora sem arrancar uma palavra a ninguém." Joana Amaral fez uma argola com o dedo indicador sobre o polegar. Aproximou a argola dos meus olhos e disse – "Foi com bolinhas de carne, assim. Lamberam-se, ganiram-se, bateram as patas..."

Eu fiquei a pensar nas bolinhas de carne, mas não comentei. Com bolinhas de carne? – Dona Joaninha, arrumada à minha charrete, achou por bem avançar um pouco mais na confidência. "O Tó não me contou, mas dentro de cada bolinha, alguém deve ter colocado agulhas partidas e vidro moído. Veja bem, aquele homem nasceu para endireitar este mundo" – disse dona Joaninha.

Salomé saía do 203 com um rolo de roupa nos braços e dirigia-se para o elevador. Ia por certo depositar o braçado na lavandaria. Atrás dela saía a romena Gabriela conduzindo dona Aurora na direcção do banho. Percebia-se que tinha acontecido acidente no quarto de dona Aurora. Dona Joaninha viu que nos sobejava tempo suficiente. Disse – "Sabe? Havia dois anos que a direcção desta casa lutava na justiça contra o barulho dos cães, e nada. A Noronha, ainda antes de vir a Judiciária perguntou ao senhor Tó – Senhor Tó, desde quando não tem ouvido os cães ladrar? Resposta dele, ando um bocado surdo, senhora directora. E acho que piscou um olho. O Tó contou-me que ela sorriu para ele. Claro que se entenderam muito bem..."

Já regressava Salomé conduzindo dona Aurora sentada no seu carro.

48
Os miseráveis

Ontem acordei com a chuva a bater na janela. Um belo esgarrão de Outono que há muito faltava. Deitada não conseguia ver a ondulação das palmeiras, mas adivinhava que se vergassem sob o peso da água e a força do vento. Senti uma alegria mansa que se chama melancolia. Quando me levaram para o Salão Rosa quase não falei, só olhava para as janelas. Reparei que acontecia o mesmo com os meus companheiros de sala. Ninguém falava, estava toda a gente enlevada na mansidão que a chuva passageira tinha provocado.

Quando vivia na casa que lá deixei, sempre senti alegria com o Outono. Olhava para os ramos que perdiam as folhas e se despediam atirando-se ao chão, e pensava que era a Natureza a adormecer para um sono reparador. Ela acordaria quando chegasse o mês de Abril, e as novas folhas desabrochariam e as flores viriam com elas. Já nessa altura sentia a alegria mansa que descobri ser essa melancolia. Ontem, depois do almoço, pedi a Svetlana que me levasse para o quarto e me deixasse sozinha. Fiquei a olhar para as palmeiras lavadas, acenando diante da fita do mar. E estava eu assim, envolvida na mansidão, quando percebi que alguém dava três pancadinhas na porta. Olhei de lado, depois de frente e ainda duvidei, mas logo tive a certeza de quem entrava no meu quarto – havia tanto tempo, era ele, o leitor.

Deixei rebolar pelo chão o lápis com que tentava escrever a minha nota diária. Não tive tempo de o mandar entrar, ele entrou e levantou do chão o meu lenço de papel, o meu caroço de maçã, um papelinho de rebuçado e o lápis. Eu tinha esses destroços à minha volta. Fiquei envergonhada. Mas ele entregou-me o lápis e colocou os detritos no lixo. Disse – "Estou de passagem, se a senhora quiser, pelo menos hoje, posso ler para si alguma coisa." Eu pedi desculpa, tinha tudo desarrumado à minha volta, àquela hora não esperava por ninguém. Ele sentou-se na cadeira em frente como se fosse da casa e eu tive uma tentação absurda. De emocionada que estava pelo regresso do leitor, num gesto de soberba, queria dizer-lhe – Pois se não é para continuar, se é só de passagem, então não espere para depois, saia agora.

Eu conheço-me, sei que não aguento a ideia de que aquilo que se aproxima da perfeição possa ser passageiro, e deito tudo a perder porque no fundo não aguento nada que fique a meio, desejo a totalidade. Por essa razão na Primavera eu o tinha despedido como se estivesse cansada de o ouvir, quando desejava que ele ficasse para sempre, sentado diante de mim, a ler o conto do professor que tinha acordado com os dedos cobertos de pó de giz. Agora, eu olhava para o rapaz que surgia, com as mesmas sobrancelhas espessas, ali estava ele, e eu era acometida por idêntica violência. Dizia para mim mesma, Maria Alberta, detém-te, detém-te, não te movas, pára, doida da casa. Não sei o que sabia o rapaz sobre a minha pessoa que me disse – "Venho só de vez em quando, mas virei sempre…"

Perante semelhantes palavras, em vez de me sentir soberba, de repente, senti-me muito fraquinha, e só perguntei – "Sempre?" E ele mostrou os dentes muito brancos no rosto muito escuro e disse – "Sempre, claro, sempre." E ainda por cima teve a delicadeza de não comentar a tremura das minhas mãos. Sempre, diziam elas, o leitor está a dizer sempre. Como é possível ele saber que eu esperava pela palavra *sempre*?

Meu Deus, pensei. O rapaz abriu a sacola e disse – "Vamos a isto? Jornais? Os jornais desta manhã ou os do fim-de-semana?"

Eu abanei negativamente a cabeça. Não queria jornais, creio que já lhe havia dito na Primavera que tinha esperado demasiadas décadas por que o mundo melhorasse, e não tinha acontecido. Fui concluindo com o tempo que à medida que melhora, também piora, e confirmá-lo, dia após dia, derrota a minha esperança, como se a maçã da Terra estivesse condenada à lagarta. Uma vez que eu não dizia nada, o rapaz fechou a sacola dos jornais e procurou o molho das micas onde deveria guardar leituras que me dissessem respeito.

O rapaz da Associação da Boa Vontade escolheu um fino molho de papéis de entre as micas. Parecia meditar – "Da outra vez a senhora gostou da história do professor. Então calculo que vá gostar deste conto porque ele também fala de pó, ainda que de um pó de outro tipo. Acho que a senhora gosta deste género de relatos. E eu também, lembram-me sonhos de um outro mundo. Não sei como se pode viver sem este tipo de sonhos…"

A minha mão direita continuava tremente. Eu achei que aquele rapaz não era um rapaz, ele parecia ser a sombra da minha alma. Olhou para mim, prolongadamente. Disse-me – "Vai ver que vai fazê-la sonhar, tem por título uma palavra italiana, *Cavatori*. Significa os trabalhadores do mármore." E ajeitou as folhas. Eu sentia-me cada vez mais fraquinha, as mãos tremiam-me, mas a minha atenção abria-se e esperava como a cabeça da palmeira diante da chuva. "Leia, então" – pedi.

O rapaz começou a ler e eu comecei a entrar no mundo que o leitor ia desvendando à medida que lia. A princípio não percebia muito bem onde se passava a acção, mas logo ouvi falar do mar Tirreno, e de Carrara, e aí a memória do meu Atlas funcionou, vi claramente o recorte de Itália com a bolinha escura no alto da bota. A bolinha talvez não fosse Carrara, antes

Génova. Mas não era isso que interessava no relato, e sim a presença de uma rapariga talhadora de mármore, entre os seus colegas talhadores do mesmo ofício, transformados em estátuas brancas, moventes, todos eles a caminho do envenenamento pelo pó da pedra que dia após dia os cobria por inteiro. Era linda a forma como o leitor lia a história, e horrível a história que era lida, pois desde o início que se tratava do contraste entre o papel de um artista famoso que havia desenhado a estátua de Alexandre Magno e a sorte daqueles que a concretizavam esculpindo-a nos pedregulhos de mármore. O leitor lia.

Lia tão bem que a história do contraste que era contado me tocava na alma e eu, adivinhando, a meio da leitura, o que iria acontecer no final, desejava que o leitor não terminasse nunca mais de ler aquelas três páginas que ele levantava no ar. Tal como pela ocasião da leitura da Primavera, a beleza de uma imagem saldava a violência a que estava associada, e clamava dentro de mim por uma harmonia que deveria existir em algum lugar do mundo e eu ainda não alcançava. Aquele rapaz voltava de novo a dizer-me que em alguma região do ser há-de haver esse lugar extraordinário para onde vai a nossa fantasia. Ele percebeu o que se passava comigo, pois de outra forma não teria perguntado – "Quer que leia outra vez?"

Eu disse que sim, que queria.

O rapaz voltou a ler, e agora que eu já conhecia o conto, e já sabia que ninguém se salvava, a forma como as palavras eram ditas pelo rapaz serviam de contrapeso ao peso que a história contava. Ele terminou a leitura e eu senti-me fraquinha, fraquinha, como se fosse a própria rapariga marmorista que um dia haveria de ser atacada pela tísica do pó. Eu estava com ela. O rapaz leitor, de sobrancelhas espessas, que eu achara feio e era belo, também. Estávamos juntos, ali, tão longe de Itália, de Carrara, do mar Tirreno, da praça para onde deveria ir deslizando, puxada por cordas, a grande estátua a cavalo do

Alexandre Magno, e no entanto estávamos todos juntos, geografia, estátua, marmoristas, nós dois e todos os que alguma vez leram ou lerão a breve história que o rapaz acabava de dizer no meu quarto, ontem, o verdadeiro primeiro dia de Outono.

Não, desta vez eu não iria despedir o rapaz, ele é que iria embora por sua livre vontade. Mas antes que se fosse – e ele já acomodava as micas na bolsa da mochila – disse-lhe que tinha duas perguntas para lhe colocar. "Se eu souber responder" – disse o rapaz. Eu perguntei – "Esse Alexandre Magno foi aquele general muito antigo que quase ia conquistando o mundo inteiro conhecido na sua época? Da Grécia ao Norte de África, ao Egipto e à Índia? O que foi a enterrar deitado em cima do cavalo, de braços abertos, galopando a montada por cima de ouros e riquezas de todo o género?"

O leitor respondeu – "Sim, foi esse mesmo." Eu perguntei – "E porque acha que o autor desta história em vez de se interessar por esse general se interessou antes pelos talhadores de mármore? Ou de outro modo, porque prestou atenção aos miseráveis desses *talhadores*?" Fiquei à espera. O leitor arrumava as micas na bolsa da mochila. Ele respondeu – "A isso não lhe sei responder. Só sei que é justo e belo." Eu disse-lhe – "Um dia, ainda gostava de o ouvir ler uma história sobre figuras grandiosas. Cavalos, coroas, reis…" Como se não tivesse ouvido o que lhe tinha dito, ele continuou – "Justo e belo." E assim nos separámos. Ontem mesmo.

10.Novembro.2019

O que a nuvem dá a terra bebe.
– Antes que a água regresse à nuvem
quantas flores na praça por onde
passa o rei?

49
Horário

Hoje ela veio na hora certa. Colocou a cesta sobre o meu colo. Abri-a e encontrei várias amostras dos manjares de Outono – marmelada, figos-passa, batata-doce assada, tudo segundo disse feito por ela própria. Fiquei muito admirada, percebi que se tratava de uma proeza da sua parte. Ainda se notava nos cabelos mal arrumados e nas mangas arregaçadas, uma acima outra abaixo, o sinal da labuta a que se teria entregado. A rir de satisfação, pediu-me – "Prove um pouco, é só para recordar." Eu provei, gostei. Foi como se a casa que lá deixei viesse ter comigo. Vi os marmeleiros de folhas amarelas pendidos sob o peso dos frutos inchados, senti o cheiro do forno ligado assando as batatas, vi os figos estendidos sobre uma toalha a serem pintados de azeite e salpicados de erva-doce para serem guardados até ao mês de Maio. Nem sabia para onde olhar.

"Está feliz?" – perguntou ela, com os olhos quase fechados. Eu disse – "Claro que estou." Mas não estava.

Imaginei o pátio quadrangular, as telhas, a casa inteira, vista à altura das nuvens antes do amanhecer, e vi o dia girar entre Nascente e Poente, rodando conforme as sombras, deslizando as horas uma após outra, e ela distraída a perder-se no tempo entregando-se à tarefa do puro desperdício. Agradecia-lhe o esforço, mas pensava, quantas horas perdeste com estas miudezas? Estes tratos, estes desvelos? Passos perdidos? Gestos dispensáveis? Se eu não preciso destes cuidados, e tu detestas submeter-te a eles, faze-lo por caridade ou por puro amor ao desperdício? – No entanto ela parecia enlevada no meu saboreio. Acreditava mesmo que fosse genuíno. Nem digo que ela não se sinta satisfeita ao alimentar-me das suas esforçadas preciosidades. Conheço por demais a sensação apaziguadora que é a de dar alimento aos outros, sentir que somos úteis ao verificar que alguém por nossa mão está a sugar mais vida. E ela, tendo-se empenhado nos manjares que me trouxe, perguntava pelo seu efeito, como se a finalidade da sua vida fosse a comida. Conversávamos desconversadas. Era como se nos assomássemos a espelhos trocados.

Então decidi contar-lhe que no dia anterior tinha vindo visitar-me o leitor. Que a voz daquele rapaz me enchia a alma de alguma coisa alta e inexplicável, parecida com o que se sente quando uma ventania sacode o arvoredo e os ramos se inclinam todos para um lado transformando cada árvore numa vírgula no meio da paisagem. E depois de eu falar da voz forte e melodiosa do leitor enviado pela Associação da Boa Vontade, a minha filha arrumou os comestíveis de Outono dentro da cesta e perguntou-me – "Então o que leu ele para si, que histórias lhe contou que tanto a interessaram?"

Confesso que num primeiro momento apenas pensei em contar a verdade, dizer-lhe que se tratava da história de uns certos operários italianos que morriam sufocados pelo pó de mármore, sem paga à altura nem agradecimento de ninguém, uns artesãos que executavam o projecto desenhado por artistas, mas de súbito olhei para a minha filha, e imaginei-a sentada no chão, debaixo de uma mesa, apanhando as migalhas caídas, como a si mesma ela se tinha representado na Primavera passada, escrevendo histórias semelhantes àquela, e resolvi mentir para bem da minha filha. Menti com quantos dentes antigamente tinha na boca.

Disse-lhe que o rapaz havia lido páginas preciosas sobre uma estátua de mármore que homenageava um conquistador antigo chamado Alexandre Magno, e como havia sido erguida no meio de uma linda praça. Que a estátua fora puxada por cordas, ao longo de uma considerável distância entre a pedreira e a praça, e que nesse movimento eu, pelo menos, tinha imaginado que aquela estátua era o prolongamento do funeral do herói celebrado, deslizando o monumento lentamente, triunfalmente, a caminho do pedestal. E que desde então toda a gente que passava pela praça ficava a saber que aquele cabo de guerra tinha construído um dos maiores impérios do mundo, quando ainda não haviam sido inventados nem as espingardas nem os canhões. Só pedras, espadas e punhais. E ao relatar esta mentira à minha filha, sentia os meus olhos ficarem rasos de água. Foi, pois, esta a história triunfal que eu lhe contei, ocultando o amor do autor do conto pelos marmoristas, eliminando a tremura da voz do jovem leitor das sobrancelhas espessas quando, já no final pela segunda vez, o escritor, fosse ele quem fosse, incitava à admiração do digno anonimato dos pobres talhadores de mármore. Mas menti para tentar, com os meus escassos meios, conduzi-la, a ela, ao bom caminho. Terminei dizendo – "A voz do rapaz que veio ler, minha filha, era tão grandiosa quanto célebre a personagem do conto que ele lia."

Ela continuou a mexer na cesta campestre e desviou a conversa – "Vejo que não gostou muito de provar os sabores do campo que lhe preparei. Para tanto li umas nove receitas."

"Nove receitas de marmelada?"

Aí eu tive vontade de lhe dizer que não viesse visitar-me, que ficasse em casa a cumprir o seu dever, que eu dispensava cestos, panos com rendas, figos, batatas, marmelos, ao contrário do que ela pensava. Para quê esse esforço? O que me passava pela alma e pelo coração era a imensa vontade de lhe dizer que alterasse a sua vida, que seguisse um horário decente. Que se levantasse pelas sete da manhã, tomasse o seu banho e o seu pequeno-almoço e se entregasse ao seu verdadeiro trabalho. Isso sim, se acontecesse, as notícias da sua aplicação seriam os meus sabores de Outono.

Olhando para ela, eu ouvia as frases que tinha para lhe dizer ressoarem na minha cabeça como batidas sobre um tambor – Minha filha, trabalha pela manhã umas boas quatro horas seguidas entre as nove e a uma, ainda que seja bom que de vez em quando, durante esse período, te levantes da cadeira um bocado. Almoças entre a uma e as duas e meia, dás uma volta pelo jardim e a seguir sentas-te entre as três e as sete e meia da tarde, isto é, mais quatro horas de concentração pela frente. E ainda mais um pouco pela noite. Somando todo esse tempo, poderás aproveitar dez horas úteis por dia. Dez horas se não vieres cá, com lanches e cestas de fruta para eu saborear como se fosse preciso isso para saber a que cheira no Outono a casa que lá deixei. Eu pensava tudo isso muito rápido, muito mais rápido do que se lho dissesse, mas as minhas mãos moviam-se lentamente.

Ela disse – "Então eu vou massajar-lhe as mãos…"

Aí, eu olhei para o seu rosto, tão parecido com o rosto de Edgar de Paula, o rosto do sedutor, e comecei a lembrar-me dos defeitos dele e dos erros da minha filha, e não conseguia deixar de olhar para ela, ocupada com as minhas mãos, e de pensar no que deveria dizer-lhe – Porque tu, filha de Edgar de Paula, levantas-te tarde, telefonas para este e para aquele, atendes quem bate à porta, mandas entrar, fazes cafezinho, serves na chávena, convidas para almoçar, vais mostrar os pássaros nas árvores. Almoças. Depois preparas o meu lanche, voltas a receber telefonemas, acomodas o lanche dentro do saco, metes-te no carro, pelo caminho ainda vais fazer umas compras, mais um café sentado, outro ao balcão. Aproximas-te do Hotel Paraíso, parqueias o carro, passas todo este tempo comigo, regressas, suspiras, telefonas, abres a correspondência, abres o computador, inicias o teu trabalho às cinco e meia da tarde. Estás concentrada durante duas horas no máximo. Sais para a rua, regas o jardim, telefonam-te, visitam-te, fazes de novo café ou chá, despejas na chávena, tudo sobre o tabuleiro, não andas rápido, não te despachas. Uma vez eu vi um filme sobre Dostoiévski e ele isolava-se, e escrevia, escrevia. Não procedia como tu procedes. Enquanto escrevia, lá na Rússia, rodeado de neve, ele não interrompia para servir cafezinhos, nem ia às compras só porque outros lhe pediam. Não ficava parado nas pastelarias a ouvir conversinhas, como tu. Pensa naquele que se chamava Balzac, pensa no Faulkner, todos esses sobre quem estás sempre a falar como se fossem teus tios. Não são. Desperdiçavam eles a vida deles como tu fazes? Vai informar-te sobre como procediam, aposto que escreviam dias a fio. Um deles, não sei qual, nem despia a camisa de dormir para não perder tempo a mudar de roupa. Passava o dia em cima do papel vestido de camisa de noite, para poupar tempo no dia seguinte. Então o que queres fazer da tua vida? Diz lá. Disseste que queres fazer amor com o Universo, o que é inviável, e isso quer dizer que desististe dos teus projectos viáveis. Meu Deus, meu Deus. Abro a boca e digo-lhe tudo isto? Não digo? Não devo eu dizer estas verdades à minha filha? – Melhor dizendo, eu pensava para mim mesma estas e outras frases semelhantes, mas todas elas ficavam presas dentro do meu peito, o peito fechado à chave, o silêncio na minha boca, cosida com filosel de *nylon*.

11.Novembro.2019

Todas as árvores do mundo cantam, caladas.
Ela não sabe de nada – O silêncio é agora
o meu fruto.

50
O bailado

Hoje, Lilimunde entrou às oito da manhã. A sua pele morena vinha azul, mas não se deitou nem se dirigiu ao quarto de banho, veio na minha direcção e disse-me que tinha alguma coisa para me dizer. Eu sabia o que se iria passar. Ela iria arranjar-me, colocar-me na charrete e baixar os seus olhos até ao nível dos meus para me dizer o que tinha a dizer. De facto, mal acabou de me colocar os pés sobre os pedais da cadeira, Lilimunde ajoelhou-se para encarar os meus olhos de frente.

Disse-me – "Dona Alberti, estou assim."

Colocou o rosto nas minhas mãos. Desta vez quando o levantasse, tenho a certeza de que estaria molhado. Mas não estava, não. Ergueu os olhos límpidos e disse – "Estou assim mas não vou ser mãe, não. Nem vou dizer ao Edu." Como assim, perguntei. Ela respondeu – "Dentro de duas semanas ele vai voltar para a Hungria, para uma universidade que existe numa cidade que se chama Budapeste. Muito longe daqui. Mas o que é a distância com celular? Nada. Quando voltar, Edu não vai saber o que se passou. A semente entrou, vai sair, acabou. Temos combinado que quando vier pelo Natal me trará um casaco de lã de ovelha dos Cárpatos que lá se vende nas ruas."

O relógio seguia andando, eram quase nove horas da manhã e Lilimunde a conversar no meu quarto. Eu perguntei-lhe se havia um plano alternativo na sua vida. Ela disse que não,

não havia mais plano nenhum. Eu disse-lhe que deveria pensar bem, pensar sobretudo em duas contrariedades possíveis. Primeira, que Edu não voltasse nos prazos combinados, e a segunda, mais perigosa, que à medida que a semente crescesse, ela se apaixonasse pela semente. Isso seria possível.

Lilimunde começou a rir – "Nunca! Nunca e nunca. Nunca eu iria fazer uma ofensa dessas a Edu Horvat. Jamais na minha vida. Na terra de Edu, todos tocam violino, bebem uma aguardente chamada *pálinka* e dançam muito bem. Assim e assim. Edu é um homem feliz, eu não posso tirar a felicidade a Edu." Lilimunde conduziu-me pelo corredor adiante, empurrava-me dando encontrões com a cadeira na porta do elevador. Levou-me até à Sala Azul, colocou-me diante da mesa e desapareceu à chamada da encarregada Martine. Não a vi mais ao longo do dia.

Entretanto veio a tarde, o Salão Rosa voltou a estar cheio de gente. Continuava a chuviscar lá fora, mas uma chuva tão leve e esparsa que era uma vergonha para o céu. Abandonei o vão da janela e pus os olhos no colo. Eu sou apenas uma pessoa entre tanta gente. No meio de tanta gente, cada um deseja ser único, mas desde o relato de Maria Paulina Zuzarte que penso que o que nos une e afasta é um mistério. Ela já partiu e eu fiquei. Agora não consigo deixar de pensar na rapariga do Pará. Talvez a noite me visite esta noite. Para tanto, antes de me deitar preciso de tomar uma boa pérola-granada. Não gostaria de entrar em luta com a noite. Tenho todas as condições para perder. Tantas perdas no horizonte – Já não sou mais a mulher que antes era. Hoje não consegui avisar Lilimunde de como irá ser o desastre do seu futuro. Além de que ontem guardei todas as palavras em forma de pensamento, e não fui capaz de aconselhar a minha filha a comportar-se à altura do seu interesse. E tarde será quando voltarei a ouvir a voz do leitor, penso eu. No entanto, o melhor seria eu afastar as ideias tristes e pensar na movimentação em meu redor, já que enquanto eu pensava no problema das minhas perdas, o Salão Rosa ia ficando em festa. De facto, apesar do perigo, o senhor Tó agora demonstra em público o amor que nutre pela dona Joaninha. Vendo bem, como espectadora, o que mais pretendo eu?

Preciso de me reconciliar, olhar em meu redor.

À hora do almoço, o senhor Tó ficou eufórico porque, quando menos se esperava, serviram arroz-salsicha-couve, e sobre o arroz, em cada prato, brilhava de gordura, branco e amarelo, um ovo estrelado. A acompanhar a euforia do senhor Tó, andava Ali, entre as mesas dançando com os pratos nos braços, levados ao alto acima dos ombros, de um lado para o outro. Ali, muito alegre, muito elegante, muito competente, distribuía o almoço com a habilidade de um bailarino. *Strong*, Ali *strong*. Eu recebi um belo ovo estrelado que de tão tenro consegui separar com o garfo e na gema amarela, como não via há muito, pude molhar o pão. Numa mesa ao centro da sala, o senhor Tó levantou-se e olhou para dona Joaninha, muito feliz, na nossa mesa. Ele disse – "Consegui que nesta casa servissem ovos estrelados. Eu consegui..." E sentou-se, triunfante.

A encarregada Martine, que ouviu, quando ia a distribuir mais pão, teve de esclarecer que não foi pela intervenção do senhor Tó que serviram ovos estrelados, mas sim porque havia semanas que tinham entrado ao serviço mais dez funcionários.

O senhor Tó levantou-se outra vez e afirmou – "Foi por mim. Foi por minha intervenção que hoje estão a servir ovos estrelados nesta casa, e foi por minha intervenção que os cães das redondezas deixaram de ganir durante a noite. Foi por mim..." E sentou-se.

O regozijo do senhor Tó aconteceu ao almoço, e o lanche viria rápido, mas antes do lanche veio o senhor Peralta e arrumou-se ao piano. As raparigas disseram, toca, toca.

O senhor Peralta pediu que o ajudassem a desembaraçar-se das canadianas e do casaco e a sentar-se no devido lugar. Bianca preparou o piano, retirando a jarra das flores de cima do tampo negro brilhante. As canadianas ficaram ao lado. O senhor Tó pediu – "Homem, você ainda sabe tocar um *pasodoble*? Sabe o que é isso?"

O senhor Peralta começou a tocar com um ritmo tal que era mesmo um passo dobrado. O som desdobrava-se no ar nos movimentos de avanço e recuo como um desenho animado. O senhor Tó apreciava o movimento dos dedos de Peralta. Dona Joaninha, sentada entre nós três, as companheiras sobejantes da mesa, levantou-se e dançou junto ao piano. As meias pretas de dona Joaninha iam só até ao joelho. Acima do joelho as suas pernas eram brancas. A cena do bailado de dona Joaninha deve ter demorado escassos segundos, mas o divertimento foi por demais. Quando o som da televisão regressou parecia um pecado mortal. Procurei a minha bolsa de pano e achei-a. Estava bem pendurada ao meu pescoço e batia mesmo no centro do meu peito. Ali dentro, um papel dobrado – *Dona Maria Alberta, mande sempre. Tenho toda a informação de que precisa no meu telemóvel.* As perdas que oprimiam o meu coração saíram do peito, sumiram-se em lugar nenhum e eu fiquei em paz.

14.Novembro.2019

Dança e redança, minha almazinha
uma entre tantas e tão
sozinha – O teu segredo
na tua bolsinha.

51
Edgar de Paula

A noite desprendeu-se das paredes, surgiu na minha frente e não tinha forma definida. Era apenas uma escuridão tão densa como se nunca tivesse existido luz no meu quarto. Eu quis acender a luz e não conseguia mover os meus braços. Mas sentia a respiração da noite e ouvia nitidamente a sua fala. Pensei que se escondia na escuridão porque queria que eu iluminasse o Globo Terrestre como antigamente, mas eu não o tinha trazido comigo, e quando o meu genro o trouxe, pedi que o levasse de volta. Então a noite escura tomou por inteiro todo o meu corpo, elevou-o acima da cama, e ameaçou levar-me consigo para o reino da escuridão. A noite tomou-me de assalto dizendo – "Vou deixar-te cair no vazio se não te lembrares, tintim por tintim, como conseguiste o teu Atlas, e depois o teu Globo Terrestre."

Eu ainda pensei dizer que não me lembrava, e assim terminava a minha última luta, e o nada surgiu na minha frente representado como um alívio, mas quando ia a abrir a boca para dizer que me recusava a responder, o meu corpo, com muito mais amor à própria vida do que eu mesma, disse sim – "Sim, lembro-me perfeitamente."

A noite elevou-me mais, e eu sabia que quanto mais ela me elevasse mais fundo me deixaria cair. O meu corpo recusou-se. Então eu apressei-me a dizer – "Tudo começou no pátio das Monteiro quando lá se tocava um instrumento de música que se chamava grafonola. O sedutor chegou vestido de gabardine e chapéu tombado para o rosto, posto um pouco de lado. Mal se apeou, tomou um cigarro e falava com ele na boca. Eu estava lá no pátio e dancei com ele. Mal decorrido um mês, quando regressou de novo, ofereceu-me o primeiro Atlas. Passados trinta anos, veio visitar-me e ofereceu-me o Globo…"

A noite não se movia, mantinha-me suspensa no ar, por cima da minha pessoa só existia o espaço, por baixo de mim, o abismo, e quem me sustinha era ela, a própria escuridão falante. A noite disse-me – "Madraça, pensas nesse assunto dia e noite, porque não falas?" Então eu percebi que não tinha outra saída se acaso o meu corpo quisesse continuar vivo sobre a terra, e o meu corpo queria, queria muito, queria viver para sempre, se é que ouso dizer a verdade nua e crua.

Sim, o meu corpo queria continuar vivo, e o desafio que a noite me fazia dirigia-se, contudo, não ao meu corpo mas à minha mente. Só a mente poderia salvar o meu corpo. Continuei a responder – "Foi assim. Eu estava sozinha em casa. Edgar de Paula chegou de bicicleta à porta e fez trim trim. Eu fui à janela, ele sorriu – Posso entrar? A tua mãe não está? Ah! Que pena, com que então ela e o teu pai foram ao notário! Eu amo-te, sabes? Então quando virão? Ah! Dançaste tão bem lá no pátio! Mas não sei porquê nem olhavas para mim. Fiz-te algum mal? Tens medo de mim? Porquê, rapariga? Percebi que gostas de Geografia. Eu também. Trouxe-te um Atlas. Sabes o que é? Claro que sabes, mas não tens um, pois não? Ofereço-te este que comprei em Lisboa. Não tenhas medo de mim. Afinal, como é a tua casa? Aqui a sala, aqui a cozinha, aqui a despensa, aqui os quartos. Este é o quarto da tua mãe, claro. Este é o teu quarto e a tua cama. É tão estreita a tua cama. Vamos para a cama da tua mãe. Fomos e o sedutor fez-me uma menina."

A noite disse – "Omites o que não te interessa, não é verdade?"

Eu percebi que a noite sem forma, só escuridão, era afinal insaciável da minha memória, queria que eu a visitasse até aos confins da lembrança, de tal modo revisitada, dia após dia, que me sentia velha de mil anos. A noite fez menção de me deixar cair no vácuo. Eu prossegui – Então o meu pai e a minha mãe chamaram-me. Pois quando iam a passar na estrada, os pedreiros que já ladrilhavam o pátio térreo de uma casa onde trabalhavam ia para três meses, tinham cantado, *Linda cabritinha malhada, ainda de leite, ah!, ah!, ah!, já foste papada.*

"Alberti, vem cá imediatamente!"

O que quer isto dizer? Eu disse, não sei o que quer dizer. A minha mãe disse, você sabe, você sabe... O meu pai prendeu as duas mãos da minha mãe. Perguntou – Diz-me, Maria Alberta, quem sabe disto? E eu respondi, ninguém. Então o meu pai disse, despacha-te, que amanhã de manhã vamos a um lugar desmanchar isso, bem longe para que não se saiba que você, sua cochina, dormiu com um homem, um sedutor. Um cantador de farandolas, um rapaz que viaja por esse mundo fora a abrir bares ali, bares além, e agora está aqui de passagem e saltou para cima da minha filha. Vamos lá – "Apetecia-me que o Hitler mandasse neste país e enviasse uma bomba na cara do Edgar de Paula. Amanhã de manhã às seis..."

Calei-me, entre o meu cansaço de alma e a vitalidade do meu corpo desejoso de sobreviver, a memória interpunha-se e comandava. A minha memória reconstituía tudo, ainda que só contasse uma parte. Então a noite, esta noite sem forma animal nem humana, apenas escuridão e voz, perguntou – Chora, chora, porque não choras? Eu respondi – Porque sou forte, porque não me rendo, porque não tenho medo nem dó de mim mesma. Na verdade, eu não tinha medo da noite, nem de cair no vazio que a sua forma sem forma mostrava na escuridão, mas o meu corpo, sim.

Por ele, para que ele continuasse com o seu apetite, os seus desejos, os seus líquidos, os seus mucos, as suas dores, as suas vergonhas, eu ia responder como a noite exigia. Contei tudo – Foi assim, no dia seguinte, a minha mãe acordou-me pelas cinco e meia da manhã. Vesti-me, arranjei-me, sentei-me na cama com a minha mala no colo, mas quando íamos para partir para tomarmos o comboio, eu disse – Não vou, meu pai. Prefiro ter o menino. O meu pai respondeu, minha filha, eu nunca te toquei com um dedo, a não ser para te abraçar, mas desta vez vou lá dentro buscar um azorrague e meço-te da cabeça ao rabo. Eu disse, pois vá. Pus a minha malinha no chão e comecei a despir a blusa para que me azorragasse. Ele disse, veste-te. O meu pai sentou-se na minha cama e chorou para dentro das suas mãos. As lágrimas do meu pai saíam pelos dedos e caíam sobre os ladrilhos. Perdeste todo o valor, cochina.

Uma tarde, quando a minha mãe não estava, Edgar de Paula veio visitar-me, pediu-me que eu fosse buscar o Atlas. Eu não lhe contei nada. Folheámos os dois os mapas e ele explicou para onde iria partir. Ao olhar-me de perto, um dos seus olhos fechava mais do que o outro, ao olhar-me de longe, fechava os dois sob a aba do chapéu cinzento e desaparecia. Quando a menina tinha dois anos, veio vê-la. Ela já corria tudo. Ele disse, que interessante, é mesmo a minha cara. Não lhe pegou ao colo. Mostrou-me os sítios por onde tinha andado, África e Índia. Partiu de novo. Eu esperei por ele, e ele, de regresso da Rodésia, ao passar por Lisboa, trouxe-me um segundo Atlas.

Trouxe um terceiro e um quarto, e quando um dia voltou montado num Mercedes Benz, perguntou – Dar-se-á o caso de que ainda esperes por mim? Esse tipo de fidelidade já não se usa, Alberti. Tu podes partilhar o teu corpo com outro homem qualquer que eu amar-te-ei sempre. Não é preciso vivermos juntos para sermos amantes. Nós não somos unos, querida Bibi, somos múltiplos. Como continuas a gostar de Geografia, abre lá essa caixa e dela verás o que salta. Liga à corrente. Olha, como é linda a Terra iluminada. É para ti, Bibi. Se fosse possível viver outra vida, levar-te-ia comigo pelo mundo fora. Assim, nesta vida, tão breve, tão rápida, não tenho tempo. Minha querida. Então, não esperes por mim. Não me digas que ela, apesar da ausência, gosta de mim. Não me digas que ela saiu a mim. Disse Edgar de Paula da última vez que nos vimos.

A noite nunca tinha surgido tão perversa, tão presente e completamente invisível, feita apenas de escuridão, pois eu não tinha onde colocar os olhos. Ou seria que era eu que não via? E ela estaria bem perto de mim, a meio do quarto, numa das suas metamorfoses manhosas? E os meus olhos caducos não a enxergavam? E agora, porque me deixava sem me responder nada, sem perceber de novo se eu era vencedora ou vencida? Porque se fazia madrugada nas janelas do meu quarto, e ela nem se recolhia nem estava? E porque não havia intervalo entre a sua fala e a fala de Nina Mercedes? Nina, a tranquila Nina, que ali estava a meu lado, movendo os meus ombros cuidadosamente, com suas mãos suaves, os dedos delgados e a voz espanhola, chamava pela *cucaracha, la cucaracha*.

A noite tinha desaparecido, era manhã.

Nina recolheu os meus objectos dispersos pelo chão, retirou-me o pijama rasgado, fez-me sair dele pacientemente, lavou-me, vestiu-me, colocou-me os meus enfeites, pendurou a minha bolsa ao peito. O seu cuidado era tanto e o seu silêncio tão radical que eu disse – "Querida Nina, tenho a ideia de que já morri há muitos anos e só ficou a

minha alma." Nina baixou-se diante da minha charrete e
eu tive medo de que ela dissesse que era verdade. Mas ela
disse o contrário.

15.Novembro.2019

Árvores do meu bosque fechado
eu passo rápido – Na lentidão de vocês
o meu passadozinho.
Guardado.

52

As quatro estações

De novo chove tão fraco e tão de manso que é uma vergonha, uma espécie de névoa que apenas embacia as janelas, como se as nuvens já não tivessem outro poder que não seja o de apenas borrifar a terra. Um chuvisco ralo. Mesmo assim, eu senti vontade de me entregar ao conforto calado que provém de saber que a poeira está a ser molhada.

A meu pedido, Maria José das Lundas deitou-me depois do almoço. Pensei na minha filha, senti saudade de quando a levava pela mão à escola, e a outros lugares que não nomeio no meu pensamento, de tantos foram. Quando acordei, ela estava sentada na cama ao lado, a olhar para mim. Eu deveria admirar-me mas não me admirei, achei que estava certo, que ela me devia esse olhar de amor filial. Fechei os olhos e aceitei que ela me devolvesse a vela que lhe fiz no início da sua vida. O tempo tinha-nos trocado de lugar, como devia ser. Agora era ela quem me olhava de cima e eu quem me deixava ver. Era bom. A noite havia sido expulsa para os confins do mundo, e em seu lugar uma grande harmonia sustentava as paredes e ela ali estava. Era um bem saber que me seguia daquele jeito, tivesse eu os olhos abertos ou os olhos fechados. Mesmo sem abrir os meus, perguntei – "Estamos no Outono. Mas a Natureza passa por quatro estações, ou não passa?"

Ela respondeu – "Passa."

"O ciclo da Natureza vai até ao fim e retoma o início, nunca pára. Mas os seres humanos quando chega o Inverno não têm mais nenhuma Primavera. Ou têm?"

"Sim, têm" – disse ela. "Porque nós, como não podemos repetir o ciclo natural das estações, inventámos uma forma de ultrapassar essa limitação."

"Porque dizes isso?"

"Porque enchemos as quatro estações da nossa vida com os círculos das vidas dos outros. Cada uma das nossas vidas pode conter mil, dois mil anos de vida somando o conto das vidas dos outros que passam por nós sem parar."

"Será?"

Talvez por me encontrar recostada na cama e por fazer Outono lá fora, eu pensei que aquilo que ela dizia não passava de uma farandola. Mas como tinha tempo, e ela parecia ter tempo, e o tempo estava tão lento, eu podia pensar, e então percebi que ela tinha razão. Claro que sim, a vida humana tem quatro estações, e por vezes fica por duas ou três, mas pode preencher-se com milhares de estações do ano da vida dos outros. Uma sede permanente por participar dessas outras existências ao lado da nossa. Eu mesma já o tinha pensado e o praticava aqui neste lugar que me coube ocupar. Eu mesma. Em meu redor havia tanto silêncio, e conforto, e acudiam-me à cabeça tantas e tantas vidas guardadas no meu pensamento, que me calei. Depois olhei para o saco vazio, como eu exigia e ela obedecia, e encontrei coragem para lhe dizer que tinha sido muito bom ela ter vindo, e aqui ter estado todo aquele tempo sentada, sem dizer nada. Por tudo isso a minha satisfação era imensa, mas entretanto ela tinha a obrigação de regressar a casa, entregar-se à sua vida, e só voltar ao Hotel Paraíso muitas semanas mais tarde. Disse-lhe o que há muito queria dizer – "Entretanto, não venhas cá, exijo."

Ela saiu e a harmonia ficou comigo.

53
O cartaz do senhor Tó

Esta noite não quero que me dispam, não quero que me vistam, não quero água, não quero chá, não quero comprimido, não quero que me sentem, não quero que me deitem. Quero sair pelas janelas, atravessar o jardim, correr pela planície até ao mar e afogar-me lá para esquecer o que sucedeu. Eu sei que a ambulância raramente regressa trazendo o passageiro vivo. Mas esta manhã foi diferente pois ela veio e levou consigo o senhor Tó, deixando-nos a todos sem abrigo.

Eu poderia imaginar que a ambulância levasse consigo qualquer um de nós, eu mesma poderia imaginar-me a ser levada pela carocha dos idos, mas nunca, jamais, poderia imaginar que partisse levando lá dentro o senhor Tó. Nunca associaria aquele ranger da porta a abrir, o respirar do motor, o fecho frio do correr do fio de metal sobre o carril, à pessoa do senhor Tó. Ainda anteontem, ao fim da tarde, esteve tão feliz a felicitar-se pelo triunfo da revolução dos ovos, tão feliz por ter tido partilha na solução do ruído dos cães, tão feliz ao ver dona Joaninha dançar ao som do *pasodoble*, a observar a perna preta e branca, que ora aparecia ora desaparecia sob o fulgor da saia, e passado dois dias era levado para não regressar. A tristeza caiu sobre o Hotel Paraíso. Não havia ninguém, de entre nós, que não estimasse o senhor Tó. Todos, mesmo não sendo verdade, diziam que haviam batido na borda do prato, no dia do protesto do senhor Tó. Mas este desfecho tem o dedo apontado à direcção, nas pessoas de Ana Noronha e do doutor Cláudio.

A culpa é toda deles, e também de Martine Martins, é o que se deduz dos dados que correm.

Contou a dona Joaninha que ontem, pela manhã, o senhor Tó foi procurado pela direcção para lhe transmitirem que nunca mais teria permissão para sair à rua para fumar o cigarro. Jamais. E porquê? Porque a polícia desconfiava que o abate dos cães havia sido perpetrado por pessoa institucionalizada no Hotel Paraíso, e só poderia ser por alguém que andasse livremente pelo jardim. Tinham feito a autópsia aos animais, cinco cães lustrosos, e os veterinários haviam chegado à conclusão de que tinham morrido por ingestão de bolinhas de carne contendo agulhas partidas e vidro moído. E a Noronha achava que se a investigação fosse adiante, o dedo da justiça iria ser apontado à mente reivindicativa do senhor Tó. A doutora Ana Noronha teria sentenciado – "Acabou-se. A porta fica trancada, não há mais saídas, não há mais cigarros fumados no jardim nem passeiozinhos ao longo da avenida. Mesmo que não tenha sido o senhor Tó, eles vão pensar que foi, e então ter sido ou não ter sido resulta igual."

A situação foi relatada por dona Joaninha muito exaltada ainda antes do almoço. Mas a grande exaltação era sobretudo a de Tó, que se sentia ofendido na sua dignidade. Ele mesmo contou, para quem quis ouvir, a meio do Salão Rosa – e só não ouviu quem não ouve nada por ter os aparelhos auditivos estragados – que lhe perguntou cara a cara – "Doutora Noronha, onde iria eu buscar bolinhas de carne, agulhas partidas e vidro moído? A menina está a querer dar a entender que fui eu quem deu conta dos cães? Usando esses meios? Diga a verdade…" A Noronha tinha tido a infelicidade de responder – "Disso e de muito mais é o senhor Tó capaz." Há frases que podem matar um homem honrado. Infelizmente, foi o caso.

Do que se seguiu todos fomos testemunhas.

O senhor Tó já não quis entrar na Sala Azul para almoçar. Ficou à porta, meio dentro meio fora da sala, clamando. O senhor Tó muitas vezes costumava atravessar a sala, dizendo, de punho fechado, *Paz, pão, educação*, mas desta vez acrescentava, *razão, rebelião, acção, sublevação*. Quando o senhor Tó anunciou que iria cobrir as paredes do hotel com cartazes apelando a uma revolução, ali dentro, e que chamaria as televisões, ninguém acreditou nas suas palavras. Mas sim, ele iria trabalhar para isso porque o Hotel Paraíso, afinal, era uma prisão e a sua directora, uma carcereira conluiada com o intendente. O assunto ficou muito grave quando Ana Noronha ameaçou chamar os sobrinhos do senhor Tó para o levarem para sempre do Hotel Paraíso, e isso já foi dito no meio do Salão Rosa. O senhor Tó deu vários saltos sobre o pé boto, dizendo olá, olá. E ameaçou dar fogo ao gabinete da direcção. Jordão e Igor foram chamados para colocar os seus corpos possantes junto das portas da doutora Noronha e do doutor Cláudio. O que se passou a seguir não se sabe.

O que se conta é que o senhor Tó passou a tarde e a noite de ontem fechado no quarto com a luz acesa, e as raparigas foram bater à porta por causa do jantar mas não viram mais nada do que o senhor Tó em pijama, sentado na cama. Afinal, de madrugada, quando a Nina Mercedes estava a fazer a primeira ronda, deu por que o senhor Tó se encontrava debruçado sobre a mesinha do quarto, diante de cartolinas meio enroladas onde ele tinha escrito frases de revolta e de punição contra os serviços de direcção do Hotel Paraíso. Tinha escrito, *paz, pão, educação, sublevação*. Sobre esse cartaz, encontrava-se tombada a cabeça do senhor Tó. O senhor Tó ainda vivia. Marlon tentou assisti-lo, deitando-o na cama. O corpo estendido e o pé boto, saído da pantufa, mostravam a torta configuração de nascença. Tó foi levado do Hotel Paraíso sem darem conhecimento a dona Joaninha. Foi triste, muito triste. Era o segundo amante que lhe desaparecia no espaço de seis meses. Quando veio a noite, dona Joaninha surgiu no limiar da porta em camisa de dormir, e pediu-me para se deitar na cama vaga. Ela sabia muito bem o que estava escrito nas cartolinas, tinha aprendido a reconhecer as palavras pela configuração das letras. Em cada cartolina ele havia escrito quatro palavras que ela reconhecia de trás para a frente sem se enganar. Se o senhor Tó se salvasse, ela tinha a ideia de que ainda era capaz de aprender a ler. E assim passou a noite a meu lado, como se a noite de luar de Maio se repetisse.

Esta tarde, já noite fechada, veio um telefonema – O senhor António Armando Marinho, quarto 317-C, faleceu pelas 16h30, à hora em que o senhor Peralta, num dia comum, iniciaria o seu concerto para animação do Outono. O desaparecimento do senhor Tó era tão elevado que eu tive inveja do seu passamento. Imaginei para ele música solene cantada pelas quatro viúvas, uma música triste e alta como aquela que as cantoras haviam entoado no meu quarto, quando me visitaram a propósito do Livro de Job. Sim, a personalidade do senhor Tó merecia aquele *Miserere mei, Deus*.

Mas não, bem pelo contrário. Infelizmente, o falecimento do senhor Tó contou com um outro episódio bem dispensável. Um acto vergonhoso.

As mesmas raparigas que entraram no quarto do senhor Tó para ajudar Nina Mercedes a removê-lo dos cartazes, ainda vivo, e chamaram a ambulância, encontraram entre os lençóis do revolucionário peças de *lingerie* que só poderiam pertencer a dona Joaninha. E em vez de se calarem, de respeitarem a pessoa acidentada, de respeitarem a própria dona Joaninha, mal a ambulância saiu do pátio do Hotel Paraíso, exibiram as roupas pretas rendadas, falaram do assunto à socapa, mas de modo a correr de boca em boca, ao longo de toda a manhã. Eu só tive conhecimento pelas minhas companheiras de mesa, hoje, na parte da tarde, uma hora antes de chegar a lamentável notícia do hospital. Um episódio tristemente dispensável, quando acontecia uma morte tão alta. Esta noite, dona Joaninha não veio dormir na cama ao lado. O seu luto ficou manchado. Por tudo isto que aconteceu, e que me está torturando, eu não quero que me dispam, não quero que me vistam, não quero que me levantem, não quero que me deitem, quero alguma coisa que não sei nomear. Quero contrariar os factos, tal como o senhor Tó. Tal como ele, não me vou render.

54
Conjugação da palavra

Está consumado – Tal como aconteceu com o sargento Almeida, já retiraram a fotografia do senhor Tó do *placard* da entrada. A única diferença é que neste caso, em vez de demorar seis dias, demorou dois. Sim, já lá está a fotografia do novo inquilino do 317-C, uma senhora chamada Estela. E por triste sinal, às refeições, dona Estela ocupa o lugar que tinha sido de dona Ema. O que implica que dona Joaninha tenha agora a seu lado a ocupante do quarto do senhor Tó. Uma proximidade indesejada. Na nossa mesa ninguém fala sobre o assunto. O senhor Gomes fala muito alto, mas sobre outros assuntos. Os seus olhos não saem de cima dos marroquinos. Quando termina o almoço e se senta na mesa de *Os Seis Cavalheiros Dão Cartas*, saltam de lá grandes gargalhadas. O senhor Gomes junta-se ao Tavares, ao Carvalho e ao Tendinha e não jogam, riem. Dona Joaninha hoje deixou cair dois suspiros sobre o prato e levantou-se sem comer. O senhor Gomes, um homem que foi dos correios e distribuía cartas, que despeja água pelos copos com uma certa cerimónia, no entanto, conseguiu dizer – "Já ela foi à procura de novo marido..."

Todo este cruzamento de vidas dói-me mais do que a minha vida. Quando aqui cheguei e vi setenta pessoas sentadas, imóveis, caladas, passando-lhes por cima a bênção da tevê, desejei que viesse uma peste invisível que nos levasse a todos ao mesmo tempo, saltando, de mãos dadas, para o outro lado desta praia. Achei que havia muito que tínhamos perdido a vida. Que éramos restos inertes da existência passada. Mentira. Os restos da nossa vida estão activos, e crescem e explodem sem controlo.

Todas as componentes da vida mantêm a mesma natureza e a mesma intensidade, só as proporções entre as partes estão alteradas. Tal como antes, a alimentação comanda os horários, mas aqui a regularidade digestiva transforma-se na primeira finalidade. A matéria imunda que o corpo produz marca o ritmo diário como uma comandante implacável, e para cada um de nós toda essa matéria escorrente exige um acompanhante e um polícia. A mesa é um império, o sanitário é um trono. O jogo do amor, que eu julgava ausente do Salão Rosa, senta-se entre as cadeiras como um rei que foi deposto mas visita o seu palácio e coroa-se a si mesmo, dia e noite. Aqui tudo o que era natural se tornou exagerado. Quem era caridoso, humedecem-se-lhe os olhos permanentemente diante da decadência dos outros. Quem era egoísta, humedecem-se-lhe os olhos pela sua própria decadência. Quem era pacífico torna-se imóvel. Quem era inquieto transforma-se em descrente. Quem era irónico transforma-se em desdenhoso. Quem era gracioso pode transformar-se em maldoso ou mesmo cruel. Acredito que o senhor Gomes tenha sido um homem elegante. Teria sido um bom funcionário, respeitoso dos clientes que lhe entregavam cartas e volumes pelo *guichet*, e ainda agora, como disse, serve-nos água com o jarro bem direito, como se nos entregasse correspondência, e no entanto, sempre que avista o funcionário Ali com as travessas à altura dos ombros, elegante na forma como se desloca, Gomes levanta-se e bamboleia-se.

Porque se bamboleia o Gomes?

Eu deixo cair o garfo sobre o prato. Joana Amaral continua enlutada, não levanta o rosto, as companheiras de mesa mantêm-se alerta. Mas o centro da crueldade reside na mesa de *Os Seis Cavalheiros Dão Cartas*. E isto eu gostaria de deixar escrito, mas como não posso, dito – São seis os homens que se juntam a essa mesa, seis lembranças de profissionais que narram, entre as partidas das cartas, as suas proezas, dinheiros ganhos, casas que construíram, terras estrangeiras que visitaram, e contam uns aos outros desenlaces e peripécias, apesar de quase todos ouvirem muito mal. E no entanto, quando passam as raparigas, comentam, esta é fofa, aquela é delgadinha, a mais linda é a Svetlana, a mais doce é a romena Francine. Respeitam Igor Maguliy, respeitam Jordão, o brasileiro, e os outros rapazes, entre eles Habib, mas não respeitam Ali Abdul.

Ontem, Ali ficou escalonado para o lanche. Passava entre os residentes, oferecendo iogurte, chá e bolachas. Fazia a sua ronda na ala sul do Salão Rosa, e era muito claro que tentava evitar a mesa dos jogadores. Os cavalheiros das cartas estavam reunidos em torno da mesinha do jogo, e o senhor Tavares, antigo cobrador de impostos, chamou – "Minha senhora, venha cá!"

Ali continuou a distribuir o lanche pela fila das janelas. Do lado oposto, distribuía Igor Maguliy. Igor ouviu o chamamento do senhor Tavares e dirigiu-se à mesa de *Os Seis Cavalheiros Dão Cartas,* mas o mesmo senhor Tavares disse alto e bom som, para quem queria e podia ouvir – "Não foi por si que chamámos, e sim por ela, a senhora…" E levantando-se gritou a plenos pulmões – "Querida Ali, vem aqui!"

Ali continuava como se a distância a que se encontrava o impedisse de ouvir. Como o senhor Tavares estivesse em pé, a acenar, na direcção do marroquino, Igor pousou a sua bandeja e atirou-se ao senhor Tavares. Os restos de alma do senhor Tavares encontravam-se bem poderosos na zona da crueldade, mas os seus músculos físicos estavam bem diminuídos. O ucraniano nem chegou a atingir o corpo do senhor Tavares e o senhor Tavares caiu para trás apenas sob o poder do bafo de Igor.

Veio o intendente Cláudio, veio a directora Ana Noronha, veio a encarregada Martine, veio o enfermeiro Joaquim, vieram todos socorrer o senhor Tavares e ameaçar de expulsão, e de denúncia na Segurança Social da atitude agressiva, o ucraniano Igor. Ali continuava a servir o chá, as bolachas e o iogurte de frutas como se estivesse no deserto, servindo fantasmas. Ninguém falava, ele não falava. Nesse momento, correu por toda a sala, entre os que falavam e ouviam, que Igor tinha sido um justo defensor de Ali.

Fosse Ali quem fosse, e gostasse de quem gostasse, ninguém tinha a ver com a vida íntima de Ali. Vergonhosamente, não só o senhor Tavares, mas também o senhor Gomes, sempre que Ali lhes passava ao alcance, tocavam-lhe no corpo de forma vergonhosa. Lançavam a mão, olhavam em volta, e faziam isso. Mas como não viam muito bem, não davam conta de quem os observava. Maria Lina e Salomé tinham gravado uma das cenas no telemóvel. A gravação foi entregue na direcção. Era preciso defender Igor e proteger Ali. Uma onda de indignação atravessou o Salão Rosa. Eu não tinha nada para oferecer que não fosse uma banana verde. Trouxeram-me para o meu quarto e esperei. Mas agora já são nove horas da noite e ele ainda não passou pelo corredor. Tenho o meu coração cheio da palavra *strong* para lha dizer vezes sem conta.

55
As palavras de Ali

Nina entrou em silêncio, levantou-me em silêncio, despiu-me em silêncio, lavou os meus olhos em silêncio. Procurou a minha roupa e vestiu-ma sem dizer uma palavra. Antes de me sentar na charrete, disse – *"Tengo un mensaje para ti, Alberti. Un mensaje de Ali, que se ha marchado esta mañana muy temprano al aeropuerto. Ali y su hermano Habib, los dos se han marchado de aquí. No volverán a Portugal. Un beso para ti. Más fuerte que el color de la madrugada, me dijo. Y también me recomendó que te dijese,* strong *muy* strong, *Alberti."*

Nina Mercedes fez deslizar a minha cadeira ao longo do corredor e as casinhas com neve pareciam palhaços falsos pendurados da parede, atrás daquelas janelinhas pintadas não havia nada, nem falsidade havia. Não tínhamos mais Ali, nem o seu irmão, nem a sua história, nem os ecos da estrada para Zagorá marcados no seu corpo, como um cinto de seda, entre o flanco e a espádua. Eu queria pronunciar a palavra Ali e não conseguia. Ali, Ali, Ali, Ali, Ali, repetia mas só dentro de mim. Quando entrei no Salão Rosa, lá estavam sentados à mesa de *Os Seis Cavalheiros Dão Cartas,* o grupo que tinha expulsado Ali desta casa. Estavam mesmo em frente, com os olhos baixos a olhar para as cartas, entre eles o Sereno, o Carvalho e o Tavares. Eu pedi a Nina que me levasse junto daquela mesa. Nina levou-me. Pedi que me colocasse perto, de modo a dizer uma palavra ao senhor Tavares. Os quatro velhos que estavam à mesa levantaram os olhos. Assim, bem perto deles, eu via-os bem. Não sabia até que ponto eles me viam e ouviam. Fosse como fosse eu disse o mais alto que consegui – "Senhor Tavares, olhe bem para mim…"

Os quatro deram pela minha presença. Olhavam-me surpreendidos. Eu sabia que, se elevasse mais a minha voz, ela poderia sair aflautada, vapor de água saindo pela chaleira, e eu não queria. Não haveria outro remédio, iria falar baixo. Disse baixo o que queria dizer – "Você, Tavares, é a figura do mal. A figura do mal, a figura do mal, a figura do mal a jogar às cartas. Se alguém não sabe o que é o mal, o mal é você."

Amaldiçoado seja você para sempre, senhor Tavares.

25.Novembro.2019

Fogo posto na casa amada – Nada se salva.
O tempo devorou a minha
armada.

56
Tonico Tola

Conheço a crueldade. Tinha eu nove anos quando aprendi a conjugá-la ao mesmo tempo que os verbos – Eu caminharei, tu caminharás, ele caminhará. Que nós façamos, que vós façais, que eles façam. Eu estudaria, tu estudarias. A instrução sobre a crueldade conjugava-se da mesma maneira – Eu sou o pau, tu és a baraça, ele é a pedra, nós somos a pedrada, vós sois o porco, eles são a manada. – Agora é outra vez noite, e eu estou a falar diante do meu Olympus Note Corder DP-20.

Pois agora já passou outro dia e outra noite. Ontem à noite, Maria José das Lundas veio deitar-me. Despiu-me, vestiu-me e estendeu-me na cama para o lado esquerdo, aquele que me dá mais sossego. Tanto gesto que eu repudiava com bravura na minha alma, mas o meu corpo obedecia como se eu fosse uma cordeira. Só realizei um desejo – não tomei o comprimido pérola-granada. Maria José é angolana, mais crente na palavra dos outros do que as raparigas de Leste. A angolana não me vigiou como a incumbiram. De olhar ausente, parecia sonhar com diamantes, e o comprimido ficou amalhado contra a bochecha para ser cuspido. – Não quero água, não quero chá, não quero comprimido, não quero nada. Quero ficar livre para pensar, e para lutar com a noite, se ela vier de madrugada, como é seu hábito.

A despedida de Ali depois dos insultos do Tavares de *Os Seis Cavalheiros Dão Cartas* e a morte do senhor Tó atingiram-me de tal modo que eu chego a pensar que a minha vida é feita da sobreposição das vidas que passam por mim, e que a minha pessoa é apenas a soma de todas elas. Sou uma espécie de cebola feita das vidas dos outros, e no meio delas eu apenas sou uma das suas folhas. E chego à conclusão de que há duas espécies de folhas que me compõem, aquelas que eu admiro pela grandeza e aquelas de que tenho pena pela miséria. A noite que passou, ao folhear a minha vida, sob o impacto da morte do senhor Tó, levantou-se do passado a figura de Tonico Tola. Calculo que nenhum vivente sobre a Terra saiba que ele existiu. Mas eu, em memória do senhor Tó, pensei em Tonico Tola.

Acordada, no meio da penumbra do quarto, pensei nessa figura distante. Conheci o Tonico Tola numa tarde de Novembro, quando era criança e voltava da escola com os meus colegas de classe. A distância da escola a casa era de quatro quilómetros e meio. Em cada percurso podiam acontecer aventuras extraordinárias. Eu sempre tinha ouvido falar que havia um rapaz nascido em 1908, que passado todo aquele tempo continuava a parecer um menino. Apesar de haver entre nós a diferença de vinte anos, dava-se a coincidência de partilharmos o mesmo dia de nascimento. Eu tinha passado a infância a ouvir dizer que se não me corrigisse disto e daquilo iria ficar tolinha como o Tonico Tola.

O horror de me parecer com o Tonico Tola provinha do que se narrava sobre ele. Contavam que sendo ainda de poucos meses a mãe costumava deixá-lo sozinho no berço enquanto ia à lenha. Certo dia um porco teria entrado em casa, teria assaltado o menino e ter-lhe-ia comido o sexo. O menino tinha então ficado menina. Essa era uma imagem terrível, porque os camponeses amedrontavam os filhos dizendo que chamavam um porco para lhes comer o sexo, e assim ficavam meninas. Na minha ideia, as meninas eram meninos a quem os porcos haviam comido o sexo. As meninas tinham assim esse parentesco profundo com Tonico Tola, podendo ficar tolas como ele. Eu nunca tinha desejado encontrar-me com esse Tonico Tola, sombra dos meus sonhos na escuridão. Mas uma tarde de Novembro, quando voltávamos da escola, caminhando pela estrada de macadame, vi os rapazes seguirem em fila atrás de um homem pequenino, muito franzino, a quem tratavam por Tonico Tola.

Os meus colegas levavam pedras nas mãos e atiravam-nas ao Tonico Tola, acertavam-lhe nos calcanhares e no chapéu. O Tonico Tola levava às costas uma saca. Quando o grupo das meninas alcançou o bando dos rapazes que atiravam pedras, o Tonico começou a tentar negociar a paz oferecendo o que trazia dentro da saca. Estendeu no chão o conteúdo. Eram pedaços de pão seco e batatas de pele roxa. O Tonico Tola oferecia o pão e as batatas, ao mesmo tempo que protegia a cabeça das pedradas. Dizia com uma voz muito fina – O Tonico Tola tem muito pão, o Tonico Tola tem muitas batatinhas, o Tonico Tola dá o pão e as batatinhas. E o pequeno homem franzino estava de cócoras, mostrando o que tinha para oferecer, enquanto os rapazes levantavam muito alto as pedras acima da sua cabeça.

O chapéu de Tonico Tola rolava pelo chão. O seu cabelo era fino e ralo. Nós, as raparigas, ficámos paradas a ver, agachadas, a olhar para a figura de Tonico Tola. As suas calças estavam presas à cintura por um baraço. Por debaixo daquelas calças, estava um sexo de menina. Nós, meninas, não intervínhamos, mas estávamos interessadas no que iria acontecer. Os rapazes riam do conteúdo espalhado pelo chão. "Matamo-lo?" – perguntou um deles. "Vamos lá!" Tonico Tola disse – "Vão matar-me a mim, Tonico Tola?" E estendeu-se no chão.

As pedras estavam no alto, nós raparigas mantínhamo-nos agachadas, curiosas, para ver como era matar um homem, não só como iria ser morto, mas também o que aconteceria depois. Se correria muito sangue, quem iria gritar que se tinha matado o homem, e quem iria ser preso. Mas nesse momento surgiu uma carroça com um camponês sentado no alto. De um salto, desceu da carroça e correu na direcção dos rapazes. Levantou o Tonico Tola do chão e perseguiu os perseguidores à pedrada. Recolheu as batatas e o pão para dentro da saca, entregou o chapéu a Tonico Tola e fê-lo subir à carroça.

O Tonico Tola partiu sentado no alto da carga, muito pequenino, muito magrinho, com o chapéu de pano nas mãos, uma corda à cintura, descalço, a rir, porque tinha sido salvo. Eu era o Tonico Tola. Uma menina, isto é, um menino a quem os porcos tinham comido o sexo, que depois de cosido tinha dado origem a uma menina que era a filha da minha mãe. Quando o Tonico Tola desapareceu, juntei-me às meninas. Nunca soube o que as meninas sentiam, e eu tampouco contei às minhas companheiras o que sentia por Tonico Tola, meu irmão e minha sombra.

Agora que desapareceu Ali Abdul levando consigo o seu irmão Habib, e faleceu o senhor Tó, Tonico Tola vem ter comigo para dizer que sou feita de muitas pessoas, e uma delas é Tonico Tola. O senhor Tó não se aproxima de Tonico Tola. São duas figuras diferentes que eu junto sem razão nenhuma, pois o senhor Tó tinha sexo masculino e dormia com dona Joaninha, e no entanto eu tinha a ideia de que Tonico Tola e o senhor Tó, e talvez todos nós, que fomos outras pessoas nesta vida, que tivemos filhos e filhas, mesmo tendo sexos diferenciados, sejamos todos Tonico Tola. Somos todos Tola e eu quero acusar alguém por existirmos, e não sei quem acusar nem como. O meu pedido tem fundamento e sentido, mas não tem um destinatário concreto. A minha consolação consiste em imaginar-me de braço dado com estas figuras que amo. E no entanto não lhes posso oferecer nada.

57
Repetição dos factos

Lilimunde disse – Dona Alberti, está sempre tudo a mudar. Edu Horvat partiu no sábado. Antes do controle, ficámos colados um ao outro no aeroporto, que ninguém era capaz de nos despegar. Demos beijos sem fim, os nossos corpos nasceram separados por uma longa distância, a que vai de Marabá a Budapeste, mas Deus nos pôs unidos. Esta separação não é nada de nada, é só uma viagem à universidade dele. Daqui a pouco tempo Edu voltará. Viu? O avião é a coisa mais formidável que Deus pôs à face da Terra para voar de um lado para o outro. E o calendário está a meu favor, dona Alberti. Agora preciso de me desembaraçar da semente. Já disse, estou grávida mas não vou ser mãe. Edu não chegará a saber. Deus me livre que soubesse. Ele pediu-me cuidado e eu não sabia como cuidar-me, e nisso fui descuidada. O amor não deveria ter este empecilho entre um corpo e o outro. Maldita seja a semente que separa os que se amam, criando empecilhos. Amanhã de manhã, eu vou estar na porta traseira do bar do Justino, mesmo junto ao caixote do lixo da Marina, em frente ao Dancing Ferox. Viu? Ainda não disse que, entretanto, para Edu poupar, há uma semana que voltei a dormir no divã do bar.

"E agora, o que vais fazer?"

Amanhã vou sair de madrugada com o senhor Francisco, o padeiro. Ele vai distribuir o pão, e eu vou desmanchar a semente, mas o senhor Francisco nem sonha o que eu vou fazer. Ele vai largar-me no hospital, perto da Oftalmologia, como se fosse a uma consulta por causa da vista esquerda. Mas não entro na medicina dos olhos, vou logo direita à Obstetrícia e desembaraço-me da semente em coisa de hora e meia, e depois vou regressar ao meu divã, muito bem aliviada. Se Deus quiser. Por isso venho despedir-me antes que seja tarde – "A senhora não acha que faço bem?"

Eu ouvia Lilimunde, e a sua história parecia a repetição de uma história muito antiga, acontecida num outro espaço do firmamento. "E como vais regressar?" – perguntei. Ah! Iria regressar muito bem, tomaria um autocarro de volta ao divã no bar do Justino. Para Lilimunde iria ser tudo muito fácil, muito discreto. Uma hora depois e já ela estaria a correr e a saltar. A semente iria ficar num balde e ela iria voltar a horas de entrar para o turno das quatro. Então, eu abri a minha bolsa de pano onde também se encontra o bilhete *Dona Maria Alberta, mande sempre*, e retirei duas notas dobradas. Quarenta euros para ajudar no regresso do táxi, se acaso não fosse assim tão simples, a correr e a saltar.

Hoje, eram quatro horas quando Lilimunde voltou.

Entrou no meu quarto. Encostou-se ao armário, a rir, e não dizia nada. Perguntei-lhe – "E então?" Lilimunde a princípio parecia querer ficar calada. Depois contou que nada se tinha passado como havia planeado. Havia sido tudo diferente do que tinha previsto, e ali estavam as duas notas dobradas, devolvia-as, não tinha precisado. Como a cabeça de uma pessoa muda. Foi da cabeça para os pés. Você, dona Alberti, nem vai acreditar. Lilimunde a rir. Só não iria contar porque não tardaria que a tirana da Martine Martins não viesse meter o bedelho na fala, mandando-a para aqui e para acolá. Ainda assim contava que se tinha dado uma grande reviravolta.

"Que reviravolta?" – perguntei.

Foi assim. Tinha passado a noite no divã a revolver-se de um lado para o outro, sem razão nenhuma, mas pelas seis e meia da manhã já estava junto aos lixos da Marina, pronta e segura, como se tivesse dormido muito e bem, e a carrinha do senhor Francisco demorava a aparecer. Então tinha ligado para o senhor Francisco e aí apercebeu-se da confusão que andava na sua cabeça, pois ela mesma havia combinado que o padeiro a tomaria pelas sete e meia. Tinha-se enganado na hora. Regressaria, então, ao divã? Não valia a pena.

O Sol vinha a caminho de Valmares, só não se via por causa da neblina de Novembro, mas percebia-se pelo halo que a luz criava entre o perfil dos hotéis e as nuvens, que o Sol não tardaria a romper. Na universidade de Edu já o Sol andaria bem alto, deveriam ser umas dez da manhã. Lilimunde contou que sentiu uma vontade imensa de ligar a Edu. Não era indecente, era uma hora boa para os húngaros, pelo que Edu contava. Ligou. Ligou e ele respondeu. Falaram um bocado, devagarinho. A ligação estava formidável. Ele perguntou onde ela se encontrava, e ela não quis mentir completamente, disse que ia ao hospital na carrinha do pão porque tinha um problema na vista. Ele tinha aprendido o português suficiente para lhe dizer de forma explícita que sentia muita pena, mas que já não se encontrava em Budapeste e sim à beira de um lago. Que mal havia chegado à universidade tinham-no enviado directamente para um instituto que havia à beira do lago Balaton onde se encontrava. Mas porquê, Edu? Ela tinha ficado muito admirada.

Então Edu tinha explicado ao telefone que precisavam dele por causa da alga castanha. Isso ela tinha deduzido a partir das poucas palavras que partilhavam em comum e das imagens que ele estava a mandar. Edu dizia palavras, enviava imagens do lago, que deveria ser muito fundo, rodeado de arvoredo, e imagens do instituto. Era o pedaço de um mundo desconhecido e longínquo para onde havia abalado Edu, um olho de água azul que o engolia lá longe, e ela tinha sentido uma grande vontade de chorar. Tinha começado a chorar. Edu, para onde foste tu, meu cara? Que é isso? Tão longe de mim. E ele tinha dito *love, sweetheart, no distance.* Ela tinha respondido, *no love, big distance.* Edu tinha respondido com palavras portuguesas, não pelo Natal, não pela Páscoa, sim para o Verão, eu vou ver se posso. Lilimunde disse que perguntou – "E virás mesmo?" Ele dispunha apenas de umas centenas de palavras em português, algumas delas até refinadas, e tinha respondido, do lado de lá – "Eventualmente."

Eventualmente, Edu?

Lilimunde contou que se encontrava em frente aos caixotes de lixo da Marina, com os papéis preparados para desfazer a semente dobrados dentro da algibeira da mochila, e a roupa que lhe tinha parecido necessária numa outra algibeira maior. Tinha perguntado – "O que queres dizer, Edu, com esse eventualmente?" Edu tinha respondido com palavras vagas e difíceis, que se o seu trabalho com a alga resultasse e ficasse a trabalhar nesse instituto das águas, talvez só pudesse regressar a Portugal lá para o Verão, Julho, ou Agosto. Lilimunde tinha ficado à espera que ele dissesse, olha, vem tu cá ver-me, tenho sentido muito a tua falta. Lilimunde tinha esperado um segundo, dois, e ele não dizia nada. Disse ela – "Então eu vou aí, Edu." Esperou um segundo, dois, três. Edu disse – "Não, Lilimunde, tu esperas aí. Aqui, no instituto das águas tenho de me concentrar noite e dia, bem mais do que aí. Algas muito difíceis de estudar, são plantas muito enroladas. Lilimunde, Lilimunde, à noite telefono-te para saber como correu a consulta de Oftalmologia" – contou a rapariga do Pará, encostada ao armário do meu quarto. "E então, dona Alberti, eu não fui desfazer-me da semente" – disse a rapariga natural de Marabá.

Disse que assim que a chamada terminou as nuvens se tinham dispersado e entre elas formara-se uma clareira rosada sobre o mar. Que ela tinha sentido que nunca mais iria ver Edu Horvat, que a vida os tinha separado. Que de repente tinha sentido que iria ficar para sempre sem o olhar de Edu, e que a melhor forma de manter o seu olhar seria guardar a semente, muito bem guardada, debaixo do vestido, até nascer.

Que tinha visto avançar pela avenida adiante a carrinha do pão, e que tinha pensado que seria bom ficar com a barriga inchada, ficar com a barriga a explodir, e de dentro da sua barriga surgir um ser com a cara de Edu. Tinha deixado que a carrinha saísse da avenida e desviasse na direcção das traseiras do Dancing Ferox, se aproximasse da zona dos lixos e acenou ao senhor Francisco que não iria. Segundo ela, o padeiro tinha parado o veículo um pouco antes dos caixotes e havia ficado muito admirado, pois porque não iria ela à consulta dos olhos? Lilimunde disse que agradecia muito, que tinha acordado com a vista maravilhosa, que deveria ter sido um farpão ocular. E a carrinha do pão do senhor Francisco tinha partido sem ela – contou Lilimunde, encostada ao armário, um ouvido cá outro no corredor, por causa da vigilância da cruel Martine. Lá em baixo, o senhor Peralta estava ao piano, e as notas chegavam até ao segundo piso como se fossem executadas ali mesmo, no meio do quarto. "Se não precisa de mim, tenho de ir" – disse Lilimunde. "Elas andam com o olho por cima de mim, nem vêem mais nada…"

"E agora, o que vais fazer?" – perguntei.

Lilimunde já tinha pensado. Mas não sabia muito bem. Achava que estando a frutificar uma criança, iria ter um estatuto. Imaginava-se nas consultas, a inscrever-se na Segurança Social, na Acção Social da Igreja, e ela, depois, mãe, iria ser respeitada, e alguém iria abrigá-la, dizia o Evangelho que nunca falta ervilhaca aos pássaros do ar nem limos verdes aos peixes do mar. Ah! Talvez fosse bom ter um filho, ela, que não tinha nada. Aquele filho iria plantá-la num lugar do mundo, e o seu bebé iria ser muito inteligente, iria ser um menino esperto como Edu. Virge Maria. Eu perguntei – "Mas desistes do Edu?" Lilimunde disse que de modo nenhum desistiria. Talvez ele viesse pelo Verão, talvez antes, pela Páscoa, e até talvez já, já, pelo Natal, se a saudade apertasse, mas da sua boca não iria dizer a Edu o que se passava. Se ele viesse e se ainda a desejasse, aceitá-la-ia a ela como ela era, com semente germinando e tudo. Se não viesse, que passasse muito bem por lá, pelo laboratório do lago.

A imagem do lago é que a inquietava, criava uma distância que ela não tinha imaginado, era como se o acaso se tivesse encarregado de os afastar. Era inacreditável, pois cinco dias antes não conseguiam largar-se na zona do *check-in*. "Dona Alberti, vou dizer a verdade, é que eu não decidi só esta manhã, eu fui decidindo. Quando soube que Edu se ia embora, comecei a pensar, a pensar. Viu? Dois pensamentos, um para cá, outro para lá…" – disse a rapariga do Pará.

Eu estava sentada, custava a levantar os meus olhos para Lilimunde encostada ao armário. Lá em baixo o senhor Peralta tinha terminado o concerto da tarde, talvez uma polca que ele repetira sem parar, enquanto nós conversávamos no quarto. Era, pois, a hora de Lilimunde sair para o corredor. Mas, antes, ela baixou-se e colocou a sua cabeça entre as minhas mãos. Quando levantou o rosto, as suas faces não estavam molhadas. E isso era bom. Eu também não. Quando foi o meu caso, eu também pensei, pensei e nem uma lágrima tinha deitado por mim mesma. Não precisava. Nós duas, tão distantes no tempo, no espaço e na instrução, e tão da mesma raça. Estávamos irmanadas. O amor de Lilimunde era velho, muito velho. Um amor fora da órbita dos tempos de hoje. Era um amor antigo como uma carroça puxada pela mula, pensei. Como uma seara cortada pela foice, como uma rapariga bordando à janela, como o queijo sobre o pão com dez dias de cozido, como a roupa passajada pela cerzideira, como o vestido branco tingido de vermelho na tinturaria, como o aborto feito com faca de cozinha, como a gemada de dois ovos e vinho para restabelecer a saúde, como a canja para curar as febres, como o pano turco para amparar a hemorragia, como a grafonola no pátio para se dançar aos domingos, como o rapaz vestido de gabardine em cima da bicicleta, como o seu cigarro a meio dos lábios, como o seu chapéu de aba pendida para os olhos, como os seus olhos mortiços de sedução, como a oferta de um primeiro Atlas, como a oferta de um segundo Atlas, como a oferta de um Globo Terrestre, anos mais tarde, para colocar na mesa-de-cabeceira, ligar à corrente como um candeeiro, e com essa luz esverdeada, ela ser obrigada a pensar nele, tal como antes, quando ele partira num paquete tão grande que ao entrar na água levantava o nível do oceano. Mas era assim, o amor antigo continuava a meio do mundo moderno, a fazer das suas. Aviões, computadores, mensagens, fotografias automáticas, vídeos, deslocações formidáveis, satélites no céu a darem conta da actividade de uma formiga na terra, e no meio de tudo isso, a mesma história humana amarela. Que pena, meu Deus. Que mistério é tudo isto, Alberti, sentada que estás na tua charrete, diante do teu gravador, dize-lo só pra ti. Ninguém escutará as tuas palavras, vento falado para um objectozinho de nada.

58
O senhor Rudolfo

Chegou o mês de Dezembro. É um mês violento. Se for como no ano passado, tudo se precipita, e em vez de ser uma estação calma como anunciam as canções, o tempo que é usado para espalharem grinaldas e balões pelas paredes fica a faltar ao cuidado dos residentes e não haverá sossego.

Se for como o ano passado, haverá presépio, canções, frituras, embrulhos, visitas que vêm de longe, o fotógrafo virá mostrar as suas detestáveis obras de arte e prestar-se a falar com as suas vítimas. No ano passado, vieram também os agentes dos óculos e das próteses auditivas, e ainda haverá tempo para nos reunirem, e nos colocarem perante um desafio, a criação do texto para um cartaz composto por todos. O tema deste ano já foi anunciado – Definição do Ano Novo. Bianca disse que nos devemos preparar para que as nossas frases sejam gravadas, passadas a escrito, escolhidas, ampliadas e colocadas no *hall* de entrada como no ano passado.

Mas este ano não sei se participarei. Não acredito na boa-fé de quem promove a composição do cartaz sobre semelhante tema, quando um rapaz como Ali Abdul, alguém que nos dava tanta alegria, foi fustigado por pessoas como o Tavares e a este nada lhe aconteceu. Aqui se albergam todos os géneros de pessoas, e como na vida lá fora, os malignos passam por cima dos outros. O Tavares quando me encontra, desde que eu lhe disse que é o rosto do mal, sempre que passa com a bengala junto da minha cadeira, bate nas rodas, faz um ruído com os lábios e baixa a cabeça como se fosse cuspir para o chão.

O Gomes, não. Esse, apesar de tudo, retractou-se. Na mesa, fiz-lhe frente tanto quanto pude. Estava preparada para lhe dar a entender que não o considerava mais. Antes que se levantasse, e distribuísse água com parcimónia, como se entregasse cartas registadas, eu coloquei a minha mão sobre a boca do copo e não olhei para ele. Como não ouve bem, mas enxerga razoavelmente, deve ter percebido o sentido do meu gesto. Se não percebeu de imediato, percebeu logo a seguir, porque Joana Amaral disse – "Senhor Gomes, agora já não se bamboleia? Os *Seis Cavalheiros Dão Cartas* deveriam ser expulsos desta casa. Não respeitam a pessoa que fundou o clube, não respeitam o espírito daquele que se chamava João Almeida, sargento…" Mas a frase resultou muito longa e foi necessário que dona Rita de Lyon resumisse, pronunciando muito alto – "Senhor Gomes, o senhor também foi responsável por que os rapazes marroquinos se tivessem ido embora." Aí, o senhor Gomes ouviu e compreendeu. Levantou o jarro da água, veio na minha direcção e disse – "Vá, esqueça lá isso, senhora."

Eu não aceitei. Coloquei de novo a minha mão direita sobre o copo, recusei o seu serviço. No dia seguinte, cedi. Deixei que o senhor Gomes despejasse a água. Coisa tão grande pequena, nas nossas vidas. Os nossos sinais de zanga e consolo estão ao nível das borboletas. O Gomes ficou satisfeito. Levantou-se e distribuiu o pão da cesta como se distribuísse cartas. Mas o Tavares tem continuado a bater nos pneus da minha cadeira com a bengala. Ele é o rosto do mal. Ele afastou Ali da nossa vida. Não havia quem não quisesse tomar banho pelas mãos de Ali. A própria dona Joaninha, que ainda não retirou o luto, chorou à mesa pela partida de Ali. Dona Estela, que só veio recentemente, fica espantada com o nosso sentimento. Grandes e pequenos acontecimentos comovem-nos. Eu penso que tudo entre nós é mais comovente porque sabemos que tudo o que acontece, acontece pela penúltima ou mesmo pela última vez. A suspeita de que o bem e o mal nos dão imagens derradeiras emprestam-lhes uma tal intensidade que nos torna débeis, mesmo na fortaleza. É aí que eu me sinto. Dona Joaninha, ainda que não o diga, também. A prova foi o episódio que ocorreu, de novo, com um terceiro homem que se enamorou dela.

Foi tudo muito rápido. Aconteceu já na entrada deste mês de Dezembro. Mas para falar por ela, sobre este caso, é preciso banhar as mãos em água-de-colónia. O protagonista chamava-se senhor Rudolfo. No mesmo dia, para o quarto número 306 entrou o senhor José Augusto, para o 103 entrou a dona Elvira e para o quarto 307 entrou o senhor Rudolfo. Assim ficou completo o número de residentes do Hotel Paraíso, neste início de Dezembro de 2019. Se as outras duas pessoas até agora ainda não têm história nesta casa, o senhor Rudolfo tem e terá. O senhor Rudolfo chegou na segunda-feira, com um bigode fino como os actores italianos dos anos cinquenta, chegou só e não trazia nada consigo. O seu quarto fora o de dona Aurora. Mostrou logo ser uma pessoa singular porque não quis aproximar-se da mesa de *Os Seis Cavalheiros Dão Cartas*. Sentou-se entre as mulheres que se encontravam a meio da sala e entornava os olhos por todas elas. Logo no segundo dia perguntou, muito alto – "Qual delas ainda está capaz de ir para a cama com um homem?"

O senhor Rudolfo não tinha querido sentar-se à mesa do clube mas foi de lá que se levantou um braço apontado na direcção de dona Joaninha. Dona Joaninha encontrava-se sentada a olhar para o *écran* da televisão onde decorria uma feira de gado em alguma região do globo, e ficou ofendida. Levantou-se, afastou-se, foi encostar-se ao umbral da porta que abre para o Hall Maior. O senhor Rudolfo levantou-se e foi no encalce da dona Joaninha, aproximou-se e tocou-lhe nos ombros. Dona Joaninha empurrou-o, o senhor Rudolfo cambaleou, endireitou-se e atirou-se-lhe aos seios. Perguntou – "Não queres brincar?" O senhor Rudolfo não era alto, Joana Amaral atirou-se-lhe ao pescoço e apertou-o. Foi preciso as raparigas separarem-nos. Dona Joaninha gritou – "Ainda me vais pagar. Queria que rebentasses. Que rebentasses, já."

Ontem estávamos à mesa, a Sala Azul completamente silenciosa. Ainda não tinham servido nenhum prato, não se ouvia o tinir de um garfo, uma colher, uma faca. Quando as travessas vinham a entrar na sala, ouviu-se um estoiro. O senhor Rudolfo tinha caído da cadeira e esperneava no chão. Eu virei a cabeça tanto quanto pude e vi o senhor Rudolfo de braços e pernas abertas como aquele homem que um pintor italiano, Leonardo, pintou, dentro de uma roda e de um quadrado. Dona Joaninha levantou-se e disse – "Ora esta! Eu roguei aquela praga mas não lhe queria mal. Como foi que isto aconteceu?"

Todos sabiam. Joana Amaral não era responsável pela situação mas sentia-se culpada. Baixou-se e ficou a ver as raparigas a tomarem o pulso do senhor Rudolfo estendido no chão. Não deveria ser movido, segundo o enfermeiro Marlon teria de ficar esticado, assim mesmo, como se tivesse caído do tecto, até a ambulância chegar. A carocha dos idos levou o senhor Rudolfo, que não voltou mais. Há dois dias que dona Joaninha dorme a meu lado, na cama vaga. Dona Joaninha quando se despe tem roupa branca por baixo. Mas por cima veste de luto.

4.Dezembro.2019

Chegou a hora da grande batalha.
Todos os cavalos escarvam e relincham
– A nossa vida.

59
Ainda serei forte?

É mais do que sabido, e repeti-lo até cansa – Mesmo quando ela não aparece sob a forma de uma figura composta como um grifo, e vem disfarçada de vulto invisível, a noite é sempre um animal sanguinário. Esta noite saiu das paredes, aproximou-se do meu corpo e fez-me estremecer de frio. Esmagou a minha pérola-granada sobre a almofada e deixou uma mancha na minha cara. Fez cair o gravador para o chão e afastou o botão da campainha. Não pude chamar. E de resto, ficou imóvel e invisível, presente como um gás tóxico, saboreando a minha insónia até de madrugada.

Já era manhã, quando ouvi a Martine Martins passar, percebi que olhava para dentro do meu quarto, eu chamei-a, mas os meus chamamentos coincidiam, por azar, com os instantes em que a encarregada colocava os tacões no chão. Os meus chamamentos e os seus passos estavam concertados para que não me ouvisse. Felizmente, quem entrou meia hora depois foi Lilimunde. Apanhou os meus objectos do chão, limpou a minha almofada, colocou o meu telefone no carregador. Felizmente que a noite passou.

Então, Lilimunde?

A rapariga de Marabá está bem, deixou de vomitar. Tem falado com Edu Horvat. Edu não sabe quando virá, e ela não deve aproximar-se de um país que tem uma capital chamada Budapeste e um laboratório que estuda algas dos lagos. No meio desse laboratório, diante de um microscópio formidável, que mostra tudo até ao princípio do primeiro ser que se moveu sobre a Terra, quando a lama se transformou em vida, encontra-se um rapaz de vinte e oito anos, a observar. Ele não pode ser perturbado. É isso que ela conta, por outras palavras, Lilimunde do Pará. Mas o telefone é um meio de comunicação eficaz, mostra a pessoa parada e mostra-a em movimento. Já o disse a Edu. Ela vai ter de mudar de emprego porque precisa de abandonar o divã. No lugar do divã o dono do Bar Justino vai colocar garrafas. Mas se mudar para a padaria, encontrará uma cama larga e um quarto de banho capaz. Sim, ela vai mudar – Conta rapidamente enquanto me admoesta por não ter tomado o comprimido, por não pedir mais roupa na cama, por não exigir que a última pessoa da noite me assegure a campainha. Ao dirigir-se ao armário para procurar um agasalho mais quente, Lilimunde fica de perfil, e o ventre de Lilimunde começa a fazer volume na contraluz. A semente a cada segundo que passa está germinando sem parar. Ela está de braços levantados, de costas, mexe e remexe na minha roupa pendurada nos cabides, e demora a encontrar o casaco que lhe pedi. Quando se vira, diz que não está.

"Não encontro, dona Alberti. Nem o casaco de malha com punhos de pelúcia nem o casaco de fantasia." Peço-lhe que me conduza até lá. As portas do armário estão abertas, e Lilimunde começa a dependurar as peças uma a uma para eu acreditar. Passa a roupa de Verão e a roupa de Inverno, e não estão os dois casacos mais quentes, aqueles que eu uso quando o frio aperta, os que têm botões que permitem assertoar sobre o peito. Nem um nem outro. Mas também não encontro a capa cinzenta. Onde estão? Desde quando não os vejo? Passou o Verão, passou o Outono, desapareceram. O que desapareceu são três trapos, mas, pela manhã, tiritando de frio, num quarto do Hotel Paraíso, eu sinto que perdi as jóias mais formidáveis do mundo. Que eram minhas e mas roubaram. Lilimunde diz – "Talvez estejam na lavandaria, eu vou lá ver e já volto."

Mas eu sei que não estão. Eu desenho um filme completo e percebo que alguém, a meio do Verão, pensou no Inverno e levou as três peças de vestuário para fora da residência, e eu não dei por nada. A minha filha vem, arruma-me as roupas, dobra-as, mas não dá por nada. Ela não dá pelas suas roupas, que as deixa por toda a parte, quanto mais as peças de roupa da sua mãe que ela não veste. Ela é igualzinha a Edgar de Paula, o sedutor. A filha de outra pessoa há muito que teria dado pelo roubo, mas ela está a fazer amor com o Universo, a minha filha.

Lilimunde deixou-me embrulhada num cobertor enquanto desceu à lavandaria. Regressa de lá sem nada nas mãos e com os passos apressados da Martine. Martine Martins escancara o armário para colocar a verdade em evidência. Ela, com as mãos dela, e o olhar de águia dela, irá encontrar as três peças e atirá-las às minhas ventas. Mas procura-as e não as encontra. Como não as encontra toma o telemóvel e chama pela Gina e pela Jaciara.

As duas acorrem muito apressadas, e também vão remexer nos meus pertences pendurados, e voltam-se para a janela desiludidas. Sim, elas nunca viram semelhantes roupas, que Martine se lembre ambas, Gina e Jaciara, só entraram no final da Primavera nesta casa. Por certo que semelhantes abafos já cá não estavam. Olham para mim e pestanejam muitas vezes a sua inocência. Só vejo os seus cílios a moverem-se para cima e para baixo. Jaciara diz – "Desculpe, dona Alberti, mas nós nunca vimos esses casacos, muito menos esse seu xaile cinzento-claro. Nunca, desde que estamos cá, e somos nós quem traz a roupa da lavandaria…" Martine Martins lembra-se de dizer – "Talvez a sua filha os tenha levado para casa." Aí, eu perdi a paciência – "Pelo amor de Deus, a minha filha quer cá saber dos meus trapos. A minha filha só pensa nas suas loucuras. Deixem-me em paz. Vão-se todas embora daqui…"

As três raparigas saem, mas Lilimunde sabe que a quero perto de mim. Toma o meu lenço, enxuga o meu rosto, retira a manta dos meus ombros, despe-me, lava-me, veste-me. Estou a viver a minha tragédia, a perda da minha roupa, não quero compaixão de ninguém, nem de Lilimunde. Mas no meio da minha catástrofe, há um consolo. Um consolo pequeno mas ainda assim consolo. Já deixei de sacudir os meus ombros pela força dos meus soluços e consigo dizer no meio das minhas lágrimas – "Lilimunde, cheiras tão bem. Onde compraste?"

Ela contou que tinha ido à farmácia na carrinha do pão, e de regresso, ao passar pelas ruas da Marina, tinha encontrado na montra de uma loja chinesa, por baixo do Dancing Ferox, o perfume de bergamota. Pensando nos meus casacos roubados, sinto o peito sumido. Lilimunde conduz-me ao Salão Rosa, e há quem consiga descortinar na minha pele sarapintada sinais do meu sofrimento. Conto o que se passou, que fui indecentemente roubada. Dona Luísa de Gusmão também foi, assim como dona Rita de Lyon, o mais belo vestido francês que o seu filho lhe enviou pelo aniversário, nem o chegou a vestir, foi um ar que lhe deu. E dona Eva Leal, que acaba de chegar, já perdeu os seus brincos de casamento. Viveu sessenta anos com eles pendurados nos sítios convenientes sem os tirar. Ao chegar ao Hotel Paraíso, na segunda noite, perdeu-os. Quando acordou, pela manhã, só tinha os dois furos nas orelhas. Adeus.

Eu acho que não me roubaram os casacos, arrancaram-me a minha própria pele. Não sei como vou suportar semelhante desgosto.

60
No pequeno fole

O pressentimento chegou depois da hora do jantar, quando vinha a caminho do quarto. Pedi a Salomé que retirasse a bolsa de pano do peito e ma colocasse sobre os joelhos. Que me deixasse sozinha. Quando ouvi os seus passos apressados perderem-se no corredor, entalei a bolsa entre as mãos.
Confirmava? Não confirmava?
As minhas mãos tremiam. Abri a bolsa, e confirmei que ninguém havia roubado as três notas que o meu genro me tinha deixado para gratificar três raparigas mas que eu tencionava colocar por inteiro na algibeira de Lilimunde. A revelação, pela manhã, do roubo dos meus melhores agasalhos tinha-me feito esquecer por completo a ajuda que tencionava dar à rapariga de Marabá. Mas agora confirmava com alívio que ali estavam as três notas dobradas, ninguém mas tinha levado.
Fiquei agarrada à bolsa e ao seu cordão como um náufrago que se salva. Quando uma pessoa se encontra no Hotel Paraíso, acaba por subverter o valor dos factos, como é o meu caso. Por incrível que pareça, de súbito, a perda dos três abafos desaparecidos perdia importância diante da certeza de que alguma outra coisa considerada perdida era recuperada e se encontrava na minha mão. Afinal ninguém havia entrado no meu quarto, enquanto eu dormia, para levar o meu dinheiro, e essa certeza devolvia-me a confiança no mundo. À face da Terra, havia ruins e havia bons, pensei. Gente pura e gente

podre. Gente amável e gente bruta. O Planeta com muitas nações, mas a Humanidade só uma e apenas com duas espécies, os fiáveis e os assaltantes. Duas espécies só, sob os raios da luz solar, pensei. Nesta vida, havia que ter paciência, ora éramos tocados por uns, ora por outros, uma vez que tínhamos de partilhar as duas espécies, e agora sentia um grande consolo, já que as três notas se encontravam dobradas e intactas, arrumadas no primeiro fole da bolsa. No fole maior, o do meio, o meu pente, dois rebuçados, os meus lenços, a ponta do lápis, duas folhas A8, as gotas para os olhos. Um espelho. No fole menor, o que abotoa com uma mola, nesse não, nesse está guardada a mensagem. Abri o pequeno fole e a mensagem de João Almeida não estava.

Fiquei sem ver durante muito tempo. Passei a minha mão pela bolsa um milhar de vezes. E caí no fundo do tempo.

No início da noite, a noite saía do seu esconderijo, abria as suas asas de esterco e sombra, e empurrava-me para o fundo do abismo.

Era onde eu me encontrava.

Muito tempo.

No interior de nada.

Roubaram a minha mensagem.

61
Punhos de pelúcia

Compreendo perfeitamente e estou serena. Falta-me o que me falta. A despedida antes de abalar para o Hotel Paraíso foi sendo feita, com método próprio de uma pessoa que se prepara para uma viagem irrepetível – Digo-o em voz alta para que se saiba. Tomem cuidado comigo.

Primeiro despedi-me do Sol e da Lua, depois despedi-me das estrelas e da Via Láctea. Despedi-me das grossas nuvens que antes traziam chuva sobre as planícies de Valmares, e despedi-me do céu e de todas as outras nuvens que ao longo da minha vida vi criarem figuras inimagináveis, como se prometessem, para o futuro, enviar para a Terra outras criaturas. Depois despedi-me das longas planícies de Valmares e das águas do oceano Atlântico, tal como as via da minha varanda. Depois despedi-me das estradas por onde fiz as minhas viagens. E das cidades onde fiz os meus negócios e as minhas compras. Despedi-me do arvoredo verde-sombra e verde-água, das copas frondosas no Verão, e das copas despidas no Inverno. Despedi-me do caminho que me conduzia a casa, da entrada da casa com o seu nome pintado na parede, despedi-me da hera, dos gladíolos, da glicínia, da parreira, da vinha, do filodendro, do plumbago, do solano, das lantanas selvagens.

Despedi-me da sombra da casa, dos seus corredores, dos móveis, das cómodas, dos aparadores, das fotografias. A minha mão despediu-se do movimento de as alinhar e as olhar uma a uma e nelas encontrar os gestos majestosos dos meus camponeses, sisudos e compenetrados como se fossem reis e rainhas, nos seus redingotes compridos e vestidos de colarinhos altos do princípio do século XX. Despedi-me das fotografias da minha pessoa e das cinco fotografias do sedutor, e de uma sexta, a única em que ele estava com a filha ao colo, a rir para ela como se a amasse. E despedi-me da mesa das refeições, e da chaleira e do chá, e da toca da lareira e do cabaz da lenha, e do ruído do cata-vento, e do espelho grande onde vi ao longo de décadas o comprimento da minha saia. E despedi-me do meu guarda-fato onde fui acumulando as peças mais amadas de cada época, até à última, e aí deixei pendurados os dois casacos mais quentes e a capa cinzenta, oferta da minha amiga Susy e do seu filho João, num dia de aniversário em que louvaram a minha vida como ninguém mais o fez. Despedi-me de tudo com o coração tranquilo, pensando que nunca mais iria regressar para não ter de me despedir segunda vez. Mas na verdade não me despedi para sempre de todas as coisas porque parti de casa durante a Primavera do 2017, e quando chegou o Inverno seguinte, a minha filha trouxe-me os melhores abafos que eu lá tinha deixado, para combater o frio. Já não mais sairia à rua, e no entanto precisava de roupa quente como se fosse enfrentar vendavais e nevões, em virtude do meu sangue gelado. Mas, afinal, agora que voltava a precisar dos meus agasalhos, os mais quentes e leves, alguém mos havia roubado. Já não sou eu que me despeço do que me rodeia, são os objectos que me rodeiam que se despedem de mim. Vão voando.

Para além de tudo o mais, alguém tinha assaltado a minha bolsa, tinha ido ao seu fole mais estreito e havia levado a mensagem do sargento João Almeida. Estou no meio do Salão Rosa, entre umas cinquenta pessoas sentadas em torno do piano do senhor Peralta, metade do salão a olhar para a outra metade, mas penso. Penso na pessoa que poderá ter-me assaltado. Os meus olhos vagueiam pelos rostos que me cercam e não encontram quem o possa ter feito. Mas desconfio. Alguém que descobriu que eu tinha uma mensagem preciosa dentro da minha bolsinha e eu só vejo uma pessoa capaz dessa perversidade. Aponto o meu dedo à pessoa – Judite, a alta. Só pode ter sido ela. Mas terá sido Judite, a alta? Pensando bem, faço as minhas contas, e creio que a alta foi expulsa pouco tempo depois do tempo das formigas, confirmo junto do Luís Cotovio da portaria, e assim sendo o seu nome fica excluído.

Então comecei a fazer os meus cálculos, e agora descubro que não é ela quem me empurra a cadeira como fantasma mudo. Afinal, é outra pessoa ou outras pessoas que praticam esse crime atrás da minha cadeira, sabendo que não me posso virar. E sendo assim, no dia em que eu me neguei a tirar a fotografia, quem me levou até à porta do quarto já não foi ela. E eu julguei que sim. Então, quantas pessoas existem nesta casa que se comportam como Judite, a alta? Que me empurram e não falam nem se mostram?

Penso nas portuguesas uma a uma, entre elas Berenice, a distribuidora dos comprimidos, e nas estrangeiras do Norte de África, como é o caso da Maha, e nas de Leste, Svetlana, Francine e Gabriela, ou em Maria Lina, ou Maria José das Lundas, e as que esta manhã se encontram de serviço ao Salão Rosa, a Janice e a Bruna, e todas me parecem culpadas. A isto que eu estou a sentir, sentada no meio do salão, rodeada por pessoas que não falam, enquanto o ruído do televisor desaba sobre a minha cabeça, chama-se suspeita. Suspeita. A suspeita generalizada tomou conta do meu espírito e eu vejo uma multidão entrar de noite no meu quarto e assaltar no escuro a minha bolsa para me roubarem a mensagem de João Almeida. A minha dor de cabeça faz com que não veja bem quem me está próximo. De um lado está dona Plínia, e do outro está o senhor Sereno, distingo-lhes a voz mas não os vultos. E por pensar no senhor Sereno, por associação, penso em dona Joaninha e o meu espírito dá um salto. Passo a ver perfeitamente quem se encontra à minha beira.

Possivelmente, foi dona Joaninha.

É preciso não esquecer que a mensagem andou guardada durante semanas no *soutien* de Joana Amaral. Imagino um *complot* entre dona Joaninha e as outras minhas companheiras de mesa, dona Rita de Lyon e dona Luísa de Gusmão. Talvez elas tenham desconfiado da minha fidelidade ao sargento, uma vez que sempre me emociono quando se fala da sua pessoa. Certa vez, dona Luísa de Gusmão, que tem pensamentos iguais aos dos plebeus, disse à mesa – "O sargento entendeu-se com a dona Joaninha, mas olhando para si, parece que foi você quem dormiu com ele." Comentário de uma pessoa vulgar. Mas poderiam elas ter-se combinado para me assaltar a bolsa e roubar a minha mensagem? Se eu voltasse atrás no pensamento, e o desfiasse como deveria ser, por certo que chegaria à conclusão de que imaginar semelhante *complot* seria um erro. Um delírio da minha cabeça fraca.

Assim, era manhã, eu estava cheia de frio, tinham-me vestido roupa dupla, desconsolada, sentada perto do piano, com cinco filas de companheiros defronte, e eu pensava no dia da minha despedida do mundo lá fora e da penúria em que me sentia. De súbito, olhei bem para diante, e percebi que o meu corpo, ele próprio, estava sentado na minha frente. O meu corpo estava sentado diante de mim.

Como era possível?

Quando eu tinha percebido que alguém me havia roubado a mensagem, tinha ficado sem ver. Agora, que o meu próprio corpo se encontrava na minha frente, via demais. Via botões, pelúcia e fios de lã entrançados, bandas de malha assertoadas. Quis levantar-me da cadeira e andar. Fiz um grande esforço e o corpo não obedecia. Ouvi uma voz que me dizia, *Levanta-te e caminha*. Eu fiz um supremo esforço, chamei pelo fio dos meus músculos, retesei-os, fiquei durante uns segundos a tremer sobre os pés, abandonei a cadeira, dei uns passos em frente, e atirei-me sobre o meu corpo sentado. Cravei as unhas no tecido de malha que encontrei e não larguei, abanei o meu corpo e sacudi-o. A minha alma queria arrancar do meu corpo o meu casaco de malha com punhos de pelúcia, mas o meu corpo defendia-se porque o corpo não era meu, era de dona Marcela. Era o corpo de dona Marcela vestido com o meu casaco. Porque tinha ela o meu casaco vestido? Gritei, ladra, ladra, estás vestida com o meu casaco de malha! Mas dona Marcela não reagia, deveria estar completamente dopada, e sem trouxa. Só que o facto de eu gritar agarrada ao pescoço de dona Marcela chamou a atenção de toda a gente.

    Vieram as duas raparigas correndo, e mais o Ivan, e a própria doutora Ana Noronha que não queria acreditar no que os seus olhos viam. Vieram tentar separar-me do corpo de dona Marcela vestida com a minha roupa. Acabaram por despir o casaco que haviam vestido em Marcela e entregar-mo tal foi a minha pressão. Jamais alguém me tinha visto assim. Os meus olhos viam tudo, longe e perto, sobretudo perto. Via as malhas esgarçadas, a pelúcia desfeita, a gola enrolada. Deveria ter andado vestido em vários corpos, ter sido lavado várias vezes. Molhado, enrolado, centrifugado na grande máquina da lavandaria. Atirei-o para o chão. Pedi que me levassem para sempre daquela sala.

    Se me despojavam de tudo o que eu mais amava, eu tinha um plano e iria executá-lo. O meu bloco-notas, por favor, uma folha, uma data, agradeço, pedi eu a Salomé. Com a minha mão esquerda, mais ágil do que habitualmente, escrevi aquela que decidi ser a minha última nota.

6.Dezembro.2019

Cair no fundo, vestida com a sua mensagem
seria tudo – Sem ela, nua de nua
vestida de nada, no fim
do mundo.

62
O plano

Fechei os meus olhos e cerrei os meus lábios. Separei-me do mundo, fiquei sozinha com a minha determinação. As paredes colaborarão comigo neste plano e delas surgirá a noite para o último encontro. Anseio por esse momento, mas ainda não chegou a hora, pois Lilimunde entrou, sentou-se na cama vaga e eu desejei que a rapariga se afastasse do meu quarto. Ela tinha tido conhecimento de que a minha roupa andava dispersa pelos armários da casa e era vestida em outras pessoas, e queria consolar-me. Eu dispensei o consolo. Lilimunde julgou que eu desejasse descansar e eu acenei que sim, mas nunca como naquele momento eu me mantinha tão de sobreaviso, pois na minha mente eu desenhava o plano. Não se desenha um plano dormindo. E contudo, curiosamente, o que ela disse inscrevia-se na ordem das boas coincidências. Anunciou que iria abandonar o Hotel Paraíso para viver e trabalhar daqui em diante na padaria.

Não lhe coloquei dúvidas nem objecções, porque estava envolvida com o meu plano, mas ela achou por bem justificar-se pelo facto de se sentir perseguida. Falou de gente cafona que andaria a infernizar a sua vida. Disse-me, querem saber com quem eu dormi, e quantas vezes. Avaliam o meu tempo de ocupação, dizem que há quem faça um trabalho de desmancho tardio e eu não quero, não. E perguntam também onde vou eu deitar o nené quando ele nascer, como vou alimentá-lo e levá-lo à escola. Alguns dizem que sou uma cretina, outros que vou ser prostituta, outras que vou ser como a Virgem Maria, a mãe de Jesus, sem um São José na cabana, e riem de mim. Sou o centro de muitos risos e dichotes, dona Alberti, quero ir-me embora deste lugar quanto antes. O conselho do Jordão é que eu volte para a casinha de Marabá. Mas eu vou é para a padaria vender o pão.

Lilimunde tinha-se aproximado da minha cama e o seu perfume voltara a ser o antigo, mas isso já não me dizia respeito porque eu só pensava no plano. Por esse motivo não perguntei pelas condições que lhe eram oferecidas, mas ela contou – "No armazém da farinha existe uma despensa vazia onde se pode pôr uma cama. Disse o senhor Francisco que a mulher dele me dá licença..." Eu estava a pensar no meu plano, só, só, no meu plano, mas chegando ali, e porque começava a ficar escuro, e eu queria que Lilimunde saísse do quarto antes de se acenderem as luzes, perguntei – "Concordo que te vás, mas diz-me, o que é feito de Edu?"

A rapariga de Marabá abafou um grito – "Oh! Continua a estudar a alga castanha, do feitio de uma tripa de porco em pequenininho. Mas desse limo que parece coisa de nada, vai sair um remédio para curar o cancro em todo o mundo..." E a rapariga orgulhava-se da obra futura de Edu Horvat. Os seus lábios pareciam não conhecer outra palavra além de Edu. Edu vai ser uma pessoa muito importante, o meu filho vai ser seu filho, mas ele, Edu, não sabe que me fez o filho – "Oh! Deixá-lo lá estar, dia e noite, diante dos aparelhos estudando as algas daquele lago tão grande que parece um mar, o lago Balaton. O instituto parece o Atrium Hotel Quinta das Pedras que tivessem levado de Belém do Pará para junto daquelas águas. Uma maravilha. Ele mostra fotografias e à volta do lago são só árvores..."

Sim, era possível que houvesse lá longe esse lago, e havia todo o futuro que se delineava, mas eu não queria seguir mais

o caso da rapariga do Pará, eu tinha pressa em despedir-me dela e por isso só disse – "Vai, vai, Lilimunde, é a tua vez de caminhar em frente. Não precisas de olhar para trás..."
 A rapariga respondeu que sim, que caminharia em frente. Eu só pensava no meu plano. Ela parecia-me uma avezita a construir um ninho com poucas palhas. Quanto mais eu a via mover-se no quarto mais eu pensava no plano. A ave do céu de Marabá deixava sobre a mesa-de-cabeceira um papel onde tinha escrito o seu número de telefone. Para que ficássemos perto uma da outra, introduziu nos registos do meu telemóvel o mesmo número. Queria que eu confirmasse, mas eu disse que não era necessário. Vai, vai. Eu tinha as pálpebras tão fechadas que nem a via. Só disse – "Fala-me daqui a duas semanas, uns vinte dias. Até lá, não digas nada, não é preciso..." Contava o prazo conforme os meus planos.
 Lilimunde saiu do quarto e eu fiquei livre.
 Fiquei livre para pensar, sozinha entre as paredes com aquilo que elas albergam, o visível e o invisível. Fiquei livre, sobretudo, para pensar no que tinha ouvido narrar, ao longo de dois anos de permanência no Hotel Paraíso, sobre os métodos para se morrer à míngua, já que os comprimidos andavam aferrolhados a sete chaves no carrinho da Berenice. Restava a fome. Sabia por isso que todo aquele que quisesse morrer à fome teria de ser muito hábil. E assim eu não poderia deixar de me alimentar de um momento para o outro, teria de ir minguando as doses até ao dia em que não comesse mais nada. A isso se chamava a "morte do cavalo espanhol". Já muitos o teriam tentado, mas poucos o teriam conseguido. E tinha ouvido dizer que o pior dos métodos era iniciar um jejum total, de um momento para o outro, o que se chamava "morte por tiro e queda". Também poucos ou mesmo nenhuns o teriam conseguido levar até ao fim. Privar-se uma pessoa de todo o alimento, de um momento para o outro, dava nas vistas.

Imediatamente as raparigas ficavam alerta, telefonavam aos familiares, faziam tentativas de forçar a refeição, e em último caso, de forma sempre aparatosa, chamavam o doutor Longino ou mesmo a ambulância. Nesse caso, encaminhavam a pessoa para o hospital e não a deixavam morrer. Conta-se que há perto de uns seis anos, três residentes combinaram pôr fim à vida por privação, agindo em simultâneo e em conjunto para melhor resistirem à fome. Eram duas mulheres e um homem. O assunto tinha atravessado as paredes da residência e havia ido parar aos jornais. Uma tragédia. Foram-lhes introduzidos alimentos no corpo através de sondas e seringas. Seis anos depois ainda se falava no caso.

Mas o que mais me tinha surpreendido foram os relatos sobre o que se passara em seguida. Depois de tão grande esforço para morrer, tinham acabado por querer viver, ficando agarrados à vida com mais diligência do que o comum dos mortais. Dava a impressão de que a mesma força com que tinham querido pôr fim à vida era a mesma força com que depois tinham desejado sobreviver. Contava-se que passado um mês após a tentativa frustrada, o trio de resistentes havia engordado. Seis meses mais tarde, as bochechas chegavam-lhes ao peito. Em face desses desaires, era preciso reflectir. E eu reflectia sobre a forma mais eficaz de agir, deitada na cama, sem ninguém por perto, ninguém no corredor, os lábios unidos, os olhos fechados. Quando, na hora do jantar, a Svetlana surgiu, acendeu a luz, e se aproximou da minha cama, eu disse – "Não insista, menina. Amanhã logo vou. Hoje, é só para descansar."

63
A fome

Fechei as pálpebras e não as abri. Mas procedi com cautela seguindo um plano. Nos primeiros dois dias desci para o almoço, desfiz a comida com o garfo manuseado pela mão esquerda e amontoei-a na borda do prato. Ninguém deu por nada. Como ninguém dava por nada comecei a pedir que me deixassem a dormir no quarto. Nem mesmo a Nina dava pelo que quer que fosse. Ao terceiro dia comi meia batata e ninguém deu por isso. Mas então os meus olhos passaram a ver amarelo. Estendida na cama, sem querer comer nem beber, passei a ver azul, e depois lilás. Quando chegava a noite, esperava que a noite saísse das paredes, ela e o seu negrume, e me tomasse nos seus braços de penas húmidas. Vem, vem. Tantos meses a temer a presença da noite, e agora que eu a chamava, não vinha.

Deitada, a ver apenas o azul, eu desejava que a noite surgisse carregada de escuridão, me estendesse as asas imundas, me colocasse uma pergunta improvável para eu poder responder que não tinha a sabedoria necessária para resolver a questão e entregar-me definitivamente – Não sei, estou vencida, ó noite, diria eu. Então ela levantar-me-ia da cama, envolvida nos meus cobertores, subiria comigo para além do tecto, para além do terraço, subiria com o meu corpo ao colo até às nuvens e depois deixar-me-ia cair no vazio, e eu diria muito obrigada. Mas por mais que eu a chamasse, ela não saía do seu amalho, e pela fresta dos olhos eu via raparigas azuis, de vez em quando, aproximarem-se do meu rosto com copos de água. Na quinta noite de aplicação do meu plano, aproximou-se o enfermeiro Marlon acompanhado pela directora Noronha. Falaram baixo. A Noronha disse – "Amanhã chamamos a ambulância." E eu pensei que não iriam chamar, não. Ambos saíram e eu gritei – "Noite, aproxima-te, toma-me nos teus braços, leva-me contigo."

Esperei em vão.

O azul passou a lilás e o lilás passou a rosa-púrpura, e depois a rosa-malva, e no entanto, ainda não era madrugada. Havia cinco dias que não comia. Conhecia a luta travada entre o corpo e a força de vontade ao longo desses dias. A alma queria uma coisa, o corpo pedia o seu contrário. Por vezes a vontade subia acima do corpo e dizia, venci. Mas noutros momentos o corpo reclamava alimento e revoltava-se. Quando ele se impunha, eu tinha de chamar de novo a força de vontade, tinha de me lembrar que João Almeida havia falecido numa noite de luar, que Ali Abdul havia sido expulso do Hotel Paraíso, que Lilimunde estava a ser enganada pela sua própria natureza, que a mim me roubavam a roupa e a vestiam em outras pessoas, e acima de tudo que alguém havia retirado da minha bolsa de pano a mensagem do sargento. Bastava pensar nas minhas perdas, que aconteciam depois de todas as despedidas, para eu sacudir a cabeça e cerrar os lábios.

Por vezes, o corpo e a força de vontade envolviam-se numa luta perigosa, sobretudo quando as raparigas pousavam sobre a mesa-de-cabeceira um copo de café com leite, e uma palhinha sobressaía, encostada ao vidro, dizendo para mim, toma-me, suga-me, olha que por este orifício passa o alimento da tua vida. Certa noite, retirei a minha mão esquerda de sob o lençol e tacteei para ver se tocava na palhinha, mas não a encontrei. Então alguém, por certo, teria retirado o copo, a palha e a própria bandeja. Sim, tinham-nos levado, mas em seu lugar haviam deixado uma pequena baguete. Não lhe toques, disse a minha vontade. A mão não obedeceu e alcançou a baguete. Não comas esse pedaço de pão, disse eu. Mas a minha mão foi mais forte e trouxe o pão até à minha boca. Trinquei, era duro. Desde quando estaria ali aquela baguete? Compreendia, o pão continha durezas como arames e vidros em vez de conduto, era por isso que eu não conseguia trincá-lo. Apalpei melhor, e descobri que não era pão mas sim a minha caixa dos óculos com eles guardados lá dentro. Não era comestível. E eu sabia que a noite me mirava, mas perdi a vergonha e lambi a caixa de plástico. Não sabia a nada.

A minha mão ficou convulsa e abriu a gaveta da mesa-de-cabeceira, encontrou uma forma redonda, é um bolo, pensei. Peguei naquela forma e não era bolo, era a minha caixa de pó-de-arroz, que se abriu. Senti a tampa cair para o chão, o pó espalhar-se sobre o meu rosto. Lambi os meus lábios, sabia a pó perfumado. Procurei no fundo da gaveta, a minha mão tremente encontrou papéis, lenços de pano, toalhetes e, ao fundo, alguma coisa que a ponta dos meus dedos julgou ser um pacote de bolachas encetado. Senti o formato das bolachas quadrangulares perfuradas quebrarem-se entre os meus dedos. Retirei-as, comi-as. Algumas delas caíam junto à minha almofada, espalhavam-se pelos lençóis, esmigalhavam-se. Mas a substância adocicada entrou no meu corpo e eu passei a ver a janela clara. A Noronha e o enfermeiro Marlon aproximaram-se. Ouvi a Noronha dizer – "Ela comeu bolachas, meu Deus!" O enfermeiro respondeu – "Bom sinal, a partir de agora, tudo vai mudar…" "Chamamos, então, a ambulância?" "Não, como digo, daqui em diante tudo vai ser diferente, o que é preciso é começar a comer. Esse patamar já está alcançado…"

Continuaram a falar um com o outro longe dos meus ouvidos.

64
Misericórdia

Não, não vai ser diferente, pensei.

Várias vezes entraram pessoas no meu quarto, e eu não as via nem ouvia, apenas as pressentia. Trouxeram pão e leite pela manhã, com aroma forte a café, e comida cheirosa à hora do almoço. Não abri a minha boca. A meio da tarde, ela surgiu e levou até aos meus lábios polpa de maçã assada. Tinha canela e vinho do Porto. Havia trazido daquela que fora a minha casa. Conhecia o fogão de onde provinha aquela maçã. Não abri os meus lábios. Depois ouvi-a falar com alguém e percebi que combinavam intervir. Distinguia nitidamente a sua voz, acompanhei-a desde as suas primeiras palavras. A palavra intervenção andava entre as bocas de quem discutia em voz baixa e ela mesma. Então de novo o amarelo passou a lilás e o lilás a azul e de novo se fez noite. E eu pensei – estou pronta.

Esperei e aconteceu.

No meio da escuridão a noite saiu das paredes, aproximou-se do meu corpo, defecou sobre os meus olhos e fez remelas que colaram as minhas pálpebras. Urinou nas minhas roupas e excrementou na minha cama. A noite limpou as suas vergonhas na minha camisa e limpou o seu orifício nos meus papéis. A noite fez várias voltas pelo meu quarto, arredou a minha colcha, viu-se no meu espelho, penteou diante dele os longos cabelos da noite e saiu para lá, um lugar onde ninguém acende a luz. Eu fiquei sozinha, sem me mover, arrefecendo. Sabia que a noite era traidora, mas não a este ponto. Deixava-me na miséria e não me levava consigo. Fiquei na borda da lama, diluindo-me nela, e no entanto ainda viva porque a noite não me tinha levado consigo. A manhã de Dezembro surgia luminosa, entrava pela janela, e o turno da noite mudava para o turno do dia. Uma rapariga nova cuja voz eu nunca tinha ouvido, gritou – "Jeová, o que se passou neste quarto?"

Atrás da Jeová vinha uma outra rapariga desconhecida. A essas duas juntou-se uma outra. Eram três. Percebi que não queriam aproximar-se de mim. Lentamente, muniram-se de luvas e máscaras. Aproximaram-se. As três despiram-me peça a peça, deitando as minhas roupas para dentro de um enorme saco de plástico. Fiquei sem roupa nenhuma. Não fazia frio nem calor. Foram buscar a cadeira de rolar para o duche, mudaram várias vezes de luvas. Colocaram-me debaixo do jacto de água. Ensaboaram-me, enxaguaram-me, secaram-me, perfumaram-me. Levaram-me de novo para o quarto. Não me maltrataram, não me bateram, não me roubaram, não me deixaram nua, não me abandonaram despida, pelo contrário, aproximaram o aquecimento do meu corpo. No meio da minha miséria, acontecia alguma coisa inesperada, tratavam-me bem, faziam as pazes comigo. Deitavam-me numa cama lavada. Uma delas passou as mãos pelo meu corpo, agasalhando-me. Como se eu merecesse, tinham misericórdia de mim. Eu aceitava. A do Jeová recebeu à porta um tabuleiro. Continha um copo e uma palhinha. Uma das outras, desconhecida, tomou o copo, aproximou a palhinha dos meus lábios e eu bebi o seu conteúdo até ao fim.

Sem data

No baile de roda, a pança dançou – Se me chamarem eu vou.

65
Os passos

Agora alguém aqueceu o meu quarto e eu mantenho-me deitada. Não sei que horas são, e também não importa. Quando abri os olhos, vi o enfermeiro Marlon muito perto, e a sua mão continha a minha mão. Estava a medir a tensão arterial, e pelos vistos já havia medido a glicémia porque mantinha no colo, sobre a bata branca, os aparatos de medição.

Ele não falou, deve ter pensado que eu estaria a dormir. Não sei se estou a dormir. Quando estou acordada, vejo bandejas passarem à altura das janelas. Fecho os olhos e as bandejas desaparecem. Abro-os e ali está o café com leite que já arrefeceu. Levam a bandeja e trazem-na. O copo fuma de quente. Fecho os olhos, abro-os, o líquido parece repousado. Os passos delas estão coordenados. Vem a Salomé adiante, vem a encarregada Martine atrás. As duas dizem palavras – "É agora, dona Alberti. Que vergonha, ter querido morrer! Vamos beber isto, aqui tem, sugue pela palha. Mais um bocadinho, e mais um, e mais um ainda…"

Pousam a bandeja, cobrem-me, embalam-me, fecham a janela, não chove nem faz sol, nem frio nem calor, só o ruído dos passos. Passos para cá, passos para lá. Dizem – "Sugue mais um bocadinho, mais um e mais um…"

O líquido é doce, os passos são suaves, elas caminham sobre solas de borracha, e ela e ele também vêm. Ela entra e penteia-me. Reconheço-lhe a voz desde pequena. Enquanto ele sermoneia, diz que fez bem em estender as gratificações às rebeldes, metade da raiva das raparigas provém de se gratificar umas e não outras. Separadas entre merecedoras e não merecedoras. E ninguém deveria precisar de gratificação. Enquanto houver gratificação haverá discriminação sobre os utentes. Uma vergonha de salários. Não é possível que alguém mude por uma gratificação, mas talvez seja possível. A gratificação não é só uma nota dobrada, corresponde a um agradecimento, uma aliança, o convite para entrar para um clã porque a gratificação é clandestina, e por ser, a sua aplicação forma um grupo de transgressão que se entende. Possivelmente estas raparigas que me trataram bem fazem parte do grupo de transgressão, segundo o que ouço do meu genro. No entanto eu nunca as vi antes. O meu genro diz, pelo amor de Deus, não conhece a Gina, a Bruna e a Janice Jeová, que trataram de si? Vão os passos, vêm os passos, todos se vão.

Mas a Salomé entra mais rápida do que as outras, leva o resto do café com leite para aquecer. Volta com o copo do líquido aquecido sobre a bandeja. A máquina Bosch é eficaz, ela diz – "Você vai beber como deve ser. Dona Alberti não é um bebé, pois não? A senhora amuou porque a tratam assim, cheia de mimos como se fosse um passarinho. Comigo dona Alberti é uma mulher, vai beber tudo, vamos lá…"

Então eu bebo sem precisar de palha. Bebo tudo, até ao fim, e fico muito bem. Afinal preciso de comer, de beber, preciso de sobreviver. Não tenho fome, mas sinto que é necessário forçar. Ouço os passos das raparigas, de um lado para outro. O leite está dentro do meu estômago, inundou o meu corpo, tomou-o por inteiro. Mas agora já não está porque todo o café com leite que bebi foi parar no meio do soalho.

Desculpem ter sujado a colcha e o chão.

Metade do leite está na colcha, a outra metade está no soalho. Dentro de si, diz a Salomé, não ficou nada. É preciso chamar alguém.

Muito caladas, as raparigas vêm, vão, caminham, levam o balde, o cabo da vassoura é um ceptro, a paciência delas uma coroa, o meu agradecimento não tem limites. Falam, falam, a voz humana é o melhor som que o vento produz, não importa o que as palavras dizem. As palavras são. Não precisam de ter um sentido. O enfermeiro Joaquim também vem, substituindo o Marlon. Ele mede, apalpa, não fala. Ele tem a última palavra. Quando Jordão, o grande, passa a fazer a ronda, é noite noite, eu já não estou acordada.

66
A graça

Passos e mais passos. Os passos do enfermeiro Marlon cruzaram-se com outros passos. Abri os meus olhos e vi gente a entrar. Na cama vaga, ao lado, sentavam-se quatro pessoas. São as quatro viúvas. Uma delas aproximou-se, pôs-se de cócoras, juntou o seu rosto ao meu e perguntou em tom muito baixo se eu passava bem. Eu disse que sim e elas regozijaram-se – "Ah! Ouviu! E respondeu." Então começaram a rezar o terço a meu lado.
Chiu! Um terço, primeiro mistério.
Aquelas vozes juntas falavam, falavam, eram sempre as mesmas palavras, mas ao contrário do repúdio que antes me tinham provocado, agora eu consentia, não me ofendia aquela repetição. Pensei no vento e na chuva, na passagem do vento pela rama dos marmeleiros, nas tardes de Inverno. O vento a passar pelas escassas folhas e a fazê-las tremer e assobiar. Eu costumava ficar a ouvir esse som repetitivo quando passava as tardes e as noites na minha casa, e achava que eram os objectos da Natureza a dizerem sem cessar, eu existo, eu existo. As quatro viúvas pareciam mais volumosas porque vinham encasacadas pelo frio do Inverno. Ali sentadas, eu via-as quando abria os meus olhos, e sobretudo ouvia-as. Agora a repetição não me agredia, não me dizia que estava perante uma prova da estupidez humana, pelo contrário, comovia-me. Sempre a mesma submissão, sempre o mesmo pedido, sempre o mesmo louvor, como a chuva no telhado,

o vento na ramaria, o rumor incessante das ondas do mar, Pai-Nosso, Avé-Maria, rogai por nós que recorremos a Vós. Tão belo, os seres humanos a reclamarem por uma resposta, como as flores do jardim abertas na direcção do sol, os braços das árvores estendidos para o céu, assim, elas, assim eu, de tal modo que, quando terminaram o quinto mistério, eu tive vontade de perguntar – Já? Tão rápido o tempo passou? Mas fiquei calada, de olhos fechados. Mariline, a viúva que lidera, perguntou – "Dona Alberti, está a ouvir-nos?" Eu disse que sim.

"Oh! Graças a Deus. Pois desta vez não vamos falar do Livro de Job, nem da autoria do Livro Sagrado e dos livros profanos. Esse desentendimento já passou. Vamos falar de uma conversão – Consegue escutar uma história?"

Eu só vagamente me lembrava de que nos tínhamos desentendido, mas não era capaz de reconstituir as causas da discussão, nem me importava com o que tivesse acontecido em torno do Livro de Job, apenas me interessava o momento de felicidade que me tinha dado a repetição daquelas palavras, e disse que sim. Graças a Deus. Uma outra viúva, a mais miudinha de rosto, começou a contar – "Então eu conto a história de um exemplo verdadeiro para que a dona Alberti possa meditar."

Aproximou-se do meu ouvido – "Foi assim, dona Alberti – Há mais de duzentos anos, em Inglaterra, havia um marinheiro perverso, que fazia parte da marinhagem da frota do rei, mas o marinheiro deixou a Armada Real para se entregar ao mercadejo de escravos. Era um homem rebelde, violento, mal-educado e ainda por cima um esclavagista. Um dia, lá para os lados da Irlanda, por efeito de uma tremenda tempestade, as velas do seu barco esfarraparam-se, o casco sacudia-se na água de um lado a outro, virando-se e revirando-se. O homem viu-se aflito dirigindo o barco em grande perigo, vendo morrer marinheiros crentes à sua esquerda e à sua direita. Ondas da altura de montanhas, relâmpagos que rasgavam os céus. E ele, que não acreditava em Deus, tendo sido salvo por milagre, agarrado ao leme, começou a acreditar, de tal modo que deixou de mercadejar escravos, fez-se monge e passou a escrever canções de louvor a Deus que ainda hoje todo o mundo canta. Isto é, dona Alberti, ouça bem. Enquanto estivermos vivos, Deus dá-nos a possibilidade de nos salvarmos."

Eu escutava o que a viúva dizia, mas ouvia de muito longe. Na verdade era mais importante o som da sua voz do que o sentido das palavras que proferia. As viúvas deveriam estar a pressentir o que se passava comigo porque dona Mariline, muito perto do meu rosto, perguntou – "Quer que cantemos uma das canções compostas pelo convertido de há dois séculos, uma canção que até os norte-americanos cantam?" Eu disse que sim. Então as viúvas começaram a cantar, e eu ouvia a música por inteiro, mas apenas decifrava uma palavra aqui, outra além.

> *...quão doce é... som... salvou... miserável...*
> *eu estava perdido... era cego... agora vejo bem.*
> *Foi a graça... E a graça aliviou... meus medos*
> *Quão preciosa... apareceu... A hora... acreditei.*
> *Ele salvou um miserável como eu...*

As viúvas cantavam e cantavam. Era uma canção de resgate. A sua voz elevava-se entre estas quatro paredes onde a noite tem a sua morada escondida. Eu estava no meio, entre mim e mim. Ouvia-as e pensava que se não visse o corpo das viúvas, aquele seria o som do céu se existisse. Pedi que repetissem. Ouvindo-as, eu perguntava-me se nós éramos carne que cantava, ou se o canto havia construído a carne.

E nesse caso teria existido um canto que teria dado origem à carne, aos ossos e ao nosso próprio canto. Sentia-me muito fraca, e as viúvas sabiam disso, eram pessoas boas, julgavam que eu estava para morrer e queriam salvar a minha alma. Era muito claro, ainda que eu pensasse através de muito poucas palavras. Tão poucas, tão poucas que, quando as viúvas finalmente se preparavam para abandonar o quarto, eu resumi numa curta frase a ondulação dos meus pensamentos. Foi assim – dona Mariline, a condutora, aproximou-se mais da minha almofada e perguntou – "Então, gostou da história do marinheiro?" Eu respondi – "Acredito em Deus." As viúvas contemplaram-me. Agradeceram. Apertaram longamente a minha mão, beijaram a minha testa. Disseram que partiam do meu quarto com o coração cheio de paz, e o seu dever cumprido como havia muito tempo não acontecia. Um Padre-Nosso, uma Avé-Maria.

67
Na Sala Azul

Finalmente desço ao primeiro piso. Humilhação é a palavra que me acompanha ao longo deste corredor. Atrás de mim vêm as mãos de Nina Mercedes conduzindo a minha charrete. Vem como sempre. No corredor, penduradas na parede, as casinhas nórdicas carregadas de neve, a grande janela, as palmeiras e as casuarinas, o ruído do elevador ao fundo, tudo permanece como antes, só eu mudei. Desencadeei uma batalha comigo mesma e não a ganhei.

Levada por Nina, vou na direcção da Sala Azul para ter a primeira refeição sentada à mesa depois da batalha, e a palavra humilhação vai sentada ao meu lado. Sigo, humilhada pela submissão da vontade ao imperativo do corpo, levando ao peito a minha bolsa de pano vazia. Congeminei um plano em resposta à ausência da mensagem do senhor sargento, e a razão então estava do meu lado mas entretanto perdi-a. Daqui a pouco, ao entrar no Salão Rosa, talvez alguém se ria de mim, talvez alguém cuspa, alguém me chame fraca e cobarde, e já aqui vou andando, conduzida pelas mãos escrupulosas de Nina Mercedes, aqui vou eu disposta a tudo o que vier.

Vamos descer.

Agora entramos ambas no grande espaço onde se encontram as setenta cadeiras alinhadas. A minha humilhação é tão grande que mal encontro espaço na cadeira para me sentar. Sigo encolhida e inclinada, sem olhar para ninguém. No salão ocupado, pelas horas do meio-dia, há que procurar um espaço vazio onde colocar o meu assento, e eu julgo que alguém estará a ponto de comentar – Capitulaste? Eu não te dizia? Agora ficaste com tamanha fome que as tuas bochechas em breve chegar-te-ão ao peito, porque a vida, qualquer vida, enquanto se move, é fome. No entanto, deslocamo-nos ambas entre rostos, Nina atrás, eu adiante, e ninguém parece ter dado pela minha ausência, muito menos pelo meu regresso. Ao contrário do que imaginava, avanço como se fosse transparente. E sendo assim, valerá a pena eu sentir-me humilhada? Humilhada diante de quem, se ninguém dá por mim?

Por esta não esperava eu.

Nina Mercedes continua a vaguear com a minha cadeira à procura de uma clareira onde me pousar. A encarregada Martine diz, a partir do fundo do salão – "Coloque-a aí, em qualquer lugar que a sala de jantar vai já abrir..." Tudo acontece como se ninguém tivesse ficado a saber da minha batalha com a fome. O meu coração vai perdendo o peso que o oprime, à medida que avançamos. A humilhação passou a ocupar um espaço bem menor junto do meu assento. Agora a minha charrete vai-se deslocando pelo meio das cadeiras já vazias e está a passar junto da mesa de *Os Seis Cavalheiros Dão Cartas*, mas eu conto os ocupantes e reparo que só ali se encontram quatro. Reconheço-os – o senhor Nemo, o senhor Carvalho, o senhor Tendinha e o senhor Tavares.

Então, foi assim.

Ao aproximar-me dos seis cavalheiros, eu vi o Tavares e o Tavares também me viu a mim. Ele inclinou-se todo para o meu lado e bateu nos pneus da minha cadeira com a sua bengala. Eu ouvi a minha voz dizer – "Pare, Nina, pare lá!" Ela parou e eu fiquei a ver nitidamente, como se enxergasse com uma grande lente de aumentar, as feições balofas do senhor Tavares. Não pensei no efeito das minhas palavras, gritei – "Porque está a bater na minha cadeira? Oh! Maldito sejas, seu cabrão, seu pulha!" Gritei e a minha voz saiu perfeita, intacta, a voz de quando eu tinha dezoito anos. Saiu tão clara que eu, para ouvi-la de novo, repeti várias vezes o mesmo insulto, sempre a olhar para o senhor Tavares. Alguma coisa no fundo da minha alma dizia, ainda és forte e ainda és raiva. Não sei como aconteceu aquilo. Duas raparigas vieram sobre mim e sobre Nina, que havia deixado a minha cadeira empecilhar-se numa outra cadeira de *Os Seis Cavalheiros Dão Cartas*, e a directora Noronha surgiu de qualquer parte, de braços abertos como se voasse – "Dona Alberti, que é lá isso? Agora a dizer palavrões? A insultar o senhor Tavares?"

Sim, eu queria insultar o senhor Tavares.

Porque eu estava a regressar à sala, ninguém tinha dado pela minha ausência e eu sentia uma energia redobrada. Eu não era mais uma pessoa humilhada pela minha derrota, pois como ninguém sabia avaliar a dureza da minha batalha, não havia humilhador. Seu cabrão, seu pulha. Como se eu fosse um ser altamente perigoso no meio do salão, afastavam-me do senhor Tavares, mas eu ia dizendo, socorrendo-me de todas as minhas forças – Porque ele é um criminoso, ele apalpou as ancas de Ali Abdul, que se foi embora só por causa dele, o Tavares. Sempre que eu passo por perto, ele bate com a bengala nos pneus do meu carro. Ele não merece estar à mesa onde se sentava o senhor sargento. Ele destruiu a minha mensagem. Ele é o meu grande inimigo à face da Terra.

Eu sabia que ia proferindo palavras insensatas, e estava à espera que a minha voz ficasse rouca, ou aflautada, fraquinha, que ninguém a ouvisse, mas pelo contrário, ela mantinha-se alta, e enquanto eu ia praguejando contra o senhor Tavares, Nina movia a minha cadeira na direcção da mesa onde as minhas amigas me aguardavam muito admiradas pelo que tinha sucedido no salão. Eu tinha insultado o Tavares. Ana Noronha baixou-se à altura do meu rosto, reconfortando-me –

"Pronto, pronto, vamos ultrapassar o problema, o senhor Tavares é assim. Mas a dona Alberti não pode ser malcriada. Já viu se lá fora se sabe? Os palavrões que a senhora disse?"

Eu gostaria de responder, mas tinha esgotado a voz junto da mesa de *Os Seis Cavalheiros Dão Cartas,* e agora mantinha a minha boca fechada. Ao regressar à mesa, eu não via muito bem, mas sabia que em frente estava o mar. De resto, ninguém referia a minha prolongada ausência e tudo o mais parecia igual. Tudo igual, não. No lugar que fora de dona Ema não se encontrava mais a dona Estela. No seu lugar encontravam-se duas folhas de jornal abertas, sustentadas ao alto por duas mãos grandes. As mãos uniram as duas folhas, dobraram-nas e por detrás delas surgiu a figura de um homem sentado. Dona Rita de Lyon anunciou – "É o doutor Mascarenhas que nos veio fazer companhia."

E foi por dona Rita, também, através de dois sinais da mão direita, e leves movimentos de lábios, que fiquei a saber que dona Estela mal tinha chegado havia partido. Fora encontrada como se dormisse, por Nina Mercedes, deitada na sua cama, e o advogado Mascarenhas, que lia o jornal, uma pessoa importante, de grande educação, quase não ouvia nada. Mas via muito bem, lia sem óculos. A seu lado, o lugar de dona Fátima encontrava-se vazio. As netas tinham vindo buscá-la para viverem em conjunto numa casa nova, mas em vez de se sentir feliz, Fátima tinha partido com muitas saudades da mesa onde todos nos entendíamos tão bem. Entretanto reparei que dona Joaninha, sentada entre o senhor Gomes e o recém-chegado doutor Mascarenhas, já não estava vestida de escuro, mas só olhava em frente cruzando o seu olhar com o meu. Como se os dois homens não existissem, ela movia-se, alcançando o pão, endireitando o garfo.

Era bem de ver – Enquanto eu tinha estado fechada no quarto a lutar para não comer, tantos teriam sido os acontecimentos que o meu caso não havia sido comentando, ao contrário do que eu tinha suposto. Agora reparava que, desde que as formigas haviam invadido o Hotel Paraíso nos dias de grande calor, o ritmo dos acontecimentos havia acelerado de tal modo que cada um deles, no meio de todos, não significava nada. Entrar vivo, sair morto, ou permanecer sentado no mesmo lugar, era quase igual. A mudança dava-se a uma tal velocidade que estávamos imunes à mudança. Pelo que me dizia respeito, era bom. Afinal, para aquela sala, eu não tinha existido, não tinha faltado, não tinha regressado, pouco se importavam os outros se eu comesse ou morresse à fome, e o mesmo se passava comigo em relação aos outros. Dona Estela, eu nem a tinha conhecido. Sabia que tinha de tratar dos seus rins três dias por semana. Fora-se embora, talvez contra a sua vontade, enquanto eu tinha querido ir-me embora e havia ficado. Nisto veio a sopa e eu passei a colher da mão esquerda para a mão direita. Por uma razão desconhecida, os dedos dessa mão haviam recuperado um pouco de agilidade.

Uma boa sopa – Mergulhei a pequena concha da colher no caldo, entornou-se metade, mas a outra metade levei-a à boca. Com determinação e método, comi a sopa toda. Ninguém comentou. Também não me senti humilhada comendo arroz com feijão e quadradinhos de carne, com o garfo, mais fácil de comer do que a sopa. Também comi o pudim. Reparei que cada um comeu o seu. O advogado deixou um pouco de açúcar queimado no prato, talvez por boa educação. Dona Luísa de Gusmão nunca come até ao fim, diz que os pobres é que têm medo que a comida desapareça e por isso rapam os tachos. Ela não. O seu comportamento era impecável, ficava na borda do seu prato não só uma nesga de caramelo como até uma nesguinha de pudim amarelo com pequenos olhinhos furados.

Eu deveria estar mesmo com fome. Não me sentia humilhada, ainda que me lembrasse que seis anos antes, o trio da fome forçada, depois do insucesso, tinha engordado até as bochechas chegarem ao peito. Eu não sabia bem o que se passava. Dona Estela tinha partido, eu deveria ao menos ter pena dela, mas só pensava que me sentia bem, cheia de energia, tanta, que havia insultado o senhor Tavares com as palavras que eu ouvia o condutor das carroças do meu pai dizer às mulas, quando eu era pequena e me chamavam Bibi. No final, Ivan estava de serviço, conduziu-me para o meio do Salão Rosa. Ainda me perguntou se eu desejava ir descansar no quarto. Disse que não. Tinha havido muita mudança nesta residência. Eu queria saber o que se passava e, se possível, testemunhar. Quando veio a hora do lanche, o Tavares passando por mim com o cajado, espumava de raiva, mas o senhor Peralta tocou piano.

68
Aluvião

Agora, depois do almoço, o meu sono é profundo, sem interrupções nem sonhos. Foi assim que hoje, quando levantei os olhos, ele estava diante de mim com dois cabos eléctricos nas mãos. Só depois de ver que me tinha acordado, assobiou como um melro. O seu assobio floreado encheu o meu quarto – "Acorde, senhora. Já perdeu o Natal, agora também quer perder o Ano Novo?" Começou a desenrolar os cabos e a espalhá-los pelo chão. A energia com que se movia deixava-me atordoada. Pois o que tencionava ele fazer? Mudar? Corrigir? Desfazer? – O meu genro já não imitava um melro, mas vários.

Eu desejava que ele parasse com aquele trinado, mas suspeitava que o seu entusiasmo estivesse a ser tão exuberante só porque pretendia contagiar-me com a sua energia. Fiquei calada, à espera, como antigamente, lá na minha casa. Ele experimentou os trincos das portas, que não estavam mal, e fazia um alto ruído ao manipulá-los. Passou aos candeeiros, depois enfiou o busca-pólos em todas as tomadas, encontrando falhas inexplicáveis para um lugar como era o Hotel Paraíso. Quando substituiu as lâmpadas e calibrou a temperatura do calorífero, disse – "Ano Novo, vida nova. Quem mergulha no mar e volta à tona, é porque sabe nadar. Vamos lá, vamos lá."

Mas eu não sabia para onde queria ele que eu fosse. Atrás da cama encontrou o telemóvel. Um escândalo. Desde quando o aparelho não tinha a bateria carregada? Aí estava que eu não atendia as chamadas. Parecia impossível, durante todo o tempo em que a sogra tinha feito aquele triste mergulho de resistência ao corpo, próprio de uma pessoa cem por cento obstinada, ninguém mais aqui dentro se lembrara de que ela possuía telemóvel. Abriu a tampa, ligou o carregador à corrente, disse-me – "Oh! Tantas chamadas! Umas nossas, outras de vários números. Há aqui um número que está identificado, Lilimunde Silva. Esta pessoa ligou-lhe uma dezena de vezes. Quem é esta Lilimunde?"

Eu ainda tinha o pensamento tomado pelo momento em que a bengala do senhor Tavares havia batido nos pneus do meu carro e pela nova composição da mesa na sala de jantar. Mas o que me havia restituído a força para o combate fora a explosão de raiva contra aquela pessoa que perseguira o Ali. Era aí que eu estava, mas agora sabia que a Lilimunde me tinha procurado, e a sua vida, sim, essa interessava-me. De súbito pensei na fotografia de Edu Horvat de bata branca, curvado sobre uma mesa, a olhar para as algas através de vidros, num laboratório situado à beira do lago, um lago chamado Balaton, e pensei no nome do seu país e da sua capital e não me lembrei nem de um nem do outro. Pois como se chamava o país de Edu Horvat? Obscuridade total. Não me lembrava de nada. Também não me lembrava do nome de nenhum outro território com o qual aquele país fizesse fronteira. Só a palavra Alemanha me vinha à cabeça, com a capital em Berlim, e outras cidades como Frankfurt e Bona, e a Rússia com a capital em Moscovo, mas entre este e aquele havia vários outros territórios. Quais? Lembrava-me do mapa onde se encontravam assinalados rios, montanhas, conforme a densidade das cores, e cidades em forma de bolas pretas, umas maiores, outras mais pequenas, mas o mapa da Europa, ao centro, surgia-me vazio como se tivesse sido apagado por um incêndio. Não me lembrava de nada.

Semelhante esquecimento acontecia enquanto o meu genro tinha descoberto que a persiana corria mal, e fazia estrondos com a pressão do elástico contra a parede. Eu aguardava, não dizia nada. Lembrava-me só do que havia acontecido com o nome de Azerbaijão de que nunca me tinha lembrado, fora o sargento quem o escrevera num papel que na altura eu nem guardara. Mas, desta vez, ficaria assim, as palavras poderiam ir desaparecendo que eu não me importava, não iria atrás delas. Por alguma razão eu tinha ido ao fundo da noite e tinha voltado. Eu tinha feito núpcias com a aventesma escura e havia sobrevivido. O meu genro abriu o armário e começou a dizer
– Não nos enganará nunca mais. Ano novo, vida nova. Esta vai sair daqui, do seu esconderijo e vai ser ligada, e você vai ficar de novo conectada com o mundo, vai saber das notícias todas as tardes, e aos sábados vai ver a vida dos bichos, e vai seguir os programas das viagens como antigamente. Vai ver, você vai ver. Pagamos nós este mundo e o outro para a dona Maria Alberta estar bem acompanhada, e ninguém dá por que há quase um ano que desligou o televisor. E o meu genro trazia o aparelho para cima da mesa de apoio, e como é próprio dos amadores, fazia um estardalhaço ruidoso com as ligações, manobrando os cabos que havia espalhado pelo soalho.

O meu problema era eu não me lembrar do nome da cidade nem do país de Edu. Até me admirava como tendo esquecido tanto, ainda me lembrava do nome dele, o amante nocturno de Lilimunde. Entretanto, ano novo, vida nova, segundo o meu genro. Depois do televisor, queria revistar as gavetas, pois desconfiava que haveria um ano que ninguém as limpava das suas inutilidades. Despejou sobre um plástico o conteúdo da primeira gaveta da mesa-de-cabeceira e surgiram lenços, toalhetes, comprimidos, um *Borda d'Água*, uns postais de Boas-Festas, tudo empoeirado, com o cheiro enjoativo do pó-de-arroz. Encontrava a parte de baixo da caixa, não a tampa.

Eu sabia o que havia acontecido, quando tinha querido comer a caixa. Não me queria lembrar. Em seguida, ele virou a gaveta de baixo sobre o plástico. Saltaram luvas, duas maçãs engelhadas, uma esferográfica, uma banana mirrada, preta, e uma meia curta branca, com risca de seda. Ele começou a separar o que tomava por prestável do não prestável, e no meio desse entulho eu vi alguma coisa que me interessou – A meia curta branca. Já estava no chão e a ser encaminhada na direcção do lixo.

"Dê-me aquela meia" – pedi, mas ele parecia distante. Eu desesperei – "Preste atenção ao que lhe digo. Acaso ainda se ouvirá quando falo, ou já não me faço ouvir? Dê-me essa meia que deitou ao chão." Ele obedeceu. Entregou-ma – "Aqui tem, senhora, a sua meia parece um ninho de passarinho tecelão. O que tem aqui dentro?" E quis espreitar o conteúdo. Eu disse – "Alto aí, não lhe toque!" Ele entregou-ma. Recebi-a, guardei-a sobre os meus joelhos. Apertei-a entre as minhas mãos. Mão sobre mão, e no meio, bem guardada, a meia. Olhei para o meu genro e disse-lhe – "Pronto, já está, grande limpeza, grande mudança. Ano novo, vida nova. Faz-se tarde..."

Ele rodopiava, satisfeito consigo próprio, tinha cometido grandes feitos, uma enorme arrumação eléctrica e uma boa selecção de desperdícios, mas também compreendia que ao lembrar-lhe que se fazia tarde, eu desejava que ele partisse. Parecia um tanto desarmado. Mais desarmado ficou quando eu lhe disse – "Olhe, já me lembro, é Budapeste."

O meu genro veio na minha direcção, olhou-me de muito perto, incrédulo, inspeccionou os meus olhos, meditou sobre o que via neles. Parecia querer tirar conclusões. Não é a primeira vez que acontece, estão sempre à espera do dia em que eu não diga coisa com coisa. Mas ele estava enganado. A coisa requerida estava junto da coisa nomeada. Podia regozijar-me, eu tinha encontrado três coisas ao mesmo tempo – Budapeste, Hungria, e a meia branca com barra de seda que eu havia guardado num dos últimos dias da invasão das formigas-ladra. Fora numa daquelas noites em que dona Marcela surgia com a trouxa que pretendia levar para o além. Naqueles dias em que nos levavam de quarto em quarto e nos amontoavam no Salão Rosa. Eu tinha criado aquele disfarce, havia guardado a mensagem envolvida em várias capas, todas elas insignificantes, para que escapasse à cobiça de quem quer que fosse, e tinha-me esquecido. Eu tinha usado o método de dona Marcela. Agora, ali estava entre as minhas mãos.

Quando tive a certeza de que o meu genro já não voltaria atrás, e me certifiquei de que ninguém entraria pela porta, retirei do interior daquela meia um velho lenço bordado que pertenceu a Maria Albertina Amado, de dentro do lenço retirei uma folha de alumínio dobrada, do interior da folha de alumínio dobrada retirei um pequeno envelope, e do interior do envelope retirei uma tira de papel com uma mensagem – *Dona Maria Alberta, mande sempre. Tenho toda a informação de que precisa no meu telemóvel.*

As minhas mãos permaneceram durante muito tempo unidas com receio de perder a mensagem. Eu tinha querido morrer à fome por ter perdido aquelas duas linhas escritas por alguém que apenas se havia inclinado sobre a minha mão. Ele tinha acompanhado esse gesto com cinco palavras – *Minha senhora, os meus respeitos.*

O meu genro saía assobiando como um pássaro.

26.Dezembro.2019

Corpinho à face da Terra
o vento leva-te no ar – Ó i, ó ai
lá vai a bela, lá
vai.

69
As mãos de Nina

Tenho na minha bolsa, dentro do fole menor, um envelope mínimo de três por cinco centímetros, e dentro dele, a mensagem do sargento Almeida. A bolsa está sobre o meu peito. A roupa está sobre a cadeira, o bule está sobre o tabuleiro, e ao lado a chávena. Uma rapariga chamada Larissa passou por aqui.

Larissa, dá que pensar – nunca tinha ouvido falar de tal nome. Comecei a recordar-me dos nomes das raparigas que têm passado por este quarto desde que aqui me encontro, e eles foram surgindo, uns após outros, numa fileira sem fim. Alguns desses nomes têm rosto, mas na minha memória são muito poucos os casos em que nome e rosto constituem pessoa. Os nomes que consigo evocar constituem uma espécie de lista como num dicionário, e à margem, os rostos formam uma galeria em que os traços das retratadas surgem demasiado desvanecidos para lhes atribuir os devidos nomes. Não consigo arrumar este *puzzle,* mas também não importa. Não posso querer ordenar o que acontece para que não seja ordenado. As raparigas vêm para partir, diz-se mesmo que existe uma indústria montada em torno da sua passagem por esta casa, pelo menos assim se lamenta Ana Noronha. Na verdade, a velocidade com que passam é tanta, que fico admirada quando pela manhã surge na porta o mesmo rosto que me adormeceu na noite anterior. Se acontece, é milagre. Os nomes de Janice, Larissa, Suali, Esvendrina, Lilimunde do Pará, Maria da Encomendação, Samanta, Maha, Gabriela, Francine, Gina, Svetlana, Fanny, Olga Maria, a todos ouvi nomear e eu mesma os chamei – no caso de Lilimunde, chamei vezes sem conta – mas qual destes nomes ainda acode quando passamos pelos corredores? Há nomes que permanecem na minha memória mas os rostos partiram. Ou ainda estão os rostos na lembrança mas os nomes já se perderam.

 Por outro lado, imagino que imagem levarão de nós as cuidadoras que por aqui passam. Lembrar-se-ão elas de cada um de nós, individualmente? Ou será que misturam todas as imagens numa única só? E que nos confundem como se fôssemos elementos de uma vala comum na sua própria recordação? Terão medo de nós, receio de estarem a ver ao espelho o futuro das suas vidas? Constituiremos uma montanha distante para onde sabem que um dia terão de caminhar mas para onde se recusam a dirigir o olhar? Adiante – De novo me assalta a ideia que me provocou o relato de Maria Paulina Zuzarte sobre os seus e os meus pulsos, o pressentimento de que não há vidas humanas, que todos nos confundimos numa só vida, a mesma ideia provocada agora pelos nomes das raparigas que chegam e logo partem. Estes são pensamentos que se enquadram no sentimento que tem por nome melancolia.

 Mas eu não quero dar alimento a esse sentimento. Pois, bem pelo contrário, há quem se mantenha neste serviço ao longo dos anos como se não conhecesse outra porta que não seja a desta casa, quem nos seja fiel, quem nos trate como se cada um de nós fosse pessoa de sua família. Têm nomes. Penso em concreto em Maria Lina, Salomé dos Santos, a máquina alemã, e Nina Mercedes, a porto-riquenha, não pelo tempo que aqui está mas pelo seu serviço constituir uma espécie de desperdício, dizem aqueles que a querem levar para outros lugares. Hoje estou sob a acção da jovem Larissa, Nina só virá pelas dez horas da noite. Espero por ela.

Entretanto tenho o Olympus Note Corder no meu colo. Quem o colocou sobre os meus joelhos foi Nina, precisamente quando me veio dizer esta tarde que prolongará o serviço de sexta-feira 27 pelo turno da noite, pois não virá durante o fim-de-semana longo, ficará ausente até ao dia 1 de Janeiro, o que significa que não estará connosco na passagem do ano. Mas Nina fez-me recomendações – *"Mañana, por la mañana, no permitas que te olviden…"* Claro que não permitirei, pelas onze horas lá irei estar. *"Necesitas de participar del Momento como en el año pasado. De nuevo van a reunir todos los residentes en el Hall Maior…"* Sim, eu irei. *"Para te divertires, Alberti, para te divertires…"*

Pelas dez horas da noite, Nina veio como prometeu.

Deu-me o comprimido pérola, quase não falou, e eu vi as mãos de Nina Mercedes moverem-se em meu redor. São umas mãos morenas, de unhas rosadas, os dedos finos, ágeis. Não sei descrevê-los, tal como sucede com o rosto de certas pessoas, não há descrição possível, porque aquilo que os identifica escapa à matéria que se vê, reside em alguma coisa que não é visível, e contudo existe. As mãos de Nina têm um espírito. A sua essência está no movimento que produzem, mas mesmo em repouso as mãos de Nina têm uma alma. Muitos habitantes desta casa têm medo dos seus dedos, mas eu gosto das mãos de Nina. Estava a pensar nisso mesmo quando ela disse – *"Entonces, buen Año Nuevo, Cucaracha…"* E pegando no meu bloco, retirou duas folhas e escreveu as datas – *31.Dezembro.2019* e *1.Janeiro.2020*.

Entrou Larissa e levou o bule e o tabuleiro com a chávena. Nina ainda ficou mais um pouco. Ela estava sentada na cama vaga, tinha os pés juntos, as mãos pousadas no regaço, a bata branca, composta, os olhos fechados de cansaço. Parecia dormitar sentada. Havia silêncio total dentro do Hotel Paraíso, lá fora nenhum cão ladrava. A noite escura continuava aferrolhada dentro das paredes deste quarto, não se mostrava. O sono sentado de Nina Mercedes parecia ser um incentivo ao meu sono. Eu via a alma das suas mãos cruzadas. Pensei para mim que se fosse assim, esta noite, não me importava. A harmonia existe.

Sem data

A Lua não toca no Sol
o Sol não toca na Terra.
Os três combinaram entre si
— Eu vi.

70
Momento

Pouco efeito fez o comprimido que Nina me obrigou a tomar. Não dormi, passei a noite à espera que a noite saísse do seu esconderijo para poder confrontá-la com o meu achado. Desta vez, eu estava mais do que preparada. Queria acenar-lhe com a minha bolsa, mostrar-lhe como a minha vida continua repleta de acontecimentos revigorantes. Mas eu sei que ela sempre permanece emboscada entre os tijolos da parede e só ataca quando me imagina frágil.

Não é o caso, e por isso eu esperei, esperei, mas ela não se desprendeu do seu lugar de sombra, não abriu o leque das suas asas escuras e não se aproximou da minha cama. "Vem, noite, aproxima-te, se és capaz..." – desafiei eu. Nada, o único ruído que se ouvia, pela madrugada fora, eram os passos de Jordão, o guardador da noite, a fazer a última ronda pelos corredores adiante. A certa altura olhei para o *écran* do telemóvel – Eram oito horas, eu não adormeceria mais. Ao contrário do que antes dos dias da fome eu tinha decidido, queria ficar desperta para que me vestissem e me levassem para participar do Momento Criativo que tinha sido preparado para definirmos como iria ser o Ano Novo. Então, bem acordada, esperei.

Esperei durante muito tempo. Pelo corredor o silêncio era quase total, todos os ruídos que se ouviam provinham dos outros pisos. Depois alguém começou a deambular entre os quartos, chamei alto, mas ninguém respondeu nem entrou.

Com a mão esquerda procurei a campainha e não estava no seu lugar. Alguém a tinha colocado de lado. Nina não fora, teria então sido Larissa? Larissa, mal tinha entrado e já havia aprendido como poupar sarilhos durante o turno da noite? Ou simplesmente tinha sido colocada fora do meu alcance durante alguma arrumação? A arrumação do meu genro, por exemplo. Eu não dispunha de dados concretos. Tudo o que eu sabia é que não conseguia alcançá-la. Então fiz um grande esforço e comecei a reptar no sentido da borda da cama. Fui deslizando devagar, escorregando até sentir-me tombar. Caída de borco no chão, estendi a mão para a campainha mas ainda não a alcançava. Com extrema dificuldade, comecei a rastejar ao lado da cama para tentar aproximar-me da campainha, até que senti alguma coisa quente e húmida sob a minha cara, levei a mão à cara, esfreguei os dedos um no outro e era sangue. De onde provinha?

Estendida no chão, passei a mão pela cabeça à procura da ferida e encontrei a fonte do sangue que agora jorrava – tinha feito um lanho na testa. Provavelmente teria batido no pé da cama. Curiosamente, a minha mão estava vermelha mas não me doía nada. O sangue escorria mas não havia dor. Também não sentia frio, mas estava frio, e por certo, no chão, eu gelava. Fiquei à espera. Com o rosto colado ao tabuado, ouvia a repercussão de passos deambulando, e ninguém entrava. Gritei – "Estou ferida!" Alguém entrou. Aproximou-se, levantou-me do chão, em silêncio, mas quem me levantava era dona Joaninha.

Dona Joaninha alcançou a campainha e desencadeou uma barulheira de tal forma vibrada pelo corredor adiante que fazia estremecer as paredes. Larissa e a rapariga jeová acorreram muito apressadas. Eu sentia a testa inundada, e os olhos sujos de sangue, mas não me doía nada. Dona Joaninha sentia-se tão revoltada que parecia um capataz em fúria.

Falava muito alto, dizia que o senhor Tó deveria estar vivo, e o senhor Tó era contra a servidão mas também era contra a traição e a maldade. Dona Joaninha esgotava os seus palavrões. Nem Janice, a jeová, nem Larissa falavam, só lavavam a minha cara, mudavam as bacias de água e procuravam a roupa no armário, até que o enfermeiro Joaquim apareceu e colocou um penso na minha testa.

Dona Joaninha disse – "Dona Alberti, como as coisas são. Tudo isto parece mentira, vinha eu buscá-la para falarmos sobre uma coisa, antes de descermos para o Momento Criativo, e encontro-a neste estado! Fria e ensanguentada. Você já terá perdido a sensibilidade? Sendo assim, o melhor é ficar a descansar, e estas duas garças terão de lhe vir trazer o pequeno-almoço ao quarto. Ah! Se o Tó não tivesse partido, se o Tó não tivesse partido…" Mas eu disse que tinha acordado cedo precisamente porque queria assistir ao Momento, e que me sentia muito bem. "E vai em jejum, dona Alberti? Já a reunião deve estar a começar…" Eu pedi a dona Joaninha que metesse a mão na algibeira da minha cadeira, que retirasse uma banana que lá estava, que a pelasse, ma desse e nos puséssemos a andar. A antiga amante de João Almeida empurrou-me corredor adiante e em menos de nada entrávamos no Hall Maior. Chegávamos atrasadas, mas o Momento ainda não tinha começado.

Em vez de ficar à frente, como eu gostava em dias assim, fiquei atrás. Dona Joaninha também. Uma vez instalada, olhei em redor e vi que todos os meus companheiros tinham um barrete vermelho na cabeça. Era um mar de cabeças vermelhas, ali no Hall Maior. Passei em revista o que estava à minha frente, e ia jurar que Rita de Lyon e Luísa de Gusmão eram as duas residentes sentadas algumas cadeiras adiante. Conheci-as pelas roupagens e pelos ombros. Um pouco mais adiante, três homens, o senhor Sereno, o senhor Gomes e o doutor

Mascarenhas, também eles tinham as cabeças cobertas por barretes vermelhos. Dona Joaninha andava de um lado para o outro e recebeu um barrete vermelho. Eu pensei – Em Maria Alberta Amado é que ninguém vai enfiar aquele instrumento, não. Uma coisa é uma pessoa divertir-se, outra servir de palhaço. Há muito que luto contra este tipo de afronta, mas logo Maria José das Lundas surgiu atrás de mim e cobriu-me a cabeça com um daqueles barretes. Eu nem esperei que a rapariga se afastasse, em menos de nada, o barrete vermelho que me coube em sorte estava sobre os meus joelhos. E entretanto o Momento Criativo começava, muito diferente do do ano passado em que eu tinha participado activamente. Levantei os meus olhos e vi que, rente às primeiras filas, um urso polar e uma foca dançavam com muita alegria. Eu tinha um penso na testa, tinha um barrete sobre os meus joelhos, mas ainda assim também senti um grande contentamento. Dentro do urso polar estava escondida a psicóloga Débora, dentro da foca, a animadora Bianca.

A foca perguntou – "Bem-vindos ao Momento Criativo. Alguém sabe qual é o tema deste Momento?" Alguém na frente esticou o braço no ar no meio dos barretes – "Eu sei, é o Novo Ano de 2020." O urso polar adiantou-se e explicou – "Exacto. No ano passado, construímos um poema sobre o Hotel Paraíso, este ano vamos construí-lo sobre O Ano do Carro…" Alguém perguntou, que carro? A foca respondeu – "Reparem no desenho que vamos mostrar…" Foca e urso desenrolaram um papel de cenário onde estavam desenhados dois cavalinhos puxando um carro, duas rodas, e uns varais de onde sobressaía um monte de flores. Levantaram o grande papel no ar e prenderam as pontas numa estrutura. Eu vi.

"O que estão a ver?" – perguntaram ao mesmo tempo o urso e a foca. Todos por certo admiravam o desenho, mas ninguém respondeu. Eu achei que todos os que enxergavam viam o que eu via, que os zeros tinham sido transformados em rodas e o algarismo 2 tinha sido transformado em cabeças de cavalo com crinas. Eu achei muito interessante, e tal como no ano passado, teria gostado de intervir, mas estava muito longe, tinha um penso na testa e não estava coberta pelo barrete. Ficava muito bem fazendo-me de morta. Como ninguém respondia, as raparigas disfarçadas explicaram a imagem e começaram a fazer as perguntas úteis. Por um momento eu pensei que a psicóloga voltasse a dizer xô, xô, xô, mas Débora, debaixo da roupagem branca e felpuda de urso polar, apenas disse – "Agora eu pergunto e os residentes respondem – 2020, o Ano do Carro, vai ser um ano de…? Vamos lá, vamos lá…"

A prova de que muitos tinham compreendido o sentido da imagem é que dona Plínia, de quase cem anos, mas que ainda fala muito bem, respondeu – "Vai ser um ano de flores…" Alguém a seu lado, que eu não conseguia identificar acrescentou – "Um ano de progresso e prosperidade…" Várias vozes disseram aos berros de pouca força, de paz, de amor, de amizade, de família, de comida para todos, de água potável para todo o planeta, disse o doutor Mascarenhas, de saúde, de muita saúde, disse a voz do senhor Sereno, de menos poluição, disse a dona Rita de Lyon, um ano de mais respeito e educação, disse dona Luísa de Gusmão, e dona Joaninha, a meu lado, gritou, um ano de revolução para todo o mundo. Nesse ponto, já tinham surgido tantas sugestões que a foca e o urso só tinham de resumir, tal como foi feito no ano passado. Ambos os animais retiraram as toucas dos trajes e surgiram diante de nós, muito corados, os rostos da animadora cultural Bianca e da psicóloga Débora. Da amálgama das sugestões, elas retiravam os excessos e transformavam em versos breves – Definição do Ano do Carro, um ano de amizade nas famílias, de paz entre os povos, de harmonia ecológica na Terra, de fartura para os pobres, de água para todas as regiões secas, de consenso entre as nações, etc., etc., porque os residentes tinham dado as ideias ao urso e à foca, mas agora a psicóloga e a animadora cultural compunham o poema. As frases iam ser escritas no papel de cenário e o papel exposto na entrada, saudando o novo ano que iria chegar amanhã. Eu tinha gostado.

Melhor dizendo, gostei muito.

Se eu tivesse falado teria acrescentado alguma coisa relacionada com os livros, mas tinha reconsiderado, por causa da minha filha, e não havia encontrado como arranjar um verso a propósito. A certa altura, ainda estive para interromper a foca e dizer, queria que fosse um ano em que toda a gente lesse, mas senti vergonha de falar de um assunto tão íntimo comparado com os temas grandiosos que tinham sido expostos. Quando estava quase a terminar o Momento, Maria José das Lundas aproximou-se da minha cadeira para me empurrar, pegou no barrete vermelho e enfiou-mo na cabeça até aos olhos. Eu retirei-o e atirei-o ao chão. Com ele foi o penso da testa. Pouco me importou, estou sem dor nem frio. Sinto um entusiasmo pela vida como não sentia há muitos anos.

Naquele ambiente criativo, senti-me muito bem.

Eu ainda pensei que o Hotel Paraíso, de vez em quando, deixava de ser um lugar de exílio para ser um parque infantil, e que só custava um bocado a princípio, depois tudo passava com muita vantagem. Pensando melhor, se o lugar de exílio não se transformasse por vezes em recreio de crianças, escola, circo, teatro, bordel, manicómio, este casarão seria insuportável, e assim se compreende os saltos da foca e do urso que todos apreciam. Mas o barrete vermelho na cabeça, eu não aceitei, gosto que o meu cabelo se mantenha crespo em volta da minha cara e se veja. Nunca gostei de panos na cabeça. Quando nos sentámos à mesa todos mantinham o barrete. Até mesmo o doutor Mascarenhas comia a sopa com barrete. O meu, se entretanto ninguém o apanhou, ainda lá estará no chão. Aliás, eu deveria ter um lanho visível na testa mas ninguém notava. Foi preciso dona Joaninha chamar a atenção para o papel que havia desempenhado no meu quarto antes do Momento Criativo, para os meus companheiros de mesa repararem na minha ferida, agora exposta. Só o doutor Mascarenhas não comentou a minha ferida porque depois da sopa tinha aberto o jornal e lia-o.

Reparei que dona Joaninha olhava para o jornal, mas o senhor Gomes de momento não tirava os olhos de dona Joaninha. O senhor Gomes disse, quando o arroz com peixe ainda não tinha chegado – "O próximo ano vai ser o Ano do Carro. Joaninha, você acha que o ano que vem vai ser bom?" A salvadora da manhã respondeu – "Aí está você outra vez! Vai ser formidável, se você me deixar em paz…" E nesse momento, dona Joaninha olhou de novo para o jornal do doutor Mascarenhas. Ivan trazia o arroz, o doutor Mascarenhas dobrou o jornal. Quando terminou o almoço já ninguém tinha o barrete na cabeça. Então dona Joaninha quis acompanhar-me ao quarto, como antigamente. Disse que tinha alguma coisa para me dizer.

Quando chegámos ao quarto, sentou-se sobre a cama vaga e disse – "Dona Maria Alberta, só me pergunto o que teria sido de si, se eu não tivesse vindo socorrê-la esta manhã. Com a barafunda que vai nesta casa, nem teriam dado pelo seu corpo a desfalecer no chão…" Eu aceitei. Ela continuou – "A ferida não é funda, mas apanhou-lhe uma veia especial porque jorrava sangue sem parar. Se não tivesse sido eu, não sei se isso teria estancado. Foi uma sorte porque eu vinha pedir-lhe um favor e dei por si no chão a sangrar…" Dona Joaninha aproximou-se da minha cadeira e pediu-me – "Dona Alberti, ensine-me a ler."

Fiquei sem palavras – "Ensiná-la a ler, dona Joaninha? Não sei como. Você precisaria em primeiro lugar de conhecer as vinte e seis letras do alfabeto. Só depois de as reconhecer, e de as aprender a juntar, poderia começar a ler."

Ela ficou sonhadora – "Vinte e seis letras. Eu já conheço algumas, eu ainda posso aprender a ler."

"Sim, a dona Joaninha ainda vai aprender a ler."

"Dona Alberti, para mim, o Ano do Carro vai ser o ano em que eu vou aprender a ler."

28.Dezembro.2019

Montes distantes, o que será, será –
creio na vida tal como ela é
e depois se verá –
verá.

71
O Ano do Carro

Farei parte daqueles que esta noite, pela meia-noite, irão estar no terraço do Hotel Paraíso para assistirem à largada dos fogos-de-artifício. Vai começar o Ano do Carro. Mas para assistirmos ao espectáculo dos fogos a céu aberto, Ana Noronha, o intendente Cláudio e a encarregada Martine reuniram-se com o doutor Longino no seu gabinete, e concluíram que por causa da humidade da noite só participaria quem apresentasse um estado de saúde razoável e um termo de responsabilidade dos familiares.

Muitos residentes em boas condições gostariam de participar, mas os familiares não responderam. A minha filha, sim, enviou o termo assinado, o que me deu uma grande satisfação. Esta noite, quando forem onze horas, estarei pronta. Os fogos realizam-se a toda a largura da barra, a essa distância eu não sei se os enxergarei, mas pelo menos hei-de dar conta de que eles lá estarão a estoirar e por certo que hei-de ouvir o troar das explosões sobre o mar. Algumas lágrimas de fogo irão ter forma de árvore, outras de flor de dente-de-leão, outras em forma da ardência dos fósforos, outras de chuva de estrelas, e outras configurações serão inexplicáveis, tal como as nuvens, porque nem todos os fogos assumem aspectos de seres conhecidos da Criação. Estremece-me o coração. É terça-feira, tenho na algibeira o meu telemóvel. Estou a meio do Salão Rosa e vou telefonar. Concentro-me.

Primeira chamada

Alô, senhor Frank, como está? Sou eu, a Maria Alberta, antes sua vizinha, mas aquela que era a minha casa ainda aí se conserva perto da sua. Não o quero demorar. Estão bem? Aqui no Hotel Paraíso baptizaram o ano que vai entrar esta noite como o Ano do Carro. Desejo que o carro vá por diante levando para si, e para a senhora Sally, prosperidade, paz, saúde e água para as nossas plantas. Tudo sobre rodas. Sim, eu sei, aí choveram só umas gotas mínimas, metade delas lama. A mesma nojeira de chuva que choveu aí, choveu aqui. É a chuva que temos, uma desonra. Sim, eu sei, é poeira que vem do Sahara e que o vento traz. Bem podia o vento levá-la para outro lugar, mas trá-la para aqui. Nesse deserto não há cidades importantes, só oásis. Senhor Frank, que a vossa vida, a sua e a da senhora Sally, seja um oásis conduzido pelo carro do ano. O que me está a dizer? Que amanhã todos os vizinhos virão visitar-me tal como pela Páscoa? Oh! E eu mereço? Não se incomodem, eu estou bem. Sim, eu estou por aqui. Mas que ideia é essa de que me quis matar? Falso. De modo nenhum. Pessoas com pouca imaginação, como não conseguem empregá-la nas suas tarefas diárias, inventam episódios inimagináveis sobre a vida dos outros. Senhor Frank, obrigada. Também para os senhores, o senhor Frank e a senhora Sally, muito bom Ano Novo. Muito obrigada. Tudo sobre rodas.

Segunda chamada

Lilimunde, há quanto tempo! Eu sei, telefonaste. Passei muito bem. Não, não me aconteceu nada, só o telemóvel escorregou para trás da cama e lá foi ficando até que o meu genro o recuperou. Sim, tinha onze chamadas de Lilimunde

Silva. Não duvido. Mas isso que te contaram não corresponde à verdade, apenas perdi o apetite e fiquei acamada, mas agora já recuperei, não notas pela minha fala? E tu estás bem? Bem instalada na padaria? E Edu Horvat, lá longe, no lago Balaton, sempre a trabalhar? Como vão os estudos da alga castanha? Edu continua a ignorar o que deixou em ti? Afinal, porque não queres que ele saiba de nada? No meu caso, Edgar de Paula ao menos ficou a saber. Tenho pensado que sendo, afinal, a responsabilidade dos dois, os dois deveriam estar por dentro dessa realidade. Tenho pensado, pensado. Está bem, está bem. Lilimunde, vamos deixar passar o Ano Novo, depois tu vens ver-me e falamos. Sabes? Chamam a 2020 o Ano do Carro. É complicado explicar ao telefone. Bom Ano Novo, Lilimunde, que o Ano do Carro te conduza a bons sítios neste mundo. Que te traga um menino lindo. Bacana? Jóia? Que palavras, as tuas. Sim, então está bem, tudo vai ser bacana, tudo vai ser jóia. Lilimunde, tudo vai, minha querida, tudo vai, tudo vai andar sobre rodas.

Terceira chamada

Julgo que estou a ligar para a Associação da Boa Vontade. Verdade? Minha senhora, eu vou ser rápida a explicar, não desligue a minha chamada outra vez, por favor. O assunto é o seguinte. Este ano, por duas vezes, visitou-me um rapaz da vossa associação que me leu dois textos muito importantes. Foi, salvo erro, no dia 22 de Abril e 10 de Novembro. Ele leu um texto que se chamava alguma coisa como *Salve, Professor Gálvez* e um outro chamado *Cavatori*, um nome italiano que significa talhadores de mármores, e leu tão bem que eu nunca mais esqueci a sua leitura. Sim. Queria saber se posso entrar em contacto com ele. Não, o seu nome ele não me chegou a dizer. Não perguntei porque achei que não era preciso. Não, eu não procurei saber. Um rapaz com sobrancelhas espessas, os dentes muito brancos, espigado. Sim, esse mesmo. Então está bem, fico descansada, vou esperá-lo pela Páscoa, quando ele regressar do estrangeiro. Está certo. Posso pedir um favor? Sim, se entrarem em contacto com ele, no dia de hoje, diga-lhe da minha parte que lhe desejo que o Ano do Carro o conduza a bom porto. Diga-lhe que penso muito nele e na leitura que fez. Diga-lhe que telefonou Maria Alberta Amado, mas todos me chamam Alberti, moro no Hotel Paraíso, quarto número 210, sector B. Sim, fico descansada. Bom Ano Novo, minha senhora. Obrigada.

Guardei o telemóvel no meu saco de pano.

Na verdade, eu gostaria de fazer mais uns quantos telefonemas, mas no piso térreo a rede é sempre irregular, ora parece normal ora fica muito fraca, e está a entrar demasiada gente para se poder falar. Por mim, sinto-me bem aqui, entre o piano e a porta para ver quem entra e quem sai. Uma série de dias festivos, a porta do Hall Maior não pára de abrir e fechar. A directora Ana Noronha e Martine, a feroz, estão por toda parte, além de que eu espero pelo enfermeiro Marlon, pois tenho um lanho razoável na testa embora não me doa nada. E no entanto, desejava que não viesse, não me apetecia subir ao terraço esta noite com um penso colado no meio da testa, afinal a ferida só por si tem menos aparato do que um penso. Eu sei que ninguém me irá olhar, muito menos ver, mas mesmo assim quero parecer bem aos fogos-de-artifício, parecer bem aos astros quando eu olhar para o céu iluminado no início do Ano do Carro. Que os astros do céu vejam a minha cara tal como ela se encontra. Traz uma grande felicidade esta ideia de irmos para o terraço. A ideia foi do doutor Marcarenhas, que se propagou a toda a sala, mas, como já disse, só assiste quem estiver em boa condição física e se a família assinar o tal termo de responsabilidade.

Francine, a romena que ainda fala mal português, disse que há vinte e três licenças, e de entre elas há curiosidades. Fiquei a saber, agora mesmo, no meio desta balbúrdia em que de súbito se tornou o Salão Rosa nesta tarde de 31 de Dezembro, que todos os companheiros da nossa mesa vão poder subir ao terraço. E por contraste, da mesa de *Os Seis Cavalheiros Dão Cartas,* só o senhor Sereno obteve licença da família. O filho, o comprador das botas, foi lesto a assinar, como a minha filha. Então o senhor Sereno poderá ir ao terraço, mas não os outros. Nemo, João Tendinha, Carvalho e Fininho, por exemplo, não irão. Sobretudo o Tavares não obteve autorização da família. Contou a dona Joaninha. Dá-me consolo pensar que nós todos estaremos lá em cima, e eles aqui em baixo, acordados entre os lençóis de flanela, sem nada em que pensar.

A pouco e pouco, vão descendo a dona Luísa de Gusmão, a dona Rita de Lyon, a dona Joaninha, o senhor Gomes, o doutor Mascarenhas. Estamos juntos, vamos os seis jantar, com uma pessoa a menos na nossa mesa. Antes éramos sete, mas paciência. O lugar que foi de dona Fátima ainda está vago. Não vamos pensar nesse assunto, vamos pensar no Ano do Carro. Depois do jantar iremos aguardar nos quartos para descansarmos, e para nos prepararmos para subir às vinte e uma e trinta até ao terraço. Já jantámos. Quem me trouxe até ao salão foi Larissa, mas quem me leva agora para o quarto é Janice, a jeová. Mas Janice, a rapariga jeová, conduz-me muito devagar, tão devagar que eu pergunto porquê, e ela diz que me empurra devagarinho porque está a pensar. A pensar no quê? Pergunto. Janice leva-me até ao interior do quarto e diz – "Estou a pensar que não vou aguentar mais uma hora aqui, esta noite."

A rapariga permanece atrás de mim, não a vejo mas sinto-a determinada no que diz. Agora surge na minha frente. Leva-me ao quarto de banho, traz-me de volta, Janice anda devagar porque está a pensar. Diga, Janice, diga o que lhe vai na mente. Ela diz – "Está a caminho da hora do Armagedão. Eu vejo a destruição a caminhar sobre esta casa. Envolvidos em tamanha mundanidade, aqui, ninguém se vai salvar. A senhora também não irá salvar-se. Tudo isso pode acontecer já esta noite. Eu sou dos que irão salvar-se, estou limpa como uma açucena. Mas o meu Jeová prepara-se para passar a Terra a ferro, a fogo e a trevas. Só se salvarão os que crêem em ti, Jeová. Eu aqui me vou, vou pegar no meu saquinho, mudar de sapatinhos, e ala que se faz tarde, fiquem vocês embriagados nestas festividades de Satã…"

Eu compreendo, compreendo muito bem, e por isso, à cautela, menina Janice, enquanto não vem o Armagedão, verifique, se faz favor, se a campainha fica no seu lugar, aí mesmo, por cima da minha cabeceira, posso eu precisar. Agora já pode vir o Armagedão, menina Janice – Mas estas últimas palavras não as digo em voz alta, não a quero ofender, ela gritou por Jeová quando me viu na miséria à beira de morrer, lavou-me, vestiu-me, perfumou-me, trouxe-me um copo de café com leite, e esta noite, que aí vem ter com a Humanidade o Ano do Carro, é natural que se inicie uma nova era de entendimento, há que compreender os outros, nem todos bons, nem todos maus, e a rapariga, compreendendo a minha compreensão, despiu a bata, atirou-a ao chão, depois apanhou-a, dobrou-a, meteu-a debaixo do braço e partiu corredor fora, conduzida pelo seu Jeová. Eu fico com uma certa angústia na minha garganta, como se as suas palavras de ardor destemido trouxessem alguma coisa de verdade à mistura com a loucura, e como ainda é cedo para me virem buscar para ir para o terraço, primeiro vou fechar os olhos, depois vou ligar à minha filha. Ela hoje já ligou várias vezes por causa da ferida, mas eu ainda não lhe falei do que penso verdadeiramente sobre o Ano do Carro. Concentro-me.

Quarta chamada

Filha, aqui estou, muito bem. Daqui a pouco virão buscar-me para subir ao terraço. Dizem que somos vinte e três, os outros vão ficar nos quartos, deitados. Quem vai transportar-nos vai ser o Ivan e o Igor, que são rápidos, duas torres. Também o Jordão. Das raparigas, estão a Francine, a Larissa e a Maria José das Lundas. Também a encarregada Martine para comandar. Fica tranquila, vou bem agasalhada, estou a imaginar chegarmos ao terraço, todos juntos, os vinte e três, à espera dos fogos. Minha filha, mesmo que eu não veja as luzes na barra de Valmares, estar no meio dos meus companheiros, dando conta do que está a acontecer, vai ser uma verdadeira felicidade. E tu? O que vais fazer? Olha, eu, vou pedir por ti. O que vou pedir? Nada para mim, tudo para ti. Vou pedir que se realize aquilo de que tu gostas, que continues sentada debaixo da mesa da História e que faças amor com o Universo. Se é o que tu preferes, eu também prefiro. Sim, estou emocionada, muito emocionada, já o Igor me vem buscar, já ouço o rumor dos meus companheiros a caminho do terraço. Bom Ano do Carro, minha filha. Sim, sim, tenho no colo o meu gravador. Vou levá-lo comigo, é só carregar no botão e andar.

Sete parágrafos em seu nome

1. O hotel

Vai para oito dias que fecharam as portas desta residência. Entretanto já decorreu o tempo prometido, e a confiar no calendário, ainda hoje elas serão abertas. A princípio ficámos inquietos. Estávamos acomodados no Salão Rosa quando ouvimos os batentes de aço unirem-se uns sobre os outros e as chaves das portas do Hall Maior rodarem nas fechaduras. Ouvimos porque estávamos em silêncio, e por umas horas até permanecemos imóveis, convencidos de que nos tinham separado do mundo, mas essa não era a realidade. Apesar das notícias, nós mantínhamo-nos acomodados sob um bom tecto, rodeados por um belo jardim, não nos faltando conforto nem agasalho. Juro por minha honra que aquilo que se tem passado desde então, ao longo destes oito dias, no interior desta casa, tem sido completamente diferente do que imaginámos. Muito teria eu perdido da vida se tivesse morrido em Dezembro, como fora então o meu firme propósito.

Pelo que se andava a dizer, vinda de longe, a morte tinha-se posto a caminhar na direcção da Europa, e em breve poderia entrar no nosso país e aproximar-se da nossa hospedaria, mas nós encontrávamo-nos a salvo porque as portas estavam trancadas. Pelo meu lado, eu mantinha-me alerta noite e dia, pois desejava ver não só o que se passava como o que se iria passar. Na verdade, fecharam-nos à chave por uma semana, mas a intenção do encerramento era de que pudéssemos viver em tranquilidade. A direcção manteve-se alerta. Todos os funcionários foram chamados ao Hotel Paraíso, e a distribuição por escala fez com que o número de cuidadores por mesa e por corredor tivesse duplicado. A ameaça de que se falava lá fora resultou em cuidados dobrados cá dentro.

Lavaram-nos melhor, perfumaram-nos mais, contaram episódios amáveis enquanto percorríamos os corredores. Nina Mercedes cantou *La cucaracha* muito mais alto do que o habitual. Sete dias em que vivemos bem. Até então ninguém se pôde queixar. Na Sala Azul, ao segundo dia de encerramento, logo pela manhã, fizeram-nos torradas e deram uma fatia de queijo a cada um como nunca tinha acontecido. Ao quarto dia, foi a vez de uma folha de fiambre cor-de-rosa ter surgido sobre uma fatia de pão adocicado. Nesse mesmo dia, ao almoço, serviram paelha rica. Coube a cada um da nossa mesa um camarão inteiro e várias rodelas de salsicha. A cada três grãos de arroz, uma ervilha. Uma compensação por não podermos receber do exterior o que quer que fosse de comestível. Mas dona Plínia fez cem anos e um bolo de cem velas surgiu na sua mesa, tendo entrado pela manhã de mistura com a hortaliça trazida pelo camião dos víveres. De outro modo não teria entrado o bolo da centenária. Da celebração foram tiradas fotografias que o doutor Cláudio enviou para o exterior, e do exterior recebeu, em tempo *record*, a resposta à nossa alegria – *Viva dona Plínia, que faz cem anos!*

E no entanto tudo levava a crer que existia um problema lá fora.

O problema era uma espécie de entidade invisível, venenosa e mortal, que teria tido origem num mercado onde se vendem desusados bens comestíveis, tais como roedores acomodados com serpentes, e serpentes aprisionadas nas mesmas gaiolas de tatus e pangolins, uns vivos, outros em decomposição, mas isso teria acontecido tão longe que não parecia ter acontecido em lugar nenhum. Felizmente, por aqui, nada de anormal. Não fossem as imagens da televisão e as grandes letras do jornal do doutor Mascarenhas, e sentir-nos-íamos como crianças dentro de um casarão a jogar aos carinhos com os adultos.

Porque nós sentíamo-nos resguardados, os setenta inquilinos desta casa. E o facto de estarmos separados do exterior manteve-nos próximos, como se a mesma condição de acantonados nos transformasse em pessoas do mesmo sangue. Os telemóveis permaneceram junto da orelha de cada um de nós, e infelizmente íamos recebendo notícias de que a entidade invisível já teria atravessado as fronteiras de França e de Itália. Em Itália, numa cidade distante, lá numa região chamada Piemonte, estariam a falecer tantas pessoas que as ruas se encontravam desertas, os animais de estimação vagueavam ao deus-dará à procura dos donos, e as casas mortuárias estariam repletas de esquifes até ao tecto. Mas nós aqui, no Hotel Paraíso, estávamos defendidos porque nada entrava que não estivesse desinfectado, só o bolo de dona Plínia fora uma excepção por causa do seu aniversário.

Para evitar tristezas, Ana Noronha tentava desligar a televisão, mas havia sempre alguém que accionava o dito comando. Ao quinto dia de cerco, sem ninguém pedir, o televisor apareceu ligado e surgiram no *écran* imagens de cemitérios parecidos aos nossos, com longos ciprestes erectos, pelo meio dos quais passavam carretas levando féretros abandonados, e covas a serem abertas por pessoas cobertas por plásticos da cabeça aos pés. Via-se, no *écran* da televisão, as vítimas pareciam estar a ser enterradas sem qualquer tipo de acompanhamento, como se fossem carcaças de animais selvagens. Felizmente, em Portugal, não. "Por enquanto, não" – disse o doutor Mascarenhas.

Ele lia no seu jornal diário que estávamos a viver um problema que não era novo, mas de sempre, desde que existem seres humanos à face da Terra. De tempos a tempos, a Natureza enviaria de propósito este tipo de purga para dizimar a Humanidade excedente. O que somos nós, mais do que os nossos antepassados? Precisamos de viver este momento com dignidade como pessoas honradas, disse ele. Dona Joaninha que antes dizia que não mais olharia a direito para os homens, bateu as palmas.

Era isso mesmo, seres honrados e resistentes.

Falávamos no meio do Salão Rosa. Assim, em conjunto, o facto anormal que ocorria lá fora dava-nos vida e insuflava-nos alegria nos espíritos. Era preciso fazer barragem às más notícias. De tarde, Bianca desligou o televisor, chamou o senhor Peralta, e ele tocou a melodia de *Era uma casa muito engraçada*. Algumas residentes lembraram-se de pedacinhos da letra e cantaram *Não tinha tecto, não tinha nada*. Com muita satisfação. Durante esses dias, quanto mais a desgraça acontecia lá fora mais o nosso conforto e confiança se reforçava entre nós. Pelo meu lado, embora sentisse uma certa vergonha de o dizer, depois de tudo o que sobre mim mesma havia provocado no passado mês de Dezembro, agora estava a gostar de viver estes dias que me pareciam extraordinários. Mas nem todos acreditavam no que se narrava sobre o assunto.

Da mesa de *Os Seis Cavalheiros Dão Cartas*, o Tavares gritou – "Tudo isso é falso. É um alarme criado pelos governos para nos porem a corda ao pescoço. Comunistas, nazis, selvagens. Isso que vocês além estão a ver na televisão não é realidade, é feito por actores mascarados..." O senhor Nemo corroborou – "E bem pagos..." Mas seria mesmo assim? No dia seguinte, depois de se ter entoado a canção *Era uma casa muito engraçada*, fez-se de novo um silêncio total. Ligado o televisor, ficou a saber-se que em Madrid a entidade venenosa e invisível tinha entrado em lares de idosos e matava-os.

No nosso país, não.

No nosso país tudo permanecia tranquilo. Os velhos estavam com os velhos, os novos, com os novos, o efeito da entidade invisível, como todos os grandes acontecimentos, passava voando muito acima das nossas telhas e das nossas árvores, em harmonia. É a vantagem de sermos um pequeno país, à margem dos grandes acontecimentos. Ali logo, em Espanha, pelo contrário, um cangalheiro comovido, no meio dos caixões, dizia no Telejornal das Nove que o único amparo que podia oferecer aos mortos, separados das suas famílias, era colocar-lhes delicadamente a cabeça sobre uma almofada de seda antes de a tampa descer sobre os seus rostos. E esse homem, habituado ao negócio da morte, deixava correr as lágrimas no *écran* como se fosse um menino perdido. Mas isso passava-se lá para os lados de Madrid, por onde sempre passam os acontecimentos. Aqui, não. Vivemos com bastante tranquilidade a semana de cerco. Tão tranquilamente em harmonia a vivemos que, passados oito dias, já iríamos de novo atender visitas, e as portas iriam abrir-se para recebermos pessoas, víveres e bolos de aniversário.

2. O cerco

Pelo meu lado, julguei estar a presenciar uma situação como nunca alguma vez tinha imaginado viver. Agradeço à fome insuportável que me impediu de morrer. Ah! Se eu tivesse partido, naquela ocasião, não teria sabido que a mensagem do sargento João Almeida se encontrava bem guardada dentro da meia branca, julgá-la-ia antes para sempre roubada ou perdida. Também não teria conhecido os novos participantes da nossa mesa, aquela que alberga o doutor Mascarenhas, e depois a dona Leonor, que tomou o lugar vago de dona Fátima. Não teria assistido ao enamoramento de dona Joaninha pelo advogado, nem à inclinação crescente do senhor Gomes por dona Joaninha, esse triângulo amoroso perfeito. Não teria tentado iniciar dona Joaninha no mistério das letras para ela poder ler os jornais do doutor Mascarenhas. Não teria falado ao telefone com a minha família e os meus vizinhos no último dia do ano, não teria lido o cartaz para o Ano Novo, e não teria assistido aos fogos que marcaram a passagem do ano no céu de Valmares, naquela noite memorável em que eu vi, com estes que Deus me deu, os fogos amarelos e azuis incendiarem os céus. Ah! O Ano Novo!

Sim, o ano novo marcado pelo signo do progresso, duas rodas puxadas por cavalinhos, o ano que promete as melhores realizações para o futuro do Mundo. E, repito, a imagem dos fogos-de-artifício elevando-se no céu a partir da fita do mar, na noite escura, fora o espectáculo mais precioso da minha vida. Não me lembro de outro igual. Tudo isso eu teria perdido se tivesse falecido. E, sobretudo, depois, não teria tido conhecimento de como as pessoas com muitos anos se juntam umas às outras, e se tornam amigas, sob a ameaça de existir uma entidade venenosa e invisível, que caminha pelo ar, até pousar nas mucosas dos seres humanos para aí pôr os seus ovos malignos, cada um a multiplicar-se por mil.

Dizem, aliás, que assim que multiplicados, logo passam a andar pelo ar, à procura de alimento em novos tecidos humanos, onde irão comer o que precisam para se multiplicarem por sua vez por milhares, através de novos ovos postos em novos tecidos. Mas não nos nossos, protegidos por bons cuidados. Pelo meio-dia e meia hora do sétimo dia, a Sala Azul encontrava-se repleta, só não éramos setenta porque seis tinham ficado nos quartos a dormir e dois continuavam na Sala de Descanso, junto à Capela. Encontrávamo-nos sentados, diante dos pratos, prontos para almoçar à espera das travessas nas mãos dos rapazes. O doutor Mascarenhas, porém, manteve-se silencioso, logo ele que falava tão alto por ouvir tão pouco. O advogado dobrou o jornal e colocou-o ao lado do prato. Disse – "Pelo que eu estou a saber, vamos continuar aqui encerrados. Só espero que me deixem ter acesso à imprensa…"

Como se as suas palavras ilustrassem a realidade, vimos que a encarregada se encontrava com a Noronha e o doutor Cláudio a meio da sala. Falaram entre si, dispersaram-se por entre as mesas. A encarregada Martine Martins aproximou-se do nosso grupo e informou – "Estejam tranquilos. Está tudo bem, tudo bem, tudo bem…"

Eu já vivi muitos anos, compreendi que ela quereria dizer com aquela inútil repetição, tudo mal, tudo mal. Esperámos, ansiosos, a olhar para a encarregada. Ela passou as mãos pelos ombros de dona Luísa de Gusmão, depois pelos ombros de Joana Amaral, olhou-nos como se fôssemos bebés na hora de nanar, e falou para o centro da mesa – "Desculpem. Tenho muita pena de dizer que vamos continuar encerrados. Ninguém vai poder sair, ninguém vai poder entrar. O mesmo se vai passar com roupas, objectos ou mantimentos. Tudo para vosso bem…"

Dona Luísa de Gusmão começou a chorar.

É condessa, mas as condessas também choram quando lhes sobrevém uma contrariedade. Não é que tencionasse sair deste lugar protector, mas saber que não poderia sair se quisesse tornava-se-lhe insuportável. Dona Rita de Lyon também se sentiu desgraçada. Dona Joaninha não se importava. O senhor Gomes disse-lhe – "Você, dona Joana, não se importa. Você tem tudo de que necessita dentro desta casa…" Dona Joaninha nem respondeu. Comentou, em voz muito alta, embora soubesse que o advogado não a ouvia – "Não gosto nada de pessoas tristes. Por mais triste que a gente fique, nunca se consegue salvar o mundo. Ou consegue-se?" Dona Joaninha serviu-se do arroz de galo do campo. O senhor Gomes enviou-lhe uma longa mirada. Ainda bem que eu tinha sobrevivido para continuar a observar. Estávamos cercados, mas o jogo do amor, penúltima expressão sobrevivente da vida, continuava intacto. Eu estava viva para aprender.

Entretanto a directora Noronha deambulava por uma outra ala da sala, consolando outros residentes. O doutor Cláudio, também. Era um facto. Enquanto isso, a entidade invisível, venenosa, letal, havia atravessado o Canal da Mancha, havia subido pelo rio Tamisa, passado por debaixo da ponte e entrado no coração de Londres. Mas era de notar que os britânicos não se perturbavam. Não faltavam ao trabalho, eram estóicos, muito resistentes, muito combativos. E, sobretudo, muito educados, explicava a Noronha junto da nossa mesa. Cumprimentavam-se com decência, não se beijarocavam, mantinham-se sentados muito direitos, e além do mais, estavam dispostos a ver morrer uma parte da sua gente a fecharem-se em casa como nos outros países. O doutor Cláudio era do mesmo parecer. Os ingleses tinham sido heróis na Segunda Guerra Mundial, sabiam sofrer individualmente desde que fosse para o bem da sua pátria. Nós, não. Por isso, nós, só mesmo presos nos conseguíamos conter. Quando ficámos sós, dona Luísa de Gusmão foi da mesma opinião.

Todos concordámos.

Claro que o Reino Unido, como o nome indica, era uma monarquia, com reis e rainhas, aristocratas, pessoas no topo dos bons comportamentos, que davam grandes exemplos aos plebeus de todo o planeta. Nós, não. Nem sabíamos comer à mesa. Então, para que as suspeitas de que não éramos gente cordata amainassem, os familiares dos residentes do Hotel Paraíso, não podendo entrar em contacto directo com os seus internados, começaram a vir colocar-se em frente das janelas acenando e falando alto. Ficavam entre a fachada e as palmeiras, e durante os novos sete dias que se seguiram, as saudades que antes eram ultrapassadas por telefonemas, e por vezes por longas ausências, agora tinham-se comutado para a frontaria da residência. A minha filha também quis vir. Dizia-me que muita gente lhe perguntava se tinha ido ver a mãe à janela. Eu proibi-a. Essa é a palavra.

Com o telefone junto da minha orelha direita, voltei a sentir-me uma mãe disciplinadora. Disse-lhe que não a tinha educado para ser uma pessoa sem princípios, que Deus a livrasse de vir colocar-se em frente da janela a chamar por mim, que o mundo estava cheio de ridículo, mas que ela não deveria fazer parte desse exército sem fim. Disse-lhe que da minha mesa ninguém tinha permitido que os familiares ou amigos viessem fazer figuras tristes diante da janela. E disse-lhe mais – "Não venhas cá, antes aproveita este tempo para te dedicares ao teu trabalho. O tempo passa, passa, e tu vais dizer-me quantas páginas tens escritas... Mas diz-me a verdade, não me mintas." Eu sentia-me mãe, falava ao telefone. Desde que o estado de cerco havia chegado, a voz tinha-se-me posto grossa quando falava com ela. Eu adivinhava que andasse a tomar cafezinho com este e com aquele, a comentar o que se passava aqui e além. Com estes acontecimentos mundiais, imaginava-a ligada à televisão presa ao *écran* por uma coleira. Calculava que ficasse diante dos jornais a tentar adivinhar o futuro da entidade invisível. Disse-lhe – "Concentra-te, rapariga. Trabalha, cumpre o teu dever. Quando as portas se abrirem, logo virás..." Dentro de mim cantavam palavras.

Nunca é tarde, nunca é tarde.
Debaixo da roseira, o cravo
arde.

Ela, do lado de lá, disse que sim. Deixei escorregar o telemóvel para o chão e desligou-se. Não o pude recuperar durante duas horas, mas fiquei contente. Na verdade, eu sabia que os meus conselhos ainda continuam a ter efeito na sua pessoa. Pois o que viria ela cá fazer? Postar-se no meio da rua, a olhar para mim? A acenar? A falar ao telefone enquanto faríamos adeus? Para ficarmos atravessadas de emoção e chorarmos para os outros verem? Como se nos despedíssemos no cais de um navio? Como eu, quando fui ao cais de Alcântara, já depois da Guerra do Hitler, despedir-me do sedutor? E o barulho das águas cortado pelo paquete a partir rio abaixo, na direcção do mar e eu a escutar o frufru do rasto que o navio ia deixando? Edgar de Paula muito contente por partir? Foi há muito tempo. Desde então não quero mais fazer longos adeuses com as minhas mãos. Despedidas são acenos interiores. Devemos ter vergonha na exibição das despedidas. Disse-lhe, e assim, ela não veio fazer-me adeus a partir do jardim. Mas Lilimunde, sim.

3. O lago

Com Lilimunde foi diferente.

Porque Lilimunde não era minha filha, era apenas uma espécie de espelho que se construíra a meu lado. Quando a rapariga de Marabá telefonou já se encontrava no jardim em frente. Disse – "Ôi, dona Alberti, venha à janela. Eu estou aqui, sobre o muro, a olhar para você." Não falámos alto, entre jardim e janela, falávamos ao telefone e víamo-nos. Nada de acenos, nada de gritos. Ela disse – "Estou triste uma vez, e meio triste outra vez." Porquê? Perguntei eu, vendo em baixo, sobre o murete, a silhueta grávida de Lilimunde. Ela respondeu – "É a mulher do senhor Francisco que já não se salva. Ele chora muito. Sem querer, deixa cair lágrimas sobre a farinha. Já teve de contratar um outro padeiro para o substituir no forno. Para mim, é muito bom o senhor Francisco. Mesmo com tão pouco pessoal, quando eu não acordo com o despertador do telemóvel, ele é incapaz de bater à porta da casa da farinha para me fazer levantar. Agora durmo como se fosse um panda. O nené parece que traz um dormitório com ele..."

Eu estava na sala junto à capela, a olhar para baixo, tal qual como os outros residentes, mas não acenava nem gritava. Era tudo ao telefone. Então lembrei-me de perguntar por Edu Horvat. A princípio Lilimunde não queria falar sobre o assunto, em pé, em cima do murete – "Ah! Edu, Edu..." Por fim, explicou que o alarve do senhor Justino havia telefonado para a Hungria para perguntar a Edu como estava, e tinha aproveitado para lhe dizer que ele, Edu, havia deixado um rasto muito forte por aqui, um rasto tão forte que um bebé húngaro iria nascer em Maio, em Portugal. Lilimunde lamentou – "Ora o Edu não conseguia compreender por causa da língua, e quando compreendeu não gostou do que ouviu e telefonou-me muito desapontado. Compreende? Primeiro por eu ter guardado a semente, depois por não o ter avisado..."

Lilimunde ainda tinha muita bateria no seu Samsung e por isso podia contar. Contava que Edu ligou, e quando assomou ao *écran*, parecia ter acabado de tomar um banho. Os cabelos dele luziam, ou de água, ou de suor, ela achava que era de suor. Pois os olhos dele também luziam, pareciam lampiões, e ela achava que era pelo estado de choque em que se encontrava. Ela tinha-lhe dito, calma, calma, *relax, sweetheart*, que ninguém morreu, querido Edu. Ela contou que ele queria dizer algumas palavras em português e parecia não encontrar nenhuma. Edu tinha feito o gesto universal do problema de dinheiro que implicava o que estava a acontecer no corpo dela, e ela tinha-lhe dito *no problem*, o senhor Francisco iria arranjar-lhe o berço, já o tinha prometido. Em breve ela iria com o senhor Francisco escolher um, de cor azul. E o resto logo se veria. Então Edu tinha dito que um dia mais tarde ele, depois, viria ver aquilo que iria nascer. Era o que ela tinha entendido porque ele não desligava mas, tendo aquele rapaz tanta ciência sobre algas, em relação a uma coisa tão simples como é ter feito um filho, não sabia mover-se nem dizer uma palavra. Ao telefone, a cara dele estava vermelha, mas o problema era os olhos, grandes, luzidios, terríveis. Edu, por certo, tinha ligado a partir do laboratório, deveria estar a falar diante daquele lago chamado Balaton, muito azul. Na imagem do telefone não se via o lago, só o vidro da janela do instituto onde Edu trabalhava, mas ela sabia que o lago lá estava. Lilimunde deu uma volta sobre o murete. Então eu perguntei – "O que pensas que vai acontecer?"

Lilimunde voltou a dançar em cima do muro, com o telefone debaixo do cabelo curto – "Eu não preciso dele, dona Alberti. Se não vier não veio. O estúpido do Justino tramou o meu plano. Eu não quero Edu preso à minha vida por uma baraça..." – disse Lilimunde, continuando a dançaricar de um lado para o outro, sobre o murete do jardim. Quando ficava de frente, era a mesma silhueta fininha de antes, mas quando ficava de lado, o seu ventre enfunava. "O que me diz a isto, dona Alberti? Virge Maria, apetecia-me esganar o senhor Justino..."

Eu estava sentada à janela, não podia dizer-lhe nada de útil, nada de salvador, a força estava dentro dela. E talvez ela nem precisasse das minhas palavras. Se tinha tido força para decidir, haveria de ter força para avançar. A vida de Lilimunde estremecia, os seus bocados partidos arrumar-se-iam um dia. Se acaso não fosse logo no mesmo dia, porque aos vinte anos a vida parte-se e conserta-se na mesma hora. Agora estava ela de lado, a brisa de Março moldava-lhe o ventre, tinha de facto a forma de um grande ovo o que Lilimunde trazia debaixo do vestido. "Até para a semana, dona Alberti, em breve essas portas vão abrir-se. Estamos todos trancados. Fogo, Virge Maria..." Sim, já tinham passado mais três dias, faltavam quatro para levantar o cerco, decorridos esses dias, as portas iriam ficar escancaradas aos seres humanos e ao mundo.

4. O teste

Na manhã seguinte, Nina Mercedes conduziu-me pelo corredor fora mais cedo do que o costume. Falou pouco, não cantou. Depois do pequeno-almoço encaminhou-me para o Hall Maior, também sem dizer uma palavra. Estávamos todos juntos, a fila fazia voltas pelos corredores, e ninguém perguntava nada. Tanto os que viviam sentados nas cadeiras quanto aqueles que ainda caminhavam pelo seu próprio pé, sentados. Dona Joaninha movia-se de um lado para o outro tentando compreender o que se passava. Não conseguia compreender. Se o senhor Tó fosse vivo, elas logo ouviriam as verdades todas. Agora, infelizmente, o doutor Mascarenhas sabia muito sobre leis, mas era demasiado educado. Dava a impressão de que havia ficado embaraçado pela leitura das leis, e tinha dificuldade em aplicá-las à sua própria vida. Era o décimo dia que não recebia o jornal e não se queixava. O que sabia era pelo seu telemóvel. Ele tinha dito, acho que vão testar-nos. Testar-nos? Para quê? – Meu dito meu feito, os testadores ali estavam. Uma indecência. Sem que ninguém nos informasse, surgiram umas pessoas veladas, de baixo a cima, o rosto tapado, sem se perceber se eram mulheres ou homens, e começaram a dispor os seus aparatos sobre uma mesa. Um bando de astronautas mascarados.

Nós, residentes, olhávamo-nos e não nos víamos.

Fomos mantidos em grupos e fizeram-nos a prova um a um. Não reconhecíamos quem fazia a experiência sobre a infecção, escutávamos vozes de pessoas que nunca tínhamos ouvido. A fila corria lenta, não falávamos. O senhor Franco, que avançava sentado numa cadeira a meu lado, disse muito alto – "Que loucura, para descobrirem um bicho que anda pelo sangue, esgaravatam-nos nas ventas com um palito…" Ninguém respondeu. Só depois reparámos que a doutora Ana Noronha não estava. O seu gabinete encontrava-se encerrado. Não estavam o doutor Longino nem o enfermeiro Marlon, as suas portas encontravam-se abertas de par em par. Não estava a encarregada Martine, não estava o intendente Cláudio. Estaria a distribuidora de comprimidos, a Berenice, e o enfermeiro Joaquim? Também não estavam.

Quem relatou as ausências foi Janice, a rapariga jeová, que nos disse que tínhamos de nos preparar porque finalmente o Dia do Juízo tinha chegado. Ela estava muito satisfeita porque se cumpriam as profecias da sua Bíblia, completamente diferente das outras bíblias. Todas as bíblias dos outros credos eram falsas. A dela não, a dela era a verdadeira, por isso sabia muito bem o que iria acontecer. Trombetas andavam no ar separando os justos dos injustos, os bons dos maus. A fila corria lenta. Quando Nina Mercedes chegou, acabámos por ser informados. Os gestores de comando do Hotel Paraíso tinham sido atingidos, o que os obrigava a recolher a casa por vários dias, muitos dias, não se sabia até quando. Então, quem ficava? Ou, mais problemático ainda – E se todos se fossem embora, uma vez que ninguém saía e ninguém entrava? Sentados agora no Salão Rosa, à espera do jantar, percebemos o que poderia acontecer. Salomé e Nina estavam e era o que nos salvava. Ivan e Igor também. Estavam mas não acorriam a todo o lugar. E quem mandava?

No dia seguinte, ao fim da tarde, soube-se a verdade – Entre nós, havia casos. Muitos casos. Em consequência, era preciso separar quem tinha sido atingido de quem se mantinha saudável. Então fomos divididos em dois grupos, os infectados e os não infectados. A substituta da encarregada Martine, que se chamava simplesmente Maria e tinha sido enviada pelo Serviço Social, começou por dizer que a separação iria ser bastante tranquila porque em pleno Agosto o Hotel Paraíso havia saído com êxito da invasão da formiga. Essa experiência afinal fora bem-vinda porque permitia, agora, com pouco pessoal, aplicar o mesmo plano de contingência, distribuindo os residentes pelos três pisos, desinfectando os andares por partes, movimentando os residentes de um lado para o outro, de modo a acomodar toda a gente como acontecera antes. Mas nós, sentados à volta da nossa mesa, concluímos que iria ser bem mais difícil. E instalou-se o receio de que, tal como então, se morresse de tristeza. A própria animadora Bianca, também ela coberta de plásticos, apercebeu-se desse sentimento e chamou o senhor Peralta, que tocou de novo *Era uma casa muito engraçada, não tinha tecto, não tinha nada*, à hora que deveria ser o lanche mas agora, por atraso, coincidia com a hora do jantar.

Uma outra pessoa vestida de branco da cabeça aos pés, com a voz de Salomé, trazia-nos o lanche-jantar. Era mesmo Salomé, apressada, potente, transportando três bandejas em cada braço. Ela disse – "Rapazes, raparigas, vamos à paparoca para o bicho querido não entrar!" Comemos quanto pudemos porque não se sabia quando voltaríamos a ter uma refeição quente. Dona Joaninha andou a recolher pelas mesas as maçãs que sobejavam. A figura branca com a voz de Salomé gritou da porta da cozinha – "Calma, dona Joaninha, que amanhã há mais…" Na manhã seguinte, soubemos que Salomé, a máquina alemã, tinha ficado retida em casa.

No pátio de trás chegou a carocha dos idos. Fez várias viagens. Só levava, não trazia. Dona Rita de Lyon perdeu a pilha do seu telemóvel e desejava telefonar para a Provença francesa onde o seu filho Clarence, piloto, vivia numa casa de cabras agora feita um palácio discreto, cor da pedra, com o *Ange Gardien* de asas abertas por cima do telhado, a ponta de uma asa na cumeeira, a outra tocando na água da piscina, um verdadeiro lago azul no meio do mato – "Ah!

Um regalo de palácio, ainda bem que o meu filho foi afastado da Air France..." Sugeri-lhe que fizesse como outros faziam quando não conseguiam telefonar a partir do seu telemóvel, dirigiam-se à portaria e falavam a partir do telefone geral. Ela conseguia andar, empurrou o seu próprio andarilho e atingiu a portaria junto ao Hall Menor. Não estava ninguém.

 Os dois rapazes da portaria havia dias que tinham fugido. Luís Cotovio, o mais varonil, tinha sido o primeiro a abandonar o seu posto. Receavam apanhar o mal, ainda eram jovens e tinham uma vida à sua frente para defender, não podiam arriscar. Os computadores sobre as suas secretárias estavam perfilados mas com os *écrans* apagados. Na pressa de abandonarem o local, os rapazes não tinham arrumado os *dossiers*, via-se pela vidraça, papéis que juncavam o chão administrativo. Eu tentei emprestar o meu telemóvel, mas dona Rita de Lyon, apesar de protegida pelo Anjo da Guarda, não conseguiu lembrar-se do número de telefone. Talvez no seu quarto encontrasse um caderno de apontamentos. Era só preciso subir ao terceiro piso. Mas ela lá não poderia ir porque o seu quarto havia sido ocupado por uma pessoa sã. O doente não podia aproximar-se do são. Olhámo-nos uns aos outros – Então quem éramos nós? Compreendemos.

 Mas a nossa mesa continuava coesa, deslocávamo-nos em grupo através do Hotel Paraíso. Estávamos sentados, os sete, como nos livros das crianças, na fila da frente do Salão Rosa. Já tínhamos percebido que não estávamos sãos, mas nunca nos haviam dito. Quando chegou a hora de regressar aos quartos, um astronauta com voz de Igor e um outro com voz de Ivan levaram-nos para quartos no rés-do-chão. Naturalmente que cada um pensou em si. Eu pensei em mim. Não tinha a minha camisa de dormir, não tinha creme, não tinha nada. Toquei no peito, e felizmente mantinha a bolsa de pano. Apalpei o envelope mais pequeno, o que prendia com uma mola, e consegui abri-la. Dentro encontrava-se a mensagem do senhor sargento João Almeida – *Mande sempre*.

Por um instante pensei, estou salva. No instante seguinte, pensei, estou perdida. No instante seguinte, quando passava pela frente a grande figura vestida de branco que eu supunha ser o Ivan, pensei, vou ser poupada, como no tempo das formigas. Se fui poupada no Verão passado, porque não hei-de ser poupada nesta Primavera? Se sou a mesma pessoa? E uma grande, super-vontade de viver para ver, observar, para saber como iria terminar o cerco e a epidemia apoderou-se de mim. Estiquei bem os meus dedos da mão direita e tinham quase tanta força como os da mão esquerda. Quando voltasse ao quarto, e alcançasse o bloco com folhas A8, e uma das raparigas me escrevesse a data, eu iria poder desenhar umas letras. Quis inventar uma frase, mas não me acudia nada ao cérebro da criação, só ia até à memória, o que significava uma grande perda, mas eu aceitava. Palavras da memória de infância surgiam dançando – *No pátio da escola ficou a sacola, e o cavalinho pariu um menino. Pariu uma menina e relinchou na escola...* Nesse instante, eu olhei para o lado e vi os pés de dona Luísa de Gusmão assentes sobre o pedal da sua cadeira.

Reparei que lhe tinham calçado os sapatos trocados. O esquerdo no direito e o direito no esquerdo. Olhei para os meus e não conseguia perceber se estavam bem calçados. Tinham descido as persianas porque muita gente sentia dor de cabeça e tinham-se esgotado os dolvirans na farmácia do gabinete médico, agora de porta escancarada para o corredor. Se dona Luísa de Gusmão tinha os sapatos trocados eu não lho iria dizer, poderia humilhá-la. Que cada um ficasse como estava. O que eu queria era inventar umas frases, mas não me vinha nada à cabeça, estava presa dos sapatos trocados da minha amiga condessa. Então lembrei-me de uma outra cantilena que tinha aprendido em criança.

Nossa Senhora disse disse
Que não dormisse, que não dormisse
Enquanto a videira subisse.

Era isso mesmo que eu iria escrever na folha do bloco, porque eu iria ser poupada, ficando viva para contar. Um pouco mais à frente, no meio do salão, encontravam-se, lado a lado, o senhor Gomes e o doutor Mascarenhas, os dois absortos a olharem para a porta que dá para o Hall Maior. Era compreensível. O senhor Gomes, o carteiro, não recebe tabaco, o advogado não recebe o jornal. E por certo que a estas horas têm fome. Eu tenho fome, a dona Luísa de Gusmão tem fome, a dona Rita de Lyon tem fome, a dona Leonor, também. Todos temos fome e não há cozinheiro. Não sabemos a quantos estamos. Quem nos virá salvar? Eu serei salva, tenho a certeza. Vou ser poupada. A dona Joana Amaral, também.

Aproveitando a pouca luz do fim do dia, dona Joaninha assaltou o seu próprio quarto onde dorme agora um homem são de quem ela desconhece o nome. Conseguiu franquear a barreira que puseram à entrada do corredor, entrou no seu quarto expropriado à força, o são estava a dormir, não deu por nada. Ela retirou de debaixo da cama um grande saco de papel, correu com o saco, trouxe-o até ao salão onde nos encontramos concentrados à guarda de duas figuras de astronautas que não sabemos quem são, e veio sentar-se à minha beira. Contou-me da sua aventura. Mostrou o saco. Estava cheio de jornais. Tinha um plano, mas não sabia se deveria falar dele ou não. Por fim, pôs a mão em redor da boca e explicou em voz baixa – "Quero oferecer ao doutor Mascarenhas, cada dia um, cada dia um…"

Eu pensava ora nos sapatos de dona Luísa de Gusmão, ora em *Nossa Senhora disse disse,* mas fiz ver-lhe que os jornais tinham perdido o interesse para o advogado. O interesse de cada jornal termina ao fim de cada dia. Dona Joaninha demonstrou-me que não. Ele iria gostar de saber o que se passava um mês atrás para se rir do que então se dizia. Julgava ela, uma pessoa que ainda não sabia ler. Antes do acantonamento, todos os dias, pela manhã, quando recebia o jornal, o doutor Mascarenhas tinha o hábito de deitar o jornal do dia anterior no caixote do lixo da entrada. Ela, que não sabia ler, mas ainda tinha essa esperança, guardava-os. Grande olho ela tinha tido. Ali estavam, e bem conservados. Graças a Deus. Não os tinha guardado para isso, mas agora serviam muito bem para ajudar a passar o tempo até que as portas se abrissem. Dona Joaninha retirou um jornal velho do saco e foi falar com ele, rosto no rosto, tinha perdido o medo de o matar com os olhos. O doutor Mascarenhas colocou o jornal de folhas dobradas, tal qual como o recebeu, debaixo do braço e não se moveu. *Que não dormisse, que não dormisse,* pensei eu.

E então soubemos que o jantar se resumiria a um pedaço de *pizza margherita* e um sumo de laranja Compal. De facto, não havia cozinheiros, um deles, Ivan, encontrava-se no hospital, deitado, entubado, algaliado, ausente. O outro, em casa, imóvel, sem poder sair à rua, com as janelas todas fechadas. Comemos o pedaço de *pizza*, bebemos o sumo, e graças a Deus soube bem.

5. O encontro

Mas nem todos comeram, porque muitos não comiam, só dormiam e tossiam. À volta das suas camas, o calor da febre subia pelas paredes. Não havia médico, nem enfermeiro, só os telefones do Igor Maguliy, da Maria José das Lundas e da alta Judite, que havia voltado. A alta estava coberta pelo fato branco, mas ainda assim a sua voz era inconfundível. Dona Rita de Lyon disse – "É preciso estarmos muito mal para termos chamado esta girafa…" Joana Amaral fez-lhe notar que a girafa parecia ter voltado diferente, mas a mãe do piloto francês tinha uma explicação para o facto. Disse que havia certas pessoas que só se sentiam boas e caridosas no meio das catástrofes, e possivelmente seria o caso. Ela *se console de nos malheurs.* Não pense você que é *compassion*, não é. É uma atitude mental. Ou simplesmente ter-lhe-ia feito muito bem ter sido expulsa, ter ido para casa sofrer sem dinheiro na algibeira.

Pouco importava, logo se veria.

Dona Joaninha andava com o saco de papel pendurado no braço como se fosse a sua mala de mão, não podia perder os jornais. Quando foi a hora de os astronautas nos deitarem, dona Luísa de Gusmão disse que não precisava, que preferia dormir sentada. Mas tem de se deitar, dona Luísa, é das normas. Era o que se iria ver. Ela, se estava infectada não parecia, não sentia nada de estranho na sua vida e recusava-se a ficar no quarto que lhe haviam destinado – À sua direita, Marília, uma antiga apanhadeira de malhas de meias, à sua esquerda, Maria Rosa, uma mulher-a-dias. Recusava-se. Tinham febre, tossiam, cheiravam a enxofre podrido, cuspiam nos lenços, por isso, ou a mudavam de quarto, ou não se deitaria. Reparei que a astronauta Judite se baixou, colocou-lhe o termómetro, leu os números e disse – "Você está com trinta e nove, senhora." A alta pediu-me se eu me importava de mudar de quarto.

Mudei, troquei com a dona Luísa de Gusmão. A condessa foi deitar-se entre dona Plínia com cem anos e dona Beatriz, que fora explicadora de meninas. Eu, entre a apanhadeira de malhas e a mulher-a-dias, pude testemunhar que tínhamos a mesma tosse, a mesma febre, o mesmo corpo dormente. Devíamos cheirar ao mesmo enxofre podrido. Estávamos iguais. Dona Plínia, mesmo com cem anos, ouvia bem. Pela madrugada, dona Luísa de Gusmão chamou por ela. Não respondeu. A astronauta de serviço ao quarto veio, accionou uma lanterna de bolso. Pela voz, era Maria José das Lundas.

A angolana passou a mão pelo rosto de dona Plínia, fez um tremendo barulho para arrastar a cama, e levou-a. Ainda bem que havia feito cem anos com um bolo mais iluminado do que o velário da Igreja de São Sebastião de Valmares.

Também dona Leonor foi levada.

Para onde levavam a nossa mais recente companheira de mesa? Caramba, esperem aí. Não esperaram. E também levaram o senhor Tendinha e com ele o senhor Tavares. O corpo que uns meses atrás se bamboleava à aproximação do marroquino Ali Abdul, ia de cintura à mostra, nos braços de um dos astronautas de Leste. Também foram levadas a dona Marília e a dona Maria Rosa, do quarto que eu troquei com dona Luísa de Gusmão. E dona Palmira e dona Marcela, sem nenhuma trouxa ao colo. Eu vi, quem passou com elas nos braços foi a alta Judite. Pegava-lhes bem. Curioso. Passava com as residentes mortas ao colo com uma delicadeza que ninguém lhe reconhecia antes, quando todas nós a temíamos. Misterioso é o sentimento da misericórdia, não tem hora marcada para entrar ou sair do ser humano. A romena Gabriela também tinha voltado, mas havia tanto tempo que não a víamos que não a reconhecemos pela voz, teve de se apresentar de novo, embora de rosto coberto como se fosse uma mulher do deserto. Fosse como fosse, ainda bem que havia quem aceitasse entrar para dentro da casa cercada.

Por uma razão ou por outra, eram poucos os funcionários que restavam. Lá fora, no mundo que já não era o nosso, não havia um médico ou um enfermeiro que aqui quisesse entrar, quanto mais prestar serviço. Estávamos sequestrados. Os sãos do terceiro piso, à medida que iam ficando contaminados, passavam para o segundo andar. Os telemóveis deixaram de funcionar no Salão Rosa, era preciso ir até à porta do Hall Maior para se ter acesso à rede. Pelo meu lado, conduziram-me até à porta e telefonei para Lilimunde. Não tinha dúvida de que iria ser poupada, mas mesmo assim, desejava voltar a vê-la. No entanto, com a falha de rede, ou falava com ela, ou a via. Falei por telefone, disse-lhe que queria vê-la.

A rapariga do Pará disse-me que viria até à parede do jardim em frente. Explicou que estava a pé desde as quatro da madrugada, mas o senhor Francisco por certo que poderia transportá-la na carrinha do pão, livre desde as duas da tarde, agora que a mulher dele já tinha partido. Perguntou – "Pelas cinco horas, está bem?" Eu disse, junto à porta de vidro do Hall Maior – "Às cinco!" Era preciso de novo que alguém me conduzisse, e quando se aproximou a hora não havia ninguém à vista.

Os cuidadores que restavam, três raparigas e os dois rapazes, sequestrados como nós, sem poderem deslocar-se para fora das paredes do Hotel Paraíso, encontravam-se nos quartos a dar assistência a quem mais precisava. Quando um deles atravessava o salão, quem podia gritar, gritava – "Ouça, ouça, venha cá!" Eu chamei o mais alto que podia, com a energia que os últimos acontecimentos me tinham emprestado à voz. Gritei – "Menina Judite, por favor, olhe para mim!" E a alta Judite olhou para trás e veio até ao meu carro. Eu pedi-lhe – "Leve-me até à porta do *hall* para eu ver uma pessoa." Ela disse – "Eu levo-a, mas não garanto poder trazê-la de volta." Não fazia mal, tudo o que eu queria era avistar Lilimunde ainda com a luz do dia.

Consultei o relógio, eram dez para as cinco da tarde. Lilimunde chegou cinco minutos depois. Devem ter deixado a carrinha do pão, com uma espiga desenhada, estacionada no lado poente da residência. Vinha sozinha e subiu para cima do murete com a agilidade de um gato. A brisa do final do Inverno seco e frio levantava-lhe o vestido, desenhava-lhe o grande ovo do ventre saído sob a aba de um casaco muito curto. Era uma criança grande rebolando uma pequena criança escondida. Ela fez-me adeus e eu fiz-lhe adeus. Ainda tentámos estabelecer ligação para falar, mas continuava a não ser possível. Eu movia a mão acenando, ela também e mais nada. Até que surgiu aquele que tomei por senhor Francisco, o padeiro.

Era ele por certo, mas não conseguia ver-lhe as feições. Lilimunde desceu da parede com um salto, como se não lhe pesasse o grande ovo, o filho de Edu Horvat, o cientista. Mas ele, pois deveria ser ele, o padeiro, amparou-a com a mão.

Ficaram ali um bocado a olhar na direcção da janela onde eu me encontrava. Depois desapareceram os dois para o lado nascente. Deviam ter, afinal, estacionado a carrinha desse lado do parque. Caía a noite, mas não era rápido. Fiquei muito tempo no Hall Maior, de costas para o salão onde se moviam as pessoas, a imaginar Lilimunde a caminhar pela Terra adiante, com o filho de Edu Horvat a crescer, a fazer-se um homem, a juntar-se ao pai à beira de um lago no meio da Europa. Não havia quem me viesse buscar. Era difícil manter-me na mesma posição durante tanto tempo. Eu resistia, sabia que não me encontrava no piso dos sãos, mas sabia também que iria ser poupada, tal como tinha acontecido no tempo das formigas. Até que ouvi a voz da rapariga Janice que me disse – "Fique aí mais um bocado, para ver se você finalmente acredita no Armagedão..." Senti-a andar nas minhas costas, passar para fora e para dentro. Eu pensei – ainda assim, vou sobreviver.

6. A dança

Na manhã seguinte havia outros astronautas no Hotel Paraíso. Não sabíamos de quem se tratava, mas as suas vozes não nos eram estranhas. Vários utentes do segundo andar estavam a descer para o rés-do-chão onde se encontravam os verdadeiros não sãos. Eu iria ser poupada. Estava a assistir a tudo isto para poder contar depois como tinha sido viver no Ano do Carro.

E assim passaram mais três dias. Ao quarto dia, o senhor Peralta deslocou-se até ao piano. Quatro astronautas baixos ficaram na sua frente. Eram mulheres. Ele ainda passou os dedos pelo teclado, mas estava muito cansado, tinha demasiada febre. Começaram a levar o senhor Peralta para a Sala de Descanso.

Reparei que ele não tinha sapatos, deslocava-se só com uma meia, o outro pé estava descalço. Mas uns vinte de nós encontrávamo-nos sentados no salão ainda na esperança de ouvir a música do senhor Peralta. As quatro astronautas, então, cantaram a canção que sabíamos de cor, para nos alegrar. As astronautas sem retirarem as máscaras cantaram à capela brincando com a alternância das vozes.

Era uma casa muito engraçada
Não tinha tecto, não tinha nada
Ninguém podia entrar nela, não
Porque a casa não tinha chão.

Cantavam tão bem, tão bem, que eu tinha a ideia de que aquele canto, mesmo sendo profano, era sagrado, e tive vontade de lhes dizer palavras como naquele dia em que me tinham visitado, depois de eu ter querido morrer à fome. Se eu estivesse mais perto delas dir-lhes-ia exactamente as mesmas palavras para as deixar descansadas, para que elas soubessem que estavam a desempenhar bem o seu papel. Preciosas. A alegria delas quando mudavam de registo e as quatro diziam, para contagiarem os sequestrados, os versos licenciosos, *Ninguém podia fazer pipi, porque pinico não tinha ali,* faziam-me rir quase tanto quanto a dona Joaninha, e dizia-me, vais ser poupada, tu vais ser poupada. Tens febre, tens tosse, tens dores de cabeça, não há um médico que te queira ver, um enfermeiro para te aliviar, mas ainda assim vais ser poupada. As astronautas viúvas repetiram várias vezes os versos licenciosos, e eu confirmava que na alegria não havia diferença entre o profano e o sagrado.

No dia seguinte, as quatro viúvas não vieram.

Vieram três outras voluntárias descer aos infernos, como uma delas disse e nós ouvimos. E veio uma médica astronauta da Cruz Vermelha, tão rápida, que mal apontava o termómetro para a testa de cada um, já estava a perguntar como se chamava o enfermo seguinte. A mim, nem me perguntou pelo nome. Eu iria ser poupada. Alguma coisa se passava com os sapatos. Dona Luísa de Gusmão levantou-se, com menos febre, mas de novo lhe tinham calçado os sapatos trocados. Porquê? O doutor Mascarenhas não tinha sapatos nenhuns. Estava em meias. Levantei os olhos e vi que nas suas mãos estava aberto um jornal antigo. Mas o doutor Mascarenhas continuava a ter outras fontes de informação e disse – "O Boris Johnson está infectado!"

Quem estava sentado em volta repetiu – "Escutem, o Boris Johnson está infectado..." Na sala, quem soubesse de quem se tratava ficou alarmado. Dona Joaninha ficou eufórica – "O Bori Joso infectado? Oh! Oh! Os ministros vão morrer, e nós vamos sobreviver. Oh! Vamos, vamos!" E começou a dançar diante do doutor Mascarenhas, que não ouvia a voz de dona Joaninha, mas via-a. Ela dançava e cantava – "Bori Joso vai morrer, e os velhos vão salvar-se! Ó, ó..." O senhor Gomes levantou a cabeça do divã e bradou – "Ah! Valente Joaninha, dá-lhe, dá-lhe!"

Coloquei a mão sobre o meu peito e encontrei a mensagem do senhor sargento.

Eu tinha aprendido à minha custa que o primeiro princípio da vida era a comida, comer, comer, comer para sobreviver. O segundo era o amor. Amar para se viver. Viver, viver era ter amor, fazer amor, desejar o amor, até ao fim da vida. Poderia haver muitos nomes para designar o amor, uns elevados, como na boca das viúvas, outros dignos da boca suja do senhor Tavares, mas era assim, o amor, o amor, o terrível amor, escondido, mascarado, manipulado, transfigurado, bem ou mal urdido. E ainda assim, parecia-me estranho que os sentimentos do carteiro para com dona Joaninha fossem tão visíveis, e que apesar da lenda que se havia criado sobre o poder mortífero do amor de dona Joaninha, ainda assim, ele continuasse tão declaradamente entusiasmado.

 Mas eu não iria perguntar. Não me dizia respeito. Ao longo da nossa estadia já me havia intrometido demasiado na vida de Joaninha. Grande mistério nos envolvia a todos. Eu iria sobreviver para poder continuar a pensar no mistério. E então, pensei telefonar à minha filha. Mas como comunicar com ela? Como?

 Era já de tarde, via-se pelo rodar da pouca luz no chão do salão. Ninguém passava. Vi um astronauta, era uma astronauta, e pela voz era Judite, a alta. Eu disse – "Menina Judite, não consigo ligar para casa." Ela respondeu – "Se experimentar amanhã de manhã, apanha." E assim foi. Pela manhã, liguei a partir do Hall Maior e a minha filha atendeu. A ligação não estava famosa, mas dava para ouvir. Eu perguntei-lhe – "Estás a ouvir?" Ela respondeu – "Fale, fale, fale…" Era mesmo ela, precipitada. Eu perguntei-lhe – "Como vai o ano? Não chove mesmo nada? Que pena. Nesse caso, como vão os poentes? Calculo, bem vermelhos. E as rosas, não estão abertas? Claro, não as podaste em Janeiro. Claro que nunca aprendes, não era em Fevereiro, era um mês antes, minha filha. Podias escrever num papel. Ao menos os viburnos, como vão? Floridos. Ainda bem. Isto vai abrir em breve. Sabes disso, não sabes? Pois bem, escuta o que te digo. Trabalha, cumpre o teu dever. Tens agora quantas páginas?" Do lado de lá ela hesitou. Disse um número. Achei muito pouco. Então eu pedi-lhe – "Lê lá o início…"

 A sua voz desapareceu e apareceu de novo no telemóvel e começou a ler. Lia devagar. Eu pedi – E a última página? Podias ler também? Escutei. Por certo que é a última página que escreveste mas não a última do livro, pois não? Claro, percebi que não podia ser. E tem muitos travessões e parágrafos? Ou é tudo pegado? Ah! Está bem, está bem. Do lado de lá, ela começou a ficar com a voz apanhada. Não gosto disso. Desliguei. "Acabou a chamada com a minha filha..." A astronauta Judite veio buscar-me. Eu fui. Pelo caminho, tivemos de arredar, era a astronauta Maria José das Lundas que conduzia, na direcção da rua, nada mais nada menos do que o senhor Peralta. Porque se ia embora o senhor Peralta? Eu não sentia pena, empurravam-me para o meio da multidão infectada, sem médico nem enfermeiros, sem os rapazes da recepção, e eu compreendia que, sozinhos, partíssemos todos, mas por agora eu iria ser poupada. Os dois astronautas, que ainda se mantinham no rés-do-chão, haviam trazido camas para o meio do salão, homens dormiam ao lado de mulheres. Para se despirem e vestirem, ou algo mais, os novos voluntários levantavam lençóis para nos abrigarmos. Era já à saída da madrugada. Abri os olhos e vi que o advogado se tinha levantado sozinho, e com passo lesto procurava o caminho do corredor do consultório, de portas abertas a quem lá quisesse chafurdar em medicamentos e papéis, e reparei que além de um casaco de xadrez que apenas lhe dava pela anca, não usava mais nada sobre o corpo.

As suas pernas avançavam na penumbra como duas aparições de carne que não tinham nada a ver com o espírito do advogado. Eu chamei – "Doutor Mascarenhas, ó doutor Mascarenhas..." Nada. Em frente, os dois ou as duas astronautas, pareciam dormir. Eu ainda disse – "Acordem, que o doutor Mascarenhas vai nu." Os astronautas de vela não acordavam. Tive receio de que dona Joaninha visse o advogado naquele preparo, mas ela dormia ao fundo, meio sentada meio deitada, mantendo junto de si o saco dos jornais. Dormia tão bem, com ruído tão alto, que por certo estava livre de ver o doutor Mascarenhas despido. Eu tapei a minha cara.

Mesmo a meu lado, na grande camarata improvisada, para os astronautas que restavam poderem vigiar-nos, encontrava-se a dona Rita de Lyon. Eu disse-lhe – "Viu o doutor Mascarenhas?" Ela respondeu, sim, roubaram-lhe a roupa de baixo enquanto o levavam para o banho. Nu e descalço, ao que chegámos. Mas eu estou mais ou menos, penso na *Provence*, um campo antes com pedras e cabras e agora com mansões com lâmpadas acesas durante a noite por todo o lado. E depois dona Rita de Lyon disse ainda – "Se o *Ange Gardien* existisse, tinha voado de lá para aqui. Não existe." A minha cadeira moveu-se e eu inclinei-me na direcção de dona Rita de Lyon – "Mas claro que existe, dona Rita, agora mesmo está ele no terraço…"

"*Ouh! Là là!*" – disse dona Rita de Lyon.

7. O combate

Eu senti uma força brutal nas minhas mãos. Senti todo o meu corpo pronto para lutar. Aquilo em que a gente acredita, existe. Olhei para a cama de dona Luísa de Gusmão, e não a vi. Debaixo da cama, virados para baixo, os seus dois sapatos. As cadeiras tinham sido empilhadas para se abrirem as camas. De cama a cama, apenas o espaço para um astronauta passar. As mãos dos astronautas estavam cobertas por luvas brancas como as vestes que os protegiam de nós. Eu pensei, tenho de apontar este facto para poder contar quando tudo isto passar e me vier à mão o bloco.

Consegui abrir a minha bolsa, retirar um pequeno molho de folhas brancas, o lápis do tamanho do meu dedo mindinho, afiado com uma faca pelo meu genro, consegui fechar a bolsa. Fiquei com o papel e o lápis sobre o peito e esperei. Aproximou-se um astronauta. Estendi a folha. "Escreva aqui, por favor, a data" – pedi. "*Sí, sí, y ya estamos en Abril, Alberti, ya estamos en mediados de Abril.*" Pela voz, era uma astronauta.

Tentou escrever com a luva posta mas não se ajeitou. Retirou a luva e escreveu a data sobre o papel. Retirou a segunda luva para depositar a meu lado, sobre o lençol. Eram as mãos de Nina Mercedes. As suas mãos doces, longas, que eu tão bem conhecia. Meu Deus, Nina Mercedes já tinha voltado, falava a sua língua e eu não a tinha reconhecido. Que história! Ainda bem que eu sobrevivia para poder contar. Que sinal maravilhoso o mundo exterior enviava para o interior do Hotel Paraíso – Nina tinha voltado. Em breve as portas iriam abrir-se.

O piano tinha sido arrumado ao fundo, fazia escuro em redor do instrumento, embora na grande camarata que era agora o Salão Rosa houvesse penumbra. Foi a partir do fundo que eu vi avançar a noite na minha direcção. Não havia dúvida, era ela mesma.

Com que então, a noite noitinha, hem?

Grande surpresa ali vinha. Afinal a sujeita não tinha ficado presa nas paredes do quarto 210, como eu julgava. Entaipada, imobilizada, era aí que eu a imaginava desde que me havia misturado com os meus companheiros, dormindo aqui e ali, sempre no rés-do-chão. Mas afinal a traidora tinha vindo atrás de mim. Ou melhor, não só tinha vindo atrás de mim, como havia escolhido um lugar estratégico para seguir os meus passos. Ingenuidade a minha.

Sem eu dar por isso, a noite havia-me seguido como um animal selvagem segue a presa, acachapada com o chão, encoberta atrás do piano, e agora ali estava ela. Eu a fazê-la no segundo piso, e ela a assistir a tudo, desde o amontoado dos móveis à música e ao canto, escondida, sem se manifestar. Ali vinha ela. Ainda pensei que a noite pudesse enganar-se na cama, que se dirigisse para a cama do Nemo ou do Carvalho, mas não, ela sabia muito bem com quem queria terçar armas. Aproximou-se, vinha vestida no formato de penas escuras, o seu vulto, da altura dos ciprestes, apagava tudo em volta.

No entanto não vinha com semblante mau. Trazia as asas caídas como se viesse em paz e em modo de pessoa. Desconfiada, ainda de longe, olhei-a nos olhos, tentando detê-la, mas ela já se tinha aproximado demais da minha cama e parecia examinar com atenção o meu corpo.

    Antecipei-me dizendo-lhe, olá, porque não ficaste lá em cima? Há? Ela respondeu – "Com que então, por aqui?" Ardilosa. Percebendo que eu estava viva, aproveitou para me encostar à parede com perguntas de algibeira. Ali vinha o combate. Perguntou – "Então, uma vez que falas, diz lá para que serve o dia…" Eu respondi sem hesitar – "Para esperar pela noite." A noite começou a rir – "Que pouco vocabulário usas, não tens vergonha? Então não sabes distinguir a noite da noite?" Eu não tinha nada a perder e respondi – "Então e tu não sabes que as palavras são poucas e as realidades são muitas? Que muitas vezes para várias realidades só temos uma palavra?" A noite mudou de semblante – "Bom, bom, bom. Vamos mas é passar para a última questão – No teu entendimento, o que é o além?" Eu sabia que mais tarde ou mais cedo esta questão acabaria por aparecer, acho mesmo que esperava por ela desde que a noite pela primeira vez tinha surgido, mas na verdade ainda não tinha encontrado a resposta justa. Então respondi – "O além é um lugar onde se guardam para sempre as trouxas com os bens mais preciosos da nossa vida." Parecia incrédula – "Achas mesmo?" E a noite avançou para mim. Eu corrigi apressadamente – "Ou melhor, o além é um livro." E antes que ela retorquisse, esclareci – "Um livro que não tem fim, cada página uma vida, cada vida uma página, quantas mais vidas mais páginas. Isso é o além."

    A noite aproximou-se o mais que pôde – "Certo, mas então diz lá se sabes quem folheia esse livro."

    Ela insistia, insistia, mas eu não respondia, porque o que ela queria era que eu dissesse, não sei. "Sabes ou não sabes?"

– perguntou a noite. Eu disse – "Eu sei." Mas como eu não pronunciava o nome esperado, ela brutalizou-se – "Não sabes nada, nunca soubeste, nunca vais saber, és uma ignorante. Pois olha bem para mim, uma vez que já nem a camisa tens sobre o corpo, apenas tens uma fralda sobre o pêlo, como se tivesses nascido ontem, e não tivesses pai nem mãe, vejo bem o que te restou. Já só dispões dos teus enfeites. Não tens mais nada que se aproveite. Quero o teu colar, o teu anel de safira e os teus brincos de pérola. Tira-os e dá-mos."

Eu sabia que o melhor era permanecer imóvel.

Havia mais de um mês que ninguém tirava os meus enfeites. Sentia-me fria e nua, mas não seria eu quem lhos iria entregar. A noite esperou que eu me movesse. Como eu não lhe fazia a vontade, a ardilosa disse – "E quero ainda o teu saco de pano que usas pendurado ao pescoço, com tudo o que tens lá dentro." Era demais.

Respondi-lhe – Isso querias tu. O meu saco com tudo o que tenho lá dentro? Parece impossível. Visitas-me há anos, e não me conheces? Esse, só se mo arrancares à força. Experimenta lá. Pois quem julgas tu que eu sou? Afasta-te de mim que vou ser poupada, como tu bem sabes, mas finges não saber, está bem claro. Se te aproximares mais um milímetro que seja, vais ter de experimentar a resistência dos meus pulsos. Deixa-me da mão, ó noite. Estou cheia de energia, quero voltar ao pátio da escola e saltar até me voar o chapéu.

U u, morreu o bu.
O bu já não ressucita.
O diacho é a vaca
se ela morre e não escapa
e a vaquinha a trabalhar
para o meu jantar.

A Maria dos Remédios, minha mãe muito amada, que me pediu que escrevesse esta história.
E a Luis Sepúlveda, meu bom amigo de longa data.
Eles nunca se conheceram, mas estão unidos no tempo das estrelas e cruzam-se no interior destas páginas.

LÍDIA JORGE
Boliqueime, 15 de Junho de 2022

Visitante 5
Hotel Paraíso 6
Arquivo 210-B 7

1. Atlas 9
2. Véspera 14
3. A partilha 19
4. O perfume 26
5. A leitura 29
6. No Salão Rosa 35
7. Aparição 42
8. A figura 48
9. L'Ange Gardien 51
10. A visita da tarde 54
11. O informador 59
12. O seu regresso 64
13. Os desenlaces 68
14. Os meus pensamentos 73
15. O turno da noite 78
16. A rapariga alta 81
17. Sob a história 87
18. Dolorosa 96
19. Exílio 97
20. O meu segredo 101
21. Lilimunde 107
22. Noite de luar 110
23. Acareação 116
24. Póstuma 122
25. Relâmpago 125
26. Da grandeza 129
27. Botas novas 136
28. Na fila 142
29. Verão 146
30. À sombra 152
31. Ao espelho 159
32. O senhor Tó 162
33. Revisitação da noite 165
34. A invasão 169
35. Lanternas 177
36. O segundo caso 181
37. A figura de papel 186
38. O livro de Job 189

39. O riso ... 195
40. A chamada ... 199
41. Tripulação ... 204
42. Revolução ... 210
43. O sono ... 214
44. Definição do amor ... 219
45. O fotógrafo ... 223
46. O banho do magrebino ... 232
47. Os pensamentos de Outono ... 236
48. Os miseráveis ... 241
49. Horário ... 246
50. O bailado ... 251
51. Edgar de Paula ... 255
52. As quatro estações ... 261
53. O cartaz do senhor Tó ... 263
54. Conjugação da palavra ... 268
55. As palavras de Ali ... 272
56. Tonico Tola ... 274
57. Repetição dos factos ... 278
58. O senhor Rudolfo ... 285
59. Ainda serei forte? ... 289
60. No pequeno fole ... 293
61. Punhos de pelúcia ... 295
62. O plano ... 301
63. A fome ... 305
64. Misericórdia ... 308
65. Os passos ... 310
66. A graça ... 313
67. Na Sala Azul ... 317
68. Aluvião ... 323
69. As mãos de Nina ... 328
70. Momento ... 332
71. O Ano do Carro ... 340

Sete parágrafos em seu nome
    1. O hotel ... 347
    2. O cerco ... 351
    3. O lago ... 356
    4. O teste ... 359
    5. O encontro ... 365
    6. A dança ... 369
    7. O combate ... 374

Este livro foi composto com tipografia Adobe Garamond Pro e impresso em papel Off-White 70 g/m² na Formato Artes Gráficas.